CB058301

Jessica Verday

Essências

Segundo volume da Trilogia das Sombras

Tradução
Fal Azevedo

JOVENS LEITORES

Título original
THE HAUNTED

Esta é uma obra de ficção. Quaisquer referências a acontecimentos históricos, pessoas reais ou localidades foram usadas de forma ficcional. Outros nomes, personagens, lugares e incidentes são produto da imaginação da autora, e qualquer semelhança com acontecimentos reais, localidades ou pessoas, vivas ou não, é mera coincidência.

Copyright © 2010 *by* Jessica Miller

Todos os direitos reservados,
incluindo o de reprodução no todo ou em parte sob qualquer forma.

Edição brasileira publicada mediante
acordo com Lennart Sane Agency AB.

Direitos para a língua portuguesa reservados
com exclusividade para o Brasil à
EDITORA ROCCO LTDA.
Av. Presidente Wilson, 231 – 8º andar
20030-021 – Rio de Janeiro – RJ
Tel.: (21) 3525-2000 – Fax: (21) 3525-2001
rocco@rocco.com.br | www.rocco.com.br

Printed in Brazil/Impresso no Brasil

preparação de originais
GABRIELA CUZZUOLL

CIP-Brasil. Catalogação na fonte.
Sindicato Nacional dos Editores de Livros, RJ.

V591e   Verday, Jessica
    Essências / Jessica Verday; tradução de Fal Azevedo. – Primeira edição. – Rio de Janeiro: Rocco Jovens Leitores, 2012. (Trilogia das Sombras; v. 2)
    Tradução de: The haunted
    ISBN 978-85-7980-100-6

    1. Literatura infantojuvenil. I. Azevedo, Fal, 1974- . II. Título. III. Série.

11-6554   CDD – 028.5   CDU – 087.5

O texto deste livro obedece às normas do
Acordo Ortográfico da Língua Portuguesa.

Prólogo

Fiquei tão perdida quando Kristen se foi... Quando ela morreu. E então Caspian me encontrou. Eu o conheci melhor e acabei me apaixonando por ele. Ele me ajudou a lidar com o fato de que minha melhor amiga nunca mais voltaria. E quando descobri quantas coisas Kristen havia escondido de mim, ele me ajudou a tentar entender tudo. Mas acontece que Caspian também tinha um segredo, algo que devia ter me contado desde o começo. Agora, nem mesmo sei se ele é real, ou se eu o inventei numa tentativa de superar a dor. Não posso ficar afastada de Sleepy Hollow para sempre.

Será que Caspian estará lá, esperando por mim?

Capítulo Um

Ainda Não Estou Pronta

Além do mais, em muitas de nossas vilas, os fantasmas não são apreciados...
— *A lenda do cavaleiro sem cabeça*, de Washington Irving

*N*ão estou pronta para voltar. — Será que posso simplesmente ficar aqui para sempre? — Deitei a cabeça contra o banco do carro de tia Marjorie. — Eu não como muito e, sério, quem precisa terminar o ensino médio?

Tia Marjorie deu uma risada.

— Antes de qualquer coisa, *você* precisa acabar os estudos. Não sente saudades de casa? De seus pais? Dos amigos?

Olhei pela janela. Eu realmente sentia falta de Sleepy Hollow. Mas nada muito além disso. Sentia saudade da minha melhor amiga, mas Kristen não estava mais lá. Só o que restava era a sepultura dela.

– Acho que me adapto melhor à vida no campo. Mamãe e papai podem vir me visitar, e eu fico aqui, quietinha. Ainda tenho muito que aprender antes de poder pilotar seu avião.

Ela ergueu as sobrancelhas, e seus olhos brilharam.

– Vamos voar de novo amanhã. Afinal, só nos restam mais algumas semanas até que você *tenha* que voltar para casa.

– É nisso que estou tentando *não* pensar, tia Marjorie – resmunguei. – Pode me ajudar?

– Tudo bem, tudo bem. Você não pensa que *não* está pronta para voltar para casa, e eu não falo quantas chances de voarmos juntas nos restam. Combinado?

– Combinado.

– Então me conte como foi a consulta com o dr. Pendleton esta manhã.

Um enorme celeiro vermelho apareceu na estrada diante de nós. Estávamos quase chegando à casa de tia Marjorie. Ela virou em uma estrada de terra, e nós seguimos aos solavancos, enfrentando o mato e os buracos.

– Foi boa, boa mesmo. Ele acha que progredimos bastante, e eu concordo.

– Você vai continuar visitando algum especialista quando voltar para casa? Algum médico com quem possa conversar?

– Acho que não. Sinto como se finalmente estivesse conseguindo lidar com as... coisas.

Se é que "lidar com as coisas" é algo que você faz depois de ter se apaixonado por um garoto morto e de ainda ter tomado chá da tarde com Katrina Van Tassel e o Cavaleiro sem cabeça, saídos diretamente do livro *A lenda do cavaleiro sem cabeça*.

– Sinto como se agora eu pudesse lidar com tudo aquilo e colocar cada coisa em seu devido lugar.

– E que lugar seria esse? – Elas passaram devagar pela frente da velha casa de fazenda com persianas de um preto desbotado, e tia Marjorie estacionou debaixo de um toldo, ao lado da porta da frente.

Soltei meu cinto de segurança e respondi dando de ombros. Minha tia ainda não conhecia toda a história; tudo o que ela sabia é que eu precisava ficar um tempo afastada de Sleepy Hollow e que necessitava de ajuda profissional, porque não conseguia lidar com a morte de Kristen. O que, tecnicamente, não deixava de ser verdade. Afinal, tudo o que acontecera comigo tinha mesmo começado no dia do funeral da minha melhor amiga.

– Simplesmente... em seu devido lugar – respondi.
– A cabeça processando os fatos, o coração lidando com as emoções. A morte é uma parte natural da vida, e não tenho que me sentir culpada por seguir em frente, mesmo sem Kristen aqui. – Eu estava repetindo quase palavra por palavra da baboseira psicológica que ouvira do dr. Pendleton, mas aquilo soava bem.

Às vezes, eu quase conseguia convencer a mim mesma.

Tia Marjorie assentiu e segurou a porta de tela aberta para mim enquanto entrávamos em casa.

– Esse camarada parece ser bem inteligente. Acho que eu gostaria dele.

– Também acho isso, tia Marj. Você me chama na hora da janta? – Ela assentiu, e subi as escadas até meu quarto, que havia sido parte do sótão e se transformado numa pequena sala de leitura. Eu tinha implorado a ela que me deixasse ficar lá no instante em que o vi. Ela queria me dar um quarto de hóspedes maior (e mais confortável), mas eu disse que aquele era o quarto perfeito para mim. Ele tinha um banquinho junto à janela, como no meu quarto em casa, e um vitral redondo de onde se podia ver toda a fazenda.

Era o lugar perfeito para me aconchegar e ler enquanto o sol batia em meus ombros, fazendo com que eu me sentisse uma gata gorda e preguiçosa. Gatos não têm preocupação nenhuma na vida.

Joguei minha bolsa em cima da cama perfeitamente arrumada e atravessei o quarto até a estante de livros do lado oposto da janela. Examinando com cuidado as prateleiras de madeira, como eu já havia feito pelo menos uma dúzia de vezes nos últimos três meses, puxei o exemplar de *Jane Eyre*.

Procurando a fita que marcava meu lugar, chutei os sapatos para longe e me ajeitei no banco, enfiando os pés embaixo do corpo. Onde eu encontraria um Mr. Rochester para mim? De preferência, um que *não tivesse* uma mulher maluca escondida no sótão... Um herói sexy e misterioso para chamar de meu? Ora, claro que eu também queria um.

Mas você encontrou um herói sexy e misterioso para chamar de seu, sussurrou meu subconsciente. Mas eu o afastara sem piedade. *Um que não esteja morto e que não seja produto da minha imaginação, por favor.* Ao encontrar o lugar onde havia parado, retomei a leitura... mas fui bruscamente interrompida logo na primeira página pelo toque do meu celular.

Dei uma olhada em sua direção, em cima do criado-mudo e ao lado da cama. Algo me dizia para não atendê-lo, como se eu não devesse ir até lá conferir quem estava me ligando. Mas eu fui.

– Alô?
– Abbey? Oi, é o papai! Como você está, querida?
– Uma enorme saudade da minha casa me invadiu assim que ouvi o som da voz dele. Eu sentia *mesmo* muita falta da minha cama.
– Estou bem, papai. Aqui está tudo bem. – Ah... ok, talvez eu também sinta um pouco de saudade de mamãe e papai. – E aí, como estão as coisas?
– Bom... – hesitou ele. – Sua mãe e eu queremos falar com você a respeito de uma coisa.

Pude ouvir os sussurros de minha mãe ao fundo, pedindo que lhe passasse o telefone.

– O que foi, pai? – O frio no meu estômago seria capaz de congelar uma foca. – Conte o que está havendo.

Eu odiava telefonemas longos. Especialmente *esse* tipo de telefonema.

– As obras na ponte Washington Irving terminaram – disse ele. – Ela está pronta.

Tive um lampejo de memória de Kristen e eu sentadas debaixo da ponte antes de a reforma começar. Antes de ela cair no rio Crane.

– Que ótimo, papai.

Mas por que isso era importante o bastante para ele me ligar e me contar?

Mamãe pegou o aparelho na extensão.

– Abbey, o que seu pai está tentando falar é que o Conselho Municipal fará uma celebração em breve, para comemorar a conclusão do projeto. E eu disse a eles que tomaria as providências para que você participasse da cerimônia. Você poderia dizer algo sobre Kristen e dedicar a ponte à memória dela.

De repente, ouvi um zumbido e, por um segundo, achei que o som viesse do telefone.

Mantendo o fone longe de mim por um momento, balancei a cabeça para fazer o barulho desaparecer.

Então, papai falou de novo:

– Sua mãe e eu achamos que isso seria bom para você, querida. Pensamos que participar da cerimônia poderia ajudá-la a superar seus... problemas.

O zumbido nos ouvidos estava diminuindo, mas o frio na barriga continuava.

– Eu não posso... – falei num impulso. Raciocinando o mais rápido que podia, completei: – Eu não devo voltar para casa antes do fim de junho.

– Sabemos que é mais cedo que o combinado, mas você melhorou tanto – disse mamãe. – Os relatórios semanais que seu terapeuta nos envia mostram um progresso enorme. – Ela parecia bem entusiasmada, mas eu não sabia se estava tentando convencer a mim ou a si mesma.

Mamãe nunca chamava o dr. Pendleton de meu "psicólo-

go". Ele era sempre meu "terapeuta". Minha resistência à terapia, obviamente, viera dela.
— Papai, eu... eu não posso. Diga à mamãe que eu não posso fazer isso. Eu não estou pronta. Preciso de mais tempo.
— Eu sei, eu sei. — Ele deu um grande suspiro. — Mas o Conselho Municipal quer que você participe da solenidade, e isso deixaria sua mãe realmente feliz...
— Tenho trabalhado nesse projeto há semanas. Nós inclusive já checamos com seu terapeuta se estaria tudo bem — disse mamãe. — A cerimônia dedicada à Kristen vai ser no dia doze...
— *O quê?* Vocês falaram sobre isso com o dr. Pendleton antes de conversarem *comigo*?
— Ora, nós não tínhamos a intenção de atrapalhar seu progresso. Queríamos ter certeza de que algo assim não seria prejudicial.
— Não passou pela cabeça de vocês que eu tinha direito de saber primeiro, já que sou *eu* que tenho que comparecer à cerimônia c falar sobre Kristen?
— Você não acha que é apropriado comparecer? Ela era *sua* melhor amiga. — Um passeio pelo maravilhoso mundo da culpa. Mamãe estava jogando todas as cartas dela. Mas aquela era uma via de mão dupla.
— Mas, mamãe... será que o *meu tratamento* não é mais importante? — E adocei a voz para perguntar: — Você está me dizendo para voltar para casa e *não* comparecer a mais nenhuma das sessões com o dr. Pendleton, como havíamos combinado? — Se sobrancelhas fizessem baru-

lho, juro, as dela teriam emitido um som de metralhadora quando ela as ergueu.

– Não me parece que vir para casa algumas semanas mais cedo justifique todo esse drama – resmungou mamãe, ofendida. – Seu terapeuta...

– Papai? – interrompi mamãe. – Papai, por favor? Por favor, não me obrigue a fazer isso. Não me faça voltar ao lugar em que minha melhor amiga morreu. Eu preciso de mais tempo para ter certeza de que estou mesmo bem.

– Sei que é difícil para você, mas sua mãe... – Papai suspirou de novo. – Só pense um pouco sobre isso, está bem, querida? É tudo que estamos pedindo neste momento. – Mamãe começou a dizer alguma coisa, mas ele não a deixou continuar. – Pense nisso durante a noite, e amanhã de manhã conversamos de novo.

Eu funguei. Tentei me conter, mas não houve jeito, e as lágrimas começaram a correr de qualquer forma. Kristen... o rio... Aquilo tudo ainda doía tanto. A dor em meu coração ainda era insuportável.

– Tudo bem, papai. Eu vou... – Minha voz falhou. – Eu vou pensar.

– Que bom, Abbey. Isso é muito bom. Conversamos mais amanhã – murmurou ele.

Acelerei as despedidas e desliguei o telefone. Antes de o visor do telefone escurecer, pude ver a data: nove de junho. O mesmo dia em que, um ano atrás, Kristen desaparecera. O mesmo dia em que minha vida tinha mudado para sempre. E aqui estava ela, mudando de novo, contra a minha vontade.

Os dias 9 de junho realmente estavam começando a me dar nos nervos.

Depois de um tempo, naquela tarde, peguei o telefone e liguei para o consultório do dr. Pendleton, antes que eu tivesse um ataque de ansiedade. A secretária eletrônica atendeu e me colocou em modo de espera. Um instante depois, ouvi a gravação da voz dele.

Esperei pelo bipe e falei tudo de uma vez só:

– Oi, dr. Pendleton, aqui é Abbey... Ah, Abigail Browning. Estou ligando para falar com o senhor sobre meus pais. Eles querem que eu vá mais cedo para casa, e falaram que o senhor concordou com a ideia. Por que isso não foi mencionado na nossa sessão de hoje? Por favor, ligue para mim... – Repeti meu nome e o número do meu telefone e desliguei.

Como eles tinham coragem de fazer uma coisa dessas comigo? Será que eu estava pronta? E se eu não conseguisse voltar? E se não conseguisse participar da cerimônia? E se eu não estivesse melhor? *Eles* ainda estariam lá? *Ele* estaria?

Jogando o telefone na cama, fui em direção à porta. Precisava falar com tia Marjorie sobre isso. Ela saberia o que fazer.

Eu a encontrei no balanço da varanda da frente, se balançando lentamente para a frente e para trás. Ela parou um pouco devido ao meu pedido velado para me sentar ali com ela. Não demorou muito para recomeçar a balançar, e as correntes que nos mantinham suspensas rangiam enquanto nos embalávamos sem dizer nada. Nos campos, girassóis de caules enormes, com folhas verdes enroladas e cabeças envergadas, pareciam dançar com a brisa que soprava em torno deles. Tudo que era tocado pelo sol parecia mais bonito, e uma bruma dourada cobria a terra como uma capa.

De repente, uma espécie de zumbido, e o enorme domo que ficava acima do celeiro vermelho se acendeu. Ainda não estava escuro. Não estava nem mesmo anoitecendo, mas isso não demoraria a acontecer. A luz se estabilizou, brilhante, e o zumbido diminuiu.

Tudo parecia tão seguro ali. Tão *normal*. Eu não queria admitir para mim mesma que faltava algo. Havia um buraco dentro de mim. Mas, diferente do buraco negro que surgira quando Kristen morreu, eu sentia que esse vazio poderia um dia ser preenchido novamente.

– Recebi uma ligação de papai e mamãe agora à tarde – contei a tia Marjorie, baixando os olhos para meus pés descalços.

– Relatório semanal?

– Não. – Segui uma rachadura no chão da varanda com meus olhos, até que ela desaparecesse embaixo de meus pés. – Eles querem que eu volte para casa antes do combinado.

Ela não fez nenhum comentário, esperando que eu continuasse a falar.

– Vão fazer uma cerimônia na ponte, onde Kristen... morreu. E jogaram essa novidade no meu colo no último minuto. – Eu me virei para poder encará-la. – Você acha que estou pronta?

Ela olhou para mim também, e pude ver todos os anos de sabedoria em seus olhos.

– *Você* se sente pronta?

– Não sei.

– Qual seria o lado bom de voltar para casa agora? Pensei naquilo por um instante.

– Bem, eu estaria em casa, pelo menos. De volta ao meu próprio quarto. Poderia trabalhar nos meus perfumes de novo.

Ela concordou com a cabeça.

– E...?

– Eu veria papai e mamãe, e também o senhor e a senhora Maxwell.

– E de certa forma encerraria esse assunto – disse ela. – E no momento em que estivesse honrando a memória de Kristen, você estaria cercada de amor e de consolo, da sua família e dos seus amigos.

Foi minha vez de concordar.

– Muito bem. E quais seriam os pontos negativos de voltar?

Eu tinha uma lista enorme de respostas para essa pergunta.

– Eu poderia ficar mal de novo, ter pesadelos, perder o sono. – Ela apertou minha mão com carinho, e continuei: – Poderia acabar completamente louca, apavorar meus pais. E então, todo mundo na cidade começaria a falar mal de mim. E ainda há a possibilidade de eu ter uma crise na frente dos Maxwell. Acho que se eu tivesse mais tempo...

Ela apertou minha mão com mais força, e eu cedi.

– Essa é uma lista grande de possíveis problemas.

– Sim, mas todas essas coisas são possíveis – afirmei.

– Se aconteceram antes, podem acontecer de novo.

– Isso é verdade – disse ela. – Mas, se acontecerem, agora você está mais preparada para lidar com elas. Você tem seus pais, o dr. Pendleton, a mim... Então, o que sua intuição está dizendo? Acha que está pronta para voltar?

Fiquei ali quieta, pensando muito na pergunta dela. Minha intuição me dizia que, mais cedo ou mais tarde, eu teria que voltar para casa. Eu não podia ficar longe de lá para sempre.

Minha intuição também me dizia que eu precisava estar lá por Kristen. Ela e sua memória eram mais importantes do que eu e meus temores. E Caspian...

Eu tinha de encarar aquela realidade também.

– Preciso voltar – murmurei.

Ela concordou.

– Achei mesmo que essa seria sua escolha.

O balanço nos embalava num ritmo suave, e eu sentia um leve puxão nos músculos da panturrilha cada vez que esticava os joelhos para nos impulsionar para trás. O movimento era tranquilizador, uma espécie de dor relaxante que parecia aquela que se sente ao pedalar uma bicicleta pela primeira vez depois que a neve derretia.

– Este está sendo um ano cheio – comentou tia Marjorie, e virei minha cabeça na direção da fileira escura de árvores que protegiam os fundos do celeiro. A poucos metros dali, os sapos do pântano coaxavam juntos uma sinfonia, e produziam uma cacofonia de sons que começavam e terminavam numa mistura de sílabas, soando como se estivessem dizendo "saaaapo", "saaaapo".

– Ah, que ótimo – eu disse. – Acho que vou dormir com fones de ouvido esta noite, de novo.

Ela deu uma risadinha.

– Eu até gosto do barulhão que esses sapos fazem. Eles me fazem lembrar das noites quentes de verão com seu tio. A brisa fresca, o barulhinho do ventilador de teto, os lençóis amassados... – Ela sorriu para mim, e senti meu rosto queimar de vergonha.

– Ah, mudando de assunto... Obrigada por me deixar ficar com você, tia Marjorie. Ficar aqui... longe de tudo que estava acontecendo lá... era exatamente o que eu precisava.

Firmei meus pés no chão e o balanço parou bruscamente. Passei meus braços em volta dela.

Ela me abraçou de volta e apoiou o queixo na minha cabeça.

– Abbey, você é bem-vinda para voltar e assistir a *Assassinato por escrito* comigo a qualquer momento. Vou comprar as outras temporadas em DVD.

Fechei meus olhos e curti a ternura simples do abraço que recebi dela naquele momento. Ficamos sentadas ali, em silêncio por mais alguns minutos, até eu me desvencilhar.

– Acho que preciso telefonar para o meu pai. E contar a ele o que decidi.

Ela também se levantou.

– Eu vou para a cozinha. Daqui a pouco o jantar fica pronto.

Eu a segui para dentro de casa e respirei fundo. O cheiro de frango frito estava no ar, e vi duas embalagens de papelão em cima da mesa.

– Esse frango é do restaurante do Frankie? – Tia Marjorie *jamais* cozinhava. Certa vez, havia me dito que preferia deixar tudo a cargo dos profissionais e que ficava feliz em pagar generosamente por seus serviços.

Ouvi a voz dela atrás de mim:

– É, sim. Vai estar tudo pronto em dez minutos.

– Sem problema. – Eu me apressei escada acima e entrei em meu quarto. Achei o celular no meio das cobertas e o abri. Uma ligação perdida do dr. Pendleton. Eu a ignorei e apertei a discagem rápida para ligar para casa. Papai atendeu no terceiro toque.

– Olá, querida. Pensei que não fôssemos nos falar até amanhã de manhã. O que aconteceu?

Fiquei tão aliviada em ouvir a voz dele em vez da voz de mamãe que deixei escapar um suspiro de alívio que eu nem sabia que estava segurando.

– Oi, papai. Só liguei para contar que pensei no que você disse... Estou pronta. Estou pronta para ir para casa.

– Tem certeza? Não quer pensar mais um pouco esta noite? Você não precisa decidir agora. – Subitamente, ele ficara inseguro. – Não quero que você se arrependa de nada, Abbey. Por que você não me liga de novo amanhã de manhã e discutimos o assunto com mais calma?

– Não, papai – insisti. – Já me decidi. Vocês podem vir me buscar amanhã? – A última coisa de que eu precisava era tempo para reconsiderar.
– Acho que sim. Se formos amanhã, você vai ter dois ou três dias para se ajeitar por aqui antes da cerimônia. Vou contar a novidade à sua mãe.

Desliguei o telefone depois de me despedir e suspirei, frustrada. Primeiro ele estava tentando me convencer a retornar, e agora parecia querer que eu não fosse?

Pelo menos a decisão estava tomada.

Eu ia mesmo voltar para casa.

A música parecia estar me cutucando para eu acordar. Notas soltas flutuavam pelo quarto, e eu mal conseguia distinguir o que ouvia. Pensei que talvez ainda estivesse sonhando.

Fiquei ali deitada, bem quietinha, e abri os olhos. Não sei por que achei que, se eu não piscasse, ouviria melhor, mas esse pensamento pareceu fazer algum sentido quando eu prendia minha respiração cercada por aquela escuridão calma.

Ah, lá vem a música de novo.

Soava antiquado, como algo que tocaria numa cena romântica típica de um filme de época. Melodias suaves deslizavam pelo vão da minha porta, e eu aguardava com expectativa. Eram ao mesmo tempo adoráveis e um pouco assustadoras.

Mas, ainda assim, muito difíceis de ouvir.

Jogando as cobertas para longe, pisei no chão sem fazer barulho e caminhei na ponta dos pés até a porta.

Talvez assim eu possa ouvir a música melhor. Com uma das mãos, girei calma e gentilmente a maçaneta e abri a porta. Fui seguindo o som até que ele parou. Houve uma pausa, uma troca, e uma música da Cat Power começou a tocar. A voz da cantora doía de saudade e tristeza. Fechei os olhos, tomada pelas emoções que a música evocava.

Um retinir suave de vidro interrompeu meu devaneio, e eu avancei um pouco mais, andando cuidadosamente para espiar através da fresta da porta aberta do quarto de tia Marjorie. A porta estava aberta o bastante para que eu visse o que acontecia lá dentro sem ter que espremer o rosto, mas não larga o suficiente para ser pega em flagrante, caso ela passasse os olhos pela porta.

Tia Marjorie estava de pé em frente a uma penteadeira, despejando um pouco de um líquido âmbar de uma garrafa de vidro num copo. Em seguida, ergueu um brinde na direção do enorme retrato de tio Gerald, acima do móvel.

Em seguida, inclinou a cabeça e colocou o copo de volta no lugar. Ela murmurou alguma coisa, deu um risinho, depois ergueu os braços como que se posicionando para dançar valsa com alguém.

A voz da Cat se elevou, e as palavras *"Oh, oh, I do believe"* encheram o quarto, e tia Marjorie começou a dançar.

Ela se moveu para lá e para cá uma, duas, três vezes, valsando sozinha pelo quarto. Tia Marjorie usava uma camisola branca, longa e esvoaçante, e seu cabelo estava solto. Eu nunca o vira daquele jeito. Ela normalmente o usava preso num coque, mas naquele momento ondas castanho-escuras cobriam gentilmente seus ombros enquanto ela se movia no ritmo da música.

Eu sorri. *Então era dali que vinha a minha mania de dançar loucamente com acompanhantes imaginários.* Era bom saber que vinha dela.

Então a música acabou. O quarto ficou em silêncio. Ainda dançando, até parar de repente, ela ficou imóvel, com os braços congelados no lugar. Ela esperava por um acompanhante que não estava lá. E que *nunca mais estaria.* Seus ombros tremeram, e um soluço seco ecoou pelo quarto. Mais soluços se seguiram, e ela começou a chorar como se seu coração estivesse se despedaçando.

Eu me mexi para ir até ela e bati o pé na quina da porta. O baque surdo me paralisou. E se ela não quisesse que eu a visse assim?

Ela ergueu os olhos e encontrou meu olhar. Prendi a respiração, esperando para ver o que ela diria ou faria.

Mas tia Marjorie apenas abraçou a si mesma e desabou no chão, uma senhora solitária tentando sobreviver com um pedaço do coração faltando. De muitas formas, eu sabia exatamente o que ela estava sentindo. Por mais que eu tentasse apagar de minha mente a falta que Caspian me fazia, ela também havia aberto um buraco em meu peito.

Recuei devagar. Os soluços dela ecoaram em meus ouvidos enquanto eu andava de volta para o meu quarto. Era impossível escapar deles. Aqueles soluços me seguiram em meus sonhos.

Acordei de repente e me sentei na cama. Não sei quanto tempo dormi, mas um pesadelo me assombrou até me despertar. Meus olhos esquadrinharam os cantos escuros do quarto e pousaram sobre o relógio, que piscava anunciando 3:12 da manhã, e depois vasculharam o teto. Eu procurava o que quer que estivesse fazendo meu coração disparar.

Eu tentava, freneticamente, recompor as palavras entrecortadas e imagens misturadas do meu sonho.

Eu estivera... correndo? Não, eu mais parecia ter tropeçado. Braços estendidos na escuridão. Havia coisas à minha volta que, por sua forma e pela sensação que tinha ao tocá-las, sabia serem lápides. Bordas afiadas e partes pontudas tinham machucado meus joelhos, que não paravam de tremer, e também as canelas, além de terem esfolado meus dedos.

Sacudi a cabeça, tentando me focar nas imagens perdidas.

Tropeçando... tropeçando... quase caindo, sempre em movimento. Eu sabia que tinha de seguir em frente. O que estava atrás de mim? Do que eu estava correndo? Eu olhei bem para trás, mas estava muito escuro. Eu não conseguia ver nada.

O sonho começou a se desvanecer, e eu sabia que iria perdê-lo. Os fragmentos expostos de memória estavam escorrendo por entre meus dedos.

Olhando o quarto à minha volta pela última vez, escorreguei de volta para os lençóis e travesseiros, fechando os olhos. Sonhos idiotas. Eu *não devia* ter tomado refrigerante no jantar, a cafeína sempre me deixava agitada.

Então, acordei sobressaltada outra vez. Eu sabia. Eu sabia o que o sonho queria dizer. Eu não estava correndo *de* alguma coisa. Eu estava correndo *para alguém*.

Capítulo Dois

FORA DO LUGAR

Era tarde demais para dar meia-volta e fugir...
— *A lenda do cavaleiro sem cabeça*

Na manhã seguinte, esperei impaciente por mamãe e papai, com minhas coisas já colocadas na porta da frente. As horas se arrastavam.

Chutei de leve a minha mala e a ajeitei, antes de me sentar sobre ela. Tia Marjorie estava na cozinha aquecendo uma torta pré-cozida, que pareceria ter sido feita em casa e estava acabando de sair do forno. Ela queria impressionar mamãe. Eu olhei pela porta de vidro pela trecentésima trigésima sétima vez. *Quando eles vão chegar?*

Ouviu-se uma buzina.

Fiquei de pé subitamente e esperei por eles. Foi mamãe quem eu vi primeiro. Corri para os braços dela e a abracei com toda a força. Claro, eu ainda estava um pouco chateada pela insistência dela em que eu voltasse para casa mais cedo, mas ela era a *minha mãe*. Senti saudades dela. Meu pai veio logo em seguida, abraçou a mim e mamãe, e virei para apertá-lo com mais força.

– Oi, lindinha, senti saudade – disse ele.

– Também senti saudade de você, papai.

– Onde está tia Marjorie? – perguntou mamãe. – Eu quero cumprimentá-la.

– Está na cozinha. Acho que ela quer que vocês fiquem para a torta.

– Ah, ela fez uma torta! Que gentileza!

Minha mãe entrou na casa e meu pai se abaixou para pegar minhas coisas. Subitamente, me senti envergonhada e desajeitada. Será que ele achava que eu ainda estava meio maluca?

– Então, como foi o futebol semana passada? – perguntei.

– A temporada de futebol ainda não começou – respondeu ele. – Mas a de beisebol sim, e nessa semana os Yankees venceram o Sox.

Peguei minha mochila e a coloquei no banco de trás do carro.

– Eu sabia disso. Estava só testando você.

Sorrimos um para o outro e, naquele momento, eu soube que tudo estava bem. Embora ele tivesse sido a pessoa que procurei quando precisei de ajuda, papai sabia que eu não era maluca.

Ele fechou a porta de trás e virou para mim.

– Então, sua tia fez uma torta, não foi?

– *Fazer* não é bem o termo... Não vamos exagerar. Ela... Bem, ela meio que *comprou* uma torta. Mas é como se fosse feita em casa. Acho que é de cereja.

O sorriso dele se alargou.

– Bem, então não vamos deixá-la esperando.

Uma hora depois, estávamos de volta ao carro. Era hora de dizer adeus.

Abracei tia Marjorie uma última vez, fingindo não perceber que seus olhos estavam ficando marejados.

– Voltarei para visitá-la em breve – prometi. – A senhora ainda me deve algumas voltas de avião.

Ela concordou.

– É verdade. Ligue para mim se precisar de qualquer coisa. – Ela abaixou a voz e me encarou, direto nos olhos.

– *Qualquer* coisa, está bem, Abbey?

– Está bem – respondi. *E eu prometo, sua noite secreta está a salvo comigo.* Eu não disse isso em voz alta, mas ela assentiu para mim de forma quase imperceptível e, em seguida, entramos na van, acenando ao sairmos da garagem da titia e pegando a estrada.

Reclinei a cabeça e me acomodei, triste por deixar tia Marjorie, ansiosa por tudo que eu iria encontrar na volta. E nervosa sobre o que meu futuro poderia trazer.

No banco da frente, minha mãe tagarelava.

– Estamos tão felizes por ter você de volta em casa, Abbey! Mal posso esperar para lhe mostrar as novas cores da sala de jantar. Na semana passada troquei as cortinas da sala de estar e...

Eu a ignorei. Não me importava com as cores da sala de jantar ou com as cortinas novas. Eu me importava apenas em saber como seria o resto do meu verão. Será que todo mundo sabia da crise que eu havia sofrido? Alguém sabia onde eu havia passado esses últimos meses? O que estariam dizendo de mim?

As árvores que ladeavam a estrada e os outros carros passavam por nós zunindo. Eu ia observando as nuvens acima de nós atentamente, notando a mudança em seus formatos. As sombras que elas faziam pareciam se estender por quilômetros, e por um tempo adivinhar "com o que aquela nuvem parece" me distraiu. Então meus pensamentos mudaram de rumo. As aulas já haviam terminado. O que todo mundo estaria fazendo durante o verão? Arrumando empregos de meio expediente? Dando festas na piscina? Encontrando-se na praia? Passeando de carro?

Será que *eu* faria alguma dessas coisas? Eu não sabia o que este verão traria, mas não achava que seria um verão digno de nota. Não sem Kristen. Não comigo sendo... eu mesma. *O que será que Ben está fazendo?*

Ele tinha telefonado para o meu celular uma ou duas vezes enquanto eu estava na casa de tia Marjorie, mas eu ainda não retornara as ligações. Eu não sabia o que dizer, ou como agir. Eu não apenas o havia deixado na mão no meio do projeto de ciências, como ainda tivera uma crise de nervos. Como você explicaria uma coisa *dessas*? Aturdida quanto ao que fazer com Ben, pensei nisso até praticamente chegarmos em casa.

Meu pai teve que me chamar três vezes para conseguir minha atenção, e acho que ele se divertiu com o meu óbvio desligamento do mundo real.

– Vamos passar pela ponte nova – disse ele. – Daqui a uns dez minutos.

Eu me virei para olhar pela janela, grata por ter algo para me distrair de meus pensamentos. Mantive o pescoço esticado e não tive que esperar muito. Papai avançou pela estrada principal do cemitério e, mesmo a distância, pude ver a estrutura monumental se avolumando.

A parte coberta da ponte aparentava ter pelo menos seis metros de altura e havia sido feita para parecer centenária. Não consegui imaginar por que era tão grande até passarmos por ela e um caminhão de dezoito rodas surgir bem atrás de nós. Claro, caminhões precisariam de espaço extra.

Grossas vigas de madeira cruzavam cada lado da estrutura, e um som retumbante ecoava à nossa volta. Aquilo devia ser considerado o máximo em matéria de travessia de pontes cobertas, e eu odiei cada minuto. Achei feia e ainda considerei sua aparência deslocada, uma lembrança forte e desagradável do que havia acontecido com a minha amiga bem ali, naquele lugar.

– Então? – Mamãe se virou em seu assento para me olhar. – O que você achou?

– Ela é... hum, nova. E enorme. E parece que... vai demorar um pouco para eu me acostumar.

Mamãe fez um gesto.

– Você vai se acostumar logo com a ponte nova, Abbey. E o volume de turistas aumentou 13% por causa dela.

Voltei a olhar pela janela. *Ótimo.* Como se eu realmente tivesse vontade de ter mais estranhos por perto. Tudo o que eu queria era que Sleepy Hollow estivesse exatamente igual a quando fui embora.

Bem, igual em tudo, menos na minha maluquice. Chegamos em casa e papai estacionou perto da caixa de correio. Saí do carro devagar e fiquei olhando a fachada branca de nossa casa. Parecia... menor do que eu me lembrava. As persianas verdes não pareciam tão escuras quanto costumavam ser. Na verdade, era provável que a maioria delas precisasse de uma demão de tinta.

Mamãe passou os braços ao redor de meus ombros.

– Não está feliz por estar em casa, Abbey? Tenho uma surpresa especial para você. Está lá em cima, no seu quarto.

Concordei e começamos a andar na direção da casa. Lá dentro, tudo parecia esquisito. Eu tinha a estranha sensação de que algo não estava muito bem ou... Estava fora de lugar... E também uma profunda suspeita de que o *algo-não-muito-bem* era eu.

No entanto, sacudi a cabeça e tentei resistir ao desejo de ficar no mesmo lugar por tempo demais. Agarrei o corrimão da escada para me manter em pé. Meus joelhos estavam esquisitos.

Mamãe sorria para mim e eu comecei a ficar ligeiramente nervosa. *Oh, Deus, e se ela redecorou meu quarto ou algo do tipo?* Qual era a surpresa?

Quando cheguei ao topo da escada e fiquei diante da porta fechada do meu quarto, fechei os olhos. Fiquei ali por uns instantes antes de sentir que minha mãe se adiantava, e ouvi a porta abrir.

— Vamos lá, Abbey — disse ela, sorrindo. — Não precisa fechar os olhos.

Sim, preciso sim, quis dizer a ela. Porém, em vez disso, dei um passo para frente e, ao mesmo tempo, abri um dos olhos. Tudo *parecia* bem. Exceto pelo chão, que estava limpo. E eu não o tinha deixado assim. Mas se tudo o que ela tivesse feito por ali fosse ter recolhido minhas roupas sujas, por mim tudo bem.

Olhei para minha cama, que parecia ter sido recentemente arrumada. Também *não estava do jeito que eu havia deixado.* Tudo beeeeem... Será que ela também tinha trocado os lençóis?

Mamãe ainda estava sorrindo, e eu coloquei um sorriso falso no rosto.

— Você arrumou o quarto. Obrigada, mamãe. — Tentei parecer genuinamente feliz.

— Você ainda não viu, viu?

— Claro que vi... — Parei e meu queixo caiu quando virei para a direita e olhei para a minha escrivaninha. Ao lado dela havia um lindo armário antigo. Parecia com um daqueles enormes arquivos vintage bem estilosos.

— Oh, meu Deus — corri na direção do móvel. — Mamãe! Onde vocês conseguiram isso? Adorei!

Eu não acho que o tamanho do sorriso dela poderia ter aumentado ainda mais.

— Tio Bob o encontrou todo quebrado no armazém de um de seus fornecedores de caixotes. Então, telefonou para o seu pai e perguntou se ele queria dar uma olhada na peça. Nós fomos até lá e o pegamos. Seu pai colou as partes quebradas, consertou todas as rachaduras, e eu pintei.

Passei os dedos sobre as bordas trabalhadas. Elas eram cor de creme claro e foscas em alguns pontos, para parecerem desgastadas com o tempo. O armário tinha pelo menos um metro de altura e continha várias fileiras de pequenas gavetas, empilhadas umas sobre as outras. Cada gaveta tinha uma pequena alça retangular dourada, e sobre elas havia um espaço de dez centímetros para colocar as placas de identificação. Quando abri uma dessas gavetas, vi que havia sido pintada de dourado forte por dentro.

– Eu texturizei o fundo de cada uma com tinta dourada – disse mamãe. – Queria que elas ficassem agradáveis ao tato. É um móvel para você guardar seu material para fazer perfumes.

Quando percebi quanto tempo mamãe gastara restaurando aquela peça para mim, fui tomada por uma gratidão atordoante e também pela mais legítima surpresa.

– Mamãe, eu... eu nem... não consigo nem... Não sei o que dizer. *Obrigada.*

Eu me inclinei e a abracei bem forte. Ela me abraçou também, e por um momento, fingi que tudo estava normal outra vez.

Então, ela se afastou e eu vi o que ela tanto tentava esconder: a expressão desesperada em seus olhos.

Embora se esforçasse para esboçar um sorriso, eu conseguia ver o que pensava. Ela ainda não tinha certeza de que eu estava melhor.

– Vou deixar você se acomodar e desfazer suas malas – disse ela. – O jantar é em uma hora. Vou fazer seu prato favorito... lasanha.

– Obrigada, mamãe – repeti. – Que ótimo!

Ela me olhou uma última vez e deixou o quarto. Meu sorriso desapareceu assim que ela saiu, e fechei a porta rapidamente. Era estranho estar de volta. Estar em *casa de novo*.

Andei pelo quarto devagar, parei na frente da minha escrivaninha e mexi nas anotações que eu fiz enquanto criava novos perfumes. Passei minhas mãos sobre a tela do computador. Peguei um pequeno peso de papéis e brinquei com ele, jogando de um lado para outro. Meu material de trabalho. Minhas *coisas*. Cada pequena peça que fazia parte de mim estava ali, de alguma forma.

Depois, fui até minha cama, sentei com cuidado para não amarrotar os lençóis e passei as mãos sobre a colcha. O tecido parecia fresco sob meus dedos e me deixei ficar ali por um tempo, perdida em pensamentos. Olhei para as paredes listradas de vermelho, o console da lareira com a moldura em espiral, meu telescópio no canto...

A voz de mamãe me avisando que o jantar estaria pronto em meia hora interrompeu meus pensamentos, e me levantei para ir até a janela. Na frente da janela, peguei o Sr. Hamm, um urso empalhado que vivia pertinho do Jolly, o pinguim, e da Spots, a girafa, e então me dei conta de que eu *não* os havia deixado tão perfeitamente arrumados, e o apertei contra meu peito. Meus olhos viajaram até a porta fechada do armário. *Será que o vestido de baile preto que mamãe havia me dado ainda está lá?* Eu nunca verifiquei se ela consertara todos aqueles pequenos rasgos feitos na última vez que eu o usara, na noite de Dia das Bruxas, quando fui ao cemitério e dancei na chuva. Aquela noite eu me deitei à beira do rio e Caspian me levou para casa, e depois nós...

Não! Ele não é real. Caspian está morto.

Um grito lá fora desviou minha atenção da porta do armário e virei para olhar pela janela. Na rua, lá embaixo, um menino corria aos gritos atrás de um cachorrinho peludo, mandando que ele parasse. O cachorro continuou correndo, arrastando uma pequena correia atrás dele.

Eu sorri e observei os dois até que algo atraiu meus olhos. Com o coração aos pulos, fiquei em pé e apoiei minha mão no vidro. Uma figura toda vestida de preto correu na direção das árvores que ficavam ao lado de nossa casa. A luz do sol brilhava sobre seu cabelo louro-claro.

– Não – sussurrei. – Não!

Cerrei o punho e esmurrei a janela.

Mas ele passou correndo rápido demais, e um instante depois eu o perdi de vista. Fiquei de pé e corri para fora do quarto, gritando escada abaixo. Abri a porta da frente com violência e saí. Olhando para todos os lados, chequei tudo o que pude: as árvores, a calçada, a cerca no fim da rua. E ainda me obriguei a, calmamente, ir até o fim do nosso quintal. Respirando fundo, chamei baixinho:

– Caspian?

Não houve resposta.

Tentei novamente, mas dessa vez cheguei mais perto das árvores quando chamei o nome dele. Porém, nada aconteceu de novo.

Reunindo toda a minha coragem, abri caminho pela folhagem e saí andando pelo quintal de alguém. Uma porta bateu e o sr. Travertine acenou para mim. Ele começou a tirar seu cortador de grama da garagem, e eu acenei de volta, olhando ao redor. Até onde eu conseguia ver, não havia nada ali além de casas e quintais vazios.

Mas eu poderia *jurar* que o vira...

Mudando de direção, como quem não quer nada, fiz o mesmo caminho de volta por entre as árvores e segui andando na direção da nossa caixa de correio. Fingindo checá-la, coloquei minha mão dentro dela, esperando não encontrar nada. Para minha surpresa e com algum alívio, havia alguns envelopes lá e eu os peguei.

Andei de volta para casa, parando na cozinha para deixar as cartas sobre a mesa. Minha mãe se virou em minha direção:

– Eu achei que fosse você, Abbey. Por que você saiu desembestada pela porta da frente daquele jeito?

Porque eu vi a pessoa que não deveria ter visto de jeito nenhum e que, no fim das contas, realmente não estava lá.

Tudo bem, péssima ideia.

– Eu, ah, vi um menino lá fora correndo atrás do cachorro dele. Pensei que pudesse ajudar a pegá-lo. – Então, eu me lembrei das cartas na minha mão. – Aí aproveitei para trazer essas cartas.

Ela sorriu para mim.

– Ótimo. Quer colocar a mesa para mim?
– Claro. – Qualquer coisa para fazer tudo parecer normal outra vez.

Depois de arrumar a mesa, mamãe chamou papai na sala e todos nos sentamos para jantar.

Durante toda a refeição, mantive minhas respostas às infindáveis perguntas de mamãe, gentis e despreocupadas, desejando silenciosamente fugir para meu quarto. Nada ligado ao meu recente "período de ausência" foi sequer mencionado, e aquele jantar foi exatamente como qualquer outra refeição em família: bem entediante.

Então, por que eu sentia vontade de *gritar*?

Por sorte, o jantar foi breve, e tive apenas que esperar uma tigela de sorvete de *cookies*, "porque eu sei que é o seu favorito", mamãe disse, antes de eu pedir licença para subir e dar boa-noite.

Enquanto subia a escada, me senti deslocada mais uma vez. E quando fui para a cama, fiquei com medo de dormir. Com medo de nunca mais voltar a me sentir parte daquele lugar. Com medo de todo mundo na cidade descobrir onde eu estivera e o que havia de errado comigo. Medo do que eu veria e de com quem falaria. Mas, principalmente... medo dos sonhos que ainda teria.

Sob meus pés, a neve era dura e compacta. Eu andava por ali com muito cuidado. A sensação de andar sobre água congelada era absurdamente divertida, mas eu abafei minha risada. Algo me dizia que aquele não era o momento, nem o lugar para risadas.

Diante de mim, havia uma sepultura isolada. Meu destino. Ela me parecia familiar, ainda que eu soubesse que nunca a vira antes. O anjo perfeitamente esculpido na pedra, que descansava no topo do túmulo, tinha feições delicadas e asas arqueadas. Um lado de seu rosto estava coberto por sombras e ele trazia um manto vermelho sobre os ombros.

Meus lábios disseram a palavra antes que minha voz pudesse acompanhar.

– Kristen.

Esticando a mão, toquei seu rosto, seu cabelo, suas asas. A semelhança era espantosa. Ele havia sido esculpido com arame resistente e com um granito incrível.

– Você está esperando por mim? – sussurrei. – Você disse que estaria sempre aqui.

Subitamente, a estátua ficou fria. Congelada. Tão ríspida quanto qualquer vento de inverno, e temi que meus dedos ficassem grudados ali.

– Não! – gritei. – Por favor...

Suas asas quebraram. A estátua suspirou. E uma lágrima caiu dos olhos dela.

Rolei na cama e esmurrei meu travesseiro, sabendo que seria difícil voltar a dormir depois de um sonho como aquele. Eu nunca havia sonhado com Kristen na casa de tia Marjorie. Agora eu sabia que estava realmente em casa.

Na tarde seguinte, depois de me trazer um lanche dez minutos após o almoço e encontrar meia dúzia de outras razões para vir dar uma olhada em mim, mamãe me interrompeu novamente. Suspirei e empurrei minha cadeira para longe da tela do computador, tentando esconder minha irritação, quando ela bateu à porta.

— Abbey, telefone para você.

Uau, aquilo era algo pelo qual eu certamente não estava esperando.

— Quem é?

Ela estendeu o telefone para mim.

— É o Ben. Ele telefonou quando você estava — abaixou a voz — *fora*, e eu disse que você retornaria a ligação assim que tivesse chance. Acho que deveria falar com ele.

Meu coração deu uma cambalhota, e depois afundou em meu peito, e sacudi a cabeça com veemência. Ele havia ligado para minha casa *também*.

— Não estou preparada para isso, mamãe, sério. — Eu me obriguei a manter um tom calmo e equilibrado. Ela colocou o telefone em minha mão, forçando a barra.

— Apenas fale com o pobre rapaz, Abbey. Ele não morde.

— Não, eu...

— Ben — falou mamãe, pegando o telefone de volta —, ela está aqui, só um segundo. — Obrigando-me a pegar o telefone, virou-se para sair do quarto e fechou a porta atrás dela. Em parte para acalmar meus nervos e em parte para dar tempo suficiente para mamãe se afastar, de forma que ela não conseguisse ouvir a conversa, contei até cinco antes de falar.

— Alô. — Fechei meus olhos e esperei pela voz dele, sentindo um suspense horrorizado.

– Ei, Abbey? Aqui é o... hum... É o Ben. Ben Bennett.

– Oi, Ben... Hum... como você está? – Meu punho relaxou e eu flexionei meus dedos doloridos. Eu mantivera a mão fechada com tanta firmeza que a cor havia sumido da ponta dos dedos.

– Estou bem. Parece que você está bem melhor.

Aquilo me colocou instantaneamente de volta ao estado de alerta. *O que ele sabe?*

– Sim, acho que estou... – Deixei a afirmação no ar, e um silêncio constrangedor preencheu o espaço entre nós.

– Meu primo pegou mononucleose uma vez. Ele ficou mal por quatro meses – disse ele. *Mono? Ele achava que eu tive mono?* – É uma pena que você tenha perdido a Feira de Ciências. Nós ficamos em segundo lugar.

– Ben, que coisa ótima! – comentei. – Estou tão feliz por você. – E eu estava surpresa ao perceber que realmente *estava* feliz por ele. – Eu também sinto muito por não ter estado lá. Mas você sabe... A mono e tudo mais. – Eu tossi baixinho. Mononucleose dá tosse? Eu não fazia a mínima ideia.

– Paul Jamison e Ronald Howers ficaram em primeiro lugar. Eles construíram um kit de conversão que transforma lixo orgânico em fonte de energia. Eles realmente conseguiram acender uma lâmpada com aquilo, Abbey.

– Aposto que eles fraudaram o resultado – sugeri.

Ele riu.

– Ou apenas são uns excêntricos com muito tempo livre.

Ri com ele, e foi bom. Aquilo me lembrou das tardes que havíamos passado juntos trabalhando no material para a Feira de Ciências. Ben sempre conseguia me fazer rir.

– Eu liguei outras vezes – admitiu ele repentinamente. – E liguei também para o seu celular. Queria que você soubesse do resultado, queria passar aí e mostrar o troféu que ganhamos. Mas sua mãe me disse que você estava dormindo bastante.

– Sim... Ah, eu sinto muito! É que... Ah, a mono com certeza me pegou de jeito. Mas pelo menos eu recuperei todo tempo que precisava para meu sono de beleza. Eu estava mesmo precisando – brinquei.

Mas minha observação pareceu tola e mais um desconfortável momento de silêncio se instalou entre nós. Tentei pensar em outra coisa para falar e então, Ben veio em meu socorro.

– Você vai naquele negócio, lá na ponte? – perguntou ele.

– Sim, vou falar algo sobre Kristen.

Mais silêncio.

– Sabe, eu realmente sinto falta dela – disse ele baixinho.

– Eu também – suspirei. – Estou meio nervosa com essa história toda. Quero dizer, e se eu estragar tudo? Ou disser alguma coisa estúpida? Ou... – Eu não queria dizer a palavra *fracassar*, e em vez disso eu disse se eu *"esquecer"* o nome dela ou algo tão idiota quanto isso? Além de tudo, odeio falar em público.

– Eu estarei lá para animar você – disse Ben. – Apenas use aquele truque de "imaginar as pessoas da plateia em suas roupas íntimas". Exceto eu. Não me imagine em minhas roupas de baixo ou isso será embaraçoso.

Ri novamente, contente porque ele não podia ver meu rosto ficando vermelho de vergonha.

– Você não vai me deixar esquecer o nome dela, não é? – perguntei.

– Não. Levarei um cartaz de lembrete e vou mostrar para você lá de trás.

Alguns minutos mais tarde, desliguei o telefone com um sorriso no rosto. Pelo menos, algumas coisas não tinham mudado.

Voltando à minha escrivaninha, sentei-me e tentei voltar ao que estava fazendo antes de ter sido interrompida pelo telefonema. Só que eu não estava mais com vontade nenhuma de ficar no computador. Apagar e-mails de spam e atualizar-me sobre as fofocas das celebridades eram coisas que podiam esperar.

Caminhei até o meu novo armário cheio de gavetas e até pensei em transferir para lá todo o meu material para fabricação de perfumes, mas também não estava com vontade de fazer isso. Catalogar e colocar rótulo em frasco após frasco de óleo essencial era uma tarefa que deveria ser deixada para um dia em que eu não estivesse tão distraída. Pendurei com displicência algumas das camisas da minha mala que ainda estava feita e, em seguida, separei um par de sapatos. Ben havia mencionado Kristen... Eu ainda não tinha ido visitá-la desde que voltara para casa. Que tipo de melhor amiga eu era? Saí do meu quarto e desci as escadas para dizer à mamãe que estava saindo para uma caminhada. Ela me fez prometer que manteria meu celular ligado e não me deixou sair enquanto eu não prometi que estaria em segurança.

Aturando outro de seus abraços sufocantes, tentei não fazer força para escapulir de seus braços. *Isso não durará muito tempo,* disse a mim mesma. *É só porque você acabou de voltar para casa. Com sorte, essas reações da sua mãe diminuirão algum dia.*

Por fim, consegui sair de casa. Mesmo sem ter caminhado naquelas ruas por meses, meus pés sabiam aonde estavam indo. Quando cheguei aos grandes portões de ferro que marcavam a entrada principal do cemitério do Sleepy Hollow, não me permiti hesitar. Se parasse por um instante sequer, não conseguiria mais entrar.

Este era o lugar onde eu havia brincado com Kristen, onde eu havia me encontrado Nikolas e Katy, onde eu havia passado tanto tempo com Caspian...

Caminhando bem devagar, fui seguindo as trilhas do cemitério à medida que elas se fundiam umas às outras. Havia uma grande quantidade de pessoas no lá dentro, mais do que eu já vira antes, o que fez me sentir muito pouco à vontade.

Será que eles estavam olhando para mim? Será que começariam a sussurrar sobre a garota estranha e pálida que vagava por entre as lápides? E se um deles tentasse conversar comigo?

O cemitério estava diferente. Eu não sentia mais que aquele lugar era meu refúgio seguro. Passei pela cadeira de ferro onde eu me sentara no dia do funeral de Kristen. Ela ainda estava bem ali, ao lado da sepultura da minha melhor amiga. A grama já crescera por toda parte e fora recém-cortada. Olhando por cima do meu ombro, parei e sussurrei um olá. Mas eu não disse nada além disso, e não fiquei ali.

Minha próxima parada foi no lugar onde estava enterrado Washington Irving. Havia bem menos gente daquele lado do cemitério, e ninguém à vista quando finalmente me aproximei dele. Ajoelhei-me, enfiando meus dedos na grama bem aparada ao longo da parte inferior das beiradas de sua lápide.

– Estou de volta – eu disse. – Como prometi. – A placa comemorativa parecia ter sido limpa recentemente, e todas as manchas anteriores de musgo e sujeira tinham desaparecido. Uma pequena bandeira americana tinha sido colocada ao lado dela. – Minha... ah, viagem... correu bem – continuei. Eu já me havia me sentido bastante confortável falando com ele desse modo, mas as coisas eram diferentes agora. – Foi bom ficar longe de tudo e ter um tempo para lidar com tudo isso.

Arranquei uma folha de grama do chão e fiquei brincando com ela.

– Foi gostoso ficar na casa de tia Marjorie. Ela mora numa fazenda, e lá é tudo muito bom. Ela me levou para passear em seu avião e até me deixou pilotar! Vozes ecoavam a distância, e eu quase me desequilibrei. Algumas pessoas se aproximavam de onde eu estava, e a última coisa de que eu precisava era ser pega falando em voz alta com uma lápide.

– Voltarei a passar por aqui logo.

Toquei a pedra rapidamente, e então me virei para descer os degraus, afastando-me do túmulo de sua família. Um pequeno grupo de pessoas vinha em minha direção e se deteve, esperando que eu passasse.

Fui em direção ao túmulo de Kristen, mas no caminho para lá, encontrei dois grupos de visitantes. Um deles parou na frente da lápide que ficava ao lado do túmulo, e tentei ir mais devagar para dar tempo suficiente para que eles fizessem o que tinham que fazer e seguissem em frente, assim, eu poderia ficar sozinha com minha amiga. Mas eles não pareciam estar indo em frente. Só depois de mais ou menos vinte minutos finalmente consegui me aproximar da lápide dela.

A primeira coisa que notei foi que a área imediatamente ao redor da sepultura de Kristen parecia muito bem cuidada. Embora a grama no cemitério normalmente fosse mantida curta, vários túmulos tinham um pouco de ervas daninhas crescendo sobre eles. O canteiro de Kristen, porém, era obviamente muito bem cuidado.

A segunda coisa que notei foi um trevo de quatro folhas recém-arrancado, colocado na parte inferior da lápide. Era a primeira vez que eu *via* um trevo de quatro folhas de verdade e eu o toquei, contando as quatro pétalas para ter certeza de que não era um truque da luz ou algo assim. Dei uma olhada na grama ao redor da lápide e, então, examinei cuidadosamente a área em volta.

Não havia canteiros de trevos nas proximidades. Na verdade, não havia canteiros de trevos *em lugar nenhum*. Ele deve ter sido colhido em algum outro lugar e colocado na lápide de Kristen. Sentindo calafrios, sussurrei um adeus a Kristen. Enquanto deixava o cemitério, fiquei me perguntando o que aquele trevo de quatro folhas significava.

E quem o colocara lá.

Capítulo Três

DEDICAÇÃO

Passar por essa ponte era o julgamento mais cruel.
— *A lenda do cavaleiro sem cabeça*

Na noite seguinte, não consegui dormir quase nada. Senti muito calor, e depois, muito frio. O colchão estava repleto de calombos, ou então estava duro demais. Num minuto eu puxava as cobertas sobre mim e, no minuto seguinte, as colocava de lado. Às 6:45, finalmente desisti e engatinhei para fora da cama, até chegar ao andar de baixo. Hoje parecia ser o dia ideal para tomar um café.

Felizmente, ainda havia alguns grãos de café na cafeteira, então, tudo o que eu tinha a fazer era enchê-la com água. Meu café gotejou na jarra de vidro, seu fluxo constante tinha um rico tom castanho-escuro. O primeiro par de gotas assobiou e esguichou até começar a encher a parte inferior da jarra. Balancei a cabeça uma vez e fui pegar uma caneca vazia.

O gosto era forte e amargo, e eu acrescentei outra colherada de açúcar. Então, despejei mais um pouco de leite para ficar no ponto. Não ajudou muito.

Caminhando em direção a uma das grandes janelas da sala de estar, agarrei uma cadeira estofada pelo caminho e a arrastei comigo. O céu estava sem graça e triste. Não parecia que ia chover, mas o sol também não tinha saído. Afundando na cadeira, olhei para fora, tomando golinhos do café enquanto assistia a vários pássaros bicando o chão em busca de minhocas. *Deus ajuda quem cedo madruga. Ou, pelo menos, é o que dizem.* Levantei minha caneca e brindei aos pássaros. Então, ajeitei-me na cadeira para ficar um pouco mais confortável. Nem mesmo notei quando minha cabeça começou a cair e meus olhos começaram a se fechar.

Quando mamãe me acordou, duas horas mais tarde, surpresa por eu estar dormindo numa cadeira, eu estava ainda mais surpresa com o fato de ter conseguido pousar minha caneca, cuja metade estava cheia de café, no chão ao meu lado, sem nem mesmo me lembrar de tê-lo preparado, ou sem derramar uma única gota. Aparentemente, eu era algum tipo de malabarista sonâmbula ou algo assim.

Cambaleei de volta até meu quarto, esfregando os olhos ao longo do caminho. *Você não pode voltar para a cama*, eu disse a mim mesma. *A cerimônia é em menos de seis horas e você tem que pensar no que vai dizer.*

Agarrando um caderno e uma caneta que estavam na mesa, sentei-me no banco sob a janela.

Porém, a caneta não funcionava e eu levei uns cinco minutos até finalmente desistir e pegar outra. Encostando a ponta da caneta no papel, tentei organizar meus pensamentos.

Kristen Maxwell, que sofreu um trágico afogamento... Risquei aquilo. Todo mundo que estaria na ponte provavelmente já sabia o que havia acontecido lá. Não havia necessidade de afirmar o óbvio.

Estamos hoje aqui para celebrar... Outra linha riscada. Aquilo soava feliz demais. Isso precisava ser mais... sóbrio.

O Livro Sagrado diz que há uma estação para nascer e uma estação para morrer... Tedioso demais, quase um sermão.

Amassei a folha de papel e recostei-me na cadeira. Sobre o que eu realmente queria falar? Sobre a morte dela? Ou sobre sua vida?

Tentando pensar sobre isso tudo por um ângulo diferente, curvei-me sobre o caderno e escrevi algumas das coisas que admirava em Kristen. A risada dela, seu sorriso contagiante, sua bondade, sua lealdade, a forma feroz como ela protegia nossa amizade. Se as pessoas pudessem ver *aqueles* aspectos dela, meu trabalho estaria feito.

Ela fora uma pessoa fácil de amar.

Satisfeita com o que conseguira colocar no papel, tirei outra soneca e acordei com tempo suficiente para me aprontar. Eu soube imediatamente o que vestir. Parecia absolutamente adequado vestir a blusa com corpete que eu tinha pegado no quarto dela depois que encontrara os diários e uma saia preta esvoaçante. Ela gostaria daquele conjunto.

– Botas ou sapatilhas, Kristen? – Eu discutia comigo mesma enquanto vasculhava meu armário. Uma bota preta pesada caiu aos meus pés com um *estampido* seco e eu olhei para baixo. – Está certo. Então são as botas. – Amarrando-as, segui para o banheiro para arrumar meu cabelo, e dez minutos mais tarde tinha terminado.

Quase esqueci meu caderno quando entramos na caminhonete, mas corri de volta até meu quarto para pegá-lo. O medo fazia meu coração pesar, e a curta viagem até a ponte passou depressa demais.

– Quantas pessoas estarão lá? – perguntei à mamãe enquanto papai entrava no estacionamento da velha igreja holandesa. A igreja ficava ao lado da ponte, e parecia que era onde todo mundo estava estacionando.

– Cinquenta, cem. Não tenho certeza. Não acho que será mais do que isso.

Engolindo em seco, fechei as mãos e as apertei até que ficassem pálidas. A pressão feroz era uma boa maneira de distrair o medo paralisante que habitava minha mente, e estava ameaçando se apossar de mim diante do pensamento de "cinquenta a cem pessoas", todas ali para ouvir o que eu tinha a dizer.

– Você tem *certeza* de que eu tenho que fazer isso? – perguntei. Por que eu fora escolhida para falar sobre ela?

Mamãe abriu a porta do carro e apenas ficou ali, alisando os cantos de seu conjunto de calça e blazer, sem nenhum vinco. Parando por um momento para olhar para mim, ela disse num tom suave:

– Porque *você* era a melhor amiga dela, Abbey. Você a conhecia melhor que qualquer outra pessoa.

Maldição. Ela estava certa.

Abrindo as mãos, abri o cinto de segurança e saltei do carro. Agarrei os lados da minha saia. O estacionamento estava cheio. Tudo ali me fazia lembrar o funeral de Kristen. *Naquele dia, só havia lugar em pé.* Dei uma olhada para o céu e constatei que havia *chovido.*

Se eu me virasse para olhar na direção do mausoléu na colina, ele estaria lá? Observando cada um dos meus gestos?

Cabelo louro esbranquiçado e terno preto. Olhos verdes e um sorriso fácil. *Caspian...*

Obrigando-me a pensar em outra coisa, eu segurava minha saia com mais força. Uma gota de suor escorreu por minhas costas e mudei de posição, sentindo-me desconfortável. Várias pessoas estavam de pé ao lado dos carros, a maioria delas fumando e conversando, enquanto um furgão de uma emissora de televisão local, perto de nós, esperava que algo acontecesse. Um repórter estava prendendo um tipo de pacote de fios sob seu paletó.

Mamãe disse algo, mas eu não escutei. Estava concentrada em conseguir fazer o que tinha de ser feito e acabar logo com minha angústia. Tudo no que eu conseguia pensar era no quanto eu *não* queria estar ali.

Atravessamos a rua e passamos por um policial que direcionava o tráfego e mostrava aos motoristas uma placa que dizia "limite de velocidade temporariamente reduzido". Quando nos aproximamos das enormes vigas de madeira que compunham o arco principal da ponte nova, olhei para cima. Não havia janelas recortadas nas laterais da ponte e aquilo parecia estranhamento desajeitado e errado. O interior da ponte era todo feito de ângulos pontudos e juntas ásperas. Não era, de maneira alguma, a ponte que eu imaginara na *Lenda do cavaleiro sem cabeça*. Ela parecia não pertencer àquele lugar... Como eu.

Um pódio tinha sido colocado na calçada do lado de fora da entrada da ponte, e um homem por trás dele acenou para nós. Tivemos de abrir caminho entre vários grupos de pessoas aglomeradas. Não havia mais espaço para ninguém ali, naquela pequena passagem de concreto.

O homem se apresentou, disse que se chamava Robert e que era o mestre de cerimônias. Depois disso, ele e mamãe começaram a conversar. Até onde eu sabia, não haveria muito para fazer *de verdade* durante a solenidade, mas ele parecia gostar do título. Eu me virei e fui achar um lugar mais próximo da água.

Apoiando-me com uma das mãos na extremidade de uma viga, eu olhava para baixo, para o rio Crane. Ele estava calmo e límpido. Pequenos redemoinhos dançavam enquanto iam cada vez mais longe rio abaixo.

Meus dedos encontraram cada fenda e cada divisão na textura da madeira e acompanharam os rabiscos aleatórios espalhados e linhas que se misturavam umas às outras. Tracejando por toda a madeira, meu dedo mindinho se prendeu a um pedaço de metal frio.

Era um parafuso grande. Ele deveria ter algo entre cinco e sete centímetros de largura e estava lá para manter as vigas juntas. Madeira e metal: fortes e resistentes. Coisas feitas para durar muito tempo. Há alguns meses, nenhum deles sequer estava ali. *E se essas coisas estivessem aqui antes, os acontecimentos teriam sido diferentes? Será que Kristen não teria caído no rio? Essas vigas espessas teriam impedido sua queda? Teriam impedido que ela...?*

Pensei muito, muito mesmo sobre isso, enquanto corria meu dedinho em torno da cabeça do parafuso, até que senti algo. Retirei a mão imediatamente e olhei para ver o que tinha acontecido. A pele tinha sido cortada bem no meio da almofada do dedo.

Prendendo minha respiração antecipadamente, esperei por uma gota vermelho-escura e aguardei algum sinal de vida.

Que não veio.

Tive certeza de que sangraria, afinal, eu havia me cortado. No entanto, o sangue não apareceu. Em vez disso, meu dedo mínimo começou a latejar.

Mantive minha mão erguida e observei enquanto meu dedo pulsava, cada movimento em sincronia com as batidas do meu coração, como se um fio tênue unisse os dois. O barulho do tráfego e a reverberação das pessoas começaram a desaparecer. A estática tomou conta de meus ouvidos, e eu não consegui me virar.

– Abigail.

O som do meu nome abalou minha concentração, e pisquei uma vez. Mamãe estava em pé à minha direita, e com uma das mãos gesticulava, indicando que queria que eu fosse até ela. Foi aí que eu me dei conta da aberração que eu devia estar parecendo, ali, parada, com um dedo erguido no ar.

Pisquei novamente. Os ruídos externos começaram a voltar, e eu retornei para onde estava e ao que se esperava de mim. O zumbido baixo das vozes das pessoas continuou, e eu abaixei minha mão. Limpando as palmas apressadamente nos lados da minha saia, notei que repetia os gestos anteriores de mamãe, alisando um vinco inexistente.

Controle-se, Abbey. Você está em público.

Abri caminho até mamãe. Ela estava concordando com um gesto de cabeça e sorrindo, conversando com uma repórter, enquanto lançava discretamente, em minha direção, olhares que significavam "Está tudo bem?".

Agarrei a mão dela e a apertei firme, tentando transmitir minha melhor vibração de "estou bem". Ela apertou minha mão de volta e relaxou, e eu entendi que havia captado a mensagem. Tentei ficar fora do caminho da repórter, mas então ela deve ter percebido que eu era outra pessoa com quem deveria conversar. Sua linguagem corporal mudou, e ela começou a mover o microfone lentamente para longe do rosto de minha mãe que, por sua vez, tentava recuperar o espaço perdido, aumentando o sorriso e inclinando a cabeça mais para frente, conforme o microfone se movia para trás. Ela odiava desistir dos holofotes. Quando mamãe finalmente terminou de explicar como a cerimônia havia sido organizada pelo Comitê Municipal, seu pescoço estava num ângulo tal que ela parecia uma girafa. Teria sido cômico se eu não estivesse tão concentrada em tentar manter meu sorriso e ensaiar em minha cabeça o que eu diria se a repórter me perguntasse sobre Kristen. Eu não tive muito tempo para ensaiar.

– Que eu saiba, você era amiga de Kristen Maxwell, não? – Uma bolota de espuma enorme foi enfiada na frente do meu rosto, e em seguida a repórter se virou para mim com um rápido movimento de seus ombros com ombreiras. A agilidade dela era impressionante. – Vocês duas estudaram juntas, certo?

Antevendo a pequena legenda com meu nome escrito errado que podia aparecer na tela da televisão, se essa notícia aparecesse no noticiário, inclinei-me para frente para falar diretamente na cobertura de espuma.

– Sim – respondi, falando mais alto do que planejava.

A mulher fez uma espécie de careta, apertando os olhos e afastou o microfone do meu rosto.

Rápida como um raio, mamãe deslizou para dentro do enquadramento e colocou um braço à minha volta num gesto de simpatia.

– Abbey e Kristen eram melhores amigas desde os sete anos. Acho maravilhoso que Kristen seja lembrada desse modo. – Ela me abraçou com mais força, e eu tentei manter meu sorriso.

– E como você se sente em relação a essa tragédia? Você acha que a cidade de Sleepy Hollow poderia ter feito mais para evitá-la? – Ela não fez uma pausa para que eu respondesse. – Você acha que a segurança de canteiros de obras precisa se tornar prioridade em nossa cidade?

Eu congelei. Ela redirecionou a bolota de espuma para mim, e eu simplesmente fiquei ali, com um sorriso vazio. O que era esperado que eu dissesse naquele momento? Ela queria que eu respondesse a *todas* aquelas perguntas? Ou apenas à última?

O abraço fortíssimo de mamãe se tornou uma espécie de "aperto mortal de anaconda" e captei a dica: ela queria que eu ficasse de bico calado.

– Tenho certeza de que todos nós nos perguntamos "como poderíamos ter feito mais?" quando a tragédia nos atinge – disse mamãe. – Por sermos cidadãos conscientes, sempre queremos aprender como evitar que algo semelhante volte a acontecer. É preciso que façamos nosso melhor para nos certificarmos de que as regras de segurança sejam cumpridas com o máximo rigor e que nos esforcemos para criar leis mais eficazes para proteger nossa comunidade.

Mamãe era uma verdadeira profissional.

O cinegrafista fez um tipo de gesto de "fechamento" com sua mão e a repórter deu um passo de volta ao enquadramento.

– Nunca foram ditas palavras mais verdadeiras. Eu sou Cara Macklyn, do noticiário do Canal 8, mostrando a cerimônia em memória de Kristen Maxwell, direto da nova ponte de Sleepy Hollow.

Permanecemos com os sorrisos congelados em nossos rostos até que o sujeito da câmera gritou:

– Eeeeee... estamos fora.

Então, mamãe cumprimentou a repórter por sua linda roupa, a repórter cumprimentou mamãe por sua filha adorável, e eu fiquei no meio de tudo aquilo, sem saber quando seria a hora certa de parar de sorrir.

Finalmente, trocamos apertos de mão e mamãe me empurrou em direção ao pódio. O prefeito Archer estava lá agora, estudando vários cartões com anotações, mas ele erguia os olhos conforme nós nos aproximávamos. Eu disse olá e fui envolvida em uma nova rodada de cumprimentos. Mamãe ficou ao meu lado, parecendo muito orgulhosa de mim. *Por que eu concordei com isso? E se eu fizer alguma besteira?*

Mais suor escorreu pelas minhas costas. Tudo que eu queria era uma chuveirada. Estava quente e pegajoso, e a multidão que não parava de aumentar acentuava aquela sensação avassaladora de umidade e desconforto.

Então, eu me dei conta do que estava para acontecer. *Eu não posso fazer isso! É muita gente. Eu não consigo falar em público!*

Inspirando profundamente, eu tentava não respirar rápido demais, mas, ainda assim, podia ouvir pequenas lufadas de ar sendo sugadas para dentro e para fora de mim à medida que comecei a respirar cada vez mais rapidamente. Mamãe virou-se para mim e eu a vi empalidecer.

– Você está bem? – perguntou ela. – Está com cara de quem vai vomitar.

– Multidões... Não vou conseguir fazer isso... Estou me sentindo mal.

– Ah, Abbey, consegue sim – disse ela. – Isso tudo terá terminado antes mesmo que você perceba. Apenas diga algumas palavras sobre Kristen, e então terá acabado.

Eu sacudi a cabeça.

– Eu... Eu não vou conseguir. – Olhei à minha volta. Eu precisava sair dali. Tinha que cair fora daquele lugar.

Mamãe deve ter percebido minha intenção de fugir, porque agarrou meu braço e o apertou gentilmente. A pressão realmente conseguiu me distrair para não respirar rápido demais... Um pouco.

– Você escreveu o que vai dizer, certo?

Concordei com um gesto de cabeça.

– Então, vai se sair bem. Assim que o prefeito chamar seu nome, leia o que escreveu. Eu estarei bem ali ao seu lado para apoiá-la, certo?

Concordei novamente, e então o prefeito Archer começou a falar. Ele saudou a multidão e agradeceu a todos por estarem presentes. Nomeando todos os membros do conselho da cidade e do comitê de construção que havia "trabalhado incansavelmente neste projeto e mostrado com orgulho o que era um verdadeiro trabalho de comunidade", pediu uma salva de palmas e então anunciou que eu subiria ao pódio para fazer dizer algumas palavras em memória de Kristen.

Mamãe teve que me empurrar na direção do pódio, mas, fiel à sua promessa, ficou ao meu lado.

O prefeito Archer me apresentou como a melhor amiga de Kristen e então tudo ficou silencioso.

Olhei para o papel que eu segurava bem apertado em uma de minhas mãos. Colocando-o sobre o pódio, alisei uma das bordas dobradas. Tudo o que eu queria dizer estava lá, na minha frente. Tudo o que eu tinha que fazer era abrir minha boca e ler as palavras. Eles estavam esperando por mim.

– Kristen Maxwell era... – eu me interrompi, e então tentei novamente. – Ela era um... Uma pessoa da frente se mexeu e aquilo me distraiu. Tive vontade de socar o coitado. Tentei encontrar Ben no meio da multidão, mas não consegui. Então, tentei usar o truque dele. Examinei a multidão imaginando todo mundo ali em roupas íntimas ridículas. Aquilo ajudou um pouco.

– Eu quero contar a vocês... Todas as boas coisas que Kristen Maxwell foi – li, hesitante. – Uma boa filha, uma boa amiga, uma boa aluna, uma boa pessoa. Mas isso é o que vocês esperariam ouvir. Quem falaria dos defeitos de alguém depois do falecimento dessa pessoa? – Minha voz oscilava, mas eu continuei. – O que era realmente importante sobre Kristen era que ela amava a vida. Ela amava viver, sorrir, e simplesmente aproveitar as coisas que apareciam em seu caminho. Essa era sua maior qualidade. – Ergui os olhos para a ponte. – Nós costumávamos vir aqui antes de a construção começar. Ficávamos embaixo da ponte e olhávamos a água. Nós só conversávamos, ríamos. Ficávamos juntas. Ela realmente gostava daqui. – Comecei a me emocionar e lutei para não me deixar levar. – Embora ela nunca mais vá poder aproveitar as coisas simples da vida, eu decidi aproveitá-las por ela. Viver cada dia da maneira mais plena e sempre tentar encontrar a felicidade nas pequenas coisas, como Kristen fazia. E eu ficaria honrada se vocês partilhassem a lembrança dela da mesma forma. Sejam felizes. Amem com frequência. Espalhem alegria... Por Kristen.

  Várias pessoas estavam enxugando de leve os cantos dos olhos e, então, aplausos estrondosos irromperam. Eles continuaram aplaudindo e eu olhei para cima, para o céu encoberto.

  Essas pessoas estão aplaudindo você, Kris.

  O prefeito Archer voltou ao pódio, e os aplausos cessaram.

  – Eu gostaria de agradecer a Abigail Browning por suas palavras tocantes – disse ele –, e a todos vocês por terem vindo. Esta ponte está inaugurada como a ponte Washington Irving, e é dedicada à memória de Kristen Maxwell.

  O prefeito sorriu para a multidão, mas as pessoas já estavam começando a ir embora. Estavam prontas para seguir em frente.

  A multidão se dividiu em dois grupos distintos. Um grupo vinha em nossa direção, sem dúvida querendo conversar. O outro se movia em direção ao estacionamento, debandando de maneira educada.

  Eles davam encontrões uns nos outros, e pareciam meio aturdidos. Mamãe e eu ficamos lá, esperando pela próxima onda de maré humana até que finalmente papai chegou onde estávamos.

Eu estava numa espécie de torpor, apertando às cegas as mãos que eram estendidas para mim, agradecendo à medida que as pessoas me diziam que eu havia feito um trabalho excelente, ou como elas partilhavam meus sentimentos. Assim que pude, me agarrei ao meu pai e coloquei meu braço em torno dele.

Parecia bom ter algo sólido em que me segurar, e aquele gesto fez com que me sentisse mais segura na mesma hora.

Papai também apertou mãos, e ele era capaz de alcançá-las mais rápido do que eu. Finalmente, as pessoas pararam de chegar e olhei em volta para ver quem havia restado. Eu não vi os Maxwell ou Ben, então, dei um jeito de atrair a atenção de mamãe por um segundo.

– Os Maxwell vieram? – Ela balançou a cabeça em negativa. – Eles devem ter achado que isso tudo seria doloroso demais. – Ela colocou a mão no meu braço. – Você fez um ótimo trabalho, Abbey.

Sorri para ela.

– Obrigada, mamãe. E, obrigada por ficar lá comigo.

Nós éramos as últimas pessoas ao lado da ponte, exceto pelo prefeito Archer, e imaginei que mamãe e papai queriam falar com ele antes de partirmos.

– Eu vou esperar ao lado do carro – disse a ela. – Não demorem muito, certo?

– Claro, claro – disse ela, mas eu sabia que seus pensamentos já estavam em outro lugar.

O guarda de trânsito não estava mais lá, e tive que esperar vários carros passarem antes que pudesse atravessar a estrada para a velha igreja holandesa. Quando entrei no estacionamento, notei que havia sobrado apenas um punhado de carros. Não parecia haver ninguém por perto. Fui até o lado da igreja que ficava mais afastado da estrada principal, e saltei sobre uma parede baixa de alvenaria que se projetava para fora da fundação de pedra.

Tudo era quieto ali, e eu tinha visão ampla das lápides mais antigas que ficavam naquela parte do cemitério. Elas eram esculpidas e decoradas lindamente, com uma letra cursiva bem harmoniosa que se destacava em um relevo pronunciado contra o granito. Muitas das pedras eram duplas, local de repouso final para marido e mulher, e aquelas sempre faziam meu coração doer um pouquinho.

Eu me recostei. O sol finalmente dava uma trégua, escondido atrás das nuvens, e as pedras estavam agradavelmente mornas. Coloquei as mãos atrás da cabeça, sentindo a pedra lisa em contraste com bordas ásperas de argamassa. Inclinando meu rosto para cima, fechei os olhos. Finalmente, estava sozinha e me sentindo confortável.

Um mosquito zumbiu perto do meu ouvido e eu o espantei. Virei minha cabeça pensando que era apenas aquilo. Nada mais do que um inseto.

Mas então *eu os vi*.

Meu corpo inteiro foi tomado por uma sensação estranha, que me dava calafrios. Meus dedos apertaram as pedras num reflexo e eu me forcei a relaxar. *É apenas um casal passeando. Não é nada de mais.*

Eles estavam andando entre os túmulos no extremo do cemitério. Indo e vindo em torno deles. À medida que chegaram mais perto de mim, pude ver o que estavam vestindo. Era... *esquisito*.

Mesmo numa cidade que tem sua cota de góticos e aspirantes a vampiros, eles definitivamente chamavam a atenção.

O sujeito usava shorts pretos de skatista, largos e com uma corrente com carteira presa a ele, várias camadas de camiseta de mangas compridas pretas e vermelhas que pareciam quentes demais para o calor do verão, e seus olhos estavam cuidadosamente borrados com delineador preto, estilo Johnny Depp. E tinha um moicano preto.

A garota usava minissaia xadrez preta e roxa, meia arrastão rasgada e botas de motociclista com cadarços que combinavam com sua miniblusa. Ela usava o cabelo na altura dos ombros, roxo fosforescente com pontas de seis centímetros de um louro claro.

Eu não conhecia nenhum dos dois; nunca os tinha visto antes, então, fiquei sentada, esperando que eles simplesmente se afastassem.

Mas algo me dizia que eles não iriam embora.

Colocando no rosto o mesmo sorriso falso que tao bem havia me servido durante a cerimônia na ponte, esperei por eles. Eles se aproximaram rapidamente, e então pararam.

Ambos eram extremamente pálidos. A pele deles era quase translúcida e tinha o mais estranho dos brilhos. Parecia pergaminho. *E eu que pensava que não tomava sol o suficiente.* Além disso, eles tinham olhos estranhos: muito grandes e claros. Se havia algum vestígio de cor neles, era um tom tênue de cinza. Eles tinham que ser irmãos.

– Você sabe onde é o posto de gasolina mais próximo? – perguntou a garota. – Estou morta de vontade de beber uma Coca-Cola.

A voz dela era *incrível*. Absolutamente cristalina. Eu tive uma sensação esquisita de que ela *cantara* a pergunta para mim, e estremeci de novo. Então, pensei melhor e tentei esconder que sentia, ao mesmo tempo, temor e estranheza.

– Hum... Bem, há um... – Era como se meu senso de direção tivesse me abandonado, meu cérebro parecia nebuloso. Tentei novamente. – Há um... um posto de gasolina alguns quarteirões adiante, à sua direita. Apenas vá seguindo a calçada... eu acho.

O sujeito sorriu para mim e a garota emitiu um agradável som de "obrigada". Os dois me encararam até que eu abaixei o olhar.

– Você mora por aqui? – perguntou a cantora.

– Sim. Eu sou Abbey Browning. – As palavras voaram para fora da minha boca antes que eu pudesse pará-las.

Ela sorriu, revelando uma linha perfeita de graciosos dentes brancos.

– Eu sou Casey, e esse é Uri. – Concordei com um gesto de cabeça, imaginando se eu devia apertar suas mãos ou algo assim. Os dois me observavam com seus olhos pálidos e aquilo começou a me dar nos nervos.

– Você não quer mesmo uma Coca-Cola, quer? – eu disse sem nem mesmo me dar conta de que estava dizendo aquilo.

Uri deu uma olhada para Casey e, então, disse:
— Talvez sim. Talvez não. — A voz dele era de um tom baixo e tinha um timbre lindo. Era como chocolate quente escorrendo sobre veludo.
Aquela voz fez meus cabelos se arrepiarem. Meu couro cabeludo formigava. Parecia que dúzias de pequenas aranhas repentinamente começaram a correr por toda a minha cabeça, para depois sapatearem na minha espinha. Aquele *não era* um sentimento agradável.
— Bem, foi um prazer conhecê-los. — Eu me levantei. — Mas eu tenho que ir. Meus pais estão esperando por mim.
— Tudo bem — disse Casey. Ela parecia nunca piscar.
— Nós só temos mais uma pergunta.
Eu devia ter ido embora. Eu devia tê-los deixado para trás, corrido para mamãe e papai e pedido que me levassem dali o mais rápido que pudessem.
Mas não fiz isso. Eu fiquei.
— Você era amiga de Kristen Maxwell? — perguntou Uri. — A garota que se afogou no rio, aqui perto?
Eu congelei. Aquilo já havia passado da simples esquisitice. Embora eu tivesse acabado de fazer um discurso sobre a morte de Kristen, alguma coisa ali estava *errada*. Muito, muito errada. Era como se eles não devessem *saber* sobre aquilo.
— Por que você quer saber? — Minha voz era quase um sussurro.
— Nós ouvimos sobre o que aconteceu. Só isso — disse ele.

De repente, um sentimento completamente despreocupado de "tudo está bem agora" tomou conta de mim. Eu tinha o desejo louco de rir daquela situação. Mas era uma sensação... quase forçada. Eu sabia que não tinha nenhuma razão para *não* estar me sentindo aliviada. O que é que estava acontecendo? Tudo o que eu pude pensar em dizer foi:
– Está certo. Tudo bem. Ah... Bem, eu realmente preciso ir. Tchau. – Minha boca tinha um gosto engraçado e eu engoli em seco. Alguém devia ter queimado folhas ou algo assim porque eu podia sentir o gosto na minha língua.

– Tchau, Abbey – cantarolou Casey. – Nós nos vemos mais tarde.

As aranhas voltaram e recomeçaram a subir e descer pela minha espinha. E eu me afastei dali o mais rápido que pude.

Capítulo Quatro

Novos Planos

> Longe dali, o murmúrio das vozes dos alunos podia ser ouvido em um dia sonolento de verão...
>
> *– A lenda do cavaleiro sem cabeça*

Eu queria visitar o cemitério no dia seguinte, mas tinha que dar uma passada no colégio para devolver meus livros do ano anterior. Quando deixei a escola em fevereiro para ficar com tia Marjorie, todos os professores me passaram trabalho para que eu levasse comigo, assim conseguiria acompanhar a classe ao voltar. No entanto, ciências tinham sido um problema. Senti dificuldade nas minhas tarefas e não consegui boas notas.

Mamãe e papai tinham sido bastante compreensivos, já que eu tivera todas aquelas circunstâncias atenuantes, mas era chegada a hora do sr. Knickerbocker e eu termos uma conversa. Eu não queria repetir em química no meu último ano do ensino médio.

A escola parecia esquisita sem os alunos. Um vazio espalhava-se pelos corredores. Fileiras de armários prateados esperavam, improdutivos, pelo próximo grupo de adolescentes que os chamariam de lar por nove meses. Os pisos de madeira rangeram sob meus pés, e eu olhava para baixo, notando que eles haviam sido recentemente encerados e polidos.

Carregando minha mochila no ombro, fui até o escritório da administração. Era uma sala pequena, pintada num tom agradável de baunilha, com muitos quadros na parede. Uma mulher de cabelo grisalho curto estava sentada atrás da mesa com um lápis enfiado atrás da orelha e óculos caindo da ponta de seu nariz. Ela olhou por cima de seu computador e sorriu para mim de forma gentil.

– Olá, querida. O que posso fazer por você?

Eu abri o zíper da minha mochila e tirei uma pilha de livros.

– Eu só preciso devolver estes livros, sra. Frantz – disse, empilhando-os na mesa, onde eles tomaram quase toda a superfície.

Ela me deu um olhar de esguelha e suspirou.

– Eu cuidarei deles.

Virei-me para sair.

– Espere – disse ela. – Preciso entregar um comprovante de devolução. – Abrindo uma gaveta lateral, ela procurou por um momento e, então, puxou uma folha de papel. Cortando um lado dela, rabiscou seu nome e então o estendeu para mim.

Enfiei o papel no bolso de trás.

– Obrigada. Ah, a senhora sabe se o sr. Knickerbocker ainda está aqui?

– Ah... – Ela já havia voltado para seu trabalho no computador. – Verifique no ginásio. Às vezes, ele ajuda nos treinos da equipe de atletismo. Estão treinando hoje.

Deixando o escritório da administração para trás, corri até o ginásio para encontrá-lo. À medida que eu chegava mais perto, podia ouvir alguns sons escapando pelas portas abertas. Enfiei a cabeça por uma delas e vi um grupo de crianças fazendo alongamento em um canto. Usavam roupas de ginástica azuis e douradas combinando, com a imagem do Cavaleiro sem cabeça, a mascote da escola, estampado na lateral.

Mas o sr. Knickerbocker não estava lá.

Entrei assim mesmo, imaginando que poderia perguntar a um dos atletas se sabiam onde ele estava, e me surpreendi em ver uma garota que eu meio que reconheci da turma de inglês. Ela estava afastada do grupo, curvando-se para tocar seus dedos dos pés. Seu cabelo castanho-escuro comprido estava preso num rabo de cavalo e sua pele macia brilhava como se ela tivesse um bronzeado permanente. Esperei que ela me notasse.

Levou aproximadamente cinco segundos.

– Abbey? – Ela se levantou e veio até mim. – Você vai participar da equipe de atletismo?

– Eu? Não. Estou procurando o sr. Knickerbocker. Você sabe onde ele está?

Ela se inclinou num alongamento lateral.

– Não. Por quê?

– Tenho um assunto para discutir com ele. – Meu cérebro quicava enquanto eu tentava lembrar o nome dela. *Beth*. Era isso.

Beth se virou e colocou suas mãos em concha em torno da boca.

– Lewis! Ei! Vem aqui.

Um rapaz alto, com cabelo preto desgrenhado e o maior sorriso que eu já tinha visto, deixou o grupo de alongamento e veio se juntar a nós.

– O que foi? – Então, ele se virou para me olhar. – Ei, pensei que você tivesse pedido transferência ou algo assim.

Eu podia sentir meu rosto ficando vermelho.

– Não. Eu estava, hã, doente. Mononucleose.

– Você sabe onde o sr. Knickerbocker está? – perguntou Beth. – Ela está procurando por ele.

– Está no escritório dele – respondeu Lewis. – Ou estava, há uns dez minutos.

– Certo, obrigada. Eu vou até lá.

– Ei, Abbey – disse Beth de repente –, estou contente por você estar de volta.

– Eu também – respondi. – Vejo vocês em setembro.

Encontrei o sr. Knickerbocker em seu escritório, exatamente como Lewis tinha dito. Havia duas pilhas de papel à sua frente e, de forma metódica, estava colocando as duas em ordem. Ele deu uma olhada para cima, em minha direção, e pigarreou.

– Abbey. Entre. Sente-se. – Ele apontou para uma cadeira ao lado de sua mesa, e eu me sentei. – Como você está... se sentindo?

O sr. Knickerbocker não estava vestindo a habitual camisa de poliéster e gravata feia. Em vez disso, usava jeans e camiseta, parecia um total desconhecido. Eu nem mesmo *sabia* que era permitido aos professores usar esse tipo de roupa.

– Estou bem. Melhor, quero dizer. Estou bem melhor.

Ele cruzou as mãos no peito e me encarou por detrás de seus óculos com aros de tartaruga.

– Tenho certeza de que você ouviu sobre a Feira de Ciências. Seu parceiro, sr. Bennett, ficou em segundo lugar.

– Sim, eu soube disso. E estou feliz por ele. – Eu balançava meu pé sem descanso contra a beirada da cadeira. Como iria começar aquela conversa?

– Na verdade, fico contente que você tenha passado por aqui hoje, srta. Browning – disse ele. – Precisamos mesmo conversar sobre suas notas de química.

– Bem, hã... Sim, veja, é por isso que estou aqui, sr. Knickerbocker – disparei. – Sei que passei por um período difícil, e queria saber se existe algum jeito para que eu possa... Talvez fazer algum trabalho para conseguir nota extra, ou algo parecido... Há? Eu realmente não quero ter que repetir química no próximo ano.

Em vez de responder, ele me perguntou:

– Quais são os seus objetivos para o futuro? Faculdade? Carreira? O que você quer fazer da sua vida?

Eu pensei em apenas responder que não sabia, ou ainda não tinha certeza... Mas algo me obrigou a falar a verdade.

– Eu sou uma perfumista. Crio perfumes, e quero ter meu próprio negócio. Eu vou criar perfumes para as pessoas.

Os olhos dele se iluminaram.

– *É mesmo?* Que interessante. Então, você deve ter um interesse especial em química, talvez em botânica?

Concordei com um gesto de cabeça.

– Bem, na verdade sou o tipo de pessoa que prefere a prática aos livros e teorias, mas a ciência é fascinante. – Então, balancei a cabeça. – Fascinante, mas muito, muito difícil. Eu passo maus bocados tentando entender o processo de cada fórmula e substância.

– Só é preciso paciência e vontade de aprender, srta. Browning.

– E inteligência. Você tem que ter inteligência suficiente para ser capaz de entender essa matéria.

– É verdade. Mas eu descobri que a maioria dos alunos não está disposta a se esforçar de verdade. Está disposta a se esforçar?

Ele estava falando sobre o negócio de crédito extra agora?

– Hum, acho que sim. – *Talvez.* Tudo dependia de quanto aquilo ia atrapalhar minhas férias de verão. Um tanto impaciente, ele arrumou os óculos.

– Eu esperava que não fosse preciso chegar a esse ponto, mas como a senhorita é a *única* aluna que precisa de atenção extra este ano, e considerando os seus futuros objetivos de carreira, e sua... ausência... durante o ano escolar, não temos como escapar.

Agora, eu estava ficando nervosa.

– Estou falando sobre um curso de verão, srta. Browning.

O quê? De jeito nenhum.

– Mas, sr. Knickerbocker... Eu não posso. Eu... – *Pense, pense, pense, Abbey.* Vou passar o verão ajudando aos pobres? Vou fazer uma viagem missionária? Cozinhar sopa para os necessitados? Certamente, tinha que haver outra maneira. Eu protestei. – Escola no verão?

Ele franziu a testa.

– Também não estou contente com isso. Você acha que eu quero passar meu único tempo livre *aqui?* Eu tinha planos de passar o verão inteiro boiando em minha piscina, com uma bebida na mão.

Imagem mental. O sr. Knickerbocker usando uma sunga. *Ecaaaa!*

– E se eu... Mas e o... Ben! – eu disse. – Ben é realmente bom em química. E se ele me ensinar? Então, no fim do verão eu posso fazer outra prova. Um exame final. Isso serviria?

Ele me deu uma olhada.

– Você acha que ele faria isso?
Ben? Com certeza.
– Sim.
– Eu poderia reunir algumas anotações sobre o curso, entende, sobre a matéria que poderia cair nessa prova... Desse modo, terei certeza de que você estudará todo o conteúdo que foi ensinado durante o ano. – Ele estendeu a mão para que eu a apertasse. – A senhorita tem que passar nesse exame. Caso não o faça, srta. Browning, eu lhe darei uma nota baixa que valerá por todo o ano e a senhorita repetirá a disciplina. Negócio fechado?
Como se isso não fosse pressionar o aluno ou qualquer coisa assim. Bem, pelo menos, eu me livraria do curso de verão.
– Sim, negócio fechado.
Cinco minutos mais tarde eu estava entrando no carro de mamãe, tentando me convencer de que tinha feito a coisa certa. Algumas aulinhas com Ben e uma prova eram uma opção infinitamente melhor do que curso de verão com o sr. Knickerbocker. Agora, tudo o que eu tinha que fazer era convencer Ben a desistir de parte das férias dele.

Assim que cheguei em casa, subi para o meu quarto para ligar para ele. Depois de discar, deixei tocar uma vez e então desliguei.
Batendo o telefone na minha testa, respirei fundo e então liguei novamente... só para desligar mais uma vez.
Joguei o telefone sobre minha cama e andei de lá para cá. Era só uma pergunta. Um simples "Você pode fazer isso?". Ele não diria não, diria?

Fiquei firme e peguei o telefone de volta. Mas eu... Primeiro eu precisava de um lanche.

Desci as escadas e fui direto para a geladeira. Foi então que o telefone tocou e eu o encarei. O número piscava no identificador de chamadas. *Talvez eu devesse... Não, não pense, Abbey. Só fale.*

– Alô?

– Oi, Abbey – disse ele. – Você tentou me ligar?

– Hum... Sim. Desculpe, acho que a conexão estava ruim. A ligação caía o tempo todo.

Distraída com a comida à minha frente, empurrei a garrafa de suco para o lado e procurei por uma lata de refrigerante.

– Tudo bem. O que aconteceu?

Fui até o armário e examinei a fileira de pacotes de salgadinhos.

– Eu preciso pedir uma coisa a você, Ben. – Houve um silêncio, e eu puxei um saco de pretzels salgados. Rasgando o saco, comi um no ato, tentando pensar na melhor maneira de pedir o favor. – Você... Quer comer uma pizza comigo na cidade? Ah, daqui a meia hora mais ou menos?

– Sim. Você está em casa? Posso ir buscá-la?

– Certo. Eu... hã... vejo você em meia hora, então.

Sim, eu era uma covarde. *Mas vou pedir quando estivermos na frente de uma pizza,* prometi a mim mesma, torcendo muito para que a resposta dele fosse sim.

Bem na hora, ele parou seu Jeep Cherokee verde, muito velho, que se chamava *Doce Christine*. Eu havia feito pouco dele por causa do nome do carro quando ele me disse pela

primeira vez, mas agora eu achava que era um nome bem fofo. Ele buzinou uma vez, e eu subi em seu carro dizendo um tímido:
– Oi.
– Não se esqueça do truque – me lembrou Ben.
Sorri para ele.
– Não me esquecerei. – O cinto de segurança tinha que ser puxado para baixo no ângulo certo e, então, preso no suporte. Uma vez que ele fez o barulho indicando que estava bem firme, Ben passou a marcha e nós partimos.
Virando-me ligeiramente na direção dele, eu o avaliei. Ele parecia... diferente. Talvez mais alto? Embora fosse difícil afirmar isso, já que ele estava sentado. E muito bronzeado. Sua pele num tom mais escuro realmente destacava seus olhos castanhos.
– Então... Quais são seus planos para o verão? – Deus, aquela era uma tentativa lamentável de começar uma conversa, *mas eu tinha que começar em algum lugar*. Se eu continuasse a encará-lo por mais tempo, ele podia ter uma ideia errada das minhas intenções.
– Eu ainda estou trabalhando no Cavaleiro Assombrado. Mas também vou ajudar meu pai. Ele teve essa grande ideia de plantar árvores de Natal para o próximo ano, e eu estou vivendo em um ritmo de trabalho escravo.
Ele sorriu, mostrando seus dentes brancos.
Senti um calafrio ao perceber uma coisa. Eu não lembrava que Ben era *tão bonito*.

Nós descemos a rua principal e ele encostou para estacionar a cerca de um metro da Pizzaria do Tony. Quando já estávamos fora do carro, ele tirou um punhado de moedas de seu bolso e alimentou o parquímetro.
– Pronta?
– Pronta.
O próprio Tony gritou um "Olá" para nós quando entramos, e nos dirigimos a uma mesa próxima da parte de trás.
A toalha de mesa, de um plástico laranja, definitivamente já tinha visto dias melhores, e o banco de madeira falsa rangeu quando nos sentamos.
– O que você quer? – perguntou Ben. – Algumas fatias ou uma pizza inteira?
– Estou com bastante fome. Uma pizza inteira me parece uma boa ideia.
– Deixe-me adivinhar, você é o tipo de garota que gosta de *pepperoni*.
Eu balancei a cabeça.
– Eu gosto da minha completa, com tudo a que tenho direito.
– É mesmo?
– Sim.
Ele não parecia acreditar em mim.
– Você não acha que eu seja capaz de comê-la, não é? – Levantei uma sobrancelha na direção dele.
Ben riu.
– Não, não. Eu gosto da minha pizza completa também. Então é isso que vamos comer. – Ele se moveu para

fazer o pedido, e peguei um refrigerante na geladeira mais próxima, afastando as garrafinhas de Coca-Cola em busca de uma *root beer*.
– O que você quer beber? – perguntei a ele.
– O mesmo que você.
Procurando por outra *root beer*, abri minha bebida, e esperei por Ben. Ele voltou e se sentou um segundo mais tarde.
– A pizza está a caminho. Uma grande, com tudo a que temos direito.
Assenti e tomei um gole. Agora que nós já estávamos frente a frente, eu sentia a coragem me abandonar novamente.
– Então – disse Ben abrindo a lata dele –, quais são os *seus* planos para o verão?
–Ah, eu não sei. Como eu demorei para sarar da... mononucleose, não tenho muita certeza do que eu vou fazer. – Certo, então aquilo não era *exatamente verdade*. Eu mais ou menos sabia pelo menos *uma* coisa que, *com certeza*, ia fazer durante o verão. Se Ben concordasse.
– Você vai trabalhar na sorveteria do seu tio de novo?
Dei de ombros.
– Não sei. Eu ainda não falei com ele.
– E isso seria... a coisa certa a fazer? Alguém pode ficar doente se sua mononucleose não estiver completamente curada?
O refrigerante quase saiu pelo meu nariz.
– Não, não – gaguejei enquanto apanhava um guardanapo. – O médico me deu... Ele me deu alta. Eu estou melhor.

– Ah, que ótimo – disse ele. – Isso é bom.
– Ei, eu não vi você naquela coisa da ponte. – Mudei de assunto. Muita conversa sobre mononucleose e eu podia estragar tudo.
– Ah, sim, desculpe. Fui chamado para trabalhar. Tentei dar um jeito de sair, mas...
Tony veio trazendo nossa pizza e o interrompeu, colocando a bandeja redonda de alumínio à nossa frente.
– Uma grande, completa. Aproveitem!
– Parece ótima, Tony – disse Ben. Ele colocou uma fatia fumegante em um prato de papel, estendeu-o para mim e então se serviu.
Meu pedaço estava ainda quente demais para comer, mas Ben não parecia ter problemas.
– Então, como foi? – disse ele com a boca cheia.
– Deu tudo certo. O prefeito disse algumas coisas, eu, outras mais, e então fomos embora.
– Eu gostaria de ter estado lá – disse ele baixinho. Ele remexeu a crosta de sua pizza e, então, comeu o resto em duas mordidas.
– Fiquei triste por não estar lá para levantar o cartaz para me lembrar, como prometeu – provoquei. – Mas, hã... há outra coisa com a qual você pode me ajudar. – Olhei para baixo e disse o resto de uma vez só. – Eu teria que fazer curso de verão, mas conversei com o sr. Knickerbocker, e, se você concordar em ser meu tutor, eu posso só fazer uma prova no final do verão.
Ben pegou um segundo pedaço de pizza.

— O que foi isso, Abbey? Você falou rápido demais. Você tem que frequentar o curso de verão?

Concordei com um gesto de cabeça.

— Porque eu basicamente fui reprovada em química.

— Mas você conversou com o sr. Knickerbocker sobre isso?

— Ele disse que, se você concordar em me dar aulas particulares durante o verão, depois delas eu posso simplesmente fazer outro exame final. — Olhei para ele. — Ben, eu sei que estou pedindo muito, já que você terá dois empregos nas férias e tudo mais. Mas eu realmente preciso de ajuda.

— Bem, eu *sou mesmo* muito bom em ciências — disse ele devagar, e eu sorri.

— Então você vai fazer isso? O sr. Knickerbocker vai lhe passar a matéria e todo o resto.

Ele fez uma pausa como se tivesse que pensar por um momento, e então, concordou.

— Claro que vou ajudar.

Eu quase pulei e o abracei bem ali.

— Mesmo? *Mesmo*, mesmo? De verdade, eu não sei como um dia poderei recompensá-lo.

Os olhos dele brilharam maliciosamente, e ele abriu um sorriso maroto.

— Tenho certeza de que pensarei em algo.

Pegando o meu pedaço de pizza, parei no meio do caminho e dei um falso suspiro.

— Eu sei. É disso que tenho medo.

Capítulo Cinco

ASSOMBRADA

Uma aura de torpor e de sonho parece pairar sobre a terra e penetrar a própria atmosfera.

— A lenda do cavaleiro sem cabeça

Eu não sabia o que havia me acordado, mas em um minuto estava dormindo pacificamente, e no seguinte estava deitada lá, encarando a parede escura. Virando de costas, livrei-me das cobertas e cobri meus olhos com um dos braços. Se tudo o que eu queria fazer era voltar a *dormir*, por que eu estava acordada?

Fechando os olhos, tentei relaxar. Forçando cada músculo do meu corpo a ficar imóvel, eu inspirava e expirava profundamente. Mas meu pescoço estava numa posição desconfortável, e eu sabia que não podia ficar daquele jeito. Virei meu travesseiro e senti o lado mais macio e fresco da fronha, que tinha ficado encostada no lençol. Era maravilhoso, e enterrei meu rosto nele. Ainda tinha cheiro de roupa lavada e já me fazia sentir sono novamente. Agarrei meu segundo travesseiro para fazer a mesma coisa, mas parte dele tinha escorregado para baixo, no espaço entre o colchão e a cabeceira da cama. Tive que dar um puxão forte. Ele se soltou e passei a mão por baixo para virá-lo também. Havia algo frio e duro lá. Meus dedos agarraram o pequeno quadrado, e eu levei um choque quando reconheci o objeto e entendi do que se tratava.

Corri os dedos sobre as placas de vidro liso quase compulsivamente e encontrei a fita de cetim preta amarrada.

Era um dos colares que Caspian havia feito para mim. Puxei-o para fora, perplexa. *Como aquilo poderia ser real? Ele não era real. Não fazia sentido nenhum.*

Fui tomada por um desejo terrível que sussurrou em meu ouvido. *Coloque-o...* Minha mão tremia levemente com a força que eu fazia para não dar atenção ao sussurro. Eu não podia. Não sabia como aquilo chegara ao meu quarto, mas tinha que existir uma explicação.

Eu o apertei contra meu rosto. O vidro era frio e suave. *Como o beijo de um amante que está morrendo.*

Eu o atirei ao chão. Ele estava me fazendo enlouquecer. Esses eram pensamentos e sentimentos irracionais.

O que eu estava fazendo? Aquilo estava me assombrando.

Aconchegando-me de volta em minhas cobertas, apertei bem os olhos. *Durma. Vá dormir.*

Tudo estaria melhor de manhã. Eu só precisava dormir. Minha cabeça se aninhou mais fundo no travesseiro, e eu mergulhei no sonho.

O vento soprava meu cabelo para cima do meu rosto, e eu ria alto enquanto tentava afastar os cachos negros. O rádio tocava as batidas ritmadas de um baixo, que pareciam fazer a terra estremecer, e solos de guitarra elevavam-se enquanto nós descíamos pela estrada. De olhos fechados, inclinei a cabeça e senti as vibrações que percorriam todo o meu corpo. Meus pés se enrolaram dentro das minhas botas, enquanto meus dedos formigavam de prazer.

Jogando meus braços para o alto, eu sentia a brisa arrebatada pelo vento. Não havia nenhuma barreira entre o céu e eu. Nós éramos um.

Um grito de pura alegria escapou dos meus lábios, e eu me senti tão leve quanto o ar. Se eu quisesse, a qualquer momento, poderia flutuar para longe, para fora do carro.

A música era a única coisa que me segurava. A única coisa que ancorava minha alma.

Então, alguém estendeu a mão e tomou a minha. Nossos dedos presos, entrelaçados. Virei a cabeça e segurei aquela mão perto do meu rosto. Quando meus olhos se abriram, não houve surpresa quando notei olhos castanhos. Cabelos castanhos encaracolados.

Nenhuma surpresa... mas também nenhum calor.

Ben sorriu para mim e aquela música selvagem falhou, tornando-se confusa... Apenas por um segundo, mas aconteceu.

— Vamos dar uma parada, querida — disse ele.

Concordei com um gesto de cabeça. A música continuava tocando, só que agora era uma canção diferente, mas com a mesma urgência da anterior. O carro diminuiu a velocidade até parar. Eu olhei para baixo, surpresa em ver que nós não estávamos no jipe verde de Ben, mas em um carro esporte vermelho.

A paisagem à nossa volta oscilou e tremulou, até deixar de ser um interminável deserto laranja e se transformar em um vagão prateado, uma lanchonete estilo anos 1950. Nós estávamos agora dentro dele, e eu notei a decoração kitsch.

Cardápios laminados, suas beiradas gordurosas e manchadas com pedaços de comida velha, estavam dispostos sobre as mesas redondas de vinil vermelho. Um jukebox fazia a canção "I Only Have Eyes for You" ecoar pelo pequeno espaço.

Ben segurou minha mão novamente e virou a palma dela para cima. Ele começou a tracejá-la seguindo as linhas que se entrecruzavam. Uma sensação de déjà vu se instalou, meu estômago pareceu dar um nó, e logo em seguida ficou frio.

Eu puxei minha mão. Eu deveria dizer-lhe para não... para não... alguma coisa. Eu tinha que dizer algo a Ben.

Mas então ele sorriu para mim e todas as minhas dúvidas se dissiparam.

– Quer dançar?

Claro. Aquilo era alegre. Aquilo era bastante divertido.

... Certo?

Ele me puxou para perto dele e de repente a música ficou mais alta e nos envolveu. Olhei em volta e percebi que o café estava vazio. Sem garçonete, sem cozinheiros, não havia nem mesmo outros clientes.

Ele nos conduziu a um canto. Aquele canto escondido da vista da caixa registradora, do balcão, até mesmo da cozinha, era nosso próprio palco particular. A música se impôs, aumentando à nossa volta, tomando meus ouvidos. Minha cabeça doía com o som. A música tocava repetidamente. Ben me fez girar uma vez e eu bati contra a parede, atordoada e sem fôlego. Ele se aproximou.

– Você é tão linda, Abbey. Eu já disse isso? Eu não sei...

Aquelas palavras fizeram um arrepio percorrer minha espinha e eu fechei meus olhos. Era esse o sentimento pelo qual eu estava esperando? Os pés dele cutucaram os meus à medida que ele aproximava. Apertei minhas costas contra a parede e curvei-me um pouco. Eu não sei por que fiz isso, mas parecia bem... adequado.

Ele aceitou meu convite sem palavras e veio em minha direção. Corei quando olhei para baixo e percebi que estava montada na perna dele.

Comecei a me mover para longe, a recuar...

– Não faça isso – sussurrou ele, pegando minhas duas mãos e segurando-as contra a parede. – Fique...

Curvando-se, ele começou a beijar meu pescoço e meus joelhos amoleceram.

– Abbey, Abbey... – sussurrou ele.

A música começou a diminuir e foi parando até se tornar um som baixo. Era como se ela viesse de uma trilha sonora de dentro do meu cérebro. E de novo, repetidamente, o ciclo repetia I only have eyes... for you... for you... for you.

Os murmúrios dele tornaram-se indistintos e eu fechei meus olhos novamente, sentindo meu coração bater no ritmo de suas palavras.

– Abbey... Abbey... Abbey... Astrid.

Abri os olhos de repente e permaneci desesperadamente imóvel. O que ele disse? Do que ele havia acabado de me chamar?

Ben deve ter sentido meu corpo ficar tenso porque ele também ergueu a cabeça.

– *O que você* – molhei meus lábios que tinham instantaneamente secado – *disse?*

– *Abbey* – repetiu ele, visivelmente confuso. – Eu a chamei de Abbey.

Eu sustentei o olhar dele e procurei alguma coisa em seus olhos... qualquer coisa.

Ele sorriu novamente e curvou-se até que seus lábios estivessem a uma fração de milímetro dos meus.

– *Você prefere Deusa? Luz da minha vida? Todo o meu desejo?* Eu chamaria você de qualquer uma dessas coisas.

O arrepio voltou mais uma vez. Era isso o que eu queria. Aquela sensação era verdadeira e eu queria isso, queria... Ele.

Fiz com que as mãos dele soltassem as minhas e abracei-o pelo pescoço.

– *Eu gosto de Deusa* – sussurrei de volta.

Ele sorriu, um sorriso muito sensual.

– *Então é Deusa.* – Então, os olhos dele se tornaram verdes.

Bati com força as costas contra a parede, empurrando meu corpo para longe do dele. O horror cravou suas garras no fundo do meu estômago, subindo até se alojar em minha garganta.

Olhos castanhos me encaravam preocupados.

– *Abbey, o que...?*

– *Por que você fez isso?* – gritei.

– Fiz o quê?

Alterar a cor de seus olhos para verde, *minha mente gritava*. Você mudou a cor de seus olhos! *Mas eu não podia forçar as palavras a passarem pelo nó em minha garganta.*

Analisei detalhadamente cada pedaço do rosto dele. Era o rosto dele, não o de Caspian. Éramos apenas Ben e eu. Aqui. Juntos. Será que eu não queria aquilo? Aquilo era normal. Eu estava sendo normal.

Dei um passo na direção dele e joguei meus braços em torno do seu pescoço novamente.

– Esqueça – sussurrei em seu ouvido. – *Más lembranças. Onde estávamos?*

Ele virou sua cabeça e nossos lábios se encontraram. Afastei o máximo possível aquela sensação que me dizia que eu estava fazendo alguma coisa errada. Levantando as mãos, enrosquei meus dedos no cabelo dele. Mas em vez de curto e encaracolado, o cabelo dele pareceu mais comprido e macio.

Ele piscava à minha frente, o tom de seus cabelos mudando de castanho-escuro para louro-pálido de maneira absolutamente chocante. Gemi de tristeza diante da confusão e frustração que tudo aquilo me causava, e Ben gemeu também. Então, beijou-me ainda mais intensamente.

Eu estava congelada no meu lugar quando seus olhos mudaram novamente. Olhos verdes, cabelos louros. Uma mecha preta surgiu diante dos meus olhos e meu coração se encolheu. Minha pressão subiu. Eu estava quente, dolorida e febril.

Caspian. Ele era o que eu queria.

Perdi o controle. Apenas por um segundo, mas eu queria senti-lo. Saboreá-lo.

Esmaguei minha boca contra a dele e passei a ponta da minha língua em seus lábios. Instantaneamente, ele deixou que minha língua entrasse em sua boca, e a parte de trás do meu cérebro explodiu de prazer. Não havia nenhum engano ali. Esse era o alívio que eu buscava desesperadamente.

Meus olhos oscilavam entre abertos e fechados, enquanto Caspian flutuava dentro e fora da existência.
Olhos castanhos, cabelos castanhos.
Ben...
Olhos verdes, cabelos louros.
Caspian...
Verde... Castanho...
Eu me recompus. Isso era errado? Usar Ben dessa maneira? Sim, eu sabia que a resposta para aquela pergunta era mil vezes sim.

Afastando-me, desta vez de verdade, eu saí dos braços dele e fui para longe da parede.
— Eu não posso... Sinto muito. — E então corri.
Saí do café, fui em direção ao carro. Pulei no banco do passageiro e coloquei minha cabeça entre meus joelhos.
Eu estava ficando louca... de novo.
Ben saiu rapidamente do café e chamou meu nome. Ergui a cabeça e a mão sem saber se para chamá-lo ou adverti-lo a ficar longe. Mas de repente, o carro rugiu, cheio de vida.

Caspian estava sentado no banco do motorista.
Olhei duas vezes para me certificar de que não era realmente Ben sofrendo aquela estranha transformação de novo, mas Ben ainda estava ao lado do café. Nós saímos do estacio-

namento coberto de cascalhos, cuspindo pedras à medida que
íamos, e eu percebi que minhas mãos ainda estavam erguidas.
Agora era agarrar o vento novamente...
— O que está acontecendo? — engasguei. Minha garganta estava seca e arranhando. — Por que isso está acontecendo comigo?

Caspian não respondeu. Em vez disso, ligou o rádio. Um violino tocava tristemente.

— *Você não sabe, meu amor?* — cantava uma voz feminina, suave e cheia de emoção. — *Você morreria, meu amor? Estou esperando, esperando por você. Essas cinzas se tornaram osso. Esperando, esperando por você. Esperando... Esperando por você.*

Enquanto o violino ecoava as últimas palavras da cantora que desvaneciam, Caspian virou seu olhar para o meu e me olhou dentro dos olhos.

— Estou esperando, esperando por você.

Sentei-me, o peito ofegava, a respiração transmitia a impressão de me cortar interna e externamente também. Empurrando mechas pesadas de cabelo úmido para longe do meu rosto, eu tentava me acalmar. Meu pulso estava disparado e eu sentia como se estivesse com febre. Então, tive uma ideia louca.

Jogando minhas pernas para fora da cama, caminhei até o banheiro e acendi a luz. Claro que meu cabelo não parecia ter sido soprado pelo vento. Meus lábios não estavam feridos ou com a aparência de terem sido beijados com paixão.

No entanto, meus olhos estavam arregalados, e meu rosto estava pálido. Belisquei minhas bochechas para dar alguma cor a elas e me curvei sobre a pia, repassando mentalmente aquele sonho louco.

Eu estava tendo outro colapso nervoso? Ou era meu subconsciente tentando me dizer algo?

Fiquei lá mais um minuto e, então, voltei para o quarto. Mas com uma olhada para os meus lençóis amarrotados, eu sabia que não seria capaz de dormir novamente tão cedo. Bati a ponta do pé no colar jogado no chão, e chutei-o para debaixo da cama. No que me dizia respeito, ele não existia.

Acendendo a luz da minha escrivaninha, me dirigi até meu novo armário de perfumes. Colocando a mão dentro da gaveta, tirei de lá um papel ainda em branco, que parecia um velho pergaminho, uma caneta e um par de tesouras. Então, abri minha maleta de suprimentos. Iniciando com a fileira de baixo, fiz uma etiqueta para cada frasco pequeno, assim ele teria sua própria gaveta no armário.

Enquanto eu copiava os nomes, a melodia assombrosa do violino ecoava em meus ouvidos, e eu comecei a pensar nos aromas de um perfume que combinassem com ela.

Lavanda, madressilva, jasmim, violetas. Algo com uma pitada de saudade e coração partido. Rosas velhas deixadas no túmulo de um amante. Um cravo murcho prensado entre as páginas de um livreto com a programação de baile de formatura. Florzinhas jogadas fora num impulso, junto com o papel verde encerado do buquê...

Anotando as possíveis fórmulas em um pedaço de papel pergaminho, eu cheguei a um nome perfeito para essa nova fragrância. Eu a chamaria *Cinzas que se tornaram ossos.*

Mais tarde, naquela manhã, enchi minha tigela de cereal e tomei um grande copo de suco junto com uma xícara de chá. Eu não tinha voltado para cama desde o sonho. Ainda assim, apesar do cansaço, me sentia estranhamente animada. Meus dedos estavam ansiosos para voltar aos perfumes, lá em cima.

Mamãe entrou na cozinha e, antes de sentar-se ao meu lado, parou diante da cafeteira:
– Com fome?
Sorri para ela.
– Trabalhando em um perfume novo.

Ela me sorriu de volta, um sorriso genuinamente feliz, e eu podia ver o alívio em seus olhos por eu estar trabalhando nos meus perfumes novamente.
– Qual é a inspiração?
Cinzas, ossos, música assombrada, amor perdido. Provavelmente não era a resposta que ela esperava.
– Violinos. Mordi um pedaço de torrada e mastiguei-o ruidosamente.
– Oh, entendo. Cordas, madeira antiga e cera de polir móveis?
– Certo. – *Hummm...* Agora que eu realmente pensava sobre aquilo, não era uma má combinação. Eu deveria fazê-la também.

— Oh, adivinhe... — eu disse, lembrando a minha conversa recente com o sr. Knickerbocker. — Você sabe que eu tive que devolver meus livros à escola? — Mamãe assentiu.
— Enquanto estive lá, conversei com o sr. Knickerbocker sobre o que eu poderia fazer para melhor minhas notas de química.
Agora, ela olhou intrigada.
— Meu amigo Ben, aquele que foi meu parceiro na Feira de Ciências, é muito inteligente e se ofereceu para me dar aulas particulares. Então, eu vou fazer uma prova no final do verão, e isso ajudará a elevar a minha média. — Deixei de fora toda a parte de "a propósito, minha nota do ano inteiro estará em jogo nesta prova".
— Então, serão só você e Ben? — perguntou mamãe.
— E onde essas aulas vão acontecer?
Eu ainda não tinha pensado nisso.
— Hum, acho que aqui? Provavelmente seria o mais fácil.
A expressão dela se tornou desaprovadora.
— E com que frequência?
— Algumas vezes por semana? — Eu achava que a notícia a deixaria contente, mas ela decididamente não parecia satisfeita. Era hora de fazer algo para reduzir os danos. — Foi realmente gentil da parte de Ben dizer que irá me ajudar. Ele já tem um emprego no Cavaleiro Assombrado e, além disso, vai ajudar o pai com algum serviço da fazenda.
Ela pareceu impressionada.

– Ele pareceu um jovem muito educado quando seu pai e eu o conhecemos.

Então, ela concordou.

– E você já tem quase dezessete anos. É pouco provável que precise de uma babá.

Sorri para mim mesma. Eu era *boa nisso*.

Capítulo Seis

CHNOFE E LOJAS

Ele era o tipo de criatura gentil e agradecida... cujo ânimo se elevava quando comia...

— *A lenda do cavaleiro sem cabeça*

Quando Ben chegou para nossa primeira aula particular de ciências, três dias depois, seus braços estavam abarrotados de papéis. Ele me cumprimentou e entrou na sala.

— Oi... Oi, Ben. — Infelizmente todas as partes mais quentes do meu sonho recente escolheram justo aquele momento para pipocar no meu cérebro em todos os seus mínimos detalhes. Eu senti meu rosto pegando fogo.

— Pronta para começar? — perguntou ele.

Foi só um sonho, só um sonho estúpido.

— Sim, claro. O que é tudo isso?

Ele deu uma olhada para baixo.

— Eu trouxe algumas das minhas antigas anotações para que você dê uma olhada.

Derrubando a pilha no chão, ele se sentou e levantou um dedo fazendo uma imitação perfeita do sr. Knickerbocker.

– É hora de ciências. Sente-se, srta. Browning.

Revirei os olhos, mas fiz o que ele pediu. Estendendo a mão, peguei um caderno que ele tinha deixado no topo da pilha. As páginas internas estavam cheias de anotações feitas à mão. Eu resmunguei baixinho.

– Nós temos que estudar *tudo* isso?

– Sim. Está dividido em partes diferentes. – Ele pegou o livro da minha mão e leu para mim. – Ácidos e suas químicas de base, os elementos, estrutura atômica básica, teoria Quantum, CHNOFE...

– CHNOFE? O que é isso?

– Os seis elementos que formam toda matéria viva. Carbono, hidrogênio, nitrogênio, oxigênio, fósforo e enxofre. CHNOFE é uma sigla para nos ajudar a lembrar disso.

Enterrei meu rosto em minhas mãos. Ele estava falando grego.

– Por que nós não podemos fazer algo simples, como montar uma réplica do sistema solar com Lego ou algo assim? Meu Deus, eu odeio química.

Ben sorriu e começou a agir daquele jeito brincalhão e animado que ele agira quando certa vez, na biblioteca, pesquisamos projetos para a Feira de Ciências.

– Sabe, na sexta série eu fiz um com almôndegas. Foi ótimo. Todo o sistema solar era comestível.

O olhar no rosto de Ben era tão ridículo que eu tive que rir. Ele estava *tão* satisfeito consigo mesmo...

– Por que isso não me surpreende? – Eu me levantei.
– Antes de começarmos, quero lhe mostrar algo. Venha aqui.

Ele me seguiu até a cozinha.

– Pense nisso como meu modo de recompensá-lo.

– Abrindo a porta de um dos armários em cima da pia mostrei que ele estava entupido de Doritos, biscoitinhos de queijo, rosquinhas, pipoca de micro-ondas e uma dúzia de outros tipos de lanches. – Eis o "armário do Ben".

Os olhos dele se arregalaram.

– Eu acho que amo você. Aqueles ali são Funyuns? – Ele puxou um pacote amarelo e verde. – *Estes* são os salgadinhos dos deuses.

– Eles são todos seus. Eu odeio Funyuns.

Nós voltamos para a sala e nos sentamos no chão ao lado dos papéis. Ben colocou o saco de Funyuns entre nós e o abriu. Ele tirou um punhado e começou a mastigar ruidosamente.

– Eu queria que Kristen estivesse aqui – disse eu. – Ela era *tão* melhor que eu em ciências.

Ben parou de comer e olhou para mim. Por um momento pensei que ele ia dizer algo sobre como sentia saudades de Kristen também, mas então ele disse:

– Você se lembra de quando nós tivemos aquele debate sobre a evolução versus criacionismo, em biologia? Você estava naquela aula comigo e Kristen, certo?

Claro que eu me lembrava daquele dia. Eu não poderia esquecê-lo. Dois botões da minha camisa tinham caído no exato momento em que eu estava me preparando para argumentar em defesa das ideias de minha equipe no debate. Felizmente, graças a Kristen em pé na minha frente e, literalmente me dando cobertura, ninguém percebeu o incidente.

– Sim, estava – eu disse. – Kristen era incrível. Eu nunca vi ninguém pensar tão rapidamente.

– Ela era boa mesmo – adicionou ele. – Quando mudou para a minha equipe e tinha apenas cinco minutos para se preparar, tinha consigo uma lista dos pontos já pronta. Mesmo supostamente devendo debater *contra* o criacionismo, ela havia preparado argumentos para os dois lados.

Sorri para ele.

– Essa era a Kris. Sempre pronta.

– Alguma vez ela lhe contou que a única razão de eu ter conseguido tantos pontos foi porque ela me deixou citar a maior parte dos argumentos da lista dela?

– *Não.* – Até eu podia ouvir a surpresa em minha voz. – Ela nunca me disse isso.

– Sim. Ela disse que como eu era o capitão, as respostas dela estavam lá para beneficiar a equipe toda e eu estava "conduzindo o barco". Nunca vou me esquecer daquela frase. Eu sempre a achei muito divertida. *Conduzindo o barco...* – Os olhos dele assumiram um olhar vago. – Depois daquilo, eu soube que ela não era nenhuma cabeça de vento que se valia de sua aparência ou copiava a lição de casa de alguém na manhã da aula para se virar. Ela realmente levava a coisa a sério, sabe?

Olhei para baixo, para o chão, e puxei uma fibra de carpete solta. Em mais de uma ocasião, eu tinha sido culpada por copiar o trabalho de Kristen na sala de casa.

– E quando ela finalmente argumentou – continuou ele –, cara, aquilo me desarmou. Ela disse algo sobre como se tinha chegado à fé em contraste com a ciência, e mesmo os cientistas tinham que ter fé de vez em quando.

Nós ficamos sentados lá, em silêncio por um momento, ambos nos lembrando de Kristen. Finalmente, Ben pigarreou.

– Certo, vamos começar para valer.

Concordei com a cabeça e, então, começamos o trabalho.

Na visita seguinte de Ben, nós passamos duas horas fazendo diagramas de átomos, prótons e nêutrons, e parecia que meu cérebro ia começar a derreter.

– Não consigo fazer isso – eu disse.

– Quer fazer uma pausa?

– Sim – respondi ansiosamente. – Vamos sair de casa.

Deixamos tudo onde estava e seguimos em direção ao centro da cidade. Eu o guiei até o final do quarteirão, onde a "minha loja" estava esperando, e passamos por um antiquário no caminho.

Ben deu uma olhada pela janela e, então, virou-se para mim.

– Se algum dia você entrar aí, não compre a urna azul gigante que está perto da parte de trás.

– Certo. Embora eu não esteja planejando comprar um vaso tão cedo... Por que não?

– Porque eu entrei aí uma vez com minha mãe após ter acabado de comer um cachorro-quente com milho e pimenta da rua. Ele devia estar mal cozido, ou foi o calor, ou algo...

Assim que ele disse as palavras "devia estar mal cozido", percebi que eu *não* queria ouvir o fim da história.

– ... Mas eu sabia que ia vomitar e a única coisa em volta era aquela urna.

Por falar em coisas nojentas...

– Ninguém viu, então, só coloquei a tampa de volta e não disse nada.

Balancei a cabeça, me sentindo levemente nauseada.

– Isso foi péssimo. Isso foi horrível mesmo, Ben.

Então, chegamos à minha loja e eu apontei para a janela da sacada, contente por poder falar sobre outro assunto.

– Veja lá. Não é esplêndida?

Apertei o rosto contra o vidro e coloquei as mãos em concha em volta dos olhos para bloquear o reflexo do sol. Ela parecia... diferente.

– Você acha que este lugar tem uma aparência limpa? Você acha que andaram fazendo uma faxina por aqui? – perguntei a ele.

Ele veio até o meu lado e espiou.

– Hã... Ele só me parece velho e meio feioso.

Dando um passo para trás, tentei ver o lugar de onde ele estava vendo. Sim, o vidro estava rachado. E havia teias de aranha em um canto do cômodo. Além disso, várias lâmpadas precisavam ser trocadas.

Mas a vitrine em si estava realmente limpa, e não encardida como estava na última vez que eu a vira, no Natal. As tábuas de madeira do piso pareciam ter sido recentemente esfregadas e polidas também. Algumas embalagens de material de limpeza e trapos estavam no chão, perto da porta dos fundos.

– Olhe ali – eu disse. – Alguém definitivamente andou limpando este lugar.

De repente, algo se moveu dentro da loja.

– Você viu aquilo? – perguntei.

Ben concordou e nós dois olhamos mais de perto, tentando adivinhar o que era. Uma figura se moveu para dentro e fora da luz, e então desapareceu num cômodo nos fundos.

– Venha comigo. – Fiz um gesto para Ben me acompanhar.

– Por quê? O que há, Abbey? Por que é tão importante saber quem é essa pessoa?

– Porque esta é a *minha* loja! Quero dizer, a loja onde um dia vou montar o meu negócio de perfumes. E quero me assegurar de que outra pessoa não está alugando o *meu* ponto.

Relutante, ele me seguiu para o beco nos fundos. A porta estava aberta e era mantida assim por um engradado plástico de leite. Eu dei uma entrada para olhar lá dentro.

– Olá...

Fui interrompida quando uma pessoa enorme veio rapidamente em minha direção e quase trombamos um no outro. Ele carregava uma pilha de caixas.

– Desculpe – eu disse, pulando para sair do caminho. Ele também desviou de mim, mas de uma forma que não o impediu de continuar segurando as caixas.

– Puxa. Eu não a vi aí. Deixe-me só colocar estas caixas ali.

Ele *definitivamente* não era um morador da cidade. O homem pôs as caixas perto da parede e, então, veio até onde eu estava.

– Agora, o que eu posso fazer por você, mocinha?

Ele tirou o chapéu preto alto que usava e fez uma reverência. Usava um casaco vermelho justo demais nos ombros, e notei que sua calça preta era estranhamente brilhante. Ele parecia o mestre de cerimônias de um circo.

– Reparei que alguém estava limpando a loja e imaginei se ela seria usada. Eu simplesmente amo as lojas aqui do centro da cidade. – Sorri para ele da melhor forma que sabia.

O homem riu.

– Ela ainda está vaga, por enquanto. Eu apenas a estava deixando um pouco mais bonita.

– O senhor precisa de alguma ajuda? – Usei a minha voz de "eu-sou-uma-adolescente-muito-educada".

– Você não é a coisa mais simpática? – disse ele. – Obrigada por sua oferta, mas eu acredito que dou conta.

– O senhor é dono da loja?

– Ah, sim, ela é minha. Mas eu só posso vir à cidade algumas vezes por ano. – Ele me deu um sorriso astuto, revelando um amplo conjunto de dentes brancos.

– Então, como ela está disponível já há algum tempo, o senhor concordaria em dar um desconto para a próxima pessoa que a alugasse? – Achei que tinha ouvido Ben bufar, mas o ignorei.

– Bem, não posso prometer nada, já que certas condições teriam que ser discutidas. Mas eu serei um locador generoso.

– Estarei me formando em breve, então, se as condições forem aceitáveis, o senhor poderá ter notícias minhas.

– Você *é* uma garotinha bem inteligente – disse ele.

– Acho que gosto de você. – Procurando em seu bolso traseiro, ele puxou um cartão de visitas e o estendeu para mim com uma piscadela. – Aqui está meu cartão.

Eu o aceitei e dei uma olhada nele:

– Obrigada, senhor...

– Melchom – completou ele.

– Prazer em conhecê-lo, sr. Melchom. Eu sou Abbey Browning. – Estendi a mão para cumprimentá-lo. – Boa sorte com sua loja.

Virei-me para Ben, que tinha permanecido incrivelmente quieto o tempo todo.

– Pronto para ir?

Ele concordou com a cabeça.

Uma vez que já havíamos nos afastado da porta dos fundos da loja, Ben curvou-se para mim e falou pausadamente:

– Por que você usou seu charme sulista?
– Oh, por favor, eu estava apenas sendo simpática.
Ben zombou.
– Você estava toda doce falando com ele! Eu estava esperando o momento em que você ia bater os cílios e oferecer-se para massagear os pés dele.
– Isso é chamado "usar o charme que Deus me deu", Ben. Você nunca viu *E o vento levou*?
Ele balançou a cabeça para mim.
– Água com açúcar demais – resmungou ele. Então, parou no meio do passo. – Espere um pouco.
– O quê?
Ele se curvou e inspecionou meu cabelo.
– Um pedacinho de palha do celeiro ficou preso aqui – disse ele, puxando um pedaço imaginário de feno.
Eu não pude evitar a risada que escapou de mim.
– Ah, sabe o que você é? Um tonto.

Capítulo Sete

UM OBSTÁCULO

Não importa quão despertos eles estivessem antes de chegar àquela região soporífera, em pouco tempo, eles certamente inalariam a influência mágica do ar...

– *A lenda do cavaleiro sem cabeça*

Sentei-me tonta na cama quando mamãe bateu na porta, e então dei uma olhada no relógio: 9:34 da manhã.

– Sabia que nesta hora, dezessete anos atrás, no dia 21, depois de catorze horas de trabalho de parto, você chegou? – perguntou ela.

Resmungando, puxei as cobertas sobre minha cabeça. Eu tinha esquecido completamente que dia era.

– Não sabia a história das catorze horas de trabalho de parto, mamãe.

Ela se sentou na cama e estiquei a cabeça para fora das cobertas.

Nas mãos dela havia uma bandeja com torradas, panquecas com gotas de chocolate, um *waffle* belga, e uma tigela pequena com morangos. Ela pousou a bandeja na manta ao meu lado.

– Parabéns, querida. – Ela beijou meu rosto antes de olhar como uma boba dentro dos meus olhos. – Meu bebezinho. Você está tão crescida.

– Mamãe, por favor. – Sentei-me e ataquei o *waffle*, não sem antes espalhar alguns morangos por cima dele.

– Eu sei, eu sei. Desculpe. O que você quer fazer hoje?

Pensei por mais ou menos um minuto e então disse:

– Manicure, pedicure, almoço no Callenini's e, então, uma ida até aquela loja de produtos naturais que fica na estrada, perto da cabana, chamada Um Tempo & Uma Razão.

– Parecem ótimos planos – disse ela. – Termine seu café da manhã, vista-se, e pegaremos a estrada.

Eu engoli e então perguntei:

– Você e o papai vão dar um jantar para comemorar meu aniversário? – Aquele era um costume da mamãe, antes de tudo o que acontecera com Kristen.

– Claro que vamos.

– Nao va fazer nada muito meloso e sentimental, mamãe – implorei. – *Por favor, por favor.*

– Ah, que pena, eu esperava ansiosamente pela sessão de slides de todas as suas fotos de bebê. Nua.

– Mamãe!

Ela riu.

— Tudo bem, certo. Vou cancelar a sessão de slides e a banda de baile. Cortando um pedaço da minha panqueca, gesticulei na direção dela.

— Obrigada, mamãe. Agora me deixe comer em paz.

Três horas mais tarde, mamãe e eu tínhamos os dedos das mãos e dos pés recém-pintados (a cor dela *Bela em Rosa*, a minha *Agito Vermelho*), nossos estômagos estavam repletos de deliciosa comida italiana, e nos dirigíamos à Um Tempo & Uma Razão.

— Não posso acreditar há quanto tempo não parávamos aqui! — disse eu. — Tempo demais.

— Foi no ano passado? — perguntou mamãe.

— Sim. Você tinha pedido para que eu fizesse aquele perfume natalino.

Mamãe sorriu.

— Ah, eu adoro aquela essência. Você, ótima perfumista que é, captou os aromas do inverno perfeitamente, Abbey.

— Você só está dizendo isso porque é meu aniversário.

Mantendo uma das mãos no volante, ela se virou e olhou para mim de forma séria:

— Não, eu não estou dizendo isso só porque é seu aniversário. Seus perfumes são incríveis. Eu sei que não digo isso com muita frequência, mas sinto muito orgulho de você. – Ela mudou de pista. – E estou contente por você já ter decidido o que quer fazer da sua vida. Embora eu espere que decida repensar toda a coisa a respeito da faculdade um dia, não vou forçá-la. Quero que você seja feliz.

Dei uma olhada pela janela, assim ela não me veria toda emocionada.

– Obrigada, mamãe. Também me orgulho muito de você.

Nós entramos no estacionamento onde uma placa verde lustrosa proclamava o nome da loja. Saí do carro e, por um minuto, apenas absorvi tudo à minha volta. A loja ocupava uma linda casa antiga pintada em tons maravilhosos de verde e magenta. Um curioso suporte de ferro forjado tinha sido instalado na varanda com uma placa "Todos são bem-vindos" pendurada nele.

– Já falei o quanto gosto deste lugar? – suspirei alegremente. – Mal posso esperar para ter a minha própria loja.

Mamãe me seguiu até dentro da loja.

– Você está procurando alguma coisa em especial? Talvez óleos essenciais para o seu perfume que tem violino como tema?

– Sim – eu disse automaticamente. – E preciso de alguns óleos essenciais para completar meu novo armário de suprimentos.

– Quantos óleos você quer dizer com *alguns*? – perguntou mamãe desconfiada, enquanto olhava o corredor muito grande de óleos essenciais.

Ela me conhece tão bem.

– Sou eu, lembra, a aniversariante? Seu bebezinho? – lembrei a ela.

Ela levantou ambas as mãos e cedeu.

– Vou deixá-la com suas compras. Chame quando tiver terminado.

– Combinado. – Agarrei uma cesta vazia em um balcão e comecei a procurar o que eu queria a partir da letra "A". *Abeto, Amyris, Angélica, Anis, Cardamomo, Cedro, Coentro, Eucalipto...*

Meu cesto começou a encher-se e, rapidamente, se tornou superpesado. Parei na letra "M" com um suspiro profundo.

Eu teria de voltar para comprar o restante em um outro dia. Provavelmente eu até já estivesse levando óleos demais.

Passando os olhos por um momento pelas garrafas e frascos, vi o que eles tinham, mas não peguei nada. Tinha frascos suficientes em casa. Então, arrastei a cesta até a frente do caixa para deixá-la ali enquanto chamava mamãe.

Mas ela já estava lá, conversando com a senhora atrás do balcão, e seus olhos se arregalaram quando viu o que eu carregava.

– São só alguns... – eu disse defensivamente. *Algumas dúzias.* – É um armário enorme mesmo...

Por uma fração de segundo, eu pensei que ela ia se recusar a pagar, mas então ela acenou com a cabeça, fazendo um gesto para a vendedora começar a fazer as contas. Eu suspirei aliviada, em silêncio.

Por que não podemos fazer aniversário todos os dias?
– Eu me lembro de você – disse a senhora atrás do balcão. – Você esteve aqui há um tempo e gostou da nossa seleção de produtos, porque a loja perto de sua casa tinha um estoque menor que o nosso. – Ela começou a digitar os itens e somar os valores.
Eu sorri.
– Sim, sou eu.
Ela foi embalando os óleos em papel de seda e colocou vários dos pacotinhos num saco de papel marrom.
– Bem, eu espero que você ainda esteja feliz com nossos produtos.
– Ah, com certeza. E queria perguntar uma coisa sobre este óleo essencial de mel. É só uma mudança de embalagem ou ele foi reformulado também?
– Ah. – Ela pareceu satisfeita. – Você é a primeira cliente a perceber isso. A embalagem foi atualizada porque eles a reformularam. Pessoalmente, eu acho que é uma melhora importante em relação à versão anterior. É mais forte. Mais próximo do verdadeiro favo de mel.
Concordei imediatamente com um gesto de cabeça.
– Eu sempre tive problema para fazer com que o mel mantivesse seu verdadeiro aroma. Ele se deteriora rápido demais.
– Aposto que este funcionará melhor para você – disse ela.
Minha pobre mamãe ficou lá, em pé, olhando como se estivéssemos falando uma língua estrangeira, mas pelo

menos estava levando tudo na esportiva. A caixa registradora continuou trabalhando, e à medida que o valor total ia aumentando, fui me sentindo cada vez mais sem jeito. De forma nenhuma mamãe me deixaria levar tudo aquilo.

Comecei a priorizar o que eu podia e não podia viver sem. A qualquer momento, ela acabaria com aquela festa.

– O que você acha do novo destilador E151? – perguntou a vendedora. – Ele foi redesenhado para evitar o desperdício de óleo de plantas.

– O que é um destilador E151?

– É um dispositivo que permite que você extraia seus próprios óleos essenciais.

Ela se virou para o balcão atrás dela. Quando se voltou para nós, uma grande caixa de vidro em forma de quadrado estava em suas mãos. Meus olhos se arregalaram e ela riu.

– Quer dizer que você não produz nenhum dos seus próprios óleos?

Balancei a cabeça em negativa.

– Não. Eu pensei uma ou duas vezes em fazer isso, mas sempre achei que seria muito caro.

Ela segurou a engenhoca mais perto para a minha inspeção.

– Normalmente isso é verdade. As maiores máquinas de destilar podem custar milhares de dólares. Mas este bebezinho é para uso caseiro, e é projetado para tornar o processo dez vezes mais fácil. Você apenas coloca suas flores ou plantas dentro da caixa umidificadora e adiciona um pouco de água nesta jarra aqui. – Ela virou a máquina para que eu pudesse ver a parte de trás. Um labirinto de tubos ia de um lado ao outro, todos se conectando e se entrecruzando. Uma pequena maçaneta de bronze estava no final da tubulação. – Gire essa maçaneta para aumentar o calor e ferver a água e, então, os óleos das plantas são liberados e convergem para o tubo coletor. É um processo fascinante e o resultado vale muito a pena. Fazer os seus próprios óleos dá aquele toque pessoal extra aos seus produtos. Muitas pessoas juram que é a única maneira de o perfume ser realmente autoral.

Oh, Senhor. Eu estava perdida.

Tentando *muito* não olhar para mamãe com olhos de cachorrinho perdido, perguntei:

– Quanto custa?

– O preço normal é cento e noventa e nove dólares, mas esta semana estamos oferecendo um desconto de quarenta por cento. Então, ela sairia por um total de cento e dezenove dólares e quarenta centavos.

Apenas.

Eu cedi, não pude evitar. Fiz o meu olhar com força total de "Ah, meu Deus, eu tenho que ter isso" para mamãe. Ela suspirou.

– Vá em frente, vamos levar isso também.

– Então está certo – cantarolou a vendedora. – O seu total será de duzentos e vinte e cinco dólares e oitenta e sete centavos.

Eu quase engasguei. *Duzentos e vinte e cinco dólares por alguns suprimentos para perfume!*

Mas mamãe apenas me olhou de relance, antes de mexer dentro da bolsa e puxar um cartão de crédito. Eu agarrei minhas sacolas toda animada.

— Amo você, mamãe — sussurrei enquanto ela pagava. Tenho quase certeza que a ouvi murmurar:

— Graças a Deus não é seu aniversário todo dia. — E eu sorri por todo caminho até o carro.

Algumas vezes, ela era uma mãe muito boa.

Dez minutos antes da hora em que me esperavam lá embaixo para o meu jantar de aniversário, eu ainda estava tentando escolher que roupa vestir. Eu não queria parecer arrumada demais, embora mamãe tivesse me implorado para vestir algo legal.

Procurando no meu armário pela milionésima vez, finalmente escolhi um vestido de verão de algodão branco e o vesti. A bainha era decorada com fita preta de cetim, e ele tinha margaridinhas nas alças. Chamava a atenção, mas não era espalhafatoso. Depois, trancei uma fita branca em meus cachos negros e prendi o cabelo em um rabo de cavalo baixo. Um par de mechas escapou imediatamente, mas eu as prendi atrás das orelhas.

Sapatos pretos de tiras eram o próximo passo e, em seguida, a última coisa de que eu precisava era de algumas bijuterias. Procurando na caixa onde elas ficavam, em cima da minha escrivaninha, eu tirava colar após colar. Mas nenhum deles parecia combinar com meu humor. *Eu irei sem nada*. Então, meu dedo mindinho ficou preso numa corrente embaraçada, e eu tentava soltá-lo.

Uma estrela prateada numa corrente delicada se revelou e eu parei por um segundo. Eu só havia usado aquela corrente uma vez, antes que ela tivesse desaparecido nas profundezas do buraco negro dos acessórios. Mas ela parecia perfeita para aquela noite. Kristen tinha me dado esse colar em forma de estrela no meu décimo quinto aniversário.

– Certo, Kristen – sussurrei, alisando os elos da corrente e prendendo-a em torno do meu pescoço. – Entendi a dica.

Checando minha aparência uma última vez, arrumei o colar, puxei a barra do vestido e mexi um pouco no cabelo. O relógio me disse que agora eram 8:15. Hora de ir.

Eu me sentia estranhamente nervosa enquanto caminhava para as escadas. *É só um jantar. Não é grande coisa*, disse a mim mesma. Mas isso não me impediu de sentir certo enjoo. Eu esperava que mamãe e papai não fizessem nada *muito* constrangedor.

Obriguei-me a continuar caminhando e parei de repente, ao ouvir vozes. Pareceu-me que papai e mamãe conversavam com alguém. Quem estava aqui? Mamãe tinha dito que seríamos só nós três esta noite. Ela queria convidar tia Marjorie e o sr. e a sra. M., mas decidiu não fazê-lo para que nós pudéssemos ter um "momento em família".

Desci o resto da escada bem devagar e dei uma espiada na sala de visitas. Lá estava Ben. Ben estava na sala da minha casa, sentado no sofá, na frente de mamãe e papai. Ele usava uma camisa social de manga comprida e uma *gravata*.

Fiquei horrorizada.

Mamãe me viu primeiro e se aproximou para me cumprimentar.

– Aqui está ela: nossa aniversariante!

Coloquei um sorriso falso no rosto e sussurrei entre os dentes.

– Mãe! O que o Ben está fazendo aqui?

– Eu queria fazer uma surpresa, Abbey. – Ela abaixou a voz. – Ele é um rapaz tão simpático.

Ben se levantou e papai fez o mesmo.

– Ei, Abbey. Feliz aniversário! Eu espero que você não se incomode por eu ter vindo.

– Claro que não – eu disse. – Estou feliz em ver você, Ben.

– Ben estava aqui nos contando sobre os planos dele para a faculdade – disse mamãe. – Isso não é *maravilhoso*, Abbey? Ele tem sua *vida inteira* planejada.

Olhei atentamente para ela. Alguma coisa estava... errada.

– Sim, isso é muito bom, mamãe. Tenho certeza de que Ben tem um futuro brilhante pela frente. – Então, mudei de assunto. – O jantar está pronto?

Mamãe assentiu e oscilou em direção a Ben, colocando seu braço no dele.

– Por que você não me acompanha até a sala de jantar, Ben? – disse ela com um sorriso. – Ouvi dizer que você é um rapaz de *ótimas maneirasss*.

Oh, meu Deus do céu! Mamãe estava bêbada. Pedi desculpas a Ben com o olhar, mas ele entrou no jogo.

– Eu ficaria honrado, sra. Browning. – Ben, então, acompanhou mamãe até a sala de jantar, enquanto papai me acompanhava.

– Mamãe está bêbada? – sussurrei para ele. Pelo menos ele teve a decência de parecer levemente constrangido.

– Não exatamente... É só que... Ela estava tão animada depois que vocês vieram das compras... que ficou falando que havia sido um ótimo programa e que fizera maravilhas pela relação de vocês... Então, eu sugeri uma bebida para comemorar. Um aperitivo acabou se tornando dois e, bem... Ela realmente não deveria ter tomado o último.

Legal. *Aquilo* seria divertido.

– Você pode dar uma olhada nela, papai? – implorei.

– Tente não deixar que ela faça nada muito embaraçoso, certo? Por favor?

Nós entramos na sala de jantar e mamãe estava rindo de algo que Ben estava dizendo. Suspirei e papai me olhou de forma impotente antes que nós nos sentássemos.

Mamãe havia se superado com a decoração. Toda a sala parecia algo saído de uma revista de Martha Stewart. Prataria brilhando, candelabros altos com velas vermelhas, taças de vinho de cristal fumê e uma toalha de mesa branca e preta adamascada faziam parte do cenário. Havia confete espalhado sobre a mesa, e cartões finos para marcar os lugares estavam sobre cada prato. Uma grande tigela de cristal cheia de morangos era o arranjo de centro, e meu entusiasmo aumentou quando vi os garfos longos, indicadores de coisa boa, colocados nas proximidades. Talvez eu fosse capaz de perdoar a embriaguez de mamãe diante de um fondue. Talvez.

– A propósito, eu trouxe um presente para você – disse Ben. – Mas o deixei na sala de visitas.

Mamãe trouxe uma bandeja cheia de forminhas de papel plissado branco.

– Puxa, é muito gentil de sua parte – disse ela. – Superatencioso.

Ben estava sentado à minha frente e inclinou-se de maneira conspiratória.

– É uma Barbie médica. Eu procurei, mas eles não tinham nenhuma Barbie perfumista, nem Barbie artista. Eu pensei em comprar para você uma Barbie Hippie, mas não queria que você me entendesse mal. Pelo menos, a Barbie médica é uma mulher de negócios.

Eu ri.

– Obrigada, Ben. Esse é um ótimo presente.

Papai parecia perplexo com a coisa toda.

– Você não está um pouco velha para Barbies, Abbey?

– É um tipo de piada entre nós, papai. Algo que Ben me contou na biblioteca quando estávamos trabalhando no projeto para a Feira de Ciências do ano passado. Era sobre a irmã dele e a boneca Barbie.

– Oh, entendi!

Ele na verdade não entendeu, mas eu sim. Aquilo foi muito gentil da parte de Ben.

Mamãe passou a bandeja de prata para mim e eu apanhei uma das forminhas de papel. Havia uma espécie de disco redondo marrom preenchido com algo verde na parte de dentro.

– O que é isso? – perguntei.

– Cogumelo recheado com espinafre – disse ela, com um sorriso esperançoso.

Coloquei a coisa amorfa de volta.

– Mas... eu não gosto de cogumelos, mamãe. Você sabe disso.

Seu rosto desmoronou e ela pareceu desconcertada.

– Você não gosta? Eu podia jurar que gostava.

Um momento de silêncio surpreso encheu a sala de jantar, e todos esperavam que eu fizesse um movimento.

– Não se preocupe com isso. – Passei a bandeja para Ben. – Deixa mais espaço para... – Vasculhei a mesa e vi um pedacinho de pão de alho espreitando por baixo de uma travessa coberta com um pano. – Pães de alho. Hummm, adoro pães de alho! Quero um, por favor!

Ben pegou três dos cogumelos recheados, e assim que papai me passou os pães de alho, eu enchi meu prato.

Em segundos estávamos todos triturando, mas ligando e limpando discretamente os dedos em nossos guardanapos. Então, demos sequência à refeição com sopa gelada de tomate e manjericão (realmente gostosa) e mamãe serviu-se de um copo de vinho.

Lancei um olhar preocupado para papai, mas ele não pareceu notar.

– Então, Ben, por que você não conta aos meus pais sobre seus empregos de verão? – eu disse. *Qualquer coisa para evitar que a conversa se voltasse para mim e minhas fotos nua quando era bebê, ou algo igualmente vergonhoso.*

Ben corajosamente entrou no assunto.

– Eu sou ajudante de garçom no Cavaleiro Assombrado. Não há nada de mais nisso, mas eles *me deixam* levar para casa a especialidade do dia depois de cada turno. E a comida de lá é deliciosa.

Ele parou de falar enquanto mamãe trazia o prato principal, lasanha, e serviu cada um de nós.

– Continue – disse a ele, com a espátula na mão. – Estou *escuchando*. – Ela deu uma risadinha. – Ops! Quero dizer, estou escutando.

Agarrei um pedaço do meu vestido por debaixo da mesa e fiz uma oração fervorosa aos deuses da lasanha para que ela não deixasse o jantar de Ben cair no colo dele acidentalmente. Ainda bem que papai entrou em ação.

– Por que você não se senta, querida? – falou a ela. – Você trabalhou tanto fazendo este jantar, deixe-me ajudá-la.

Mamãe sorriu para ele e deu um tapinha de leve em seu rosto.

– Está certo.

Obrigada, deuses da lasanha.

– Então, humm... Meu outro emprego... – disse Ben.

– Sim, sim continue – pediu mamãe, com o copo de vinho na mão.

Queridos deuses do vinho...

— Eu vou ajudar meu pai. Ele quer plantar árvores de Natal e eu vou trabalhar para ele.

Um pedaço de lasanha desembarcou no meu prato, e eu agradeci a papai. Ela parecia *realmente* boa e eu mal podia esperar para atacá-la.

— O que está envolvido no cultivo de árvores de Natal? — perguntou papai. Ele se sentou e levantou seu garfo.

Comecei a comer enquanto esperava pela resposta de Ben.

E dois segundos mais tarde eu quase cuspi de volta minha primeira garfada. *Oh, Senhor, aquilo estava* horrível.

— Eu não tenho certeza — disse Ben. Ele deu uma grande mordida em sua lasanha e a mastigou com entusiasmo. — Eu imagino que iremos cavar um monte de buracos e plantar as árvores. E então vamos regá-las e talvez fertilizá-las?

Papai concordou com a cabeça, e eu dei uma segunda olhada para o meu prato. Um recheio branco escorria para fora da beirada mordida, e meu estômago se revoltava.

Ótimo. Outra coisa que mamãe tinha estragado.

Olhei para ela, que parecia feliz e alheia ao seu erro.

— Eu *accchoo* que *éé* muito *animadorrrr* ter uma fazenda de árvores de Natal aqui. *Seráááá* de grande valia para nossa *comunidade!*

Ah, ela não estava tão bêbada a ponto de não conseguir pensar em seu precioso Conselho Municipal. Um bolo começou a se formar na minha garganta e tive que piscar bastante para evitar as lágrimas. *Que bom, mamãe. Minha festa de aniversário está uma droga... Minha comida é uma droga...*

– Eu sei que meu pai está ansioso por isso – disse Ben. – Eu só espero que ele consiga mesmo vender suas árvores aqui na cidade...

De repente, mamãe sentou-se muito ereta.

– Oh, não – gemeu ela. – Não, não, não!

Ben, papai e eu trocamos olhares confusos. *O que estava errado agora?*

– Isso tem ricota! – Mamãe levantou seu garfo com um pedaço daquela lasanha horrorosa espetada nele. – Abbey odeia ricota!

E depois disso, imediatamente explodiu em lágrimas.

Todos os meus sentimentos de mágoa e raiva desapareceram no mesmo instante, e fiquei muito envergonhada.

– Mamãe, não. – Estendi a mão, mas papai já a estava alcançando. – Veja mamãe, eu adoro.

Com esforço hercúleo, levantei outra garfada até minha boca. *Não faça careta, não faça careta...* Coloquei na boca e ao mesmo tempo cravei a unha do polegar na perna sob a mesa.

Concentre-se na dor.

Pense em qualquer outra coisa...

Mastigue, mastigue, engula... Pronto.

Apanhando meu copo de água, tomei um grande gole e dei um sorriso enorme para ela.

– Viu só?

Ela parou de chorar e olhou para mim com os olhos úmidos.

– Você... Você tem certeza, Abbey? – Ela fungou uma vez. – Você gostou de verdade?

Concordei com um aceno de cabeça.

– A lasanha está ótima, mamãe.

Ela se levantou de forma desajeitada e veio me dar um abraço.

Quando ela se sentou novamente, olhei para o que restava no meu prato.

Nessas horas, nós realmente poderíamos ter um cachorro.

Cortando o pedaço restante em pedacinhos menores, eu os empurrei bastante em volta do prato, movendo-os de um lado para o outro para fazer parecer que eu tinha comido mais do que eu realmente tinha. Acho que funcionou.

Mamãe não pareceu perceber.

Felizmente todos comeram rápido e, então, meu pai sugeriu que eu abrisse meus presentes. Eu concordei imediatamente. Em seguida, ele recolheu os pratos, começando com o meu, e mexi os lábios num silencioso agradecimento, depois do qual ele pediu à mamãe que fosse buscar os presentes.

Debrucei-me sobre a mesa em direção a Ben.

– Eu sinto *muito*. – Tive que lutar contra as lágrimas.

– Minha mãe realmente não é assim, só que hoje foi um dia muito emocionante para ela e...

Ele balançou a cabeça.

– Tudo bem, Abbey. Não se preocupe. – Parecia que ele ia dizer mais alguma coisa, mas mamãe voltou com uma pequena pilha de pacotes que colocou na minha frente.
   – Lá vamos nós – anunciou ela, sorrindo de orelha a orelha. – Feliz aniversário, Abbey!
   Papai terminou de recolher os pratos e se postou ao lado dela.
   Discretamente ele empurrou seu copo, cheio até a metade de vinho, para longe de mamãe.
   – Feliz aniversário, Abbey – disse ele. – Vá em frente e abra primeiro o pacote menor. Deixe o maior por último.
   Estendi a mão para o presente em cima da pilha, uma caixa retangular, achatada, embrulhada em papel brilhante azul e vermelho.
   Aquela era a cereja do meu *sundae* estranhamente colorido de aniversário. Um presente enfeitado com fitas cuidadosamente enroladas numa infinidade de cores. Rasgando uma extremidade para abrir, puxei uma pequena caixa marrom e deslizei a tampa para abrir a caixa. Aninhado num quadrado roliço de algodão branco estava um vale-presente de uma loja de roupas do shopping.
   – Eu escolhi este – disse papai com orgulho.
   – Obrigada, papai. É maravilhoso.
   Os próximos presentes foram um vale-presente para iTunes, uma bolsa a tiracolo nova, um par de sapatos... E então cheguei ao maior pacote. Era quadrado e um pouco pesado. Estava embrulhado em papel verde de bolinhas brancas.

Quando rasguei o embrulho, fiquei absolutamente chocada ao ver um laptop novinho em folha.

– Uau, gente! Nem sei o que dizer. Obrigada, obrigada! – Saltei e abracei os dois. Mamãe demorou um pouco demais me abraçando, e eu tive medo de que ela começasse a chorar de novo, mas não aconteceu.

– É *verrrmelho* – disse mamãe. – Sua cor preferida.

Papai se aproximou.

– Vai com certeza ajudá-la no seu plano de negócios.

– Vai ter que me dar mais tempo. – Pensei que nosso negócio estava terminado já que eu não havia conseguido terminar meu planejamento no final do ano escolar.

– Sim. Desde que as coisas... – olhou para Ben – aconteceram... achei que devíamos fazer um novo acordo nos mesmos termos. Termine seu planejamento e eu lhe darei algum capital inicial. Nosso novo prazo fica estabelecido para primeiro de setembro, tudo bem?

– Sim – sorri de volta –, tudo bem.

Mamãe me abraçou de novo.

– Isso pede um brinde!

– Não, mãe; mesmo, está tudo bem.

– Eu pego os copos! Dennis, você pega o bolo.

Ela se moveu mais rápido do que pensei que conseguisse e não esperou papai, trazendo ela mesma o bolo. Quando ela praticamente jogou a travessa sobre a mesa, eu vi as beiradas douradas da torta *chiffon* tremelicarem com a força da batida.

Lá vamos nós...

A seguir, ela se aproximou para pegar a garrafa de vinho.

— Um pouco para mim, para o seu pai e, aqui... — ela puxou minha taça, depois a de Ben, para mais perto dela —, um pouquinho para vocês. Não muito.

Fiz uma careta e fiquei extremamente agradecida quando ela finalmente pousou a garrafa. Olhei para papai, que parecia não ter ideia do que fazer.

Mamãe pegou o copo e esperou que nós a seguíssemos.

— Vamos, vamos — ela nos apressou —, façamos um brinde.

Levantei minha taça e Ben fez o mesmo. Aquela sensação de náusea voltou e eu rezei para aquilo terminar logo.

— Há dezessete anos — mamãe começou —, minha *prexiosa* menina nasceu. E eu não poderia estar mais feliz. À minha linda filha, Abigail Amelia...

Eu me encolhi quando ela disse o meu nome do meio. Ninguém sabia meu nome do meio.

Bom, deixa para lá. Agora, uma pessoa sabia.

— Desde seu primeiro passo até sua primeira palavra. Seu primeiro dia de aula, e o primeiro dente que você perdeu...

Ela interrompeu a linha de pensamento e ficou olhando para o ar. Um momento depois, voltou e deu um gole convicto em seu vinho.

— E agora, olhe para você — disse ela, de repente. — Toda crescida, fazendo planos de negócios. E planos de

vida. Aqui, no seu aniversário, com um rapaz... – Ela riu para Ben.
Oh, meu Deus, isso está indo ladeira abaixo muito, muito depressa mesmo.
Limpei a garganta.
– Estou tão contente que esteja com a gente de novo, Abbey – falou ela, olhando para mim. – Estou tão feliz por você estar em casa, e não se consultando com um médico. Senti tanta saudade...
– O que acho que sua mãe está tentando dizer é que é lógico que nos orgulhamos da menina que você foi, mas estamos ainda mais orgulhosos da jovem mulher que você está se tornando. Um brinde a isso, então!
Graças a Deus papai deu um passo à frente e impediu mamãe de continuar falando. Aquilo tudo estava começando a me deixar tremendamente preocupada.
– Tim-tim! – falou mamãe, levantando seu copo.
Levantei o meu também e o baixei; o pouco que estava no copo se tomava num gole. Reparei que Ben fez o mesmo.
– E agora, vou cortar o bolo – anunciou mamãe.
Papai alcançou o copo e o tirou das mãos de mamãe.
– Está bem, querida, por que não deixamos Abbey e Ben juntos um pouco? Preciso da sua ajuda com uma coisa ali... Ali na sala.
Mamãe concordou e colocou um dedo nos lábios.
– Shhhh, os meninos precisam ficar sozinhos. – Ela deu uma risadinha. – Eu entendo.

Tão sutil quanto uma aranha numa fatia de pudim, ela piscou para nós e depois deixou que papai a conduzisse para fora da sala.

Desesperada por algo que pudesse desviar a atenção, agarrei-me à primeira coisa que me veio à cabeça:

– Quer ir lá fora tomar um ar? – perguntei a Ben. – Preciso mesmo de ar fresco.

Ben concordou e pousou sua taça. Fiz o mesmo e me virei para nos conduzir para fora de casa, meu estômago roncou alto.

– Por que você não traz o bolo? – sugeriu Ben. – Comemos um pedaço lá fora.

Peguei o bolo.

– Garfos?

– Foi para isso que Deus inventou os dedos – respondeu ele.

O bolo tremeu em minhas mãos e gotículas de creme de limão voaram do prato enquanto Ben mantinha a porta aberta para que eu passasse. Suspirando profundamente, dei um passo para fora, na direção do ar quente e úmido da noite, enquanto me perguntava se esta noite podia, de alguma forma, ter sido pior.

Capítulo Oito

CÓDIGO MORSE

Todo som de natureza, naquele momento apavorante, incendiava sua imaginação fértil... Também os vaga-lumes, cujo brilho era mais intenso nos lugares onde a escuridão era maior, de vez em quando o alarmavam...

– *A lenda do cavaleiro sem cabeça*

Ben e eu nos sentamos nos degraus da varanda, ele no primeiro e eu no terceiro. Coloquei o bolo no degrau entre nós e olhei para ele, observando sua cobertura brilhante sob a luz pálida de uma lâmpada acima de nós. Insetos voavam e pairavam ao redor da luz, suas asas produzindo desenhos gigantescos na parede da casa.

Eu nem mesmo sabia por onde começar, o que dizer para me desculpar por todas as coisas que minha mãe havia dito, como explicar... Então, apenas fiquei ali, correndo os dedos para cima e para baixo pela corrente que usava. *O que eu digo? O que ele está pensando?*

Enfiei meu dedo no bolo e roubei um pouco de creme de ovos. Talvez o açúcar me desse coragem. Lambendo a ponta do dedo, me acomodei e me preparei para dizer algo inteligente.

– Ben, eu...
– Você não tem que explicar nada sobre os seus pais, Abbey. Os meus fazem coisas piradas o tempo inteiro. Acho que é um efeito colateral de ficar velho ou algo assim – disse ele.

Eu sorri, ele também.

– A coisa realmente importante aqui é onde o seu dedo tem estado.

– O quê? – Olhei para ele confusa.

– Você acabou de roubar um pouco de glacê – disse Ben. – Eu vi. Você sabe quantos germes há na sua mão?

– Mas eu pensei que você não quisesse usar um garfo.

Ele se esticou e arrancou um pedaço grande de bolo.

– Eu não. Eu só queria o primeiro pedaço.

Porém, logo ele ofereceu graciosamente o seu prêmio para mim, e eu aceitei. Sorrindo, ele colocou na boca um pedaço menor e começou a mastigar.

– Este – disse Ben, lambendo o glacê em seus dedos – é um bolo delicioso.

Eu mordi meu pedaço.

– Nós compramos naquela padariazinha ótima na rua DeWalt. Eles têm as *melhores* sobremesas lá.

Ben tirou outro pedaço e me ofereceu metade, de forma que tive de me aproximar para pegar.

– O que você fez no seu aniversário ano passado? – perguntou ele.

Fiquei ali parada por um minuto. Vaga-lumes piscavam no jardim perto de nós.

– Ano passado eu não fiz nada. Kristen estava... não estava aqui, e eu não tive vontade nenhuma de fazer uma festa.

Olhando para o meu colo, limpei as migalhas. Aquelas lembranças eram tristes e eu não queria pensar nelas. Então, eu disse:

– Mas no ano anterior, Kristen e eu fomos até a cidade para ver a peça *Rent*. Meus pais alugaram uma limusine e nós andamos pela Manhattan inteira. Nada como ver a cidade enquanto se está preso num trânsito infernal. Nós vimos um monte de becos e fachadas de prédios.

– Aposto que você se divertiu – disse Ben.

– Nós nos divertimos. Sim, foi realmente divertido.

– Eu acariciei meu colar de estrela. *Gostaria que ela pudesse ter estado aqui neste aniversário. Gostaria de ter compartilhado isso com ela.*

Os vaga-lumes cintilaram e eu fechei um olho. Quase parecia que eles estavam piscando em código Morse.

– Você conhece o código Morse? – divaguei em voz alta.

Ben devia estar distraído, pois pareceu sobressaltado:

– O quê?

– Você conhece o código Morse? – repeti, ficando de pé. – *Olhe.* Os vaga-lumes estão piscando em código Morse. É algum tipo de mensagem secreta.

Eu fui até o jardim e olhei para ele:
– Ajude-me a pegar um.
Ele olhou para mim com um sorriso divertido.
– O que é isso? Sua festa de aniversário de oito anos?
– Não me faça ficar triste, nem chorar. Porque é a minha festa, e vou chorar se quiser.
Ben deu uma risada, ficou de pé e sorriu para mim.
– Quase peguei um ali.
– Não. – Dei um soquinho em seu braço. – Você só quis me assustar.
Ele deu de ombros e se virou:
– Talvez.
Localizei um vaga-lume voando em direção às árvores e fui atrás dele. Erguendo as mãos em concha, golpeei o ar e depois as fechei rapidamente. De volta ao lugar onde havia luz, abri minhas mãos ligeiramente, formando uma fenda para ver se eu tinha conseguido alcançar o prêmio cintilante. Mas minhas mãos estavam vazias.
– Ahhh, pensei que tivesse pegado um. – Um movimento súbito no canto dos meus olhos fez com que eu me girasse, e eu golpeei novamente o ar com minhas mãos. Senti alguma coisa pequena se debatendo contra minha pele. – Peguei um! Peguei um!
Ben se aproximou, e eu abri minhas mãos um pouco mais para que dessa forma nós dois pudéssemos ver. Um pequeno inseto de asas pretas rastejava firmemente sobre a palma da minha mão.
– Traga ele aqui, fora da luz. Assim nós podemos vê-lo brilhar – sugeriu ele.

Cuidadosamente segurando meu pequeno prisioneiro de forma a não esmagá-lo, segui Ben de volta em direção às árvores. Minhas mãos iluminavam-se a cada poucos segundos.

Ben chegou mais perto e colocou suas mãos ao meu redor:

– Espere, ele está dizendo algo.

Eu me inclinei também e segurei minha respiração. *Ele realmente sabe o código Morse?*

– Feliz... aniversário... Feliz aniversário... Abbey. – Ben olhou para mim e sorriu. – Esse insetinho luminoso quis desejar feliz aniversário a você.

Nossas mãos estavam se tocando, e agora nossas cabeças estavam quase se tocando também. Meus olhos estavam finalmente se ajustando à escuridão e pude ver os contornos de seus olhos, do seu nariz e dos seus lábios. Ele estava olhando para mim, e me pareceu que ele também notara a falta de espaço entre nós.

Deslocando meu peso, me mexi suavemente para mais perto dele. *Isso é...? Nós vamos...?*

Um zunido tirou minha atenção de Ben e percebi que o vaga-lume estava tentando escapar.

Oh! – Tirei minhas mãos de perto dele. As batidas das asas do inseto contra minha pele estavam me dando arrepios bem esquisitos.

Ben pareceu confuso.

– Desculpe – eu disse. – Ele queria fugir e estava se movendo dentro da minha mão. A sensação é meio esquisita.

– Meio esquisita, é? – Ele sorriu.
Concordei. *O que eu deveria fazer agora?*
Em seguida, senti a ponta acalentadora de seus dedos roçando minha clavícula e olhei para baixo, em estado de choque por ver sua mão em meu colar.
Ben deu mais um passo em minha direção e praticamente me tocou. Ele estava tão perto de mim que eu tinha que olhar para cima para ver seu rosto.
– Sua estrela estava torta – sussurrou ele.
Mas ele a endireitou.
... E sua mão ainda estava lá.
Fui tomada por uma sensação estranha, e imediatamente soube o que aconteceria em seguida. No intervalo de um segundo, eu vi a cena toda se desenrolar na minha frente, como num filme. Aquele deveria ter sido um momento de falta de ar febril, ainda que eu só sentisse... que eu estava traindo alguém? *Espere. Isso não pode estar certo.*
Ben inclinou sua cabeça para baixo e eu disse a primeira coisa que veio à minha mente:
– Isso foi um presente.
Ele sorriu:
– Ah, é? De quem?
– De Kristen.
Assim que eu disse o nome dela, sabia *que* era de onde aquela sensação desconfortável vinha: eu sentia que estava traindo Kristen. Ou mais ainda, estava traindo o fato de que Ben uma vez estivera apaixonado por ela. E provavelmente ainda *estava*, de alguma forma, apaixonado

por ela, e se eu o beijasse agora, seria como se estivesse beijando o "quase namorado" da minha amiga morta. Não seria legal.

Ben enrijeceu e afastou a cabeça de mim, quase como se a mesma coisa tivesse lhe ocorrido. Então, ele correu os dedos pelos cabelos, um gesto que me pareceu estranhamente familiar, mas que eu não conseguia identificar.

– Abbey – disse ele, de repente –, está ficando tarde. Eu preciso ir embora.

Será que ele sabia o que eu estava sentindo?

– Ceeerto – eu disse. – Bem, hã, obrigado por vir e tudo mais.

Agora ia ficar desconcertante.

Estava claro que ele também não sabia o que fazer porque meio que se inclinou para me dar uma espécie de abraço e me deu uns tapinhas nas costas.

– Então, feliz aniversário. Eu acho que irei vê-la na segunda-feira, na nossa próxima aula particular.

– Sim. Obrigada por vir, Ben.

Ele concordou e andou para a casa, desaparecendo dentro dela. Eu fui até a varanda e sentei outra vez no segundo degrau perto do que havia sobrado do meu bolo de aniversário.

– Aquilo foi estranho – eu disse em voz alta. – Realmente estranho.

Acima, o nítido estrondo de trovão ecoou distante, e segundos depois, um pedaço recortado de relâmpago esverdeado iluminou o céu. O estrondo que se seguiu ao relâmpago me fez estremecer, mas fiquei onde estava.

Eu ainda não estava pronta para entrar em casa. Eu ainda tinha bolo para terminar.

Pela janela do meu quarto, dava para ver a chuva escorrendo em cascata sobre o vidro. Minha mãe e meu pai haviam me desejado boa-noite uma hora antes, e mamãe tinha tombado ligeiramente para o lado. Eu estava pronta para vestir o pijama quando o relâmpago me seduziu. Havia algo estranhamente bonito naquela tempestade. O vento agitava as árvores, o que fazia com que elas se curvassem quase até o chão e batessem umas nas outras. As ruas estavam cobertas de folhas, e vez ou outra uma era pega por um redemoinho e dançava alegremente solta no ar. Ainda que estivesse um breu no jardim, eu conseguia praticamente ver as folhas pontudas e molhadas de grama e brotos de novas flores, com suas faces viradas para cima, ansiosamente encharcadas na umidade.

Eu precisava criar um perfume que evocasse uma tempestade de verão. Grama cortada, vento furioso, o cheiro inebriante de chuva... Com apenas um toque de lençóis frescos secando ao vento. E eu precisava de algo poderoso e forte, um cheiro seco para imitar o trovão. Quem sabe capim-de-cheiro ou erva-doce?

Um bocejo interrompeu meus pensamentos, e eu estendi meus braços acima da cabeça. As batidas suaves de chuva sobre o telhado eram como uma melodia calmante, algo ritmado, ancestral. Reunindo vários travesseiros, eu os empilhei na ponta da cama e deitei minha cabeça onde meus pés deveriam estar.

Dava para observar melhor a tempestade daquela maneira. Eu me senti sã e salva em meu pequeno casulo. E quando fechei os olhos, a luz dos relâmpagos ainda me alcançava através de minhas pálpebras, dançando e pulando de formas estranhas e intermitentes...

O trovão ecoava e agitava o ar ao meu redor, mas eu sabia que estava sonhando porque a tempestade estava dentro do meu quarto. Bifurcações brancas de relâmpago estalavam e se propagavam sobre o teto, e desciam pelas paredes como trepadeiras. Toda vez que o trovão ecoava, ele se espalhava pelas trepadeiras, com pequenas pulsações de eletricidade estática.

E eu percebi uma presença agasalhada na ponta da minha cama. Era Kristen.

– Dê uma volta comigo, Abbey. – Eu conseguia ouvir sua voz clara como o dia, mas seus lábios não se mexiam. – Vamos dar uma volta.

E, repentinamente, nós estávamos no cemitério. Do lado de fora, longe dos portões principais.

Meus pés continuavam andando, ainda que eu tentasse fazê-los parar. As pontas dos meus pés me arrastavam ao longo do chão áspero enquanto eu meio que flanava. Eu pairava, exatamente acima da terra nua, mesmo que ainda pudesse tocá-la.

– Aonde nós estamos indo, Kristen? – perguntei.

Ela virou o rosto coberto para mim e apontou para frente. Eu reconheci o caminho sinuoso no mesmo instante. Ele levava à casa de Katy e Nikolas.

Eu me surpreendi. Nikolas e Katy não eram reais. Tomar chá com o Cavaleiro sem cabeça e Katrina Van Tassel da Lenda do cavaleiro sem cabeça era apenas algo que eu havia fantasiado.

Nós tínhamos que estar nos dirigindo a algum outro lugar.

Continuamos a andar durante o que pareceram horas, e gradualmente fui notando que tudo ao meu redor estava úmido. O chão, as árvores, os brotos de samambaias que alcançavam nossas pernas. Estava chovendo, mas eu não estava me molhando.

E nem Kristen.

Chegamos a um monte de pedras velhas e pedaços de madeira apodrecidos. Glicínias mortas se agarravam ao que havia sobrado do fogão de pedra destruído, e arrepios percorreram a minha espinha. O que havia acontecido à casa deles?

Kristen parou e virou, tirando o capuz de seu rosto. Seu cabelo estava encharcado.

– Vá – disse ela.

Eu balancei a cabeça.

– Não sem você, Kristen. Vem comigo. Por favor, vem comigo?

– Eu não posso, Abbey. Eu não posso ir com você. Você está sozinha.

Um estampido de trovão me acordou. Dessa vez era real e eu estava a ponto de gritar. *Está no meu quarto! O trovão está no meu quarto!* Um relâmpago iluminou o cômodo por um momento, mostrando claramente que a tempestade estava do lado de fora do meu quarto, onde era mesmo o lugar dela. Eu olhei ao meu redor. *A chuva não está aqui. Foi só um sonho. Não há nada a temer.*

Em algum momento da noite, a chuva estiou. Em vez de soar como uma tropa de soldados marchando sobre o teto, agora ela era apenas um tamborilar distante. Dando um peteleco na lâmpada do meu criado-mudo, eu me levantei para olhar pela janela.

Os arbustos perto das árvores se moviam um pouco, e observei, esperando para ver o que havia ali. Depois, eles balançaram outra vez. Eu peguei o cobertor e fui até as escadas. O balanço da varanda ficava numa área coberta, então, estaria seco, e tinha uma vista melhor. Eu poderia sentar ali e ver o que estava acontecendo.

Assim que saí pela porta da frente, uma brisa suave me fez lembrar que tudo o que eu estava vestindo era meu vestido branco fino de verão, e me enrolei com o cobertor.

Eu sentei no balanço e enfiei os pés debaixo de mim. Gradualmente, pude distinguir cada árvore e cada arbusto separando nosso jardim do jardim do sr. Travertine. Em poucos minutos, os arbustos se moveram outra vez e depois uma corsa apareceu. Ela tinha pernas compridas, manchas brancas, um pescoço lustroso e mastigava um pouco de grama molhada.

Um coelho saltou próximo a ela e não consegui me impedir de dizer um "Ahhh!" enquanto ele também comia a grama. Os dois ficaram ali, lado a lado, mastigando. Era como ver *Bambi* ao vivo. Mas algo deve ter espantado a corsa porque de repente ela olhou para cima e fugiu. Eu inclinei minha cabeça de leve para observá-la. Será que alguma outra corsa havia assustado aquela primeira?

Mas o que acontecia era que... a sombra que se movia agora não era de uma corsa. Parecia ser mais... uma forma humana. Eu fiquei imóvel. *Havia alguém ali? Talvez eles não tivessem me notado.* Mas eu sabia quem era. Em cada fibra do meu ser, eu sabia que era ele: Caspian.

Ele deu um passo adiante e *juro* que senti seu olhar fixo queimar minha pele. Mesmo na escuridão, eu conseguia enxergar seu cabelo louro-claro. Sua silhueta se destacava contra a árvore, e de alguma forma eu sabia que não era um sonho ou uma alucinação. Ele estava *ali*.

Deixei o cobertor para trás, fiquei de pé e caminhei pela grama. A cada passo que eu dava, fincava o meu pé na terra molhada, forçando-me a sentir. Cada movimento que eu estava fazendo era *real*. Isto era *real*.

Ele desapareceu outra vez, voltando para as sombras, mas eu o vi assim que ele alcançou as árvores. Ele estava se inclinando no tronco largo de um carvalho.

Fechando meus olhos com força, abafei as lágrimas. Será que aquilo significava que eu ainda estava louca? Que sempre estivera?

– Caspian...

Eu ouvi meu próprio sussurro.

Ele não respondeu, mas houve um murmúrio, e eu abri os olhos outra vez. Ele havia se aproximado e, na escuridão, pude ver seus olhos verdes reluzentes. A cor viva me acertou em cheio, e meu mundo pareceu girar vertiginosamente. *Estou caindo.* Agarrando-me à árvore para não cambalear, eu me impedi de prosseguir. E, quando vi tudo de forma clara, praguejei. Estava acontecendo outra vez.

– Eu senti sua falta, Abbey – disse Caspian, calmamente. – Eu sei que está errado, que eu não devia estar aqui.

Ele parou e correu as mãos pelo cabelo.

– Oh, Deus, Abbey, eu senti sua falta.

Meu coração deu cambalhotas e eu quis voar para os braços dele. Eu comecei a fazer isso, mas depois parei. Lembrando.

– Eu nem mesmo sei se você é *real*. Então, como posso ver você? Você está morto.

– Eu não sei por quê. Nós dois simplesmente estamos... aqui.

– Mas *por que* você está aqui? Eu tive que deixar a cidade. Eu tive que ir a um médico. Eu pensei que estava louca, vendo coisas que não eram reais. Você, Nikolas, Katy...

– Era lá que você estava? Eu pensei que você só tivesse parado de ir ao cemitério.

– *É claro* que eu parei de ir ao cemitério. A última vez que eu fui até lá, o garoto com quem eu *pensei* estar namorando me contou que não poderia me amar porque estava morto! Eu não sei se eu estou mais irritada com você por ter me feito achar que eu estava louca ou por ter me feito pensar que eu estava viva.

– Eu pensei que você tinha ficado irritada porque eu menti sobre não amá-la – disse ele, com um tom suave.
– Você mentiu sobre... não... me... amar?
Ele confirmou com a cabeça, e a faixa de cabelo preto, que normalmente pendia sobre sua testa, caiu sobre um dos olhos.
– Você me ama? – sussurrei.
Ele olhou para mim e disse claramente:
– Sim, amo. Acho que a amei você desde o primeiro momento em que a vi, ano passado, no cemitério.
Eu olhei para minhas mãos. Em outro momento, eu teria ficado feliz em ouvir aquelas palavras. Agora, elas apenas faziam com que eu me sentisse ainda mais confusa.
– Mas você... Eu... Você disse que...
– Se você está com raiva, fique com raiva – disse Caspian. – Eu aguento.
Ele balançou a cabeça.
– A última vez que a vi, eu pensei que havia... feito muito mal a você, Abbey. – Sua voz se transformou em um sussurro.
– Você fez, sim.
Os olhos dele denunciaram seu horror e eu quis explicar, contornar a situação... Mas não consegui.
– Você realmente fez uma confusão em minha cabeça, Caspian. – Eu sorri com tristeza. – Obviamente, você *ainda* está fazendo confusão em minha cabeça, já que continuo podendo vê-lo. Eu não sei o que está errado comigo. Alguma parte do meu cérebro está bagunçada.

– Talvez isso não seja um mau sinal – disse ele.
– Como isso pode *não* ser um mau sinal? Eu vejo pessoas mortas.

Caspian afastou o olhar e enfiou as mãos nos bolsos das calças.

– Quem era aquele rapaz que estava aqui mais cedo? – perguntou ele, mudando de assunto. – O rapaz com quem você parecia estar toda animada e ficando mais... próxima.

Ele soou quase ciumento e quis sorrir ante aquele absurdo.

– Eu *não* estava toda animada e nem próxima de ninguém. E o nome dele é Ben e ele, bem, é apenas um amigo. – Enrubesci com a lembrança do que quase acontecera. – Ele estava aqui para o meu jantar de aniversário.

– Hoje é o seu aniversário?

Eu dei de ombros.

– Foi.

– Feliz aniversário, Astrid.

Suas palavras me aqueceram, mas reprimi o sentimento.

– Então, agora o quê, você está me perseguindo? Escondendo-se nos arbustos, me observando? – Pensei no dia em que cheguei em casa e vi a criança e o cão. – Você esteve aqui antes? Durante o dia?

– Algumas vezes eu parava por aqui quando estava dando umas voltas – admitiu ele. – Primeiro, era para vê-la. Depois eu pensei que estava me evitando, então tentei me manter afastado. – Ele chutou um galho solto perto do meu pé. – Acho que não consegui me manter afastado esta noite.

Um latido alto perto de nós nos fez erguer nossas cabeças. Próximo a nós, o sr. Travertine se arrastava sonolento ao longo da extensão de sua varanda, claramente insatisfeito em ter que levar seu cão para passear tão cedinho.

O cachorro latiu outra vez e pareceu se aproximar.

– Eu vou embora – disse Caspian. – E você deveria voltar para dentro. Se continuar aqui fora por muito tempo, ficará doente.

Ele se afastou de mim e me deu um olhar final e triste.

– E como fica a nossa situação, Caspian? – perguntei. – O que nós fazemos agora?

– Eu não sei, Abbey – respondeu ele. – Mas independente do que seja, eu acho que não estamos destinados a fazê-lo juntos.

Capítulo Nove

ABRIGO

Quando contemplamos o gramado do cemitério onde os raios de sol parecem repousar tão tranquilamente, somos levados a pensar que pelo menos ali os mortos devem descansar em paz.

– *A lenda do cavaleiro sem cabeça*

Na manhã seguinte, acordei atordoada. A noite anterior realmente havia acontecido. Eu havia lavado lama e grama da sola dos meus pés. Caspian era *real*. E disse que me amava... Mas será que isso significava algo? *Poderia* significar algo? Ele estava morto. Isso colocava mais uma pitada de complicação na mistura.

Eu levantei da cama e depois me ajoelhei, tateando embaixo dela em busca do colar que havia chutado na noite anterior. Olhando para ele sob a luz do dia, passei a ponta do dedo sobre as letras vermelhas cursivas que formavam o nome *Astrid*, presas para sempre sob os quadradinhos de vidro. As pontas eram soldadas em todo o entorno com um metal reluzente, e havia uma fita de cetim preto pendurada em um pequeno círculo que unia o conjunto. O outro colar que ele havia me dado estava guardado atrás da minha gaveta de meias.

Bem devagar, coloquei o colar. Parecia que ele realmente me pertencia. Como se estivesse destinado a ser usado por mim.

A casa estava estranhamente silenciosa quando desci. Eu não poderia dizer se mamãe e papai haviam saído ou se ainda estavam se recuperando dos efeitos da noite anterior. Comi uma tigela de cereal bem rapidinho e rabisquei "Saí. Volto mais tarde" em um caderno que estava perto da geladeira. Eu não precisava que minha mãe enlouquecesse se, ao acordar, não me encontrasse.

Colocando a tampa da caneta, eu a prendi de volta no suporte e saí. Fui até a colina e comecei a andar na direção do cemitério. Queria ver Caspian outra vez. Tinha tantas perguntas.

O sol me fez bem no começo, mas não levou muito tempo para que eu começasse a ficar com muito calor e toda grudenta. Pequenos filetes de suor escorriam pelas minhas omoplatas. Puxei a camisa úmida das minhas costas e usei a mão para abanar meu pescoço. *Quase lá. Não vai demorar muito agora.*

Eu só esperava poder encontrá-lo, ou pelo menos ver um *sinal* dele no cemitério. E se ele tivesse passado um tempo em algum outro lugar?

Os portões do cemitério surgiram, e suspirei de alívio. Salgueiros úmidos, cerejeiras e carvalhos grandes se alinhavam em cada passagem. Uma profusão de vida, brotos verdes frescos e flores desabrochando espalhavam-se pelo chão. Um cortador de grama podia ser ouvido, e subitamente ansiei pelo cheiro de grama recém-cortada.

Primeiro, parei perto do rio. Nós havíamos nos encontrado lá tantas vezes que parecia que era onde ele sempre estaria. Olhei rapidamente sob a ponte, e em cima também, mas ele não estava lá.

Andei devagar, procurando-o atrás das pedras das sepulturas, buscando qualquer tipo de cantinho ou esconderijo em que ele pudesse ser encontrado. Havia muitos mausoléus por ali e eu tentei cada uma daquelas portas. Mas os mausoléus não queriam abrir mão de seus segredos ou de seus mortos, então fui forçada a seguir.

O som de cortador de grama pareceu ficar mais próximo, e eu sentei em uma clareira de grama esperando ele passar.

Mantendo-me alerta, procurei Caspian pela encosta da colina. Queria ver pelo menos um lampejo de sua roupa ou de seu cabelo.

Caspian tinha que estar ali, em algum lugar. *Claro. Ele tinha muitos hectares de espaço para vagar a esmo, e eu poderia nunca encontrá-lo...* Afastei aquele pensamento.

Algo me disse para seguir na direção da velha igreja holandesa. Então, fui por esse caminho.

Havia um celeiro antigo atrás da igreja. Talvez ele estivesse lá.

O celeiro estava trancado, mas as portas estavam frouxas e oscilaram para frente e para trás quando eu dei uma cotovelada. Coloquei meu rosto na abertura e observei a semiescuridão. Havia algumas ferramentas lá dentro, e algumas coisas estranhas cobertas atrás. *Se eu pudesse ver um pouco mais.* Sacudi a porta na altura da dobradiça; ela cedeu e abriu mais um pouquinho. A luz do sol invadia o lugar, revelando um amontoado de barris e um cortador de grama enferrujado que parecia não ser usado há muito tempo. Eu não sabia o que fazer a seguir. Será que eu deveria perambular por ali um pouco mais ou ir para o outro lado do cemitério? Ou talvez eu devesse voltar para o portão principal. Ele *poderia* estar por lá...

Um movimento repentino chamou minha atenção, e levantei minha cabeça. Vi a sombra de um tufo de cabelos louros. Uma presença estava em pé próxima a um mausoléu gigante construído no monte perto da sepultura de Washington Irving.

Tentando com *todas* as minhas forças não ficar esperançosa demais, eu o observei andar em direção ao outro lado do cemitério. Uma vez que ele era apenas uma mancha no horizonte, comecei a subir a trilha que dava no mausoléu. O nervosismo tolheu minha animação quando alcancei o topo do monte e fiquei face a face com a cripta. Ela me era muito familiar. Eu havia passado por ela toda vez que fora ver a sepultura de Washington Irving.

Olhando ao redor para me certificar de que ninguém estava me observando, me aproximei da porta e coloquei a mão no trinco. Ele cedeu, e a porta se moveu para dentro surpreendentemente sem muita resistência.

Eu entrei em uma câmara ampla de pedra e sem janelas. Diversas velas espessas se espalhavam pelo lugar e queimavam continuamente.

A mudança na temperatura era palpável e, no mesmo instante, o suor nas minhas costas secou. De repente, senti medo ao visualizar a cripta se agigantar e se aproximar de mim, engolindo-me para as vísceras da terra enquanto eu gritava por ajuda... *Não pense nisso!*

Eu repeli a imagem mental e me apoiei na parede em busca de equilíbrio. As paredes daquele lugar estavam cobertas por teias de aranha e meus dedos foram cobertos por elas. Tentei limpar as mãos no tecido de algodão resistente dos meus shorts, mas os filamentos das teias pareciam grudar em todo lugar.

Eu olhei uma das velas mais de perto. Elas estavam empoeiradas e amareladas pelo tempo. Pertenciam claramente a uma outra era. Passando meu dedo ao longo do rastro das gotas de cera, percebi que tinham uma textura mais pesada e granulada do que os restos que pingavam das velas que eu acendia. Do que elas eram feitas? Banha? Sebo?

Nem todas as velas estavam acesas, mas elas se alinhavam do aposento da parte de cima até embaixo e eu percebi que eram marcadores de lugar. Uma para cada pessoa que estava enterrada ali. Aquela havia sido uma família *grande*.

Uma enorme pedra retangular jazia perto de mim, e apanhei uma das velas. Aproximando-a da pedra, vi que era uma placa de mármore preto. Mesmo sob as espessas camadas de poeira, filões de ouro brilhantes cintilavam através da pedra pesada e refletiam em mim. Eu bati disfarçadamente com uma das mãos sobre a placa incrustada de poeira e li os dizeres: Montgomery Abbott 1759-1824. Com uma pedra sepulcral tão grande, ele devia ter sido o patriarca da família.

Baixando a cabeça em sinal de respeito, parei por um momento. Será que eu deveria rezar um pouquinho?

Partes de uma bênção católica passaram por minha cabeça, mas quando eu disse as palavras em voz alta, elas pareceram muito estranhas, deslocadas. Em vez de rezar, fiz o sinal da cruz e sussurrei "descanse em paz".

Eu esperava do fundo do coração que o sr. Abbott não se importasse por eu bisbilhotar *demais* o lugar final de descanso de sua família.

Claro, se ele resolvesse vir me visitar do além, o que seria mais um fantasma em minha vida?

Um banco estreito de ferro havia sido posto à direita da pedra sepulcral e na ponta dele havia algo jogado... um casaco? Tinha que ser de Caspian. Tive um impulso de vesti-lo e quase o segui...

Mas então, eu vi as imagens.

Eram desenhos me retratando. Dezenas deles. Quase cobrindo toda a parede ao lado do banco.

Esboços em preto e branco, em carvão, que me revelavam em pé, sentada, sorrindo, franzindo a testa, chorando... Eles eram incríveis.

Ergui o dedo e tracei delicadamente os contornos de um deles. Quem era *essa* garota? Ela era, ao mesmo tempo, triste e bonita. Não poderia ser eu. Eu não era tão bonita. Um pouco de cera subitamente escorreu por meu polegar, deixando um rastro vermelho. A luz diminuiu por um momento e oscilou, projetando figuras dançantes pelo aposento. Várias caixas estavam empilhadas perto de mim, e eu virei para elas com a curiosidade aguçada.

Duas delas estavam viradas e eram usadas como mesas, mas algumas menores tinham coisas dentro. Eu abaixei a vela e me ajoelhei para dar uma olhada.

Havia um despertador, uma moldura com uma foto antiga de uma escola, alguns livros e algumas roupas. Ergui a moldura sentindo um arrepio percorrer minha espinha. Era quase como estar no quarto dele. Eu sorri quando vi o livro *A lenda do cavaleiro sem cabeça* perto do despertador. *Acho que ele finalmente resolveu ler esse livro.*

Na caixa mais próxima estavam um bloco de papel, alguns lápis de carvão e outro livro. Era um dos presentes de Natal que eu havia dado a ele. Eu o abri, e folheando, passeei pelas ilustrações das estrelas.

Um barulho abrupto me fez pular em pé, toda atrapalhada, e a porta foi aberta. Eu larguei o livro e a vela, que rolou com a chama crepitando uma vez antes de morrer.

Caspian pareceu surpreso em me ver.

– Abbey?

Eu não sabia o que dizer. Olhando para os meus pés, vi o livro aberto no chão, suas páginas expostas formando um ângulo estranho. Inclinei-me para pegá-lo e colocá-lo de volta na caixa.

Eu esperei que ele me confrontasse, mas sua única reação foi virar.

– Como você encontrou este lugar? – perguntou ele baixinho.

– Eu... eu vi você. E, hã, meio que vim até aqui procurando você.

– Por quê?

– Eu não sei. Acho que... depois da noite passada, eu quis vê-lo novamente.

– Então você veio aqui e mexeu nas minhas coisas?

Eu pude sentir meu rosto ficando vermelho, mesmo na semiescuridão. Depois, fiquei com raiva.

– Bem, *você* esteve rondando *minha* casa. E... – Olhei para as pinturas. – E você tem me perseguido!

Caspian olhou para as pinturas também.

– Você viu? O que você... O que achou delas?

O olhar esperançoso dele me tirou completamente o equilíbrio.

– Eu... Ah... Eu achei que as pinturas estavam realmente lindas. Quero dizer, eu não me pareço com isso de jeito nenhum. Tão bonita, eu quero dizer... – Corei. Depois, decidi ser sincera. – Foi meio estranho, na verdade.

– Eu *não estou* perseguindo você – disse ele. Eu levantei uma sobrancelha para ele. – Não estou! – protestou. – Tudo o que eu desenhei, desenhei de memória. É meu jeito de tê-la aqui comigo.

Naquele momento, desejei desesperadamente ainda ter a vela nas mãos. Eu queria poder enxergar o rosto dele melhor. Ele queria dizer aquilo mesmo? Ele fizera os desenhos para que eu estivesse "ali"? Eu não sabia se aquilo era totalmente assustador ou totalmente digno de um ataque de nervos.

– Eles realmente são muito bons – eu disse outra vez. Não sabia o que dizer além daquilo, então, esperei que ele falasse. Em vez disso, ele foi até o banco e se sentou. Eu apenas esperei, sem saber exatamente o quê, mas agora eu estava ali. Ele tinha que fazer *algo*.

O *algo* que ele fez foi me ignorar. Finalmente, eu não pude aguentar mais.

– Você está achando que se não falar comigo, em breve eu vou virar uma pilha de ossos como todos os outros aqui? – Agitei os braços, muito irritada. – Desculpe, mas isso não vai acontecer.

– Não. Eu achava que se ficasse quieto tempo suficiente, você se mancaria e iria embora – disse ele.

Ai. Aquilo doeu.

– Se você quer que alguém saia, diga. – Eu me virei, enfurecida, e fiz menção de sair, mas em seguida parei. – Oh, e já que estamos no assunto de pessoas que partem, isso é um *jazigo*, se você não percebeu. Não é um lugar para invasores. Você também não devia estar aqui.

Eu estava ofegante e ficando agitada. O espaço ao meu redor parecia estar se tornando mais claustrofóbico e quente a cada segundo.

– Eu sei – disse ele calmamente. – Eu não devia estar aqui. Mas não tenho outro lugar para ir.

A solidão que eu ouvi por trás daquelas poucas palavras fez meu coração doer.

– Desculpe-me, eu não devia ter dito isso.
– Apenas saia, Astrid, por favor.
– Por quê? – perguntei a ele. – Eu quero ficar.

Caspian balançou a cabeça:
– Nós discutimos na noite passada, lembra?

Sua voz estava vazia; ele já havia desistido. Impulsiva, eu me agachei diante dele. Estávamos face a face, e eu consegui ver seus olhos tomados por sombras.

– Não faça isso, Caspian. Não desista de você mesmo.
– Não desistir de mim mesmo? – Ele sorriu fracamente. – O que é isso? Uma palestra motivacional? Eu não *tenho* nada do que desistir. Eu não sou nada.

– Isso não é verdade. Se você pode ver, isso significa algo. Nós temos apenas que descobrir o que é.

– Eu já participei desse jogo, Abbey, quando conheci você. E não me dei bem, lembra? Eu fiz mal a você.

Ele repetiu minhas palavras da noite passada, e eu bati minha mão no chão, surpreendendo a nós dois:

– Não inverta os papéis. Eu tenho todo o direito de estar com raiva.

– E eu não?

– Sim! Sim, você tem. Aí é que está. Fique chateado! Fique com raiva! Grite comigo por ter vindo onde você mora e mexido nas suas coisas. *Sinta* as emoções. Se você sentir isso, vai estar *longe* de ser nada.

Caspian subitamente se inclinou para frente. Sobressaltada, eu fiquei de pé.

Ele reproduziu meu movimento, colocando as duas mãos no banco e tomando impulso para se levantar. Nós estávamos longe um do outro por centímetros e, nervosa, dei um passo para trás. Eu não sei por que fiz aquilo, mas seus olhos pareceram estranhos. *Selvagens*. Meu estômago estremeceu. O que ele ia... fazer?

Caspian deu um passo adiante, e eu, um para trás. Ele avançou, e eu recuei até sentir uma parede atrás de mim. E ele deu outro passo em minha direção; ele apoiou as mãos na parede, uma de cada lado do meu corpo, e me encurralou.

Eu engoli em seco. Minhas pernas ficaram encharcadas de suor e minha roupa parecia estar grudando em mim. Engoli em seco outra vez, minha garganta queimava. Estava tão quente ali.

Caspian se inclinou e colocou seus lábios próximos ao meu ouvido. Eu me esforcei para não tremer.

– Você quer que eu tenha sentimentos? – perguntou ele. – Eu já disse que amo você. O que mais eu devo admitir? Que desejo estar perto de você cada segundo de cada dia? Eu vejo cores apenas ao seu redor... Eu sinto cheiros apenas quando estou perto de você. Deus, é como... se eu estivesse *vivo* outra vez. Às vezes, fico louco apenas pensando se imaginei isso tudo, e espero para ver quando isso... *você*... será levada para longe de mim.

O crepitar de uma vela que acabava perto de nós o distraiu, e o nosso pequeno canto no mundo mergulhou na escuridão. O som de sua voz em meu ouvido e a escuridão suave que nos envolvia fizeram com que eu mordesse meu lábio para abafar um gemido. Minha pele estava ficando cada vez mais quente. Eu ardia pelo toque dele, *qualquer* parte dele que pudesse me alcançar e fazer com que esta terrível necessidade me abandonasse.

Como eu poderia fazer uma coisa daquelas? Como poderia me sentir assim, *sabendo* que nada poderia ser feito em relação a isso?

– Eu sinto todas essas coisas – continuei. – Raiva por não poder correr os meus dedos em seu cabelo. Tristeza por não poder repousar minha cabeça perto da sua. Agonia por não poder sentir sua respiração. Eu não posso comer, respirar ou dormir por querer tanto tocá-lo. Eu já não como, respiro ou durmo. Eu estou simplesmente aqui, presa nesse limbo. – Uma lágrima escorreu pelo meu rosto e fechei os olhos, me afastando dele. Aquilo era demais. Eu não conseguia aguentar essa saudade e tanta emoção. Toda essa dor. Eu estava frágil demais.

– Eu desejo desesperadamente sua companhia, sua amizade, poder conversar com você... Você tem ideia do que é passar de todo mundo olhando e falando com você para todo mundo ignorando-o? Você é deixado com nada além de seus pensamentos e muito tempo livre.

Ele moveu os braços e a prisão se dissolveu. Eu limpei minha garganta e tentei encontrar minha voz.

– Eu quero que você *sinta* essas coisas, Caspian. Sentimentos significam que você é humano. Apegue-se a eles! Agarre-se a esses sentimentos e não os deixe irem embora.

Ele estava se afastando de mim. Eu senti e fiquei desesperada para fazê-lo ficar.

– Eu não sei se posso – murmurou ele. – É difícil demais fingir. Eu fico com raiva demais... Ele ficou em silêncio e eu fiquei perdida.

– O que você quer dizer? Algo... acontece?

Caspian sorriu sem humor.

– Sim, é meu temperamento intempestivo. Quando descobri o que acontecia comigo, fiquei realmente com muito raiva. Com raiva de todo mundo. E fiz algumas coisas das quais não me orgulho. Não é que eu tenha machucado pessoas, mas danifiquei propriedades e coisas. Eu simplesmente não quero me transformar naquilo de novo. Eu não quero me tornar destrutivo.

Meu cérebro estava sobrecarregado, oscilava da confusão para raiva de desejá-lo e voltava para a confusão. Eu me apoiei na parede e massageei minhas têmporas. Ele estava me observando.

– Não sei como lidar com nada disso – eu disse. – Então, agora eu vou sair e pensar. Eu posso... Você *estará* aqui amanhã? Eu posso voltar?

– Sim – disse ele. – Se você quiser.

– Eu quero. – Minha voz falhou e eu tentei outra vez, dizendo com mais firmeza. – Eu quero. Quero voltar.

Capítulo Dez

LOUCA E LINDA

Ele poderia deleitá-los com suas histórias de bruxaria e dos presságios calamitosos e sinais e sons proféticos no ar...
— *A lenda do cavaleiro sem cabeça*

Assim que saí do jazigo, o brilho do sol me atordoou, deixando-me temporariamente cega. Mas agora a escuridão estava se desfazendo e, de repente, me senti muito cansada. Colocando as mãos atrás do pescoço, massageei os músculos. Estavam tensos e cheios de nós, e minha cabeça doía. Eu parei um instante para soltar o cabelo do rabo de cavalo e passei os dedos por entre os cachos emaranhados. Eu não encontrei ninguém quando saí do cemitério. Nem mesmo um jardineiro. Tudo estava sossegado e silencioso e me perguntei para onde todo mundo tinha ido.

    Minha casa, entretanto, *não* estava tão silenciosa assim quando cheguei.

Minha mãe estava falando ao telefone aos gritos, e a tevê berrava ao fundo. Deixei a porta dos fundos bater atrás de mim. Me joguei no sofá e estiquei os pés. Eles estavam doendo também. Peguei o controle remoto e passei pelos canais duas vezes, mas não havia nada interessante passando. A programação da televisão no verão era uma porcaria.

Minha mãe entrou na sala de estar e desligou a tevê. Ela estava com aquela expressão que significava que queria conversar.

– Aonde você foi?

Eu dei de ombros.

– Dei uma volta.

Ela se sentou ao meu lado.

– Abbey, eu queria me desculpar com você... sobre ontem à noite. Desculpe-me por seu jantar de aniversário não tê-la agradado.

– Então, as suas desculpas são pela *comida*? O que acha das outras coisas?

Ela pareceu embasbacada:

– Que outras coisas?

– Bem, o que acha do fato de que me deixou completamente envergonhada e ficou bêbada na frente do meu amigo?

– Eu *não estava* bêbada – balbuciou ela. – Tomei apenas alguns goles. Não o suficiente para causar qualquer dano.

– Puxa, você quase me enganou – murmurei.

– O que você quer dizer?

Eu fiquei de pé.
– Nada, mãe. Estou indo para o meu quarto.
– Mas você não quer ouvir o que mais eu tenho para...
– Não. Não estou interessada.

Aquilo foi *claramente* a coisa errada a dizer.
– Legal, então... Tudo bem. Se você não está interessada, não vou desperdiçar meu latim.
– Tudo bem, mamãe. – *Dane-se*. Eu não posso acreditar que ela não via nada de errado na forma como agiu. Deixei a sala de estar e subi as escadas, balançando a cabeça por todo o caminho. Quando cheguei no quarto, tirei as sandálias e me aconcheguei na cama. Movendo a cabeça de um lado para o outro, deslizei até a beirada da cama e fechei meus olhos. Eu me sentia presa, incomodada, por fora. E não conseguia explicar como me sentia por dentro.

Ouvi um bipe baixinho e abri um dos olhos. Meu telefone estava sobre a mesa, a luz vermelha sinalizando que a bateria estava acabando. Levantando, peguei o telefone e conectei-o no carregador de parede. Eu o abri e vi um número que não reconheci, e uma mensagem de voz. Apertando o botão de me conectar à caixa de mensagens, eu o coloquei no ouvido.

– Oi, Abbey, é Beth. Eu acabei de cuidar dos filhos dos Wilson e ouvi dizer que você também cuida deles às vezes. Eu queria avisá-la que eles inventaram um novo truque de trancar as pessoas no banheiro. Independente do que você faça, não deixe Eli lhe mostrar o jogo dos números de mágica dele. – Houve uma pausa e depois: – Ah... Bem, então, hã, é isso. Eu só queria contar isso. Você pode me ligar depois...

Beth repetiu seu número e a gravação sugeriu que eu apertasse "9" se eu quisesse salvar, ou "7" se quisesse deletar. Apertei o nove, olhando para o teclado.

Como ela havia conseguido o meu número?

Ao colocar o telefone de volta no carregador, esbarrei acidentalmente em um frasco grande de óleo de semente de damasco que estava sobre a mesa. Eu tentei alcançá-lo a tempo, mas não consegui. Ele caiu, e a rolha frouxa pulou. O líquido começou a danificar os papéis que estavam espalhados ali.

– Droga! Essas eram as minhas anotações para o *Cinzas que se tornam ossos*.

Adiantando-me para salvar meus papéis, tirando-os do caminho, bati em um tubo de ensaio que caiu também, estilhaçando-se em uma dúzia de pedaços. Rapidamente endireitando o frasco de óleo de damasco, segurei as anotações úmidas perto do meu peito com uma das mãos e alcancei o chão com a outra, apalpando-o cegamente em busca de algo que pudesse usar para limpar a bagunça. Minha mão agarrou o que parecia uma camisa amarrotada, e eu a atirei na poça lentamente, avançando seu caminho sobre minha mesa.

Colocando os papéis em cima da minha cama, usei a extremidade de uma fronha para tirar o excesso de óleo de cima deles e depois os espalhei sobre a colcha para que secassem. Então, fui limpar o resto, colocando cuidadosamente os caquinhos de vidro dentro do meu cesto para papéis.

Não parecia haver quaisquer fragmentos com os quais eu devesse me preocupar, mas quando recolhi o último pedaço de vidro, ele cortou meu polegar. O sangue jorrou na mesma hora e enrolei meu dedo na parte de baixo da blusa para conter o sangramento.

Só depois que minha mão começou a ficar branca de tanto fazer pressão foi que avaliei o dano. Minha blusa grudara na ferida, e quando ela finalmente se soltou, estava cheia de manchas vermelho vivo. Era *muito* sangue.

Eu tive uma sensação curiosa de distanciamento quando olhei para ele. Sangue nunca me incomodara antes, e era quase como se eu estivesse olhando para a ferida de outra pessoa. Mais gotas brilhantes brotaram na superfície, e eu me arrastei até o banheiro. O kit de primeiros socorros estava lá. Após abrir um armário de remédios com uma das mãos, peguei a pequena caixa de plástico. De dentro dela, peguei um pouco de pomada antibiótica e uma atadura larga. Apertei uma linha de pomada espessa sobre o corte. O gel coagulou com o sangue, tingindo a mistura de rosa. Tirando a proteção das tiras plásticas da atadura, eu enrolei as pontas grudentas primeiro ao redor de uma borda do meu polegar e depois da outra.

Satisfeita com meu trabalho de enfermeira, coloquei a pomada antibiótica de volta no kit de primeiros socorros e no armário de remédios. Então, olhei de relance no espelho e para meu reflexo. Estava acabada.

O sangue havia manchado a parte de baixo da minha camisa enquanto o óleo de damasco tinha manchado a parte de cima. Meu cabelo estava sujo e bagunçado, e meu rosto tinha um tom vermelho vivo. Eu virei para a esquerda e verifiquei meus ombros expostos. Eles também estavam vermelhos. *Queimados de sol.* Com toda essa confusão por causa do corte, eu nem tinha percebido.

Ai. Isso vai descascar.

Sentindo-me completamente grudenta e suja, me despi e entrei no chuveiro. Meus ombros foram os primeiros a arderem e aquilo doeu, mas depois de alguns minutos ficaram dormentes e a sensação de ardência passou. Peguei o xampu e derramei um pouco do líquido na palma da minha mão.

Meu polegar havia sangrado através da atadura e havia um pequeno círculo púrpura nela, mais escuro nas pontas e mais claro no meio. O fluxo da água estava encharcando a bandagem e eu me perguntei se o corte sangraria outra vez quando eu substituísse o curativo depois do banho.

De repente, pensei em Caspian. Será que ele sangrava? Caspian estava morto, então, a resposta lógica deveria ser nao. Ainda que ele fosse sólido de algumas formas. A sua pele poderia romper ou descascar? O que teria embaixo? Ele poderia sentir o frio ou o quente? Ele tomava banho?

A água tamborilava no recipiente de xampu, desviando minha atenção para o que eu estava fazendo.

Eu tinha tantas perguntas para ele. Quais ele responderia? Quais ele *poderia* responder?

Desligando a água, enrolei-me em toalhas e peguei shorts e uma camisa nova. Eu me senti *tão* bem por estar limpa outra vez.

A luz do sol em meu quarto estava se movendo e mudando, inclinando-se para longe de mim, na direção da parede. Eu fui até a escrivaninha para terminar de limpar a bagunça.

Passando novamente a camisa amarrotada sobre os lugares em que o óleo havia sido derramado, percebi que diversas manchas escuras haviam surgido. Elas pareciam suaves e lisas, não molhadas, sob meus dedos. Então soube que a madeira havia absorvido o óleo. Suspirando, joguei a camisa que já não prestava mais no lixo.

Em um impulso, peguei o telefone e decidi ligar para tia Marjorie. Ela atendeu imediatamente.

– Oi, tia Marjorie, é Abbey. – Olhei para o relógio. – Eu espero não ter interrompido seu jantar.

– Você não interrompeu nada que não possa ser aquecido depois. Sabe disso. Bom falar com você. Como foi a cerimônia da ponte?

– Legal. Havia um monte de gente lá, mas eu consegui resolver. Fora isso, estou tendo aulas particulares com um amigo.

– Você ainda tem mais trabalhos de casa a fazer? – Ela pareceu surpresa, e sorri. – Durante o tempo inteiro que esteve aqui, praticamente tudo o que você fez foram atividades de escola.

– Eu sei, mas minhas notas em ciências não estão boas, então terei que fazer uma prova complicada no fim do verão e passar, ou vou tomar bomba na matéria.
– Você pode fazer isso – disse ela. – Eu tenho confiança total em você. – Ela ficou séria. – Verão é para se divertir. Você está se divertindo, Abbey?

Da minha escrivaninha, olhei para fora da janela, pensando muito na resposta.

– Eu não sei. Sábado foi meu aniversário, e foi complicado sem Kristen aqui, sabe? Mas meu amigo Ben veio, o que foi meio estranho. E eu só... não sei. Tenho muito no que pensar.

– Oh, o seu cartão de aniversário está aqui, em algum lugar. Desculpe-me ter atrasado.

– Bobagem – eu disse. – Você não precisava ter se preocupado com isso.

– Então, qual foi a razão *real* para este telefonema? – perguntou tia Marjorie. O tom de voz dela estava estranho.

– Eu queria falar com você sobre uma coisa. Você nunca perguntou qual foi o motivo para eu ter ido passar um tempo aí com você. E, acredite, você nunca saberá como lhe sou grata por isso. Mas... se a razão pela qual eu tive que sair daqui não existir mais? E se eu não estiver tão mal quanto julguei estar? Isso é possível?

– Eu não tenho certeza se entendi o que está perguntando, Abbey. Mas independente de quais fossem suas razões, eu tenho certeza de que eram válidas. Isso não significa que as coisas não possam mudar, melhorar. Talvez, parte de perceber onde você está agora venha do fato de saber onde você estava três meses atrás.

— Então você acha... *O quê?* Que eu tive... Que eu tive que passar por tudo que passei para me sentir melhor?

— Eu não sei — disse ela. — Só não seja dura demais consigo mesma em lidar com o problema que atravessou. Você não precisa carregar aquilo com você para sempre.

— Como você ficou tão inteligente, tia Marjorie?

Ela sorriu.

— Eu não posso contar todos os meus segredos. Qual seria a graça se eu fizesse isso?

— Tudo bem, tudo bem. Eu me curvarei à sua sabedoria e espero aprender seus métodos um dia.

— É disso que estou falando — disse ela.

Eu ri tão alto disso que tive que afastar o telefone da minha boca por um segundo.

— Onde você ouviu *isso*?

— Em um filme.

É claro.

— Ei... tia Marjorie... Como é que foi para você? — perguntei. — Hã... Como foi se apaixonar?

— Foi eufórico e, ao mesmo tempo, apavorante. A coisa mais assustadora que fiz em toda a minha vida. Eu não sabia como podia ter tanta certeza.

— E se você nunca teve um namorado? — perguntei, afobada. — Como pode saber, então?

— Ahhh! — disse tia Marjorie. — Seu *amigo*, humm?

— Eu estou só confusa em relação a um monte de coisas. — *Por exemplo, como eu posso estar apaixonada por alguém que está morto.*

— Eu sempre achei que talvez seja diferente para cada pessoa — disse ela. — Mas para mim, foi uma questão de confiar em meus instintos. Uma hora eu via seu tio Gerald apenas como um cara bacana, e depois, *pimba*! Foi quase como se tudo ao meu redor se movesse em câmera lenta. E então eu soube.

Eu sabia *exatamente* o que ela estava descrevendo. Eu também sentia que o tempo passava mais lentamente quando estava com Caspian.

— Se você tivesse a chance de passar mais uma hora com o tio Gerard, sabendo que sentiria novamente toda a dor de perdê-lo, você passaria?

— Sem dúvida — disse ela. — Eu daria qualquer coisa para passar mais um minuto com ele. Eu o seguraria em meus braços, olharia nos olhos dele e diria que o amo. — A voz dela rompeu na última palavra, e eu senti a dor dela e quase comecei a chorar. Piscando, tentei não fazer isso.

— Obrigada, tia Marjorie. — Limpei a garganta. — Você é a melhor tia-avó que eu já tive.

— De nada, querida. Ligue a qualquer hora que precisar! E você também é a melhor sobrinha-neta que eu já tive.

Ela se despediu e desliguei o telefone. Estava com a cabeça cheia de problemas e o coração pesado.

Na manhã seguinte, esperei ansiosamente que as 2:30 chegassem logo. Por alguma razão estranha, eu havia decidido que 2:30 seria a hora perfeita para ir ao cemitério, e estava contando os segundos.

Finalmente, às duas horas, coloquei um vestido de verão quadriculado vermelho e branco, e passei um tempo excessivo cuidando do cabelo. Eram exatamente 2:32 quando saí de casa, e disse a mim mesma para não andar rápido demais.

Porém, quando aqueles portões do cemitério surgiram à minha frente, meu coração pulou dentro do peito, e acelerei o passo. Meus pés voavam enquanto eu percorria a trilha, e logo eu estava diante do jazigo que Caspian habitava.

Ajeitando meu vestido, nervosa, fui até a porta e a abri. E me dei conta do que havia esquecido de fazer. Parei e olhei para trás. Ninguém estava à vista, então, entrei disfarçadamente.

Logo percebi que ele havia acendido mais velas, o aposento agora estava bem mais claro. Caspian estava curvado sobre uma de suas mesas improvisadas, e havia uma vela em cima da caixa diante dele.

Ele levantou um dedo, sinalizando para que eu esperasse.

– Eu não sabia quando você viria. Estou quase terminando. – Suas mãos estavam ocupadas.

Lampejos prateados captaram a luz e eu percebi um cheiro peculiar no ar, parecido com arame queimando.

– Que cheiro é esse?

– É do meu ferro de solda, que utilizei mais cedo – Ele ergueu o objeto no qual trabalhava na direção da luz e o inspecionou. Um momento depois, acenou com a cabeça e virou-se para mim.

De repente, eu me senti constrangida.

– Oi...

– Oi. – Ele mexeu de novo em seu trabalho e se aproximou. – Eu pensei que você poderia mudar de ideia. Por que você voltou, Abbey?

Como eu responderia a isso?

– Curiosidade – eu disse sem pensar. – Tenho muitas perguntas.

– Oh. Certo. – Seu rosto ficou sério e ele se virou. Dei um passo para frente e estendi uma das minhas mãos para tocá-lo, mas logo a deixei cair.

– O que você quer saber? – Ele enfiou o objeto em seu bolso traseiro.

– Conte-me como foi aquele primeiro dia. O carro bateu, e depois... Do que você se lembra? Como chegou aqui? – *Você está enterrado aqui?* Estava na ponta da minha língua, mas me contive.

Caspian olhou para cima e depois correu os dedos pelo cabelo.

– Você não começa com as perguntas fáceis, começa? Qual é a minha cor favorita, quando é meu aniversário...

– Oh. Eu quero saber essas coisas também, mas depois.

Ele fechou os olhos:

– Foi no dia seguinte ao Dia das Bruxas. Eu lembro que meu pai queria que eu pegasse uma peça para ele em um depósito de ferro-velho. Eu fui, mas levei a peça errada. Quando cheguei em casa, meu pai gritou que eu nunca aprenderia, nunca teria um trabalho de verdade se não começasse a prestar atenção nas coisas. Fiz algum comentário estúpido sobre como eu não queria ser um troglodita vivendo no meio da graxa para sempre. Disse a ele que não queria unhas sujas e cortes nas juntas das mãos pelo resto da minha vida. Então, saí.

Ele abriu os olhos e olhou para mim, mas não consegui perceber se ele estava realmente me olhando.

– Eu ia voltar ao ferro-velho e pegar a peça certa, não sei se ele algum dia soube disso. Eu nunca disse a ele... – O rosto dele estava triste e desejei ansiosamente envolvê-lo em meus braços. Mas não podia. – O que eu lembro depois... É que eu estava sentado à beira da estrada. Eu simplesmente fiquei ali, sentado. Estava escuro, e quando tentei descobrir onde estava, havia um buraco em minha memória. Era como uma ressaca dos infernos, mas sem os enjoos.

Considerando que minha experiência com álcool estava limitada a goles de vinho em jantares especiais e casamentos, eu não sabia como era uma ressaca dos infernos. Mas eu *conhecia* aquele buraco negro. Havia vivenciado a mesma coisa quando Kristen morrera.

– Havia alguém por perto? Policiais, bombeiros, alguém passando?

Caspian balançou a cabeça.

– Não. Eu estava sozinho e meu carro estava destruído. Agora, quando penso nisso, não havia vidro, nada na estrada. Eu não sei quanto tempo havia passado. Eu simplesmente acabei andando de volta para casa. Meu pai estava dormindo quando cheguei, e então fui para a cama também. Imaginei que pegaria meu carro de volta de manhã. – Ele hesitou e começou a andar para frente e para trás. – Eu devo ter dormido ou algo assim... Por um tempo, porque acho que acordei alguns dias depois. Eu não tenho certeza sobre o motivo, mas quando fecho os olhos, o tempo passa de forma diferente para mim agora. Mais rapidamente.

Ele olhou para uma das caixas, e segui seu olhar até o despertador que estava ali.

– É por isso que eu tenho *aquilo* – disse ele, apontando para o despertador. – Tive que acertá-lo para disparar todas as vezes que eu ia me encontrar com você.

– O tempo passa *mais rápido*? Como?

– Eu não consigo explicar. Mas, quando fecho meus olhos, eu meio que caio neste vácuo que não sei bem o que é. Talvez seja meu corpo indo para um plano astral, o paraíso... Ou onde quer que seja que eu devesse estar.

– Você costuma visitar a si mesmo no passado ou futuro? – brinquei. – Você arrasta corrente? Ou você passa um tempo no sótão de casas antigas?

Ele olhou para mim sem expressão.

– Você sabe. O Fantasma do Natal Passado e o Fantasma do Natal Futuro. Você nunca viu aquele filme do Bill Murray, *Os fantasmas contra-atacam*? E as correntes e os sótãos são de casas mal-assombradas. Tecnicamente, você *é* um fantasma.

– Obrigado por me lembrar – disse Caspian.

Oh, não, eu e minha boca grande.

– Mas não, sem correntes ou casas mal-assombradas. Apenas as páginas dos calendários que passam mais rápido e mais rápido. O que é um dia para você pode ser uma semana para mim. Ou um mês. Sempre que eu disse que a encontraria em um tempo específico, eu tinha que ajustar o alarme para ter a certeza de que não faltaria.

– Por que então você fecha seus olhos e vai para esse vácuo? Por que não ficar acordado o tempo inteiro? Você *precisa* dormir?

Ele olhou para mim diretamente nos olhos:

– Não é como quando eu estava vivo. Eu não preciso dormir. Algumas vezes, um cansaço me envolve... – Ele fez uma pausa e depois disse: – Alguma vez você já sentiu o tempo se arrastando? Já se sentiu tão desesperada para fazer as horas desaparecerem que ficou absolutamente imóvel? Você conhece essa sensação?

– Sim – sussurrei. – Quando Kristen morreu. Depois do funeral dela. Depois de eu conhecer você... Eu não conseguia dormir. Meus sonhos eram terríveis, então eu me forçava a ficar acordada. Eu fiquei tão mal por não dormir que comecei a pensar que Kristen estava ali comigo. Que ela havia voltado.

Seus olhos eram compreensivos.

– Algumas vezes, eu passava semanas de olhos fechados de uma vez só, sem acordar.

– E o que mudou? – Prendi a respiração esperando a resposta.

– *Você* – disse ele. – Eu vi você e Kristen aqui, e à sua volta, eu conseguia ver as *cores*. Eu soube que aquilo significava que você era diferente.

Eu sorri.
– O que você viu: minha aura?
– Não. Eu vi sua beleza...
Meu coração deu uma cambalhota e começou a bater três vezes mais rápido. Ele batia com tanta força que coloquei a mão sobre meu peito, com medo que algo se quebrasse.
– Você está bem? – perguntou ele. – Há algo errado? Você quer sentar?
A preocupação dele comigo era adorável.
– Estou bem. Não preciso sentar. Você só deve prevenir a garota com quem estiver quando for dizer uma coisa dessas. Isso abala o coração de uma moça.
Caspian de repente pareceu tímido e envergonhado. Gostei disso quase tanto quanto gostei da sua preocupação por mim. Mas tive pena do pobre rapaz.
– Conte-me o que aconteceu com seu pai quando você finalmente acordou?
– Eu tentei falar com ele, mas ele não respondia. Pensei que estivesse irritado devido ao assunto do carro, então, quis dar a ele um pouco de espaço. Vi algumas pessoas na calçada e falei com elas. Mas fui ignorado também. Por dias... semanas... Eu realmente não lembro quantas, vaguei pelas ruas gritando com toda a força dos meus pulmões. Eu tentava parar todas as pessoas com quem cruzava. Eu procurava alguém que me explicasse o que estava acontecendo. Fui até a delegacia. Atirei-me em uma das cadeiras e esperei o dia inteiro. Nada aconteceu.
Eu balancei a cabeça, aterrorizada com o que Caspian estava dizendo:

– Você... Coisas... Pessoas... atravessaram você?
Ele não respondeu. Apenas olhou para mim. Eu queria tanto tocá-lo que entrelacei meus dedos para não esquecer outra vez e fazer algum gesto.
– Você deve ter se sentido um maluco – sussurrei.
– Como se todos ao seu redor pertencessem a algo e você não.
– Era exatamente assim que eu me sentia.
– Como você chegou aqui? Ao cemitério? – perguntei. – Você está...?
– Eu não estou enterrado aqui. E, por um tempo, apenas fiquei no meu quarto antigo. Não foi difícil. Eu nunca tenho fome ou sede, então, não precisava de comida. Tentei não mudar nada de lugar, para que meu pai não percebesse que eu estava lá, mas ele não ia ao meu quarto. Então, em algum momento, parei de me importar. E isso funcionou até... – Ele parou.
– Até? – perguntei.
Ele passou a exibir uma expressão engraçada no rosto, algo entre o horror e a frustração.
– Você já viu todas as suas coisas sendo levadas embora? Viu seus pais colocarem os conteúdos de sua vida em sacos e despejá-los no meio-fio? Como se fossem lixo do dia anterior? Ele colocou uma lona sobre os sacos de lixo... – disse Caspian lentamente.
Então, esqueci. Ou talvez me lembrasse e simplesmente não me importava mais. Eu peguei na mão dele. E minha mão a atravessou direto e bateu no banco sólido. Ele olhou para baixo, surpreso.

— Desculpe — eu disse. — É simplesmente... Oh, Deus, Caspian. É triste. E terrível. Nenhum pai devia fazer isso.

Caspian balançou a cabeça.

— Eu não culpo meu pai, ele esperou bastante tempo. Era hora de ele seguir com a vida.

Caspian passou o dedo no ornamento do braço do banco antes de falar:

— Eu fui atrás dos caminhões que levaram minhas coisas. Pensei que eles estavam indo para o depósito de lixo, mas eles foram para o Exército da Salvação. Então, esperei ficar escuro e arrombei a fechadura com um pé de cabra. Enchi uma sacola com material de arte, algumas roupas e livros. Eu fui para a escola e fiquei lá por um tempo. Às vezes, eu vagava pelos corredores quando o sino tocava, só para sentir como se eu fizesse alguma coisa outra vez. Pensei que se tentasse com afinco suficiente me juntar a eles, alguém saberia. Alguém *tinha* que me ver ou sentir minha presença.

Um olhar travesso surgiu em seu rosto, e eu me deslumbrei de novo. Meu coração se derretia quando eu olhava para ele.

— Tenho que admitir, no entanto, que não era *tão* ruim ficar lá. Talvez você tenha ouvido sobre a lenda urbana da minha escola.

Eu inclinei a cabeça.

— Conte-me.

— A lenda diz que o banheiro masculino da escola White Plains é assombrado. Estranhamente, as coisas sem explicação só acontecem quando os atletas estão batendo nos calouros.

— Eu devo concluir que é você?

— Talvez. Nada faz um jogador de futebol gritar mais rápido e sair correndo do que as palavras "Você vai usará um implante de cabelo ridículo e terá os testículos minúsculos quando estiver com trinta anos", subitamente aparecendo no espelho.

— Anabolizantes?

Ele deu um sorriso furtivo.

— Exatamente. Era por isso que os maiores sempre gritavam mais alto. O encanamento lá é terrível também. Torneiras que se abrem aleatoriamente, privadas que não dão descarga nos momentos mais... *inoportunos*.

— Por que você não ficou lá? Praticando atos aleatórios de... não dar descarga?

— O verão chegou. A escola se esvaziou. Não havia mais nenhuma novidade lá para mim. E em algum momento eu comecei a ficar mais e mais acostumado à quietude, à poeira. Eu sabia que quando as aulas voltassem, eu não ia mais querer ficar perto de todas aquelas pessoas. Este lugar veio à minha mente e eu achei que seria perfeito. Passei três dias procurando um jazigo aberto.

— Então... você deixa suas coisas aqui e, no tempo que sobra, encontra-se com a garota louca que consegue vê-lo?

— Louca e linda — disse ele com um meio sorriso. — Sim, é mais ou menos isso.

Capítulo Onze

Teatro de Sombras

A localização isolada da igreja pareceu transformá-la, com frequência, no lugar favorito dos espíritos atribulados.

— *A lenda do cavaleiro sem cabeça*

Enquanto esperava Ben para nossa aula particular seguinte, eu estava praticamente vibrando de alegria. As coisas estavam indo *tão bem* com Caspian, e meus pais também estavam sendo bem legais. E se na cama, tarde da noite, algumas vezes me perguntava se estava ou não realmente *louca*, eu imediatamente me dava conta de que isso não importava. Eu estava feliz demais para me importar.

Ben chegou e se acomodou, mas percebi logo que ele estava irrequieto.

— Ben? — eu disse. — Tudo bem? Você parece... preocupado.

Ele olhou para a mesa.

– Eu só, hã, não queria que as coisas ficassem estranhas... depois daquela noite de aniversário.
– Desculpe-me por aquilo. Minha mãe...
– Não... não aquilo. Sua mãe estava bem. Eu quero dizer eu. Nós. Eu indo embora. Desculpe-me. Eu já havia esquecido aquilo.
– Sem problemas. Está tudo bem.
– Você tem certeza?
– Sim. Agora vamos começar.
– Certo. Você tem uma caneta marca-texto? Nós vamos precisar de uma para esta aula.
– Deixe-me procurar na gaveta de bagunça – eu disse. – Acho que tenho uma lá.

Eu cavei uma pilha de baterias velhas, fitas de borracha, lâmpadas queimadas (Sério? Por que eu estava guardando aquilo?) e cupons vencidos há anos, mas não consegui achar uma caneta marca-texto.

– Não aqui – eu disse a ele. – Deixe-me ir correndo lá em cima. Eu sei que tenho uma no meu quarto.

Quando cheguei ao meu quarto, fui direto à caixa de suprimentos que estava escondida debaixo da minha mesa de trabalho. Assim que senti a tampa de uma caneta marca-texto, puxei. Um pequeno pedaço de papel estava colado nela e flutuou até o chão. Eu logo reconheci. Era a receita de chá de hortelã que Katy havia me dado de Natal, no ano anterior. Eu jamais me dera conta de que ela havia se perdido. *Era porque eu não queria perceber*, meu subconsciente sussurrou. *Perceber que estava perdida seria admitir que ela era real.*

Eu segurei o papel com uma das mãos e passei meu polegar sobre sua textura enrugada. Ainda que Nikolas e Katy dissessem ser fantasmas, ou *Sombras,* como eles chamavam a si mesmos, e ainda que tivessem dito que eram personagens de *A lenda do cavaleiro sem cabeça,* de alguma forma eles *eram* reais. Eu havia visitado a casa deles, bebido o chá deles, trocado presentes com eles. Devagar, coloquei o papel em cima da mesa. Meus olhos e dedos foram involuntariamente para a rosa delicada, e a xícara de chá com borda dourada que estava ali. Eles haviam me dado aquilo também. Difícil de visualizar, quase escondida entre os vários frascos cheios de perfume envelhecendo, com uma fina camada de poeira que tinha se acumulado na beirada.

Eu tinha que visitar Nikolas e Katy. Provar a mim mesma que...

Provar a mim mesma *o quê?* Eu não sabia. Mas no dia seguinte eu faria uma visita e teria algo concreto para decidir.

A campainha tocou no fim daquela tarde, quando eu estava quase na rua para encontrar Caspian outra vez. Eu estava literalmente na porta da frente, com a mão na maçaneta, quando os sininhos da campainha ecoaram pela casa. Pareceu que um milhão de aranhas minúsculas correu pelo meu couro cabeludo quando vi quem estava parado na porta e imediatamente me lembrei do nosso último encontro. Eram o garoto e a garota com aparência esquisita que eu conheci no cemitério. Desta vez, ele estava vestido com calças cáqui, e ela uma saia longa; ambos usavam camisas polo brancas. Pareciam crianças de escola particular usando uniforme ou testemunhas de Jeová.

Exceto pelo cabelo.

Desta vez, o rapaz estava com um penteado moicano vermelho, e o cabelo louro e lilás da garota havia sido tingido completamente de turquesa. Assim que os vi, dei um passo para trás. Eu não consegui evitar. Minhas pernas já não me obedeciam.

– Olá, Abbey – disse a garota com sua voz aguda, melódica e linda. – Você se lembra de nós?

Lá no fundo, aquilo me lembrou de alguma coisa. E me fez ficar enjoada.

– Cacey e Uri – respondi.

– Exato – disse Uri. A voz dele era musical também, mas de um jeito diferente. Um timbre oculto, fino e esticado como uma corrente de prata, corria no tom de sua voz. – Podemos entrar?

– É, hã... Eu tenho que... Eu realmente devia... – Perdi toda a linha de pensamento, e a casa vazia parecia aumentar gradualmente, como se fosse um vulto atrás de mim. Meu pai estava no trabalho e mamãe estava em uma reunião. Eu tive uma vontade muito estranha de ligar para a polícia, mas o que eu diria? "Ajudem-me, há dois garotos na porta da minha casa usando calças cáqui e sendo bem educados"?

Uma risada histérica de puro nervosismo quase aflorou e eu me controlei. Estava me sentindo muito mais calma agora. Até feliz. Tudo ficaria bem.

— Claro! — eu disse, abrindo mais a porta. — Entrem. Vocês querem alguma coisa para beber?

Primeiro Cacey e depois Uri cruzaram a soleira e me seguiram.

— Eu gostaria de uma Coca-Cola, se você tiver — disse Cacey.

Eu entrei na cozinha e busquei uma para ela na geladeira. Levando o refrigerante, eu virei para Uri:

— Alguma coisa para você?

— Não, eu estou bem.

Os dois sentaram no sofá, e eu, na poltrona perto deles. Cacey abriu a lata e tomou avidamente a bebida em três goles. Ela me olhou com seus olhos claros e grandes enquanto eu os observava, estarrecida.

— Eu simplesmente *amo* essa bebida — suspirou ela. — Co-ca-Co-la; faz eu ter vontade de escrever músicas sobre ela.

Bem, essa foi uma das coisas mais estranhas que eu já havia ouvido. Eu olhei para Uri. Ele estava sorrindo para ela. Depois, de repente, ele desviou seu olhar para mim.

— Você gosta de Coca-Cola, Abbey? — perguntou ele. — É uma de suas coisas favoritas?

— Hum, bem, acho que sim.

— O que acha de batatas fritas? Chocolates Hershey? Doritos? Pizza? Todos estes são vícios típicos de adolescentes, não são?

Vícios. Aquela era uma escolha interessante de palavras.

— Sim, eu acho que...

Cacey se inclinou para frente.

– Cigarros? Bebidas alcoólicas? Um pouco de gim e tônica depois da escola para ajudar a relaxar o estresse?

O quê? Oi?

– Esses são todos considerados vícios, mas não são meus. – Por que eu estava respondendo a eles? Por que eles estavam na minha casa? O que eles queriam?

Eu abri minha boca para fazer todas aquelas perguntas em voz alta, mas Cacey me interrompeu.

– Eu sei! Sexo com garotos... em carros velozes e na cama dos pais? Ou com garotas... não estou julgando.

Eu me levantei.

– Quem *são* vocês? Por que estão me perguntando essas coisas?

Cacey olhou para Uri e sorriu. Seus olhos estavam mais pálidos, como se fosse possível. Não havia absolutamente nenhuma cor neles agora, nem mesmo a mais fina pitada de cinza. Era como olhar para água cristalina.

– Nós somos de uma faculdade local – disse ela. – E estamos apenas recolhendo estatísticas e dados. Você não consegue nos identificar por nossas roupas?

Eles estavam mentindo. Eu sabia que eles estavam mentindo, mas não insisti.

– Ah, certo.

– Você tem planos para o futuro? Faculdade e tudo o mais? – perguntou Uri.

Eu olhei de um para o outro. Eu não estava mesmo me sentindo bem e desejei desesperadamente que eles fossem embora.

– Vocês não deveriam... Quero dizer, vocês não têm outras visitas para fazer? – E olhei para a porta.
– Você que quer a gente *vá embora*? – disse Cacey, um tom de prazer em sua voz. – Ah, eu entendi. *Não*.
– Por que você simplesmente não responde às nossas perguntas? – perguntou Uri. Seu tom era conciliador, e eu quase fechei meus olhos por um segundo para aproveitar aquela melodia. – Você não *quer* respondê-las?
Sim. Não. Minha cabeça começava a latejar de enxaqueca.
– Eu realmente não acho que essas coisas sejam da conta de vocês...
Cacey e Uri me olhavam fixamente. Os pelos dos meus braços e o cabelo em minha nuca ficaram arrepiados. Ondas de calafrios iam e vinham, e eu tremia tanto que quase sufoquei.
Colocando uma das mãos em minhas têmporas latejantes, eu não reconheci a voz sussurrante com a qual falei em seguida.
– Por favor, não me façam essas perguntas. Eu não posso... Por favor... Não.
Uri interrompeu seu olhar e olhou para Cacey. Ela balançou a cabeça para ele:
– *Não*.
– É demais – argumentou ele. – Mais tarde.
Contrariada, Cacey suspirou e depois começou a examinar suas unhas.
– Tudo bem. Que seja.

Uri olhou como se quisesse pegá-la pelo braço e levantá-la à força, mas ela olhou para ele com ódio. Minha cabeça parecia estar se abrindo de tanta dor, mas senti aquela estranha sensação de calma voltando para mim. Em um movimento rápido, Cacey ficou de pé e andou até a porta. Uri estava ao lado dela num estalar de dedos.

– Vejo você por aí, Abbey – disse Cacey, agitando seus dedos como uma onda. – Na próxima, então.

Uri se adiantou e abriu a porta. A luz do sol penetrou, iluminando ambos e transformando-os em brilhantes silhuetas brancas.

– Oh, e tente bicarbonato de sódio. Ele tira essa sensação de queimação – disse ela antes deles começarem a andar na direção da luz do dia. Sentei-me no sofá, olhando para a porta como se pudesse ver através dela, como se pudesse vê-los descendo a rua, afastando-se da minha casa. E durante todo o tempo, eu sentia sabor de cinza queimada em minha língua.

Em meu sonho, olhos vermelhos e coisas escuras e encouraçadas me perseguiam por becos estreitos e calçadas imundas. Toda vez que eu tentava gritar, eles investiam contra mim, gargalhando e cuspindo fogo.

Eu me virei sem conseguir ver nada, procurando por algo para me livrar deles, mas todo tijolo, pedra ou pedaço de madeira que eu conseguia encontrar virava cinza em minhas mãos. Desintegrava-se sob meus dedos. Em algum lugar, no fundo da minha mente, eu sabia que aquilo era um pesadelo. Sabia que estava deitada em minha cama, debaixo de len-

çóis sufocantes. Eu tremia, enquanto o suor resfriava minha pele.
Abri a boca outra vez para gritar. Em minha cabeça, minhas cordas vocais flexionaram e se esticaram. Senti a tensão enquanto um grito rouco crescia impacientemente em minha boca, para passar por meus lábios. Eu estava quase lá... quase livre...
A coisa escura voou baixo, e eu dei um passo para trás. Levantei minhas mãos tentando proteger meu rosto...
E a engoli inteira...

Febril, eu me sentei na cama, agarrando as cobertas no escuro. Aquilo estava no meu quarto. Estava em mim. Havia sido... Um sonho.
Olhei ao meu redor. Armário, banheiro, mesa, porta. Nenhuma forma assustadora à espreita. Sem olhos vermelhos me encarando. Mas, apenas por questão de segurança, me estiquei e acendi a luz. Um brilho suave, num tom de creme, iluminou o quarto e levou meu medo embora. Olhando para os lençóis amassados, eu vagarosamente abri meus dedos. Quando me mexi, minhas pernas estavam suadas e grudadas uma na outra. Dei vários passos na direção do banheiro e me atrapalhei com o interruptor de luz. Os azulejos estavam frios sob meus pés descalços quando me arrastei e fiquei em frente à pia, segurando as duas bordas.
Olhando para o reflexo no espelho, virei minha cabeça de um lado para o outro e olhei minha garganta. Não havia nenhuma... Marca, nada. Sentindo-me meio idiota,

abri a boca e olhei dentro. Nada escuro e assustador lá também. Tive um calafrio quando pensei naquela coisa mergulhando na minha direção, forçando o caminho goela abaixo. Tinha feito o barulho mais apavorante... Tive calafrios outra vez, coloquei as mãos debaixo da água fria e em seguida passei-as no rosto, enquanto tentava organizar meus pensamentos. Fora apenas um sonho, mas *tinha parecido* tão real.

De repente, tive uma ideia e, sem questioná-la, decidi colocá-la em prática. Saindo do banheiro, vesti uma calça jeans e um casaco de capuz escuro. Depois, fui até o banco que ficava em frente à minha janela, e olhei para o quintal. Havia um pedaço de terraço logo abaixo da minha janela, anexado a grades suspensas. A queda até o chão não parecia muito ruim, e eu estava quase certa de que poderia aguentar o baque.

Abri a janela até a metade e coloquei a cabeça para fora, na escuridão. *Eu terei que ser cuidadosa para não bater em nada e acordar minha mãe e meu pai.* Voltei para dentro. O que eu estava pensando? Será que eu realmente conseguiria sair de casa às escondidas? Se eles me pegassem, eu teria sérios problemas. Olhei de volta para a minha cama e senti gosto de cinzas na boca outra vez. *De jeito nenhum.* Eu não me importava com o que poderia acontecer. Eu não voltaria para a cama de jeito nenhum, não queria ficar ali.

Levantando a janela um pouco mais, passei minha perna sobre a beirada. A ponta do meu pé tocou o terraço e passei a outra. Equilibrando-me na ponta dos pés, abaixei a janela, deixando-a aberta apenas o suficiente para que eu pudesse voltar, mas não muito, para que ninguém desconfiasse. Apenas tarde demais, eu me dei conta de que provavelmente deveria ter ajeitado alguns travesseiros sob os lençóis para parecer que eu estava ali, caso minha mãe resolvesse dar uma espiada em mim. Mas eu não escalaria tudo de volta só para fazer isso. Além do mais, eu não ficaria longe por muito tempo.

Alcançando a treliça, finquei meu pé nos buracos entrecruzados. O lugar onde apoiei meu peso afundou, mas um segundo depois, vi que tudo estava bem. Eu me agarrei na estrutura e fiz força para verificar. Ela estava firme.

Descer foi muito mais fácil do que imaginei, e meus pés alcançaram chão firme rapidinho. Parecia que a área estava livre, e andei furtivamente pelo jardim até a rua.

A maioria das casas estava às escuras, exceto por algumas luzes acesas nas varandas, e senti um arrepio de adrenalina devido ao que eu estava fazendo. Quando me vi em frente aos portões de ferro maciço do cemitério, olhei ao redor e entrei. Sob a luz da lua, o cemitério era bonito e misterioso, a cor de osso pálido das lápides envelhecidas parecia mais clara e brilhante. As trilhas estavam escuras, mas meus pés conheciam o caminho que me levaria até Caspian. A princípio, tudo parecia calmo e quieto nos pequenos cercados de metal e estátuas de anjo tortas, mas logo comecei a sentir um medo incômodo cada vez que imaginava olhos vermelhos e coisas com asas avançando sobre mim.

Acelerei meu passo para uma meia corrida, e alcancei o jazigo que Caspian ocupava. Ao entrar, notei que não havia nenhuma vela acesa. *E se ele não estiver aqui? E se ele foi perambular pelo cemitério à noite?* Um bolo de terror começou a se formar em minha garganta e forcei meus olhos a se adaptarem à escuridão. A escuridão era total, absoluta... e vazia... bocejava na minha frente. Um barulhinho chamou minha atenção. *Oh, Deus.* Será que havia ratos ali? *Ratos têm olhos pequenos. Olhos. Pequenos. Vermelhos.* O som pareceu se aproximar, e tentei respirar mais devagar. Se ele não me ouvisse, não poderia saber que eu estava ali. Mas meu coração estava disparado no peito, e meu pulso estava acelerado. Eu quis desesperadamente fechar os olhos, mas não conseguia nem fazer isso. O barulho parou.

– Abbey?

A voz dele estava bem perto do meu ouvido, e virei a cabeça, tateando cegamente no escuro. Uma fagulha de eletricidade passou debilmente pelas minhas mãos fazendo-as formigar, e eu soube que ele estava ali.

– O que houve? – disse Caspian.

Eu quis correr para os braços dele e ouvir que tudo estava bem.

– Eu tive um sonho ruim. Não consegui dormir.

– Então você veio *até aqui?*

Será que eu havia cometido um erro? Eu não devia ter ido.

– Desculpe – sussurrei. – Eu só queria vê-lo, mas não devia ter...

– Não, não. Tudo bem. Estou feliz por você ter vindo me ver. Mas seus pais não vão descobrir?

Eu balancei minha cabeça, e percebi que ele provavelmente não podia enxergar meu gesto no escuro.

– Eu saí pela janela. Eles nunca vão perceber e não ficarei muito tempo. – Fiquei sem jeito e mudei de assunto. – Você pode, hã, acender algumas velas? Meu sonho foi bem assustador.

– Oh, claro. – Ele se mexeu e houve um som suave de algo raspando. O brilho vivo de uma chama irrompeu no fim de um fósforo, e ele acendeu duas velas à minha esquerda.

– Quer se sentar ali no banco?

Eu concordei e o segui, esperando enquanto ele acendia várias outras velas que crepitaram e iluminaram todo o jazigo vazio. Ele se sentou contra a parede, perto de mim.

Era tudo quieto demais naquele lugar, e eu tentei imaginá-lo ali, dia após dia, completamente sozinho. Eu ficaria louca.

– Quer falar sobre o que aconteceu? – disse ele. Seu sonho?

Apoiei o braço sobre o encosto do banco. Eu podia sentir o metal frio atravessando meu casaco de moletom.

– Foi horrível. Sombras me perseguiam em ruelas escuras, e eu não conseguia me defender. Depois, esse monstro avançou sobre mim e... – Eu tive um calafrio. – Na verdade, não quero falar sobre isso.

Caspian se levantou e foi até uma das caixas. Abaixando-se, ele pegou dois itens e voltou até mim.

– Aqui, isso aqui primeiro. – Ele segurava uma camisa. – Você está com frio e tremendo.

Eu não quis dizer que meu tremor devia-se ao sonho, não à temperatura, então, peguei a roupa que ele me oferecia. Era uma camisa de botões, e pareceu ser de lã quando a toquei. Inclinando minha cabeça de volta, eu disse:

– Obrigada.

Ele colocou uma pequena sacola de papel marrom perto de mim.

– Segundo, eu esqueci. Desculpe por não estar mais bem embrulhado. Isso foi o melhor que consegui fazer. Feliz aniversário, Astrid.

Ele havia *comprado* algo para mim? Eu abri a sacola e olhei dentro dela. Um livro com uma ilustração colorida de Ichabod Crane e do Cavaleiro sem cabeça.

– Ahhhhhhh – sussurrei, e o segurei com reverência.

– É uma versão infantil do livro – admitiu ele, com um sorriso acanhado. – Espero que não tenha problema.

Folheei as páginas. Era um livro antigo, impresso em 1932 e enrugado por causa do tempo. A cada três páginas, tinha uma ilustração fabulosa em preto e branco. Aquilo era a coisa mais bonita que eu já tinha visto.

– É *perfeito* – eu disse. – Um simples agradecimento parece não ser o suficiente. Onde você conseguiu?

– Não se preocupe com isso – respondeu ele. – Estou feliz por você ter gostado.

Eu abracei o livro contra meu peito.

– Eu adorei.

Caspian ficou atrás de mim durante um minuto, olhando para baixo, com uma expressão estranha no rosto.

– O sonho de todo rapaz – murmurou ele suavemente – é ser a pessoa para a qual a garota corre quando quer ser salva, e eu não posso fazer nada com relação a isso... Seus olhos eram intensos e me observavam encantados. Minha respiração ficou presa na garganta.

– Você pode vir sentar perto de mim – ofereci. – E me fazer companhia. – Mas ele andou de volta até a parede e se sentou no chão.

– Melhor que eu fique aqui. Mais fácil assim.

Melhor para quem?, eu quis dizer, mas tentei não deixar a decepção transparecer em meu rosto. E me envolvi na camisa dele.

– Então, como você pode tocar coisas e não em mim? Hum... Pessoas. Quero dizer, tocar nas pessoas.

Caspian abriu suas mãos diante dele e olhou para elas.

– Eu não sei por que eu posso mover caixas, segurar carvão, segurar um lápis, quebrar um galho... Mas não posso tocar você. Talvez essa seja a regra deste lugar, ou do que eu sou. Não tenho certeza.

– Você já tentou tocar outra pessoa?

– Sim. Crianças na minha escola, meu pai, estranhos na rua... Diabos, eu até fui à igreja, cheio de esperança. Realmente acreditei que se alguém poderia me ver ou tocar, este alguém seria um sacerdote. Mas eles escorregaram entre minhas mãos como o resto.

Pensei naquela noite no meu quarto, e no dia seguinte na biblioteca, quando ele havia me beijado.

– Como você conseguiu...? – Senti meu rosto ruborizar. – Como você conseguiu me beijar na biblioteca? Aquilo não devia ter sido impossível? E, antes de eu sair, naquele dia no rio, quando o encontrei na chuva, você disse que podia me tocar apenas por um dia. O que isso significa?

Ele olhou para longe e tive que me esforçar para ouvir sua resposta.

– Eu posso tocá-la apenas no meu aniversário de morte. Primeiro de novembro. Eu toquei seu rosto em seu quarto porque tinha passado da meia-noite. E foi por isso que eu quis que você me encontrasse na biblioteca aquele dia. Por isso eu pedi tanto que você não se esquecesse do nosso encontro.

– Por que você não ficou mais? No meu quarto? Se você podia me tocar apenas naquele dia, por que você estava com tanta pressa de... ir embora?

– Eu não tinha certeza do quanto, *exatamente*, eu poderia fazer – disse ele. – Por isso eu escolhi a biblioteca. Lugar público e tudo mais.

Minhas orelhas ficaram quentes quando entendi o que ele quis dizer. Tossi uma vez e limpei minha garganta.

– Como você descobriu isso? Na primeira vez. Como você sabia que poderia me tocar naquele dia?

– No primeiro aniversário da minha morte, no ano anterior, eu estava no centro da cidade sem saber que dia era e esbarrei em alguém. Literalmente. Normalmente, eu simplesmente passaria direto pela pessoa, mas naquele dia, não. Primeiro, achei que algo havia mudado. Pessoas me viam. Elas me ouviam. Pela primeira vez em um ano inteiro. – Seus olhos ficaram tristes. – Depois, eu passei por uma banca de jornal e vi que era primeiro de novembro. Eu juntei dois e dois.

Ele olhou para mim.

– Eu quis ver meu pai. Aliás, quase fui. Queria dizer a ele o que havia acontecido comigo e que eu estava arrependido. Mas depois eu pensei que poderia ser muito traumático para ele ver o filho que morrera em um acidente de carro. Então, desisti de ir. Acabei ficando sentado em um parque o dia inteiro. Fazendo o que eu fazia dia sim, dia não. Observando as pessoas passarem.

– Isso deve ter sido difícil – eu disse. – Finalmente ser parte de tudo e ainda assim continuar do outro lado.

Caspian concordou.

– E no dia seguinte? Tudo continuou igual?

Outro aceno de cabeça.

– Voltei a ser um fantasma.

Eu olhei para minhas mãos.

Quando você me encontrou?

– Ano passado. Era primavera. Eu a segui, mas depois você foi embora. Eu me lembro porque conseguia ver as folhas desabrochando. Elas eram cor-de-rosa. Eu logo soube que algo com você era diferente.

– O que é isso com cores? Você disse algo antes sobre ver as "cores".

Ele concordou e correu seus dedos pelo cabelo. Sob a meia-luz, os fios louro-claros eram menores. Mas aquela mecha preta continuava tão destacada quanto sempre fora.

– Eu não consigo ver cores de coisa nenhuma, em lugar nenhum, exceto ao seu redor. Tudo o que eu vejo é cinza. É como viver neste mundo de sombras. Mas ao seu redor – ele formou um arco com suas mãos – existe uma... bolha ou algo que a envolve. Seus olhos, seu cabelos, suas roupas – sorriu ele. – Até a árvore que estava perto de você tinha cor. Quando você se mexeu, eu consegui ver a grama verde sob os seus pés.

Ele parou subitamente e se inclinou para frente, dizendo com muita intensidade:

– É divertido, Abbey. *Você* me encanta!

Meu coração perdeu o compasso e eu olhei duro para ele.

– Lá vem você outra vez dizendo coisas que me fazem... – Um grande bocejo me interrompeu e eu parei, desconcertada além do imaginável.

– Você não quer se deitar no banco? – sugeriu Caspian. – Eu tenho um travesseiro.

Ele se levantou, foi até um canto distante no aposento e me trouxe não apenas um travesseiro, mas também o casaco preto que eu tinha visto antes. Com um gesto, ele me ofereceu os dois.

– Ainda que eu não precise dormir, isso ajuda a ter algo que me lembre de... antes. Desculpe-me por não ter uma coberta. Este casaco está bom?

– Sim, com uma condição.

Ele ergueu a cabeça, esperando eu prosseguir.
— Você pode vir para cá? Sentar no chão, perto do banco?

Ele se aproximou e peguei o travesseiro primeiro. Depois peguei o casaco, levantei, ergui os pés e me deitei. Caspian se ajoelhou no chão perto de mim, sorrindo enquanto erguia uma parte do casaco que estava pendurada até o chão.

Meu Deus, ele era lindo quando sorria.

Retribuí o sorriso timidamente e arrumei o casaco em volta de mim, voltando a pousar a cabeça no travesseiro. Ele estava perto o bastante para se esticar e tocar... E eu mordi meu lábio com a tristeza repentina que se abateu sobre mim.

— Você pode fazer aquelas figuras de sombras na parede? — sussurrei para ele, desesperada para fazer a tristeza ir embora.

Ele juntou os dois polegares e bateu seus dedos, movendo o corpo para que a forma que ele estava criando aparecesse na parede.

— *Kee-yar, kee-yar* — disse ele baixinho.

— O que é isso? — perguntei.

— É o som que o falcão faz. Este era o meu fantoche de sombra, um falcão.

— Eu pensei que fosse um azulão — provoquei. — Faça outra vez.

Ele formou a imagem novamente, e desta vez ela batia as asas ferozmente. Eu ri e ele moveu os dedos, criando alguma imagem arredondada e estranha na parede.

– Três chances de adivinhar o que é isso.
Estudei a criatura cuidadosamente.
– Um coelho?
– Não. – Ele agitou as mãos para simular o movimento.
– Um cachorrinho?
– *Onde* você viu um cachorrinho aqui? – perguntou ele, rindo.
– Eu não sei. Tudo bem. Última chance. Humm... uma tartaruga?
– Hum, resposta errada. É um tatu.
– Um *tatu*? Como você aprendeu a fazer o fantoche de sombra de um tatu?
Ele pareceu sem jeito.
– Tudo bem. Você me pegou. Eu fingi. Eu não sabia *o que aquilo* era.
Eu me aconcheguei sob o casaco dele. Minhas pálpebras estavam começando a ficar pesadas. Caspian ajeitou seus dedos de uma forma complicada.
– Bem, que tal se eu fizer as figuras e depois contar o que são? Sem adivinhação.
Eu lutei contra outro bocejo.
– Tudo bem.
– O primeiro fantoche de sombra obrigatório é... um palhaço incrivelmente constrangido. – Ele mexeu os dedos. – Segundo...
Minha pálpebra esquerda caiu. Depois minha direita. Eu pisquei pesado, e as paredes se transformaram ao redor dele.

– ... um urso panda de três pernas.

Meus olhos não se abriram mais e eu senti que ia sendo envolvida pelo sono.

– Ovos mexidos... bacon à parte. – A voz dele retrocedia e fluía ao meu redor. – Você está caindo no sono, Abbey?

Eu lutei para ficar acordada.

– Nãããão... – eu disse. – Caspian, não vá embora, sim? Eu não quero que eles me peguem.

– Não se preocupe, eu ficarei com você.

Tudo parecia meio confuso, mas tentei ficar acordada o suficiente para dizer a ele mais uma coisa.

– Fico feliz por você... Veja... Minhas cores, Caspian. Eu vou dividi-las... com você...

– Obrigado, Abbey – disse ele suavemente. – Tenha bons sonhos.

Capítulo Doze

VELHOS AMIGOS

A história favorita, porém, era a que falava sobre o espectro de Sleepy Hollow, o Cavaleiro sem cabeça, que fora ouvida muitas vezes nos últimos tempos... E de acordo com o que se dizia, ele amarrava seu cavalo todas as noites entre as sepulturas do cemitério da igreja.

– A lenda do cavaleiro sem cabeça

— Abbey... Abbey... Meus olhos abriram lentamente, e o rosto de Caspian apareceu na minha frente.

— O que você está fazendo aqui? – perguntei, esfregando o olho. Afastei meu cabelo do rosto.

— Estou aqui porque é aqui que eu moro, lembra? Você veio me ver.

Certo. Eu havia escapulido do meu quarto.

— Meu Deus! Eu tenho que voltar para casa. Que horas são? Meus pais vão me matar!

– Tudo bem. Você dormiu só uma hora. Você tem bastante tempo para voltar antes de eles acordarem.

Eu reclamei e virei meu pescoço rígido de um lado para outro. Minha mente já estava desperta e a mil por hora. *Meu cabelo está bagunçado? Eu tenho mau hálito? E, ai meu Deus... Espero não ter babado. Oh, será que eu ronco?*

Sem saber o que dizer, dobrei cuidadosamente o casaco e depois a camisa. "Obrigada por me deixar dormir em sua cripta" era a coisa certa a dizer? Mas o que saiu foi:

– Você ficou acordado o tempo todo? – Eu quis me matar assim que disse essas palavras. *Por que não consigo ser espirituosa?* Eu fui amaldiçoada para sempre pelo fato de não ser espirituosa.

Caspian sorriu para mim.

– Sim, eu fiquei acordado. Eu não quis fechar meus olhos e cair na... escuridão. – E depois ele disse bruscamente: – Eu não, hã, não fiquei aqui reparando você ou qualquer coisa estranha. Eu fiquei lendo um livro.

Bem, isso foi estranhamente confortante e decepcionante ao mesmo tempo.

– Eu espero não ter roncado.

– Não. Você teve mais algum sonho ruim?

– Não. Sem mais sonhos ruins.

Ele se levantou e arrastou seus pés.

– Eu não quero que você pense que estou mandando você embora ou qualquer coisa assim, mas você deveria ir para casa antes que seus pais acordem.

– Sim, você tem razão. – Devolvi o casaco e olhei para a camisa que eu ainda vestia. – Eu posso, hum... Não teria problema se eu... ficasse com ela? – Aquilo soou tão esquisito, mas eu queria ter uma parte dele comigo.

– Claro que não, apesar de eu não entender por que você a quer.

Porque é sua... Eu não disse isso em voz alta.

– Obrigada.

Caspian me acompanhou até a saída da sepultura, e o ar da manhã estava fresco. Nós dois andamos em silêncio até alcançarmos o portão.

Colocando as mãos nos bolsos do casaco, eu me virei para olhar para ele.

– Obrigada por me deixar dormir aqui. Foi... legal.

Ele bufou.

– Sim. Eu tenho certeza de que passar a noite em um jazigo assustador é a ideia de encontro ideal de toda garota.

Encontro?

– Não foi assustador. *Você* estava comigo.

– É por isso que foi assustador. Por minha causa.

Eu olhei para ele.

– Não, não foi por sua causa. Não diga isso. Você vai arruinar minhas lembranças felizes dos fantoches de sombra.

– Eu até que *sou* bom com desenhos de sombras nas paredes. Talvez devesse começar meu próprio negócio. – Ele riu, e senti um calor aumentando dentro de mim.

Olhei para o céu que brilhava.

– Eu *realmente* tenho que ir embora – voltei a colocar os pés no chão –, mas se eu... ah... quem sabe, voltar hoje... você estaria aqui?

Caspian concordou e começou a se afastar, parando a uma distância suficiente para dizer:

— Você sabe onde me encontrar.

Eu fiquei ali observando enquanto ele recuava, e acenei com a cabeça. Nós havíamos passado um tempo razoável juntos e ele agora era capaz de agir tão casualmente? Às vezes, os garotos são tão difíceis de entender.

Um movimento à minha esquerda chamou minha atenção. Eu me virei e vi alguém. Alguém com cabelo grisalho, uma camisa azul desbotada e um macacão remendado. *Nikolas.*

Ele também me viu e parou. Eu fui na direção dele e abri meus braços para um abraço quando me aproximei. Nikolas deu um tapinha no meu ombro da forma como sempre costumava fazer e depois me abraçou um pouco hesitante.

Eu o apertei forte, percebendo repentinamente o quanto sentira sua falta. Era como ver meu avô perdido há muito tempo.

— Estou meio chateada com você — eu disse a ele, afastando-me. — Mas realmente senti sua falta, Nikolas.

Eu pude ver que seus olhos ficaram turvos, e ele esfregou uma de suas mãos ásperas no rosto.

— Perdoe um velho homem cujos olhos algumas vezes ficam um pouco úmidos — disse ele para mim. — Eu senti sua falta também, Abbey. Nós pensamos que você havia decidido abandonar este lugar.

Um lampejo de culpa e vergonha se rastejou em direção ao meu coração. Eu *tivera* a intenção de deixá-los para trás.

– Tive muito com o que lidar, Nikolas. Ainda estou tentando entender as coisas, acho. Mas eu não poderia ficar longe de vocês. Na verdade, eu viria vê-los hoje. Como está Katy?

– Minha senhora está bem. O jardim dela tem florescido nestas últimas semanas, e ela está feliz por ficar sossegada em nosso cantinho e colher flores.

Eu sorri.

– Aposto que sim. As flores ainda cobrem toda a frente da casa?

Nikolas confirmou.

– Eu não consigo dar um passo ou me sentar sem o medo de esmagar alguma daquelas coisinhas frágeis. – Um olhar gentil surgiu em seu rosto. – Mas é disso que ela gosta, então, eu caminho com muito cuidado.

Uma sentimento de alegria fixou-se em meu coração. Era muito bom saber que eles ainda eram tão felizes juntos.

O céu começou a clarear, e uma sombra rosa com toques fracos de amarelo começou a despontar. A luz do dia corria em nossa direção, e eu precisava ir para casa.

– Tudo bem se eu vier mais tarde? – perguntei a ele. – Tenho muitas perguntas para você.

Ele seguiu meu olhar em direção ao sol.

– Por que você não vem comigo agora? Katy está em casa e tenho certeza de que ela ficará feliz de nos preparar um chá. Nós temos hortelã.

Seu olhar era esperançoso, e eu odiava decepcioná-lo, mas eu poderia ficar em *sérios* apuros se meus pais descobrissem que eu havia escapulido.

Tentei pensar rápido. Eu poderia sempre dizer à mamãe que tinha saído cedo para caminhar. Tecnicamente, *era* cedo quando fui ver Caspian, e eu *havia* andado para chegar lá. Então, eu disse a Nikolas:
– Eu acho que posso fazer uma visita rápida, sim.
– Bom! Então vamos agora.
Ele se virou e o segui até o outro lado do cemitério. Chegamos ao bosque e tomamos a trilha coberta de vegetação que nos levaria até o chalé deles.
Um esquilo raivoso nos surpreendeu quando pisamos perto de sua árvore e eu ri com o escândalo que ele fez. Esquilos tinham uma vida boa. Catar nozes, fazer suas casas em árvores, arrebitar sua cauda para os humanos gigantes que invadiam seu espaço...
O caminho se ampliou, e uma pequena ponte surgiu. E depois dela, a casa de Nikolas e Katy. Prendi minha respiração. Ela ainda pareceria o chalé do livro de histórias encantadas que o tempo esquecera? Ou ela pareceria diferente para mim de qualquer forma?
Mas o telhado de palha ainda era o mesmo, e as pedras redondas gigantes que formavam a parte externa ainda estavam lá. Até as glicínias ainda cresciam na chaminé de pedra, e estavam coloridas, vibrantes. Respirei fundo, aliviada.
Nikolas me conduziu até os fundos, onde Katy estava ajoelhada em um jardim, entre margaridas e lupinos azuis. Ela usava um grande chapéu de palha e um vestido de verão amarelo antiquado.
Eu parei por um segundo e fiquei irritada comigo mesma por não ter percebido isso antes. Ela era a imagem

de alguém saído diretamente de um conto de Washington Irving, começando por seu cabelo, que estava enrolado sob seu chapéu em um coque frouxo.

De repente, fiquei sem jeito. Mas assim que ouviu o chamado de Nikolas, Katy olhou para cima e um sorriso largo surgiu em seu rosto.

Ficando em pé com graça, ela veio em minha direção de braços abertos. Segundos depois, eu estava sufocada em um abraço com aroma de hortelã e madressilva.

– Que maravilha ver você, Abbey! – disse ela. – Que surpresa deliciosa. Há tanto tempo que não a vejo.

– Estive fora por um tempo. Eu contarei tudo lá dentro. Podemos conversar?

Ela afirmou com a cabeça:

– Vou preparar um chá.

Nos separamos, e Nikolas ofereceu seu braço a ela. Ela aceitou e eles seguiram para casa.

Ao entrar na cozinha, cruzei o aposento e fui até a mesa larga de ardósia que ficava perto do fogão. Puxei uma cadeira cor de cereja e me acomodei. Nikolas também sentou, e Katy foi até a despensa.

Eu a detive antes de ela fazer o chá.

– Isso pode esperar um minuto? Eu gostaria de falar com vocês primeiro.

Ela se sentou à mesa e se inclinou para pegar a linha e a agulha em uma cesta no chão. Dentro de segundos seus dedos estavam voando.

Decidi ir direto ao assunto.

– Eu deixei Sleepy Hollow em fevereiro para ir a um médico. Um especialista que ajuda pessoas que... veem e ouvem... coisas que não existem. – Eu não tinha certeza do que exatamente deveria contar a eles, do quanto deveria admitir, mas não queria esconder nada. – Entendam, eu pensei que estava louca. Vocês me contaram que são Katrina Van Tassel e o Cavaleiro sem cabeça, de *A lenda do cavaleiro sem cabeça*, e o pai do garoto com quem eu estive saindo disse que seu filho estava morto. Eu não consegui lidar com nada disso. Eu nem sei se isso na verdade *é* algo com o qual lidar. Talvez eu realmente esteja louca. Se o dr. Pendleton simplesmente pudesse me ver agora...

Katy parou seu tricô e colocou uma das mãos sobre a minha.

– Eu sei como você se sente, Abbey. Uma vez eu também estive na mesma posição. Quando Nikolas e eu nos encontramos pela primeira vez e soube que ele estava morto, não administrei isso muito bem. Eu o ignorei por um mês.

– Depois de ter jogado um jantar de domingo inteiro em minha cabeça – murmurou Nikolas.

– Esperem aí – eu disse. – Você *tinha* uma cabeça?

– Eu conseguia vê-lo em sua forma verdadeira. Como ele era antes – disse Katy.

– Você vai me falar sobre isso, então? Sobre sua história?

Katy olhou para Nikolas.

– Você quer começar?

– A história é verdadeira – disse ele. – Eu era um soldado hessiano. Durante a Guerra de Independência Americana, eu era um mercenário, um soldado contratado e pago para lutar. Lamentavelmente, tive um encontro infeliz com uma bola de canhão. Ela arrancou minha cabeça e derrubou meu cavalo. Sabe, eles me enterraram neste cemitério. Uma vez eu salvei uma criança... mas é uma história para outro dia.

– Quando eu encontrei *Stagmont* pastando no gramado do cemitério, percebi que ele havia me seguido. Minha história se espalhou, tornou-se a base para a lenda, se você preferir, e foi assim que me tornei o hessiano galopante do vale.

– Então, você guarda seu cavalo aqui também? – perguntei. – Onde ele está? Posso vê-lo?

– Algumas vezes, nós saímos em cavalgadas à meia-noite pelo cemitério, mas eu não o mantenho aqui. Não é justo com ele. Ele prefere vagar.

Katy falou mais alto:

– Quanto a mim, tudo mudou quando *Ichabod Crane* veio para a cidade. Ele me deu aulas de canto, e pareceu muito interessado em mim. E eu, bem, tentei deixar claro de forma gentil que eu não estava interessada.

– Ah, aquele exibido sabia que você não ia preferi-lo àquele saco de ossos, o Brom – disse Nikolas.

Eu me inclinei, olhando de um para o outro.

– Eu pensei que Brom Bones fosse o robusto e Ichabod Crane, o magro. É o que a lenda diz.

– Sim – disse Katy. – É como a lenda foi escrita, mas como dissemos anteriormente, muita coisa ali foi escrita diferente da realidade. Principalmente o final, que foi alterado para proteger Nikolas e a mim. Muitos outros aspectos também foram modificados.

– Então, um dia eu a vi e me apaixonei imediatamente – respondeu Nikolas.

– Eu *não* fiquei muito feliz com aquilo – disse Katy. – Pensei que estava tendo convulsões ou uma alucinação, vendo coisas que ninguém mais conseguia ver. Graças a Deus, nunca contei a ninguém. Eles teriam me mandado para um convento. – Um olhar distante surgiu nos olhos dela. – Embora eu pensasse frequentemente em contar ao meu pai, pois sempre achei que ele talvez fosse a única pessoa a compreender.

Ela balançou a cabeça, como que para clarear seus pensamentos.

– Imagine, ter um fantasma apaixonado como seu companheiro constante. Eu joguei meu bordado nele, meus livros, até meus chinelos! Mas ele me seguia por todo lugar. Depois, Brom pregou aquela peça estúpida, Ichabod, vestido como um cavaleiro sem cabeça, e perseguiu o professor pela ponte.

– O que aconteceu depois? – perguntei.

– Ichabod deixou a cidade, e Brom se casou com outra pessoa. Em algum momento, eu tive sorte na minha corte à bela Katrina, e ela disse que me amava – disse Nikolas.

– Então você nunca se casou com Brom? – perguntei a Katy. Ela balançou a cabeça negativamente. Colocando as agulhas de lado, ela ficou de pé.

– Acho que vou fazer um chá agora, se você estiver de acordo.

Concordei.

Quando passou por Nikolas, ela esticou um braço e pegou sua mão, beijando-a gentilmente. Ver aquilo me partiu o coração e desviei meu olhar.

A cozinha se encheu de sons quando ela começou a preparar o chá. O ruído da tigela sendo mexida, a porta aberta do armário batendo, água enchendo a chaleira. Como era verão, não havia fogo na lareira, mas Katy colocou a chaleira de metal sobre o aparador com aspecto de fogão antigo. Quando ela virou o botão, um círculo fino de fogo azul acendeu sob o queimador, e ela veio sentar-se à mesa.

Eu ainda tinha tantas perguntas.

– Como Washington Irving estava envolvido em tudo isso? Além de escrever a história?

Foi Nikolas quem respondeu:

– Ele brincava no cemitério quando menino e tinha certo jeito para contar histórias. Ele cresceu escutando nossa história. Eu fiquei honrado quando perguntou se poderia escrevê-la.

– Washington Irving conseguia *ver* você? Como?

– Ele era um de nós. Uma Sombra.

Eu olhei para Katy:

– Ele conseguia vê-la também? Ele ainda está, hum... aqui? Em algum lugar?

– Oh, sim. Ele conseguia me ver. Nós conversávamos com bastante frequência. Mas ele não ficou. Seu amor seguiu em frente e ele também.

– Uau – eu disse. – Então vocês são *realmente* velhos, hum?

Os dois sorriram.

– Sim – respondeu Katy. – Eu acho que somos velhos *mesmo*.

A chaleira apitou, e Katy se levantou para tirá-la do fogão.

– E as outras coisas? – Olhei para a mesa, sem ter certeza do que perguntava de verdade. – Com Caspian... o garoto do cemitério. – Pensei sobre a última vez que os havia visto, pouco antes de ir embora para a casa de tia Marjorie. – Você me disse que ele era uma Sombra como você, por causa da mecha preta no cabelo dele. O que exatamente *é* uma Sombra?

– Uma Sombra é só o nome pelo qual nos tratamos. Somos como sombras, vivendo dentro da obscuridade da vida real. Eu acho que é isso – disse Nikolas.

– Por que não se chamam apenas de fantasmas?

– Porque somos diferentes de fantasmas – disse Katy. – É complicado explicar, mas somos.

Nikolas se levantou e foi pegar os pequenos potes prateados que continham açúcar e mel.

Katy despejou o chá em três xícaras e levou duas delas para a mesa, e o esposo seguiu logo atrás com a bandeja que segurava o leite.

– Como? – insisti.

– Fantasmas – disse ele – estão presos a lembranças ou a lugares que frequentavam. A maioria é capaz apenas de repetir a mesma ação inúmeras vezes. Alguns poucos podem causar pequenos transtornos, mas eles ainda estão interpretando um papel. Se estão com problemas na morte, é porque tinham problemas na vida também.

Ele colocou uma xícara diante de mim e depois pegou sua própria.

– Era diferente para mim porque eu não estava amarrado a nenhum lugar. Isso não veio até... depois. Claro, eu tinha meus lugares favoritos. A ponte e o cemitério, mas eu poderia andar por todo esse vale. E eu também pude seguir Katy... um bocado. – Ele piscou para ela e sorriu.

– Vocês sabiam que Caspian estava morto quando o viram pela primeira vez? – perguntei.

Eles trocaram um olhar.

– Sim – disse Nikolas devagar. – Nós podemos sentir essas coisas.

– E... tocar? Você e Katy conseguiam se tocar? – Coloquei um pouco de mel em meu chá e mantive o olhar fixo no líquido âmbar quando fiz a pergunta.

– Não, não conseguíamos tocar um ao outro – disse Katy.

– Não conseguiam? Por que não?

– Eu não sei. Simplesmente era assim.

– E a mecha preta no cabelo dele? O que ela significa?

Nikolas mostrou a mecha de cabelo atrás da orelha.

– O que você vê aqui?

Eu observei atentamente.

– Você também tem uma mecha preta, como Caspian?

Ele assentiu.

– Quando vi a dele, eu soube.

– Você tem uma também, Katy? – Virei para ela.

– Sim. Embora a minha seja branca.

– Mas e se alguém pintar o cabelo? – perguntei. – Eu pinto o meu o tempo todo.

– É fácil perceber o que é natural e o que não é – disse Nikolas. – Caspian sentiu algo com relação a mim também. Como eu podia vê-lo, ele achou que eu era perigoso. Ele não sabia o que estava sentindo.

Ele prosseguiu.

– Eu consegui sentir que *você* era especial também. Às vezes, crianças e aqueles que são especialmente sensitivos quase conseguem identificar minha presença, mas você conseguiu me ver imediatamente. E quando você pôde me abraçar, essa foi minha confirmação.

Bebi meu chá lentamente, tentando tomá-lo de uma vez.

– O que aconteceu depois que você... faleceu, Katy? Você e Nikolas simplesmente se encontraram outra vez? Assim?

Ela mexeu o chá e olhou para além de mim.

– Sim. A história é mais ou menos essa.

Senti que havia algo mais que ela não quis dizer.

Ela não quer falar sobre sua morte. Preste atenção, Abbey.

– Pelo menos vieram viver juntos aqui – eu disse, olhando para o confortável chalé. – Um final feliz eterno.

Repentinamente, Katy perguntou:

– Você gostaria de ver algumas das nossas lembranças? Nós temos documentos e itens pessoais.

Eu aceitei, e Nikolas pegou uma pequena caixa de madeira de cima da lareira. Eu fiquei maravilhada quando eles me mostraram a certidão de nascimento de Katrina (um pergaminho escrito a mão com letras decoradas datado *No Ano de Nosso Senhor – 1775*) e retratos pintados. Havia uma pintura que mostrava uma Katy muito formal, sentada ao lado de uma mesa e um vaso, Nikolas mostrando orgulhosamente seu uniforme hessiano e uma outra de Katy ainda bebê em uma cesta de vime.

Era incrível estar segurando itens tão históricos. E eu os segurava cuidadosamente, preocupada que um movimento mal calculado pudesse repentinamente reduzi-los a pó.

E de repente fui atingida por um pensamento que tomou meu cérebro como se fosse feito de luz.

– Ah! – disse ansiosa. – Eu tenho que ir para casa! Meus pais vão me matar!

Fiquei em pé subitamente. Como pude ser tão descuidada? Eu tinha que voltar para casa agora mesmo.

– Eu voltarei para visitá-los em breve – prometi, correndo para a porta. – Obrigada por me contarem tudo. Foi muito útil.

Katy gritou um tchau e Nikolas me seguiu enquanto eu caminhava em direção à porta.

Eu fiquei horrorizada com o fato de já estar bem claro do lado de fora.

– Abbey – disse Nikolas. – Abbey, tome cuidado. Eu sei que no rio, naquela noite, eu disse para você procurar por Caspian, mas você precisa tomar cuidado. Talvez... Talvez fosse melhor se você não voltasse a vê-lo.

– Fico feliz que você se importe, Nikolas – eu disse a ele. – De verdade. Isso significa muito para mim. Mas eu ficarei bem.

Em vez de parecer aliviado, ele pareceu ainda mais preocupado.

Capítulo Treze

AGINDO NORMALMENTE

E então, a dama lhe deu a mão, como era de se esperar.
— *A lenda do cavaleiro sem cabeça*

Corri para casa o mais rápido que pude, mas quando entrei minha mãe estava aflita, andando para lá e para cá na frente da porta.

— Onde você *esteve*? – praticamente gritou. Eu corri para a cozinha, suada e ofegante, e fui direto para a geladeira. – Abigail, eu estou *falando* com você!

Eu me servi um pouco de suco de laranja e bebi em um gole enorme.

— Você está me ignorando de propósito?

— Mãe, relaxe. – Baixei o copo vazio e coloquei mais suco. – Eu estava só pegando um suco.

Ela colocou as mãos sobre a boca e ergueu uma sobrancelha.

Eu *realmente* não estava com paciência para aquilo. *Ela sabe como transformar tudo em um problema maior do que realmente é.*

– Você não pode simplesmente ir... Ir... – gaguejou ela.

– Ir para onde, mãe? Não posso dar uma caminhada pelas mesmas ruas que subo e desço desde os meus oito anos? Tenho dezessete agora. Eu posso sair para uma corrida se quiser. – Aquilo simplesmente saiu, antes que eu tivesse a chance de pensar.

– Uma corrida? – perguntou ela. – Você foi correr hoje de manhã?

Mostrei meu cabelo molhado.

– Está vendo o suor? É o que geralmente acontece quando alguém se exercita.

Ela não sabia o que fazer em seguida, e ambas sabíamos disso. Coloquei o suco de volta na geladeira e peguei meu copo.

– Vou tomar um banho. Vejo você depois.

Ela me seguiu enquanto saía da cozinha.

Deus, ela vai me assistir tomando banho também?

Mas ela só me seguiu até a parte de baixo da escada.

– Na próxima vez, deixe um bilhete, alguma coisa assim! – disse ela. – E você tem uma ligação para retornar, o dr. Pendleton ligou.

– Tudo bem, mãe – eu disse, batendo minha porta para enfatizar. Eu ligaria para ele *depois* do banho.

Uma hora depois, quando estava limpa, seca e vestida outra vez, eu me sentei para ligar para o médico. O telefone tocou duas vezes e meus olhos correram para uma fila de frascos de cobalto alinhados sobre a mesa. Peguei um que estava etiquetado como Falloween e girei para misturar seu conteúdo.

A recepcionista atendeu no quinto toque.

– Consultório do dr. Pendleton.

– Oi, aqui é Abigail Browning. Estou retornando a ligação dele.

– Um segundo, por favor – ela disse com simpatia, e uma música de flauta começou a tocar em meus ouvidos.

Abrindo o frasco que estava em minha mão, inspirei profundamente. O cheiro era morno e rústico, com toques de folhas secas e fogueira crepitando. Fui imediatamente transportada para outubro. Vendo as folhas adquirirem cor no cemitério, apertando o casaco ao meu redor, cobrindo o pescoço com o cachecol...

Esse era exatamente o cheiro do outono.

Coloquei de volta, estudando o frasco e depois peguei um dos meus cadernos. Talvez eu devesse adicionar uma gota ou duas de óleo com fragrância de maçã azeda. Aquilo realçaria só um pouco.

Uma voz contundente interrompeu meus pensamentos.

– Aqui é o dr. Pendleton.

Eu me atrapalhei com o telefone e quase o deixei cair.

– Oi, dr. Pendleton, aqui é Abbey. O senhor me ligou?

– Sim, Abbey, como você está? Como foi a cerimônia da ponte?

A cerimônia. Havia sido há poucas semanas, mas parecia que ocorrera meses atrás.

– Eu não vomitei em ninguém, então, foi bem.

Ele deu uma risada.

– Como você se sentiu depois? A solenidade funcionou como uma espécie de encerramento? Fez você sentir que sua história com Kristen finalmente acabou?

– Não muito – admiti. – Mas não surtei em nenhum momento, então acho que é um progresso, certo?

– Sempre que sentimos um momento transcender, estamos nos movendo além de nossas limitações.

Aquilo era um sim ou um não? Ele nunca me dava uma resposta direta.

– Tudo bem, então.

– E as nossas outras questões? – perguntou ele. – Você voltou ao cemitério? À sepultura de Kristen?

– Sim, eu voltei para visitar a sepultura dela. Foi antes da cerimônia. Apenas para dizer olá.

Ele murmurou do outro lado, concordando.

– Alguma alucinação?

– Não. Eu tenho estudado com um amigo de classe para conseguir nota extra e caminhado bastante. Eu até falei com meu pai sobre o plano para minha loja, e vou trabalhar nisso. Até agora, tem sido um verão ótimo.

Por favor, por favor, que essa seja uma resposta suficiente.

– Parece um excelente progresso.

Uma porta se abriu ao fundo, e a recepcionista disse algo sobre o paciente do meio-dia estar lá.

– Fico feliz por saber que você está indo tão bem. Se precisar de mais alguma coisa, não hesite em ligar.

– Tudo bem, dr. Pendleton, pode deixar.

Ele murmurou um tchau e desligou.

Assim que coloquei o telefone no gancho, procurei em meu estoque e vasculhei entrei os óleos até encontrar um com o rótulo de maçã da Macintosh. Depois eu peguei um frasco de baunilha queimada e voltei à minha mesa.

Passando para uma página em branco do caderno, anotei os ingredientes do rótulo Falloween: uma medida de folha de canela, uma medida de cravo-da-índia, duas medidas de patchuli e duas medidas de bálsamo do peru. Enchendo uma nova pipeta com um pouco do óleo de maçã, pinguei com cuidado duas gotas no frasco. Depois, peguei outra pipeta e adicionei uma gota da baunilha. Tampando-o, sacudi delicadamente outra vez.

Quando cheirei pela segunda vez, tinha um toque gostoso de maçã defumada e folhas. Mas ainda não era exatamente o que eu queria, e sabia que seria necessário algo envelhecido.

Coloquei o frasco de volta na mesa e folheei meu caderno. Em uma das páginas, eu havia rabiscado algumas anotações para uma ideia antiga de perfumes baseados em

A lenda do cavaleiro sem cabeça. Essências específicas para Katrina, Ichabod, Brom e o Cavaleiro. Na verdade, aquela era uma boa ideia. Turistas que viessem conhecer a cidade e o cemitério poderiam parar na minha loja, Abbey's Hollow, e levar para casa perfumes inspirados na lenda. Eu poderia desenvolver uma embalagem com um aspecto de frascos de remédio antigo, com rótulos iguais aos de medicamentos, e reservar na loja um espaço que evocasse o espírito da antiga Sleepy Hollow. Eu teria livros de escola *vintage*, abóboras e folhas secas espalhadas. Talvez eu pudesse oferecer cidra quente e torta de abóbora quando as pessoas entrassem.

Passando os dedos pela página, tentei acompanhar minha ideia. Minha mente estava correndo a um quilômetro por minuto, e minhas anotações não paravam de se acumular enquanto eu escrevia tudo o que pensava. Mas minha caneta parou quando escrevi o nome de Nikolas. Como seria uma essência para ele? Imediatamente pensei em chocolate. Algo morno e doce. E amêndoas. E também em alguma coisa que desse um toque especial. Couro era uma escolha óbvia. Restos de botas velhas e uma sela de cavalo, desgastados com a idade. Talvez maçãs cobertas de caramelo, algodão-doce ou bala puxa-puxa. Guloseimas grudentas de Dia das Bruxas capazes de fazer o seu estômago doer e colocar os dentes à prova. Perigo enrolado em cobertura açucarada.

Mas Katy... Katy era biscoitos de gengibre e chá de limão. Sachês de lavanda ou madressilvas crescendo selvagens na videira. E hortelã fresca, é claro. Eu escrevi até os meus dedos doerem e meus olhos revirarem. E então comecei a sentir a sonolência me afetando. Quando finalmente deitei no travesseiro, sonhei com a terra do cemitério e biscoitinhos de canela.

Várias horas depois, acordei com a cabeça latejando de dor. Provavelmente, porque eu ainda não havia comido nada. Desci e encontrei meu pai à mesa da cozinha, segurando um jornal.

– Oi, pai. – Sentei-me perto dele. – O que você está lendo?

– Um artigo sobre o efeito estufa e produtos agrícolas. Cientistas estão começando a estudar a ligação entre eles. Alguns fazendeiros informaram que seus tomates estão virando tomates mutantes.

Eu olhei para ele e levantei uma sobrancelha.

– Tomates mutantes? Como eles sabem que é por causa do efeito estufa? E se for por causa da água poluída ou dos fertilizantes que eles usam? Ou talvez isso seja causado por algum asteroide gigante e inexplicável que pode ter caído perto dos campos deles.

– Isso é simplesmente estúpido – disse ele. – É um estudo muito particular no qual eles gastaram muito dinheiro, e a obrigação deles é informar o que têm descoberto.

– A *obrigação* deles deveria ser não gastar tanto dinheiro nessas reportagens estúpidas – resmunguei. – Como eles escolhem fazer esses estudos, afinal? Se eu cultivar um tomate mutante, você acha que eles vão *me* pagar para estudá-lo?

— Eu tenho certeza de que eles têm o método deles para escolher pessoas e cidades. Eles provavelmente procuram pelos produtores agrícolas cheios de... hã... gases tóxicos. – Ele olhou para mim e eu dei uma risada. – Tudo bem, eu desisto.

Bocejando, eu me recostei em minha cadeira.

— Você *sabe* que pode encontrar informações atualizadas na rede a qualquer hora, não sabe? Em vez de artigos velhos diários. É chamado de *internet*.

Papai ficou horrorizado.

— E não ler o jornal? Mas é tradição. Além do mais, na internet você não tem um monte de papel espalhado e cheiro de tinta.

Balancei a cabeça e retribuí o sorriso dele. Era muito claro que minha paixão por essências vinha dele.

Meu pai folheou o jornal e deu uma olhada no caderno de meteorologia.

— Parece que vai chover este fim de semana. Leve um guarda-chuva com você para o piquenique.

Meu estômago roncou alto e levantei para encontrar algo para comer.

— Piquenique? – Pegando o saco de pão, eu o coloquei na bancada perto do fogão. – Que piquenique?

— O piquenique de quatro de julho, que o seu tio Bob vai fazer.

Reuniões de família. Eu odeio reuniões de família.

— Paaaaai, eu tenho que ir? Não posso ficar aqui?

Depois de passar manteiga numa fatia de pão, joguei um pedaço de queijo e coloquei o sanduíche em um prato.

Ele já estava balançando a cabeça.
– Não. Sua mãe quer que você vá. Fim de história. Além do mais, não será tão ruim. Algumas horas com sua família e um jantar simples.
– Ui. O sonho de toda adolescente. Observe enquanto eu pulo de alegria. – Fiz uma careta enquanto tirava uma panela do armário e acendia o fogo.
Meu pai ficou de pé e veio na minha direção. Beijando minha testa, ele disse:
– Faça isso pelo seu velho e querido pai, Abbey, que tal?
– Sim, sim, velho e querido pai – eu disse, suspirando. – Mas lembre-se, sou eu quem vai escolher seu asilo.
Ele sorriu e virou para sair, depois parou e olhou para trás.
– Eu não tomaria sopa de tomate com aquele queijo quente se fosse você. Ela pode ter sido feita com tomates mutantes.
Atirei um pegador de panela na cabeça dele. Ele se abaixou e saiu da cozinha, rindo enquanto fazia isso.

Depois de comer, vesti um short, uma camisa preta bonita e calcei chinelos. Ideias sobre perfumes e biscoitos ainda estavam pairando no fundo do meu cérebro e tirei a essência que eu havia feito acidentalmente no ano anterior, que cheirava a biscoitinhos de canela. Ela me lembrava da vez em que eu havia assado biscoitos para Caspian e de como ele pareceu ter gostado.

Aplicando um pouco na ponta dos meus dedos, eu passei sobre meus pulsos e corri os dedos pelo cabelo para perfumá-lo também. *Agora* eu estava pronta para ir.

Saí rapidinho de casa, mas andei devagar na direção do cemitério. Era mais um dia quente, e eu não queria suar além do necessário.

Havia muitos carros estacionados dentro do cemitério, e pessoas perambulavam por lá. *Devem ser os preparativos para um funeral ou algo assim.*

Todo mundo por ali parecia estar ocupado demais para perceber minha presença. Continuei meu caminho até o jazigo. Olhando em volta para me certificar de que ninguém me veria entrar, entrei disfarçadamente e tranquei a porta atrás de mim.

Caspian estava sentado na placa de mármore negro, encurvado sobre um livro e com uma vela perto dele. Ele ergueu os olhos quando ouviu o som dos meus passos. Por um momento, ele sorriu para mim. A mecha preta no cabelo cobria um de seus olhos.

– Oi – eu disse, olhando para ele.

– Oi.

– Você vai precisar de mais velas se continuar iluminando o lugar deste jeito.

Ele colocou o livro ao seu lado.

– Eu não acendo velas o tempo todo. Só não queria que você ficasse com medo do escuro.

Sentei na placa de mármore próxima a ele. Havia menos de um centímetro entre nós, mas parecia um quilômetro.

– Eu não tenho medo do escuro.

Caspian ergueu as sobrancelhas.

– Você deveria ter.

Não, o que eu deveria temer é o fato de que estou me apaixonando por alguém que está morto.

– Você deveria sair mais – eu disse. – Dê uma volta pela cidade. Nós poderíamos ir juntos. Já que ninguém pode vê-lo, pareceria que estou andando sozinha. Eu prometo não falar com você em público, ou qualquer coisa assim.

– Tudo bem – disse ele. – Agora, feche os olhos.

Eu fiz o que ele pediu e percebi sombras passando atrás de minhas pálpebras.

– O que você vai fazer comigo... Em sua cripta... No *escuro*? – provoquei.

– Espere até primeiro de novembro e você poderá descobrir – sussurrou ele.

Sua voz estava próxima, e instintivamente eu virei minha cabeça para encontrá-la.

– Espere – disse ele suavemente. – Hummmm, apenas fique quieta.

Eu tremi com seu tom de voz. Era áspero, convincente e muito, muito sexy.

– O quê? – perguntei. – O que é?

– Você está com um cheiro... Bom. Como biscoitos. Só... me deixe... – Sua voz se tornou triste. – Desculpe. Você provavelmente acha isso estranho. Mas é como o que acontece com as cores. Em certos momentos, é como se meus sentidos estivessem aguçados. E eu só... percebi.

— É um perfume que eu fiz para me lembrar de você — eu disse. — Eu o fiz acidentalmente, mas é uma essência com cheiro de biscoitinhos de canela. Como os que eu lhe dei.

— Eu ainda os tenho — admitiu ele.

Eu abri meus olhos.

— Você ainda tem? Você não os comeu?

— Não. Quero dizer, eu comi aquele na sua frente, mas guardei o restante.

— Por que você fez isso? — perguntei. — Agir como se tivesse comido?

Ele baixou a cabeça e olhou para o chão.

— Eu não queria que você ficasse chateada se eu recusasse. Eu ainda estava tentando... agir normalmente.

— Então você *fingiu* comer meus biscoitos? O que você fez, cuspiu depois?

— Eu não fingi comer o biscoito — disse ele. — Eu realmente *comi*. Mas só aquele. Comer é desconfortável para mim. Tudo tem gosto de cinza.

Algo no fundo do meu cérebro ficou em alerta ao ouvi-lo dizer aquelas palavras, mas eu não consegui localizar exatamente o que era.

— Então você sabia que o gosto seria ruim, mas comeu mesmo assim?

Ele afirmou com a cabeça.

— E depois você guardou o resto?

Ele olhou para cima, direto nos meus olhos.

— Era um presente seu. A primeira coisa que você me deu. Por que eu não guardaria?

Meu coração se apertou. Tive que morder os lábios para conter as lágrimas repentinas que quase derramei. O gesto de Caspian estava além das palavras.

– Fico feliz por você os tê-los guardado – eu disse. – E que tenha se esforçado para comer um na minha frente. Isso foi muito gentil.

Eu quase senti seu suspiro de alívio, e olhei para ele com curiosidade.

– Então, por que você me convidou para comer pizza? O que faria se eu tivesse dito sim?

– Convencê-la a comprar uma para comer depois?

– Ele deu de ombros. – Dizer que eu não estava com muita fome? Não sei. Eu só queria fazer algo normal com você.

Eu entendia como ele se sentia. Então, inclinei-me até que ficássemos cara a cara, quase nariz com nariz.

– Na próxima vez, nós *vamos* fazer algo normal. E você não terá que fingir estar comendo, tudo bem?

– Tudo bem. Agora, feche seus olhos outra vez.

Eu os fechei.

– Mão.

Eu ergui minha mão e fui premiada com alguma coisa posta nela.

– Eu espero que você não se importe com outro – disse Caspian. – Esse é o tipo de coisa que eu faço.

Eu olhei para baixo. Outro colar repousava na palma da minha mão. Eu o ergui e vi um trevo de quatro folhas pressionado entre dois quadrados de vidro. As pontas estavam soldadas com um metal prateado, e uma fita preta havia sido anexada a um pequeno círculo.

– Eu sei que você já tem dois – disse ele num impulso –, mas eu...

– Caspian – eu o interrompi. – É lindo. Obrigada.

O trevo era *incrível*, cada folha delicadamente circular e com um tom de verde vibrante.

– Mas onde você encontrou um trevo de quatro folhas? E onde você conseguiu material para fazer o colar?

Ele olhou para trás, na direção das caixas que guardavam suas coisas.

– Eu ainda tenho meu ferro de solda e meu material de antes, de quando ajudava meu pai na garagem. As peças de vidro são lâminas que eu, hã, peguei emprestadas no laboratório de ciência da escola. E encontrei o trevo de quatro folhas no cemitério. Eu até que sou bom em achá-los.

Amarrando o colar ao redor do meu pescoço, eu o suspendi e segurei.

– É engraçado. Havia um trevo de quatro folhas na pedra de Kristen na última vez em que eu fui lá.

– Eu sei – disse ele. – Fui eu que o coloquei lá. Eu estava meio que cuidando dela quando você saiu e pensei que ela poderia gostar disso.

Eu soltei o colar e olhei para Caspian.

– Você o colocou lá? Porque estava cuidado dela para *mim?*

– Sim – disse ele calmamente.

Tudo fazia sentido agora. Todas as peças do quebra-cabeça estavam se encaixando. Aquela era razão pela qual ele continuava fazendo esses lindos colares para mim...

— Já que não pode me tocar, você fez algo que pudesse, não é? – eu disse.

— É.

Meu mundo ficou mais lento e fechei os olhos.

— Vou entregar meu coração a você, agora – sussurrei. – Por favor, não o despedace outra vez.

Capítulo Catorze

FAZENDO PROMESSAS

É fato notável que a propensão a visões que mencionei não se limita aos habitantes nativos do vale. Ela acaba sendo inconscientemente absorvida por todos os que vivem ali por algum tempo.

– *A lenda do cavaleiro sem cabeça*

Na quinta-feira de manhã eu acordei de sonhos com vestidos brancos e cercas também brancas – o mesmo sonho que eu havia tido com Caspian no ano anterior – e me espreguicei devagar na cama, sorrindo para o teto. A vida era magnífica.

De repente, a campainha interrompeu meus pensamentos agradáveis e ecoou por toda a casa. Eu contei-a tocar seis vezes antes de finalmente me levantar da cama, pedindo para minha mãe atender.

Não houve resposta, e enquanto eu tropeçava pelas escadas percebi que não havia mais ninguém em casa.

– Estou indo, estou indo – rosnei, apressando-me na direção da campainha incessante.

Abri a porta com força, e me espantei ao ver Ben parado na minha frente.

– Ai, meu Deus – murmurei. – Esqueci completamente nossa aula de hoje, Ben.

Ele olhou para mim, hesitante.

– Quer dizer que... Você quer que eu vá embora?

– Não, não. Entre, pode colocar suas coisas na mesa – respondi, repentinamente consciente do fato de que ainda estava vestindo a camisa com estampa de ratinho e short de ginástica que eu usara na noite anterior. Então, olhei para meus pés descalços. – Eu vou me trocar. Volto em dez minutos.

Ele me seguiu para dentro de casa e então desapareceu na cozinha. Eu subi correndo até meu quarto, vesti rapidamente uma calça cápri e uma regata, e escovei os dentes. Apesar de o meu cabelo estar uma bagunça, eu não estava disposta a lutar contra ele, então, simplesmente o molhei um pouco para depois me encarar no espelho. Não havia melhorado nada. Que ficasse bagunçado!

Quando desci as escadas, Ben tinha vários papéis espalhados sobre a mesa e estava cantarolando de boca fechada.

– Pare com isso – eu disse, sentando-me perto dele.

Ele olhou para mim.

– Parar o quê?

– Pare de cantarolar. É irritante.

– Ah, desculpe. Às vezes, faço isso quando estou lendo. Pronta para começar?

Apoiei o queixo nas mãos.

– Eu acho que sim. O que está no programa da aula de hoje?

– Relatórios. Isso vai ajudá-la no processo de memorização. Eu trouxe vários livros que você poderá usar como material de referência. Então, pode começar.

– "Pode começar"? O que é isso? Uma corrida ou algo do tipo?

Ben tamborilou os dedos na mesa.

– Você vai continuar enrolando ou podemos começar?

Eu lamentei.

– Você pode me ajudar com eles? Pelo menos um?

Ele balançou a cabeça.

– É aqui que meu trabalho como professor particular termina. Você tem mais algum Funyuns? Eu preciso de um petisco para me manter acordado, sentado aqui.

Levantei e me arrastei até o "armário do Ben". O estoque por ali não estava lá essas coisas, e eu senti uma pontada de culpa. Afastei alguns sacos de biscoito, mas não vi nenhum Funyuns.

– Não. Suas opções são: Doritos, Cheese Puffs ou rosquinhas.

Ele pareceu um pouco triste.

– Eu acho que vou comer Doritos.

– Na próxima vez, terei Funyuns – prometi, pegando o saco de Doritos.

Ele os devorou sem o menor problema, e eu sentei de volta para começar meu relatório.

— Se você mastigar muito alto, irei expulsá-lo para a sala — alertei.

— Tudo bem — disse ele com a boca cheia de salgadinhos.

Eu peguei o livro de ciência mais próximo e abri, resmungando internamente com a montanha de trabalho diante de mim. Por que isto não poderia já estar pronto? Ben sorriu de forma "pateta" e continuou mastigando.

Duas horas depois, fechei meu livro e dei a ele.

— Isto é uma tortura — eu disse.

Ben tinha um livro de ciências nas mãos e fingiu que estava lendo. Para *debochar de mim*.

— Achando graça no meu sofrimento? — perguntei.

Ele olhou para cima, mexendo-se na cadeira como um macaco enlouquecido.

— Aqui há uma seção fascinante sobre a formação de nuvens de tempestade.

— Está brincando comigo? Você está realmente gostando *disso*?

Ben acenou com a cabeça.

— Kristen costumava ser assim também — eu disse. — Só que a matéria que ela gostava era matemática. Eu sempre disse que devia haver algo errado no cérebro dela para ter tanto prazer em ficar lendo um livro de matemática.

— Ela ia se formar em contabilidade, certo? Pretendia se tornar uma contadora?

– Sim – eu disse. – Mas como você sabe disso?

– Nós estivemos na mesma turma de "horário de estudos" uma vez. E eu a vi olhando livros de faculdade. Ela queria ir estudar em DeVry ou Norhern Illinois. Eu disse a ela para ir para Cornell. Há excelentes cursos de exatas por lá.

Eu sentei de volta e o observei.

– Eu nunca soube disso. Kristen nunca me disse.

– Era por causa do irmão dela. Ela disse que ele era muito habilidoso com números e queria estudar em Brown.

Eu franzi a testa para ele.

Ele sabe muita coisa sobre Kristen.

– Sim, ela...

O telefone tocou e eu atendi, feliz com a interrupção.

– Alô.

– Abbey, eu preciso que você verifique uma coisa para mim.

Eu virei de costas para Ben, mas ainda conseguia sentir o franzir em meu rosto.

– Sim, mãe. O que você quer?

Olhando para fora da janela, na direção do jardim, eu quase caí da minha cadeira. Caspian estava de pé, perto da casa.

Minha mãe estava tagarelando algo. Eu cobri o bocal do telefone e me virei para Ben.

– Eu volto... já.

Sem esperar pela resposta dele, voei pela porta de trás e fiz um gesto para Caspian me seguir até a parte coberta pelas árvores, onde havíamos nos encontrado antes.

– O que você está fazendo aqui? – murmurei para ele, com o telefone descansando na curva do meu pescoço de forma que eu pudesse ouvir minha mãe, mas ela não conseguisse me ouvir.

Caspian olhou para a casa e se aproximou de mim.

– Eu acho que vim retribuir a visita. Ele fez algo com você?

– O quê? *Não.* Ben não faria nada que me machucasse. Por quê?

– Ele a chateou? Você estava tão séria.

A voz de minha mãe silenciou e eu tinha uma vaga impressão de que ela esperava uma resposta.

– Hum, mãe – eu disse –, você pode repetir?

E ela disse algo sobre ovos, salada, e que estava esperando que eu fosse. Eu coloquei o telefone de volta no ombro.

– Ben é legal – eu disse. – Ele só mencionou algo sobre Kristen que me surpreendeu. Foi apenas isso.

Caspian pareceu ficar aborrecido e deu um passo na direção da casa.

– Não, não – eu disse a ele. – Sério. Está tudo bem.

Ahhh, namorados protetores. A pequena parte de mim que não tentava loucamente dar conta de tudo o que acontecia estava ao mesmo tempo adorando tudo aquilo.

– ... e eu posso checar depois – a voz da minha mãe tomou minha atenção outra vez.

Levantei um dedo para Caspian e voltei ao telefone.

– O que é, mãe? Desculpe, Ben e eu estamos estudando e está complicado prestar atenção em duas coisas ao mesmo tempo.

Na verdade, em três coisas.

– Eu disse para você não se preocupar com a salada de ovos – repetiu minha mãe. – Eu estou indo para casa. Oh, e não se esqueça de fazer sua mala. Viajaremos amanhã, vamos passar um dia na casa de tia Cindy antes do piquenique. Tchau.

Ela desligou e olhei para o telefone. Mala? Dia na casa da tia Cindy? Quando esse detalhe havia sido combinado? Mas eu sabia, pelo tom de voz de mamãe, que ela estava decidida e que negociar não era uma opção. Se meu pai não havia conseguido me livrar do piquenique de família, não havia jeito *nenhum* de me liberar de uma viagem que incluía dormir na casa da tia Cindy. Eu estava condenada.

Suspirando, coloquei uma das mãos sobre a cabeça e esfreguei minhas têmporas.

– Você está bem? – perguntou Caspian.

– Estou com dor de cabeça, graças à minha mãe.

Ele olhou, solidário.

– Você não quer vir dar uma volta comigo? Nós podemos ir ao centro da cidade. O que você acha?

O que eu achava? Eu não teria a chance de vê-lo outra vez até depois que voltássemos do piquenique. *Claro* que eu queria passar a tarde com ele. Apertei o botão de rediscagem e o telefone foi programado para a secretária eletrônica.

– Oi, mãe. Ben e eu vamos terminar de estudar na casa dele. Vejo você em algumas horas e terei tempo suficiente para arrumar a mala. Tudo bem – continuei, virando para Caspian. – Estou dentro. Deixe-me falar com Ben e dar um jeito de ele ir embora. Você pode... me seguir, eu acho.

Eu segurei a porta por alguns segundos a mais quando entrei em casa, e Caspian entrou. *Aqui estou eu, segurando a porta para que meu namorado invisível entre em minha casa. Bem, as dobradiças podem apenas ter emperrado, ou qualquer coisa assim.*

Encarando Ben, tentei fingir que Caspian não estava bem atrás de mim.

– Ben, preciso que você me faça um favor.

Ele ainda estava ocupado com os biscoitos, e parou com o pacote suspenso.

– O quê?

– *Legal* – murmurou Caspian.

Eu me obriguei a ficar impassível.

– Eu preciso sair por um tempo. Tenho uma coisa para resolver. Mas minha mãe está vindo para casa, e eu disse a ela que estava indo para a sua casa terminar de estudar. Então, você pode me dar cobertura?

Ele olhou para o relatório pela metade.

– Mas nós temos que trabalhar nisto.

– Por favor, Ben? Você estará no topo da minha lista de melhores amigos para sempre. Eu *realmente* preciso desse favor.

Caspian bufou, mas Ben ficou de pé e começou a reunir seus livros.

– Tudo bem. Mas você me deve uma.

Ele deu a volta na mesa e ficou perigosamente perto de atravessar Caspian, mas eu me mexi para ajudá-lo a pegar suas coisas e impedi que ele se aproximasse mais. Fazendo com que ele se encaminhasse para o lado oposto da cozinha, segurei a porta aberta para ele. Ben saiu e se virou.

– Abbey, eu... – Ele me lançou um olhar engraçado. Com a mão livre, ele afastou uma parte do cabelo do meu rosto. Eu me afastei e dei uma olhada rápida por cima do meu ombro. Caspian estava furioso.

– *Nem* pense nisso – alertou Caspian.

Mas Ben não tinha ideia do que estava acontecendo.

– Eu terei que falar com você sobre uma coisa em breve, está bem?

Seu olhar se direcionou para a minha boca e, na mesma hora, lembranças vivas do sonho sobre a lanchonete voltaram.

Santo Deus, aquilo não era nada fácil.

– Tudo bem – eu disse. – Obrigada por me ajudar, Ben.

Ele virou e tropeçou, antes de conseguir se equilibrar de novo e andar na direção de seu carro. Eu bati a porta de trás e olhei para Caspian. Ele ergueu as mãos.

– O que foi? Eu não fiz nada.

– Não, mas você *quis* fazer. E, além do mais, nós não sabemos realmente o que você *pode* fazer.

– Bem, eu sei que não posso fazer as pessoas desaparecerem – murmurou ele, mal-humorado. – Ou ele teria desaparecido há meia hora.

Fiquei um pouco assustada com a seriedade com a qual ele disse aquilo, e depois olhei nos olhos dele. Eles estavam mais verdes que o normal.

– Você está com ciúmes!

– Ele quis *beijá-la*!

Agora eu estava embasbacada.

– Como você sabe disso?

– Porque – disse ele correndo a mão sobre o cabelo e o empurrando para trás – é o que eu queria fazer.

– Você queria me beijar? – provoquei. – Eu não podia nem adivinhar.

Ele balançou a cabeça e eu sorri.

– Vamos, olhos verdes. Vamos sair daqui antes que minha mãe chegue. Leve-me para o centro da cidade. Sou toda sua.

– Promete? – disse ele, observando-me com firmeza.

– Prometo – sussurrei.

Nós andamos lado a lado pelo centro da cidade, saindo e entrando rapidamente de loja em loja. Primeiro, foi estranho vê-lo andando entre as pessoas sem que ninguém percebesse que ele estava ali. Continuei imaginando o que aconteceria se alguém o atravessasse. Eu ainda não achava que estivesse pronta para ver aquilo. Mas Caspian se esquivava quando alguém se aproximava muito, e em algum momento isso quase pareceu normal. *Normal.*

Eu estava andando no centro da cidade com alguém que apenas *eu* conseguia ver. Algo estava realmente errado comigo.

Nós passamos por um antiquário e por uma pizzaria, mas uma loja estava próxima e eu senti uma alegria nascendo em meu peito. Ela ainda não estava alugada. Minha loja ainda estava disponível.

– Siga-me – sussurrei para Caspian, andando pela rua em direção à loja.

Ele estava bem atrás de mim, e nós descemos a ruela.

– Há um truque para abrir essa fechadura, se você quiser entrar – disse Caspian, dando uma olhada na porta fechada à nossa frente. Ele se abaixou para mexer em alguma coisa.

– Eu não acho que isso vai funcionar. Eu estive aqui antes e o dono também, e ele... – Um som abafado e um clique me interromperam. Caspian sorriu enquanto a porta se abria. – Como você...?

– Há um pedaço de madeira quebrada na parte de baixo. Quando a porta é fechada, o pedaço de madeira atua como um calço e tranca. Mas, afrouxando a madeira, a porta cede um pouco e se abre.

Ele segurou a porta aberta e fez sinal para que eu passasse. Entrei na minha loja e fechei os olhos, imaginando tudo arrumado do jeito que eu teria organizado. Quando os abri novamente, Caspian estava escorado em uma das paredes, olhando para mim. Eu repentinamente fiquei com vergonha.

– Por que está me olhando desse jeito?
– Eu gosto de vê-la feliz, Abbey – Ele colocou a mão no meio do peito. – Isso me faz sentir...
– Sentir o quê?
– Apenas... sentir. Eu não sei o quê, mas gosto disso. – A expressão de seus olhos mudou, e ele se afastou da parede. – Conte-me os planos para a sua loja. Vamos, comece aqui.

Caspian me conduziu até uma grande parede, e eu a observei por um momento.

– Aqui será a seção de leitura. Haverá uma lareira aqui, com poltronas em volta dela, talvez até um sofá estilo otomano e teríamos alguns dos livros de Irving. As pessoas poderão ler ou simplesmente relaxar enquanto crio o perfume delas.

Ele virou e apontou para o espaço aberto no chão atrás de nós.

– E aqui?

– Um armário para colocar os perfumes baseados em Ichabod Crane, Katrina Van Tassel, Brom Bones e o Cavaleiro sem cabeça, folhas de outono espalhadas no chão e com pequenas abóboras para decorá-lo. Perto daqui, eu terei uma bandeja com cidra de maçã e torta de abóbora quente. Ou maçãs carameladas e sementes de abóbora assadas!

Minha cabeça estava se enchendo de imagens, e eu conseguia visualizar tudo. Apontei para nossa esquerda.

– Vou colocar a caixa registradora antiga ali, com uma balança de metal também antiga, e seus pratos cheios de doces de Dia das Bruxas. E perto da registradora, três jarras grandes e cheias de sais de banho, amostras de sabonetes e bastões pretos de alcaçuz. – Franzi a testa, então.

– Hummm... Eu não poderia ter a bala tão perto das coisas de banheiro. Os doces teriam seu sabor alterado pelas essências. – Eu me aproximei da porta. – Aqui, terei potes com balas perto da porta, em uma fila de engradados de ovos.

– E as janelas? – perguntou Caspian. – O que será sua grandiosa vitrine?

– Uma banheira antiga, daquelas com pezinhos, cheia de sabonetes – eu disse, sem hesitar –, todos embalados em pedaços de pergaminhos amarrados com um cordão antigo. Pacotinhos nos tons turquesa, rosa envelhecido, cor de tabaco e de papel amarelado.

Eu me virei para ele e quis abraçá-lo.

– Você consegue enxergar isso também? Consegue ver tudo isso? É algo que quero tanto, Caspian. Sem Kristen, pensei... Eu achei que não fosse mais ter forças para construir essa loja. Achei que meu sonho ficaria vazio e vago. Mas agora, é como se... Parece que eu posso *sonhar com isso novamente*. Como se eu pudesse compartilhar com alguém novo. Você sentia algo assim quando estava trabalhando na loja de tatuagens? Ou quando falava com seu pai sobre a loja dele?

Caspian sentou-se no chão e passou a mão no piso perto dele. Eu me sentei e esperei a resposta dele.

– Sim, eu me sentia assim – disse ele. – Eu também me sentia dessa maneira.

– Você acha que poderia...? – Olhei para minhas mãos e puxei um fio solto na parte de baixo da minha camisa. – Sentir-se desse jeito... novamente? Talvez... com relação à minha loja? Aqui, comigo?

Ele desviou o olhar e eu o ouvi suspirar. O lugar onde estávamos era abafado, pequeno e quase não era possível ver o chão. Partículas de pó rodopiaram ao nosso redor nos raios de sol que atravessaram os vidros da janela. *O que ele está pensando?*

O tempo se arrastava e Caspian continuava mudo.

– Eu estou me confundindo, sabe? – eu disse, finalmente. – E me perguntando... Bem, eu não sei o que estou perguntando.

Caspian começou a traçar um contorno na tábua do piso perto dele. Uma forma triangular que ele fez repetidas vezes. Finalmente, virou o rosto para mim:

– Essas minhas mensagens dúbias dão nos nervos, não dão?

Eu balancei minha cabeça negativamente.

– Desculpe-me, Astrid – disse ele. – Mesmo, peço desculpas. Eu sei que sou eu quem está pedindo, mas simplesmente não sei como lidar com nada disso. – Seu rosto estava sério. – Preciso que você saiba que eu quero estar com você a cada segundo de cada dia, Abbey. Eu *anseio* por isso.

Ele cerrou os punhos e depois relaxou os dedos um por um.

– Mas não sei o que está certo. Antes, quando eu estava fingindo ser normal, cheguei a acreditar que tudo ficaria bem. Você era tão real, e estava tão próxima, e eu a queria tanto... E depois, pensei que a havia decepcionado. Pensei que você tinha ido embora para me punir. – Seus olhos ficaram sem vida e distantes. – Eu passei aqueles meses no escuro. Em minha tumba. Eu me escondi e fui dormir. Não acho que sonhei, mas *senti* quando estava solto no vácuo, sozinho, uma sensação de estar sempre sozinho que nunca terminava. Sempre sozinho.

Eu cutuquei seu joelho com o meu e, com esse gesto, minha mão o atravessou. Ondas de uma sensação entorpecedora passaram por mim, e eu sabia que ele conseguia sentir também. Seus olhos entraram em foco e ele me encarou.

– Eu só não quero atrapalhar a sua vida – disse ele. – Não quero que você se esqueça e fale comigo na frente de alguém, fazendo as pessoas acharem que você é louca. *Eu* não quero esquecer e assustar alguém por ajudar você a mudar caixas de lugar ou algo do tipo. – Ele soltou uma risada rouca com amargura. – Ainda que isso fosse bom para os negócios. Uma loja assombrada e tudo mais.

– Nós não esqueceremos – insisti. – E você não tem que fazer nada que não queira. Eu nem mesmo tomei nenhuma decisão ainda. Há bastante tempo.

Ele só olhou para mim, sentindo dor no coração e sem esperança alguma nos olhos.

Então, tomei uma decisão.

– Vamos conversar com Nikolas e Katy. Eles tiveram que lidar com esse problema. Eu fui visitá-los e foi uma coisa boa para mim. Eles sabem muitas coisas sobre a situação que estamos vivendo.

Seu rosto assumiu uma expressão cética, mas ele concordou.

— Se você for comigo, eu vou. Eu não garanto que vá acreditar neles, mas vou ouvir o que têm a dizer.

Eu conseguia sentir meu rosto se iluminar com o sorriso que dei e fiz uma promessa.

— Nós tornaremos isso possível, Caspian. Eu prometo. De alguma forma, faremos isso dar certo.

Capítulo Quinze

A GRANDE CONCHA

Estrelas cadentes e meteoros brilhantes cruzam o vale com maior frequência do que em qualquer outro lugar no país...
— *A lenda do cavaleiro sem cabeça*

— Hora de levantar — disse minha mãe, batendo na parede acima do sofá em que eu dormira.
— Depois — murmurei. — Por que você está me acordando tão cedo? Piqueniques são à tarde.
— A bisavó do seu pai, Lurlene, estará no piquenique — disse ela. — E nós queremos sair cedo para que possamos passar mais tempo com ela.
Eu resmunguei e enterrei minha cabeça nas almofadas. Uma hora depois, minha mãe gritou outra vez e eu saí do sofá.
— Estou de pé! Estou de pé! — gritei de volta.
Depois de me atrapalhar para vestir roupas limpas, corri para o carro e caí no sono no banco de trás. Quando

abri meus olhos outra vez, estávamos chegando à casa do tio Bob. Três carros já estavam estacionados na minúscula entrada, e percebi que esta seria uma reunião mais familiar do que eu queria.

Papai estacionou e eu saí, esticando as pernas enquanto ficava de pé. Minha mãe carregava duas embalagens de salada de ovo e resmungava sem parar sobre como a geladeira do tio Bob não era suficientemente grande. Eu peguei meu iPod e dei a volta na casa, indo até o quintal.

Uma tenda branca grande estava montada com várias mesas de piquenique embaixo dela, e havia apenas outra pessoa sentada ali, uma senhora idosa.

Devia ser Lurlene.

Levantando uma das abas da tenda, eu me abaixei para entrar e escolhi uma mesa perto daquela senhora. Eu não queria sentar perto o bastante para que ela pudesse falar demais no meu ouvido, mas também não queria que ela pensasse que eu era grosseira. Ser adolescente é uma eterna negociação. Eu me sentei e sorri para ela de forma amigável antes de virar meu corpo para a direção oposta. Havia um andador descansando perto dela, e imediatamente me senti mal. Então, coloquei os fones de ouvido e baixei o volume do iPod. Eu pensei que o estrondo que comecei a sentir fosse o baixo tocando, até perceber que ela estava tentando chamar minha atenção. Tirando o fone do ouvido, me virei para ela:

– Sim?

O rosto dela estava com uma expressão mal-humorada, provavelmente porque estávamos em julho e ela estava vestindo um casaquinho marrom sobre uma blusa rosa-claro com babados. Aquilo *tinha* que ser sufocante.

– Eu estava tentando chamar sua atenção, menina. Mas não quis gritar. Gritar não é educado.

Eu dei meu melhor sorriso de "a-senhora-é-idosa-eu-compreendo-e-serei-legal-com-você-de-qualquer-forma".

– Bem, você tem minha atenção agora. O que eu posso fazer para ajudar?

Ela levantou o andador e depois deu um golpe com ele no chão.

– Nesse momento, você pode vir se sentar perto de mim para que eu não tenha que continuar gritando. Não é educado.

Sim, bem, não é educado que eu tenha que suportá-la também. Levantei e me aproximei. Pensei em colocar os fones de volta rapidamente e, assim poderia simplesmente ignorá-la, mas ela me cutucou no pé direito com seu andador.

– Ei! – eu disse. – Cuidado com isso...

– É? O que é isso? – Ela deu um sorriso largo e dentuço, e eu pude sentir o cheiro de Corega, que ela bafejava na minha direção. – Fale mais alto. Eu sou uma senhora idosa. Eu não consigo ouvir tão bem quanto antes.

Esfreguei o meu pé direito na parte de trás da minha perna esquerda.

– Cuidado com os mosquitos. Acho que acabei de sentir um dos grandes morder o meu pé.

Os olhos dela se encheram com um prazer malvado e esperei pela coisa cruel que eu sabia que ela diria. Eu precisava de uma saída estratégica. *Rápido.*

– Minha mãe provavelmente precisa de alguma ajuda com o...

– Sua mãe está aqui? Quem é ela?

– Julie Browning.

– Arrá! – Ela se entusiasmou. – Qual o seu nome, então?

Aparentemente eu não respondi rápido o suficiente porque ela me cutucou outra vez com o andador.

– Abigail – eu disse, em um trincar de dentes. – Mas todo mundo me chama de Abbey.

– Vou chamá-la de Abigail. Detesto apelidos. Diga-me, você tem um nome do meio? Todo mundo civilizado tem um nome do meio.

Eu não queria dizer a ela, mas não tinha certeza de quantos cutucões meu pobre dedo seria capaz de suportar.

– Amelia – respondi.

– Você não está mais contagiosa, não é? – Ela se inclinou, afastando-se de mim um pouco e colocou o andador entre nós, como um amortecedor. Como se aquilo fosse adiantar alguma coisa.

– Contagiosa?

– Eu ouvi que você tem aquela doença, a mononucleose.

Ela quer dizer mononucleose? Minha mãe ainda está contando isso, é?

Eu tossi.

– Não sei. Os médicos dizem que não podem ter certeza, mas as pessoas mais fracas – fiz força para não sorrir – e os mais velhos são altamente suscetíveis. Eu preciso ir agora – completei. – Não quero ser responsável por você ficar doente pelo fato de estar perto de mim.

– Ah – disse ela. – Eu sou uma senhora que viveu a vida. Se o Bom Deus achar que eu devo ir vitimada pela mononucleose, quem sou eu para discutir? Fique e me faça companhia.

Ela grudou uma de suas mãos ossudas, ainda que surpreendentemente fortes, no meu braço, e me custou muito não livrá-lo daquele aperto com um safanão.

– Então, diga-me, menina, em que ano você está na escola? Sétimo? Oitavo? – disse ela.

– Eu vou para o último ano.

– Arrá! Último ano, é? E para qual faculdade irá depois?

Fui acometida por um pânico, mas eu o abafei. Eu poderia administrar aquilo perfeitamente.

– Ainda é cedo, estou reunindo informações.

– Não conseguiu entrar em nenhuma delas, não é?

– Ela riu.

– Não! – Eu não consegui me conter. – Eu nem me inscrevi ainda.

– É melhor você começar a pensar, menina. Não desperdice seu tempo. Eu tenho certeza de que muitas crianças aplicadas já estão fazendo planos.

– Sim, mas isso realmente não importa. Com meus planos para a loja, eu realmente não preciso ir para a faculdade.

A mão dela apertou meu braço ao mesmo tempo em que veio o cutucão.

– O quê? – protestou ela. – Você não vai para a faculdade? Que tipo de planos são esses? Todo mundo nesta família foi para a faculdade, e por são Jorge, você também vai. – Ela respirou fundo. – Eu nem mesmo sei que tipo de loucura é essa.

Meus braços e pés estavam ardendo agora, e eu xingava minha mãe mentalmente com toda a minha força.

– Eu nunca disse que não *iria* para a faculdade. Eu vou fazer alguns cursos sobre negócios, e minha decisão final ainda não está tomada... Definitivamente... ainda... – vacilei.

Ela fez um som de indignação e abriu a boca, mas um bando de gente começou a descer em nossa direção, vindo da casa. Minha mãe estava conduzindo o grupo de primos distantes ou algo assim, e todos eles estavam animados.

Minha mãe sorriu para nós.

– Eu vejo que você conheceu Abbey, Lurlene. Eu fico tão feliz – disse ela em voz alta.

Lancei um olhar para minha mãe e prometi dar o troco com meus olhos.

– É verdade – disse Lurlene. – Eu sei da mononucleose, mas decidi correr o risco.

A preocupação correu pelo rosto de minha mãe e desapareceu muito rapidamente.

– Sim, é uma... doença... terrível. Nós estamos felizes por Abbey estar muito melhor agora.

Os olhos dela imploravam para eu prosseguir com a encenação, e eu me forcei a ficar onde estava. Acima de tudo, eu não podia me mover: havia garras de *velociraptor* cravadas em meu braço.

Os primos entraram na tenda, fazendo bagunça ao nosso redor, e eu me senti ainda mais sufocada.

– Nós estávamos só discutindo os planos para o futuro de Abigail Amelia – disse Lurlene a eles. – Parece que ela não vai para a faculdade.

O rosto de minha mãe se contraiu.

– Oh, bem – disse ela. – Nada foi decidido. Ainda está cedo e você sabe como são as crianças! – Ela me deu um sorriso falso. – Sempre mudando de ideia de um minuto para o outro.

Puxa, obrigada, mãe.

Ela virou para mim.

– Abbey, por que você não vai encontrar seu tio? Ele quer discutir algo com você.

Ela não precisava me dizer aquilo duas vezes; eu logo tirei a mão de Lurlene do meu braço e afastei minhas pernas dela. Minha mãe a arrastou para uma discussão sobre a receita de salada de ovo, enquanto eu ficava de pé e saía dali o mais rápido possível.

Tio Bob estava na cozinha, de pé, perto da geladeira.

– Ei, tio Bob – eu disse. – Minha mãe disse que você quer falar comigo.
– Sim. Eu quero lhe perguntar uma coisa, Abbey.
– O quê? – Eu sentei em uma pequena mesa perto da geladeira. – Como vai sua sorveteria? Eu nunca tive a chance de dizer o quanto lamentei largar a sorveteria daquela maneira.
Tio Bob limpou a garganta.
– O movimento lá está altíssimo, o que é bom. Na verdade, era sobre isso que eu queria falar com você. Eu normalmente não faria um pedido como este. Sua mãe disse que você está tendo aulas particulares durante o verão e tudo mais, mas eu estou sem nenhuma ajuda na sorveteria. Um dos meus empregados acabou de sair, e a outra quebrou o pulso, ou seja, não pode trabalhar. Mas eu vou contratar pessoas novas em breve.
– Você precisa de alguém para ajudar agora, certo? – perguntei.
– Só até a primeira semana de agosto. Depois, minha outra empregada, Steph, voltará. Ela tirou um mês de férias para viajar pela Europa, ou como vocês dizem, "fazer um mochilão".
Oh, meu Deus.
– Tio Bob, eu não sei. Tenho as aulas particulares com o meu colega às terças e quintas, e estou trabalhando no plano de negócios que apresentarei ao meu pai...
Ele ficou triste.
– Entendo. E ainda estou pedindo de última hora e tudo o mais. Eu nem devia ter mencionado algo assim, sabendo que você não pode. Sem problemas.

Agora eu me sentia horrível. Eu já o decepcionara uma vez quando deixei Sleepy Hollow para ficar com tia Marjorie. E agora era como se eu estivesse deixando-o na mão novamente.

– Quando você precisaria de mim?

Tio Bob pareceu esperançoso:

– Segundas? – disse ele. – E talvez quartas e sextas.

Trabalhar três dias para Tio Bob e ter aulas com Ben nos outros dois dias ia comprometer *seriamente* meu tempo com Caspian.

– Eu pagarei o mesmo de antes – disse ele rapidamente –, quando você estava me ajudando no escritório. Dez dólares. Mas não diga aos outros empregados. O pessoal de balcão começa geralmente com oito.

Uh! Não seria um trabalho fácil como preencher papéis, agora que eu ficaria presa catando bolas de sorvete o dia inteiro? Mas *era o tio Bob* e ele parecia desesperado.

– Começo na segunda – eu disse. – Mas só até agosto. Depois disso, você estará sozinho.

Ele sorriu e se aproximou para me dar um abraço de urso.

– Obrigado, Abbey. Isso realmente significa muito para o seu velho tio.

– Sim, sim – resmunguei. – Trate de se lembrar disso quando eu aparecer na sua porta pedindo um empréstimo para comprar um carro.

Ele piscou, e eu o segui até a saída da casa, de volta para a tenda.

– Não deixe Lurlene colocar as garras dela em você – sussurrei. – Ela tem uma pegada impiedosa. Ah, e uma bengala.

– Eu sei – disse ele. – Também já passei por isso.

Nós nos aproximamos das mesas e eu me escondi atrás de tio Bob, tentando usar seu tamanho avantajado como escudo. Mas não funcionou.

– Abigail Amelia! – exclamou Lurlene assim que me viu. – Venha e se sente aqui perto de mim e de seu pai, menina. Eu quero que você me dê comida.

Eu pensei em recusar ou usar a *mono* como desculpa. Mas minha mãe estava me lançando "o olhar" e eu sabia que não tinha escapatória.

Arrastando os pés que pareciam estar enfiados em sapatos de cimento, segui meu caminho na direção de Lurlene e me sentei perto dela. Sua unha de urubu desceu rapidamente e ela apertou com prazer, lançando um sorriso dentuço.

Eu fiquei sentada ali, contando os segundos até o estúpido piquenique acabar e pedindo a Deus para ter um par de botas com bicos de aço e cotoveleiras.

Mais tarde, naquela noite, nós finalmente chegamos à nossa rua e eu suspirei de felicidade.

– Eu disse a vocês que ela me beliscou? – perguntei à minha mãe, no caminho para dentro de casa.

– Sim, Abbey, três vezes.

– Eu provavelmente terei hematomas amanhã. E meu pé vai ficar todo roxo. – Minha mãe destrancou a porta, e meu pai estava exatamente atrás de nós. – Aquilo foi abuso infantil. Eu poderia chamar o serviço social.

Os dois foram na direção da escada e subiram.

– Boa noite, Abbey. Vejo você amanhã – disse meu pai. Eles estavam claramente me ignorando.

– Se eu ainda estiver aqui – bradei. – Pode ser que o governo me tire de vocês. É tudo o que eu digo.

Uma batida de porta foi a única resposta que eu tive, e perambulei até o sofá. Liguei a tevê e zapeei os canais, finalmente parando em uma reprise de *Friends*. Eu ainda não estava nem um pouco cansada...

Quando acordei, eram três da manhã, e tive que subir para o quarto me arrastando. Bocejei ao longo de todo o trajeto e me joguei na cama, sem nem me incomodar em tirar os sapatos ou em me aninhar sob as cobertas. Tudo o que eu queria fazer era voltar a dormir. Claro, depois meu ombro começou a ficar rígido, contorcido em um ângulo estranho, e meu travesseiro estava esquisito. Eu me arrumei e bati em meu travesseiro para ajeitá-lo.

Depois, comecei a sentir um calor, como se estivesse sufocando. Rolando sobre a cama, tirei as sandálias e joguei o braço sobre minha cabeça. Havia uma corrente de ar fresco que passava por mim, e eu respirei profundamente. Mas minhas roupas estavam muito apertadas. Eu sentei e comecei a tirar a camisa, quando algo esverdeado surgiu na lateral da minha visão. *Era estranho.* Virando minha cabeça para trás, eu olhei para cima... e depois suspirei quando vi a confusão de estrelas que cobriam o teto do meu quarto. Estrelas, luas, planetas... Era o meu sistema solar pessoal localizado exatamente acima da minha cama.

Eu deixei minha camisa no chão e levantei para acender a luz. Assim que a lâmpada acendeu, as constelações desapareceram e pequenas peças de plástico enceradas apareceram no lugar dela.

Ficando de pé na cama, eu me estiquei para tocar uma delas. Estava grudada ali. Eu apaguei a luz e observei enquanto o quarto brilhava novamente. Batendo palmas de prazer, fiquei de pé no meio da cama e só olhei e continuei a olhar para elas. Estrelas cobriam todo o teto do meu quarto. Eu nunca havia visto tantas. Meu pai havia me comprado uma caixa de estrelas que brilham no escuro em um museu espacial, mas havia apenas cinco ou seis delas ali. E agora eu tinha dúzias e dúzias de estrelas acima de mim.

Eu não conseguia acreditar! *Caspian havia feito aquilo? Quem mais teria sido?* Mas como exatamente ele havia feito aquilo tudo?

Eu me enchi de felicidade, quis dançar pelo quarto. Aquilo era maravilhoso. E romântico. E perfeito.

Um barulhinho de batida na janela me fez olhar naquela direção. Tornei a ouvi-lo repetidamente, e pareceu que o vidro ia quebrar. Eu me aproximei dela, atenta ao fato de que poderia ficar cara a cara com um animal noturno perturbado.

Eu tentei ver através do vidro, mas não consegui enxergar nada. Então, abri e espiei. Uma pequena pedra subitamente surgiu voando do nada e passou diretamente por mim, pousando com uma batida suave no chão.

– Ei! – eu disse, inclinando-me ainda mais para ter uma visão clara de todo o caminho abaixo de mim.

Caspian estava ali, próximo à minha casa, com o braço erguido, pronto para jogar outra pedra.

– Abbey! – disse ele. – Desculpe, eu estava tentando chamar sua atenção. – Ele pareceu embaraçado. – Eu não acertei você, não é?

Eu balancei minha cabeça.

– Por que você não sobe?

Ele rapidamente jogou fora o punhado de pedras e escalou a treliça. Eu me afastei da janela quando ele alcançou o telhado inferior e se alçou para dentro do quarto.

Com ele aqui, de pé no meu quarto, eu me senti repentinamente vulnerável. *Vamos, Abbey*, eu disse a mim mesma. *Não é como se fosse a primeira vez que ele vem aqui.*

– Astrid – disse Caspian, sorrindo lentamente para mim.

Eu sorri de volta.

– Você veio para ver as estrelas comigo?

Ele concordou com a cabeça e eu segui em sua direção, imensamente agradecida por ter permanecido vestida. Aquilo teria sido... estranho. *Divertido*, minha mente sussurrou. *Mas estranho.*

Meu rosto queimou e esperei que estivesse escuro o bastante para que ele não pudesse me ver enrubescendo nem interpretar minha expressão. Eu estiquei minha mão e fiz um gesto que abrangia todo o teto.

– Isso? Você? *Como?*

Então, ele deu um sorriso largo e feliz.

– Feliz aniversário atrasado. Eu achei que você gostaria disso.

– Você está brincando? Quem não *gostaria*? Mas como você entrou? E como você as colocou aí em cima? E onde você conseguiu todas elas?

– Sua janela não fecha completamente – disse ele. – Eu percebi isso enquanto você esteve fora. Eu só subi e abri um pouco. Por sorte, sua mãe mantém um banquinho na cozinha. Acho que não teria conseguido colocá-las lá em cima sem ele.

– Então, você subiu até meu quarto enquanto eu estive fora, usou uma das banquetas da cozinha e grudou estrelas de plástico no meu teto?

Ele abaixou a cabeça.

– Sim. Você ficou... Você ficou chateada?

– Chateada? Não. *Essa foi a coisa mais legal que alguém já me deu.* Eu só fiquei surpresa por você não ter, eu não sei, não ter esperado por mim ou algo assim.

Caspian pareceu surpreso.

– Esperar no seu quarto *sem* você? Eu entrei aqui em nome de um projeto surpresa, mas eu nunca ficaria sem permissão.

Eu balancei minha cabeça para ele e sorri.

– Você é um garoto estranho, Caspian Vander. Mas tem minha permissão para entrar aqui quando quiser.

Ele pareceu desconfortável.

– Acho que esperarei por você da próxima vez. – Então, ele fez uma cara travessa. – A menos que tenha outra surpresa planejada, é claro.

– Surpreenda-me a qualquer momento.

Eu virei para a cama e sentei na beira, indicando o espaço perto de mim.

– Vamos olhar as estrelas.

Sem esperar por ele, deitei com os pés na direção da cabeceira e minha cabeça na direção da parte inferior da cama.

Momentos depois, ele se aproximou, deitando cuidadosamente perto de mim.

Eu era capaz de sentir o tecido fresco de algodão da minha roupa de cama sob as mãos. Nenhum de nós falou e eu me concentrei em respirar normalmente. As estrelas brilhavam sobre nós, enchendo nossos olhos com seu brilho esverdeado. Mas eu não queria que ele pensasse que eu o estava ignorando, e disse:

– Onde você conseguiu todas elas? Há tantas.

A voz dele estava baixa.

– Eu encontrei uns cinquenta pacotes em uma sacola enorme no Exército da Salvação. Alguma rede de lanchonete deve tê-las distribuído em refeições especiais ou coisas assim. Eu me senti um pouco mal de levá-las, mas imaginei que haviam sido doadas para alguém usar, certo? E eu sabia que poderia usá-las.

Meus olhos corriam de uma estrela para a seguinte, e eu comecei a enxergar figuras e formas.

– Não consigo acreditar que você fez isso por mim, Caspian. Agora, toda noite, quando eu estiver na cama, vou pensar em você.

– Isso era o que eu queria – disse ele. – Que você sonhasse comigo.

– Olhe – eu disse, direcionando a conversa para longe *daquele* assunto –, uma estrela cadente.
– Estou vendo – disse Caspian. – Ali perto da constelação da Ursa Maior.
– Onde?
Ele apontou para um grupo de estrelas:
– Ali. Você só tem que ajustar seus olhos.
– Oh, é assim que é chamado?
– Sim. Está perto da linha de estrelas. Como são chamadas aquelas três em fila?
– Cinturão de Órion?
– É isso. – Ele balançou a cabeça. – Ainda que para mim pareça mais a Toga de Órion. Veja como aquelas meio que deixam um rastro para cima e para baixo.
Sorrindo, eu disse:
– *Toga* de Órion? Eu nunca ouvi falar dessa. E a constelação que saiu da Praia de Órion?
Ele sorriu para mim e, mesmo na escuridão, conseguia ver o verde vibrante de seus olhos.
– Sim. Está ali com a "não tão famosa, mas ainda digna de nota" constelação Roupão de Banho de Órion.
Sorrimos um para o outro, e eu mudei minha posição para que pudesse apoiar a cabeça em minha mão.
– Conte-me uma história – sussurrei. – Um segredo. Algo que você nunca contou a ninguém.
Seu semblante ficou branco, indecifrável. E ele se virou para mim.
– Quando eu era pequeno, pensava que podia voar. Minha tia me levou ao ensaio de uma peça da qual ela

participava. Eu acho que eles estavam encenando *As mil e uma noites*, e eu subi em um daqueles grandes tapetes voadores do cenário. Lembro-me perfeitamente de tudo. Sentei nesse tapete e dobrei meus braços na posição de um gênio, enquanto repetia ALASHAZAM, e depois o tapete começou a se mexer. Isso provavelmente deveria ter me enlouquecido ou algo assim, mas não. E eu apenas... flutuei... para lá e para cá.

A história dele fez meu coração dar um pequeno suspiro. Não era uma história triste de jeito nenhum, mas havia algo no jeito que ele contava. Algo em captar uma partezinha do menino que ele havia sido que me fazia querer voltar no tempo e ver com meus próprios olhos.

– Agora que estou mais velho, percebo que o tapete estava em uma plataforma e que se movimentava sobre rodas, ou alguma coisa assim – disse ele. – Mas na época aquela foi a melhor sensação no mundo. Eu estava voando.

O sorriso dele ficou melancólico e ele fechou os olhos por um momento. Quando os abriu novamente, disse:

– Agora é a sua vez. Conte-me um segredo.

Eu realmente não *tinha* nenhum segredo. Claro, havia coisas estúpidas como entulhar meus sutiãs com meias quando eu tinha doze anos, ou me apaixonar pelo meu professor no quinto ano. Mas isso tudo parecia trivial e pequeno demais para o momento.

Depois, eu pensei em Kristen.

Ela certamente havia guardado segredos. Um namorado sobre o qual ela não me contou de propósito. Conversas nas minhas costas. Todos aqueles momentos em que ela se encontrava comigo, quando realmente queria estar com *ele*.

Eu não tinha nenhum segredo *desse* tipo. Mas havia uma coisa... Eu comecei a falar devagar.

– Quando eu tinha nove ou dez anos, estava esperando Kristen no jardim dela. Ela estava no dentista, não havia ninguém em casa. Mas havia crianças brincando no jardim ao lado. Um grupo de crianças da vizinhança. Meu estômago começou a embrulhar. Eu não pensava naquilo há muito tempo.

– Eles estavam brincando na lama com aqueles caminhões de brinquedo. Aqueles amarelos de metal pesado, com rodas grandes, sabe? – Ele concordou. – Eu meio que me aproximei. Curiosa com o que eles estavam fazendo, mas sem realmente querer ser notada. Então, vi que eles estavam apenas brincando com o caminhão de entulho. Estavam prendendo esse sapo enorme e passavam com as rodas do caminhão em cima dele muitas vezes. – Eu conseguia ouvir minha voz ficando mais fraca, mas estava perdida naquela lembrança terrível do sapo sendo esmagado na lama.

– Era *horrível*. Eu fiquei apavorada com o que eles estavam fazendo e ainda mais horrorizada comigo, por não dizer nada. Mas eu estava assustada. Eu me senti impotente, sem voz. E era apenas um sapo estúpido. Não era eu quem o estava machucando, então, por que me importar? Ou pelo menos isso foi o que eu continuei dizendo para mim mesma. – Deixei escapar um suspiro trêmulo.

– Eu nunca contei isso para ninguém. Nem mesmo para Kristen. Eu não queria que ela tivesse vergonha de mim.

Caspian fez um gesto com a cabeça.

– Que bonito, não é? – eu disse. – Eu poderia ter salvado aquele sapo, mas não salvei. Eu sou uma assassina de sapos. Aposto que você sempre quis saber disso. Eu tentei ler seu rosto. Ele estava pensando que eu era uma pessoa horrorosa? Ele me odiava pelo que eu havia acabado de contar a ele?

– Você não vai conseguir – disse ele, balançando a cabeça.

– Não vou conseguir o quê?

– Que eu a culpe. Não vai conseguir isso. Eu sei que você quer que eu diga como você foi uma pessoa terrível. Mas você era apenas uma criança. Perdoe-se e esqueça.

Eu me joguei contra o colchão, esticando minhas pernas e flexionando meus dedos. A raiva corria em minhas veias como fogo. Eu não sabia se *podia* simplesmente deixar passar.

– Não faça biquinho – disse Caspian.

– Eu não estou fazendo biquinho – respondi. – Não faço isso.

– Pareceu que tinha feito para mim – disse ele, e se mexeu. Então, agora ele estava olhando para mim, apoiado em uma das mãos. Seu sorriso era contagiante e eu também sorri, sentindo-me tola, romântica e maravilhosa.

– Preto – disse Caspian abruptamente.

Levantei minha sobrancelha para ele.

– Preto?

— É a minha cor favorita. Você nunca me perguntou, então estou dizendo.

— Mas essa não é realmente uma cor. É a junção de todas as cores.

Ele apontou para a camisa que vestia, que era preta.

— É uma cor. Oh, e eu não tenho um.

— Não tem... um gambá de estimação? – tentei adivinhar.

Caspian sorriu.

— Um nome do meio. Eu não tenho um nome do meio.

— O meu é Amelia – eu disse. – Mas prefiro Astrid.

— E me sentei cuidadosamente. – Ei, você precisa de um apelido.

Ele balançou a cabeça.

— Não acho que sou um rapaz do tipo que tem apelido.

— Não? Sério, você é. Deixe-me pensar. Caspian... Casp... Casper... Isso, Casper! Soa bem. E mais, você é camarada *e* é um fantasma.

— Um personagem de desenho? – Ele suspirou com um certo desdém. – Mesmo?

Eu deitei e coloquei meu braço sob a cabeça, tentando manter meu rosto reto.

— Acostume-se a ele, Casper. Pelo menos eu não sugeri Salsicha ou Scooby-Doo. Embora...

— Não fique tendo ideias – murmurou ele.

Eu fechei meus olhos e deixei que o sorriso que estava brotando em meu rosto assumisse o controle.

Quando acordei, o céu do lado de fora estava cinza e ameaçador, sinais claros de que uma tempestade de verão estava chegando. O relógio dizia que eram nove e meia, mas eu não consegui descobrir por que estava dormindo no pé da cama. Mas lembrei das estrelas.

Olhando ao redor do quarto, eu procurei Caspian. Ele não estava lá, mas o bilhete dobrado perto do meu travesseiro tinha Astrid escrito nele. Eu o peguei, coração apertado. Era breve e gentil.

Espero que tenha tido sonhos felizes, linda. Eu fiquei até você cair no sono e depois fui embora. Estarei pensando em você.

Amor, Caspian.

Eu li o bilhete uma dúzia de vezes e depois o guardei em segurança debaixo do meu travesseiro para que eu pudesse ler novamente depois. Pulando da cama com um sorriso no rosto, nem me importei com o estrondo do trovão que me seguiu quando entrei no banho. A água quente estava deliciosa e até cantarolei enquanto lavava meu cabelo.

Depois que me vesti, decidi pegar sapatos mais resistentes que meu chinelo e fui até o armário. Suspendendo a pilha de travesseiros extras e de cobertores que ficavam guardados ali, vasculhei em busca do meu par de tênis. Minha mão bateu em alguma coisa sólida, e eu me afastei para ver que eram dois pequenos livros. Um vermelho e um preto.

Meus joelhos cederam e eu caí lentamente. Os diários de Kristen. Os diários que eu havia encontrado no quarto dela. Eu toquei a ponta de um, e fui invadida por lembranças.

Kristen e eu comprando sapatos novos no shopping. Nós duas nos encontrando sob a ponte depois do primeiro dia de escola, deixando cartas para Washington Irving em seu jazigo na noite de Dia das Bruxas, perambulando pelo cemitério e inventando histórias...

Eu precisava vê-la outra vez. Eu precisava ir visitar Kristen.

Capítulo Dezesseis

APRESENTAÇÕES

Havia algo no silêncio voluntarioso e obstinado desse companheiro persistente, que era misterioso e me causava espanto.

– *A lenda do cavaleiro sem cabeça*

Parecia que ia chover por todo o caminho até o cemitério. Mas aquilo não me incomodava. Peguei minha capa de chuva amarela, para o caso de a tempestade chegar enquanto estivesse fora.

Quando cheguei à lápide de Kristen, vi que um vaso de tulipas vermelhas havia sido deixado ali. Ajoelhei-me para ler o cartão que estava preso a um longo cabo de plástico. Dizia: *Com amor, Mamãe e Papai.*

Sorri para mim mesma. Era típico dos pais de Kristen trazer algo para que o lugar ficasse bonito. *Eu deveria mesmo ir visitá-los logo. Ver como eles estavam.*

Havia pedacinhos de grama cortada grudados na frente da lápide, evidência do descuido do pessoal da manutenção do gramado, e eu dei uma limpada na pedra, levando um minuto para limpar bem as letras entalhadas com meu dedo mindinho.

– Oi, Kristen – sussurrei.

Sentei-me sobre minhas pernas e coloquei a palma da mão em cima da placa de granito.

– Eu reencontrei seus diários hoje. Estavam no fundo do meu armário e eu os vi quando procurava meus sapatos. – Respirei bem fundo. – Eu realmente sinto saudade, Kristen. Sinto saudade de ficar com você. De ligar para você. Sinto falta de ver o seu rosto se iluminar quando eu digo algo engraçado...

Um trovão ecoou e uma brisa passou por mim, fazendo os galhos da árvore próxima oscilarem. Estremeci.

– Sabe, quando eu achei seus diários pela primeira vez e li sobre o namorado secreto com quem você sempre tentava arranjar jeitos de estar, uma parte de mim ficou muito brava, Kristen. Eu não conseguia entender por que você tinha escondido esse segredo de mim. Por que não me contou sobre alguém que a fazia tão feliz. – Corri o dedo para lá e para cá no centro do meu colar de trevo de quatro folhas. – Eu teria ficado ao seu lado, Kristen. Eu teria ficado feliz por você... mas você não me deixou participar dessa parte da sua vida. E quando descobri tudo, eu a odiei. – Inclinei a cabeça para frente e as lágrimas brotaram, escorrendo pelo meu nariz e caindo no chão logo abaixo de mim. – Desculpe, Kristen. Por favor, *desculpe-me* por ter me sentido assim. Eu não devia. Você era minha melhor amiga. Como eu poderia odiá-la?

Uma gota de chuva pesada caiu na minha cabeça e, antes que eu tivesse a chance de colocar minha capa, o céu desabou. Chovia forte ao meu redor e alguns segundos depois meus cabelos e roupas estavam encharcados. Mas eu ainda não tinha acabado de dizer tudo o que precisava.

– Quem quer que fosse D., sinto muito que ele a tenha machucado – eu disse a ela, erguendo a voz acima do som da tempestade. – Deve ter sido horrível ter que guardar tudo isso em segredo. E sinto muito que eu não estivesse com você para conversar sobre... sua primeira vez.

– A chuva despencava sobre mim, batendo na capa que eu me esforcei para colocar e encharcando o chão. – Oh, Kristen, suas palavras eram tão cheias de pesar, e não é assim que o amor deveria ser.

Um sorriso surgiu em meu rosto.

– O amor deve ser devastador. E maravilhoso, emocionante, animador. É impressionante, Kristen. Eu também tenho alguém agora e consigo falar com ele como não conseguia com ninguém mais. Ninguém desde... que você se foi. Ele é o rapaz que mencionei na noite do baile de formatura, quando escrevi aquela carta para você. Ele é lindo, engraçado e inteligente. E é um artista também. Ele faz colares incríveis para mim. E a noite passada? Ele escalou a treliça até o meu quarto e colou estrelas fosforescentes no teto. Você acredita?

Então eu franzi as sobrancelhas quando me dei conta que havia deixado algo de fora. Algo importante.

– Esta próxima parte vai parecer louca. Acredite em mim, eu sei. Mas é verdade. Ele... – Minha voz falhou, e limpei a garganta. – Ele está morto, Kristen. Estou apaixonada por um fantasma. Achei que um raio me atravessaria ou que o chão se abriria sob meus pés, mas nada aconteceu. Nenhum sinal dos céus surgiu. Não foi o fim do mundo como eu achava que seria.

Absolutamente nada aconteceu.

Balancei a cabeça para frente e para trás.

– Eu não entendo o que está acontecendo, só sei que o amo. Quer isso seja errado... Ou certo. Ele me faz feliz.

– Eu deixei que uma risada quieta escapasse. – Eu gostaria de poder compartilhar isso com você, Kristen. Pois essa é a diferença entre nós duas. Eu teria contado a você sobre ele, em vez de manter segredo.

Uma tristeza tomou conta de mim e as lágrimas começaram a cair mais rápido. Tentando ganhar fôlego, voltei meu rosto para o céu. A chuva estava fria e limpa, e eu apenas queria lavar minha dor. Talvez assim tudo melhorasse. Pensei que tinha conseguido superar tudo aquilo, mas aparentemente não. A ferida ainda estava aberta. Ainda ardia.

Segunda-feira pela manhã, mamãe me acordou lembrando-me de que eu deveria ir ajudar tio Bob. Eu tinha esquecido por completo a minha promessa e não fiquei muito feliz com a ideia. Mas saí da cama e me vesti bem rápido. Pelo menos eu seria paga pelo trabalho.

Mamãe me deixou na porta da sorveteria, disse que voltaria às cinco e foi embora. Eu me forcei a entrar na loja, já arrependida da minha decisão. Trabalhar em um escritório uma vez por semana era uma coisa, dava a sensação de que eu estava fazendo um trabalho administrativo na minha própria loja, mas ficar em volta de crianças com os dedos grudados em casquinhas de sorvete derretido o dia todo era outra, bem diferente.

Sininhos em cima da porta anunciaram minha chegada, e tio Bob veio correndo dos fundos. Seu cabelo grisalho estava arrepiado de modo esquisito, como se ele o tivesse puxado, e um anel de suor forrava seu colarinho.

– Abbey, que bom ver você.

Eu notei vários clientes na fila com olhares impacientes, enquanto uma morena, de costas para nós, estava ocupada pegando suas bolas de sorvete.

Tio Bob fez sinal para que eu o seguisse e fomos para um pequeno armário de suprimentos.

– Um dos meus congeladores parou de funcionar e eu tenho que correr até cidade para achar outro. – Ele alcançou uma caixa que estava na prateleira e puxou-a para baixo. – Há algumas camisetas aqui, parte do uniforme e tal, então, escolha uma do seu tamanho e use o banheiro para se trocar. – Ele enfiou a mão na caixa e levantou um monte de camisas. – Aqui tem uma extragrande, outra extragrande e mais uma extragrande. Droga, todas essas camisetas são extragrandes? – Ele vasculhou por tudo, olhando etiqueta atrás de etiqueta. – Pensei que havia alguns outros tamanhos aqui. – Ele me olhou desconcertado.

– Não se preocupe com isso, tio Bob – eu disse. – Pode ser uma extragrande.

Ele sorriu para mim e me deu a camiseta. Deixando a caixa no chão, ele me tirou dali.

— Depois que você se trocar, mostrarei o balcão a você.

No banheiro, a camisa se revelou um desastre sem salvação. Eu a vesti e ela foi até meus joelhos, as mangas praticamente alcançaram meus punhos. Tentei colocá-la para dentro do meu short, mas ficou embolada nos lugares errados.

Finalmente, eu só coloquei para dentro a parte da frente e dei um nó na parte de trás. Era o melhor que eu podia fazer.

Assim que saí do banheiro, tio Bob me arrastou para o balcão. Ele chamou minha atenção para os potes de sorvete alinhados no refrigerador abaixo de uma tampa transparente.

— Sorvetes aqui — disse ele. — As colheres de sorvete ficam na água ali. — Ele apontou para trás dele. — No balcão ficam todas as coberturas: amendoim, granulado, M&Ms, confete, coco, balas etc... As coberturas quentes ficam nos aquecedores. — Ele abriu a tampa de uma panela prateada e eu pude ver uma colher de cabo longo subindo e descendo de uma gororoba marrom. — Caramelo — disse tio Bob. Eu concordei com a cabeça, e ele se debruçou para abrir uma minigeladeira abaixo do tampo do balcão, onde ficavam os aquecedores prateados. — Suas coberturas frias ficam aqui: chantili, marshmallows, morangos, abacaxis etc.

A moça morena virou-se para nós e meu coração desabou. Era Aubra Stanton, uma líder de torcida da escola.

Eu me lembrei daquele primeiro dia de aula do ano passado, quando o diretor Meeker anunciou a morte de Kristen para todos durante uma reunião de alunos. Então, Aubra e duas outras líderes de torcida haviam ficado de pé e agido como se fossem as melhores amigas dela e dito que sentiriam *muuuuita* saudade da colega de escola. Mas elas nem falaram o nome dela corretamente.

Um grunhido escapou de mim antes que eu pudesse segurá-lo, mas tio Bob não deve ter ouvido, pois se virou para ela com um enorme sorriso no rosto.

– Aubra, esta é minha sobrinha, Abbey. Ela vai nos ajudar. Aubra vai mostrar as tarefas a você. Ela pode ficar no caixa enquanto você lida com os clientes.

Barulhos estranhos surgiram de repente da sala onde eram mantidos os congeladores. Tio Bob lançou um olhar preocupado na direção do som.

– Esse é o congelador dando os últimos suspiros. Vou ter mesmo que dar uma olhada. Vocês duas vão conseguir tomar conta da casa?

Não, tio Bob. Não me deixe aqui com ela!

– Claro – eu disse, em vez daquilo.

– Sem dúvida – respondeu Aubra.

Tio Bob sorriu abertamente para nós duas e depois desapareceu nos fundos.

Aubra e eu nos viramos para nos olhar, mantendo distância como duas gazelas assustadas no meio de um bando de leões, esperando para ver quem faria o primeiro movimento. Aubra me olhou de cima a baixo.

– Você me parece familiar. Seu nome é Abbey?
Aqui vamos nós...
– Sim, nós estudamos na mesma escola.
– Oh. – Ela jogou a cabeça para trás. Com certeza agora *ela* era o leão e *eu* a gazela. – E você é a sobrinha do chefe, hein? Espero que isso não faça você achar que vai ter nenhum privilégio. Porque você não vai.

Claro. Pois tenho certeza de *que ela nunca usou sua posição no grupo de animadoras de torcida ou sua sainha curta para conseguir nenhum privilégio.*

– Não, eu não acho...
– Tanto faz. Olhe, apenas fique fora do meu caminho e faça o que eu disser, entendeu?
– Sim, claro. Certo – suspirei. A campainha da porta soou e um homem e um menininho entraram.

Aubra fez uma cara de desprezo e murmurou.
– Bonita camisa. – E depois saiu pra cumprimentá-los. Eu olhei para baixo, para minha camisa largona, e puxei as mangas para cima. Este dia precisava passar *rápido* ou eu não iria aguentar.

Passando para trás do balcão, esperei enquanto Aubra sorria e conversava com o homem. Ele ficou levantando a cabeça para um lado e se gabando do carro, provavelmente um carro vermelho esporte bem veloz que gritava "Crise da meia-idade!", enquanto seu filho passava os dedos sujos sobre a tampa que cobria os potes de sorvete.

Finalmente, Aubra olhou para mim e me disse para pegar uma colher de sorvete.

Eu peguei uma, tentando escorrer as gotas d'água que ficaram presas sem espirrar tudo no meu rosto e parei perto do refrigerador.

– Do que você quer, Billy? – perguntou o homem.

Billy apertou seu rosto sujo contra o vidro, então disse finalmente.

– Chocolate.

Aubra olhou para mim.

– Você ouviu. Você não vai pegar o sorvete?

Eu debrucei sobre o de chocolate, cavando com a colher na massa do sorvete que estava dura como pedra. Tentei de novo, mudando o ângulo da colher. Mais uma vez não obtive sucesso. Então, comecei a cortar pedaços. Finalmente, pequenas fatias de sorvete começaram a se soltar, e eu juntei várias delas em uma bolinha ridícula.

– Eu quero de creme! – Billy berrou de repente.

Parando, eu olhei para Aubra.

– Creme com chocolate? Duas bolas?

Mas o pai já estava chacoalhando a cabeça.

– Eu disse para você que era apenas uma bola, Billy. Você quer creme *em vez* de chocolate?

Billy bateu o pé no chão e também balançou a cabeça. Aparentemente, ele queria os dois. O pai ajoelhou-se na frente dele e levou o que pareceu uma eternidade para acalmá-lo. Minhas costas estavam me matando de ficar debruçada e as lascas do sorvete de chocolate que eu tinha conseguido pegar estavam começando a derreter.

– Nós vamos querer o de creme – falou o homem, levantando-se para ficar de frente para Aubra.

Eu não sabia o que fazer com o sorvete que eu já tinha servido, então tentei colocar de volta. Entretanto, a colher de sorvete se recusou a soltar aquela massa gelada, até que finalmente Aubra suspirou de desgosto e a tirou da minha mão. Ela jogou a colher de volta na água e me falou para pegar outra.

Com um novo utensílio em mãos, me debrucei para pegar o sabor creme.

– Cuidado! – gritou Aubra. – Suas mangas estão entrando no sorvete.

Eu olhei para baixo e vi minha manga passeando pelo *sorbet* de laranja *e no de* menta com gotas de chocolate. *Impressionante!*

Minhas bochechas ficaram vermelhas e eu me endireitei. Aubra pegou a colher da minha mão de novo e fez uma bola perfeita de sorvete de creme. Levantando um copinho que estava em uma pilha próxima, ela colocou o sorvete dentro e deu ao menino.

– Desculpe – disse ela ao pai. – Ela é nova aqui.

Uma virada de olhos obrigatória e um olhar compreensivo (direcionados a ela, não a mim) aconteceu entre eles e ela foi ao caixa para cobrá-lo.

Eu me encaminhei ao banheiro para me limpar. Depois de estar segura lá dentro, garanti à minha imagem refletida no espelho que isso era apenas por algumas semanas. Eu tinha apenas que ficar constantemente me lembrando disso. Secando minha manga encharcada com um papel toalha, tentei deixá-la o melhor possível e depois dobrei as mangas até em cima. Eu parecia um aspirante a atleta indo à academia para malhar, mas pelo menos não iria ficar com a camiseta pendurada em cima do sorvete.

    Saindo, vi mais três pessoas na fila, e Aubra gesticulou impaciente para que eu fosse até lá. Tentei várias vezes, mas finalmente "peguei o jeito" da colher de sorvete e consegui servir os clientes sem maiores problemas. Aubra ficou no caixa e só tomava meu lugar quando havia algo mais complicado que três bolas de sorvete para ser empilhado. Nós até conseguimos servir um pequeno time da liga de beisebol sem que ninguém ficasse *muito* irritado.

    Depois de umas duas horas, tio Bob voltou e contou que tomaria conta do caixa para que fizéssemos um intervalo de quinze minutos. Eu segui Aubra até uma pequena área na qual havia alguns bancos, em um beco atrás da loja. Mas mantive distância dela, e ela fez o mesmo em relação a mim. Pegando meu celular, vi as horas e percebi que tinha ainda mais três horas de trabalho. *Maravilha.* Eu olhei minhas ligações perdidas e notei um número estranho na lista. Seria Caspian? Ele teria usado um telefone público ou algo assim para me ligar? Eu apertei o botão de rediscagem e ouvi sem ar quando começou a chamar. Uma voz de mulher atendeu.

    – Alô?

    Bem, eu não esperava por isso.

    – Alô? – eu disse. – Quem é? Quer dizer, esse número estava nas ligações perdidas do meu celular e...

    – É a Abbey? É a Beth da escola.

    Certo. A mesma Beth, cuja ligação eu não tinha retornado antes. Eu estava muito envergonhada.

– Ai, Deus, Beth. Oi. Desculpe-me por não ter ligado de volta.

Ela riu.

– Tudo bem. Eu achei que gostaria da dica caso ficasse presa com as crianças dos Wilson de novo.

– Ah, sim, claro. Aquelas crianças rasgam suas roupas e cospem em você. – Aubra virou-se e encarou-me, mas continuei olhando para o outro lado.

– Nem me fale. Então, escute, Lewis e eu vamos ao cinema no sábado à noite. Você e Ben querem ir?

– Oh – eu disse. – Ben e eu não estamos...

– Eu sei – disse Beth. – Nós também não. Eu estou fazendo um teste com o Lewis. Experimente antes de comprar. Ele é bonitinho e tal, mas será que o menino tem *energia*? É esse tipo de coisa que quero saber.

Eu ri.

– Está bem, entendi.

– Então você vem? Eu já perguntei ao Ben e ele disse que topa.

Eu hesitei. Beth estava sendo muito legal, mas será que Ben não ficaria com a impressão errada? E o que *Caspian* acharia disso?

Beth deve ter percebido minha pausa.

– Por favor, por favor? Você não pode me deixar sozinha com ele, menina. E se não der certo e eu precisar de uma desculpa rápida?

– Deixe verificar minha agenda – eu disse hesitante. – Está bem?

Ela soltou um grito de alegria.

– Eu ligo para você, menina. Quarta-feira. Não me decepcione.
– Está bem, está bem. A gente se fala depois, então.
Ela disse tchau e fechei o telefone. Um filme seria divertido. Mas e Caspian? Eu queria que *ele* estivesse lá comigo, não o Ben.

Aubra interrompeu meus pensamentos.
– Alguma hora nós teremos que voltar. Vamos.

Relutante, fiquei em pé e fui atrás dela lá para dentro. Um fila de clientes havia se formado em frente ao balcão, e tio Bob acenava freneticamente para nós. Eu parei por um minuto para enrolar minhas mangas, que estavam caindo, e então peguei uma colher de sorvete. Restavam apenas duas horas e quarenta e cinco minutos até o fim do expediente.

Quando o movimento de clientes finalmente diminuiu, tio Bob saiu da sala dos fundos e disse que precisa buscar algumas peças novas que havia encontrado para o congelador. Eram duas tampas, e ele voltaria em uma hora.

Eu o vi sair e aquilo fez com que eu me sentisse abandonada e um pouco sem esperanças quando me virei para Aubra. Ela bufou e disse:
– A loja vai ficar parada por um tempo agora. Prepare-se para ficar bem entediada.

Debruçando-me no balcão, olhei pela janela para todas as pessoas andando e desejei que elas entrassem e provassem que ela estava errada. Mas ela estava certa. Apenas vinte minutos haviam passado e eu achava que ia morrer de tédio. Deve ser assim que Caspian se sente. Ver cada segundo se arrastar com nada que ajude o tempo a passar. Não é de se estranhar que ele goste de ler.

Finalmente, eu não aguentei mais e olhei para Aubra. Ela estava mandando mensagens do seu celular enlouquecidamente.

– Tem alguma coisa que precise ser feita? – perguntei. – Como varrer o chão, encher os suportes de guardanapos ou algo assim?

– Não. – Ela sequer ergueu os olhos.

Eu andei para lá e para cá atrás do balcão. Pensei em voltar ao escritório do tio Bob e ficar por lá, mas me senti mal por deixar minha colega de trabalho sozinha. Pegando um frasco de limpador e um rolo de papel toalha, fui até as mesas. Elas não estavam assim tão sujas, mas era alguma coisa para fazer. Eu limpei cada uma delas e também as cadeiras, e demorei a ter certeza de que cada pedacinho de sujeira havia sido removido.

Os sininhos da porta tocaram de novo, e eu olhei para cima, feliz por finalmente ver um cliente. Mas minha felicidade desapareceu quando um homem usando calças cargo e uma camisa do tipo "parece antiga, mas custa quinhentos dólares" entrou pela porta. Um Rolex prateado reluzia em seu pulso.

O cabelo dele estava diferente, preto e não tinha mais as luzes louras feitas cuidadosamente, mas mesmo assim eu o reconheci. Era o idiota que havia conhecido na sorveteria em outra ocasião, durante o feriado de Ação de Graças.

Aubra deu um gritinho e saiu voando detrás do balcão. O rapaz sorriu para ela, mostrando uma covinha perfeita. Fiquei mal-humorada na mesma hora. Eu realmente *não* gostava dele.

– Querido! – cantarolou Aubra, pulando nos braços dele para um abraço. Ele a segurou a certa distância, para ter certeza de que ela não amassaria sua camisa. Aubra se recompôs e virou a placa de ABERTO da porta da frente para FECHADO. Ela olhou para mim.

– Hora de outro intervalo.

Eu ia discutir. Mesmo que quisesse, não poderia ficar no caixa sozinha.

Ela começou a ir embora, então, disse:

– Abbey, vamos.

Eu olhei para ela, surpresa.

– Eu? Eu... Estou bem aqui. Vão vocês dois.

Aubra plantou as duas mãos nos quadris e me deu uma olhada congelante.

– Você não pode ficar aqui fora. – Ela deu uma pausa e eu quase podia ouvir o "burra" que ela queria acrescentar ali. – Se as pessoas a virem aqui, vão pensar que a loja está *aberta*! Venha.

Deixando o limpador na mesa, segui os dois. Quando chegamos à mesma sala em que ficavam os congeladores, ela jogou o cabelo para trás e disse:

– Nós ficaremos aqui. Você pode ir para onde quiser. Só não vá lá para frente.

Eu balancei a cabeça em sinal de concordância e me encaminhei para o escritório do tio Bob. Pelo menos lá ele tinha um sofá. Quanto tempo aquele "intervalo" duraria *exatamente*?

Muitas pilhas de jornal estavam espalhadas pelo sofá, mas eu só passei a mão e joguei todas no chão. Esticando-me, fechei os olhos para tirar um cochilinho. Deixei Aubra vir me chamar quando estivesse na hora.

Mas não consegui dormir. Vozes altas ficaram me acordando.

– Está bem! – gritou alguém. Parecia Aubra e depois houve uma batida. Sons abafados vieram a seguir e tudo acabou em choro. Eu não sabia o que fazer. Eu não deveria me envolver? Ou ir ver se ela estava bem?

Eu me ergui e me sentei, sem ter a chance de fazer nada além disso, porque o garoto que era louro e virou moreno apareceu de repente na porta.

Ele entrou e passou um dedo na beirada da mesa do tio Bob ao vir em minha direção, sempre olhando nos meus olhos, sem perder um passo, o que foi um feito impressionante em um escritório tão abarrotado quanto o do tio Bob. Ele parou a menos de trinta centímetros do sofá, erguendo o dedo para inspecioná-lo.

– Tsc, tsc. Eu *detesto* ambientes de trabalho bagunçados. – Pisando ao lado de uma pilha de papéis com todo o cuidado, ele se sentou perto de mim. Eu fiquei toda arrepiada e me permiti bufar, sem perceber que estava segurando a respiração. – Eu gosto das coisas arrumadas e organizadas. E você? – Eu balancei a cabeça concordando e engoli em seco. – Nós já nos conhecíamos? Aubra disse que seu nome é... Abbey?

– Foi no feriado de Ação de Graças – ouvi alguém dizer e, então, me dei conta de que era eu. – Você veio deixar uns papéis para o meu tio e eu os peguei com você. – Ahhhhm, sim. – Ele estendeu a mão. – Meu nome é Vincent.

Eu hesitei por um momento, mas como não quis que ele visse o quanto eu não gostava dele, cedi. Ele escorregou seus dedos pelo meu pulso antes de segurá-lo. Seu toque me fez sentir náusea e minha reação instintiva foi a de sair dali imediatamente. Mas ele segurou firme a minha mão.

– Eu acredito que você não vai levar em conta meu comportamento anterior, não é mesmo? E eu não vou jogar na sua cara que você me deixou lá fora no frio. – Ele exibiu um sorriso branco perfeito, mas tudo que consegui ver foram comerciais de vendedores de carro vulgares, apresentadores de infomerciais e atendentes de telessexo misturados na figura dele. Eu não seria mais um número na sua contagem de aquisições.

Desvencilhando minha mão, resisti à necessidade de limpá-la no meu short. Aquilo poderia esperar até ele ir embora. Em vez disso, me levantei.

– Prazer em conhecê-lo, Vincent. Agora, preciso ir ajudar Aubra.

Ele também se levantou, em um movimento fluido único.

– Acho que vou vê-la depois, Abbey – disse ele, parando para me dar outro sorriso. Eu o segui até lá fora e vi quando ele parou rapidinho para falar com Aubra, que estava de volta atrás do balcão. Ela balançou a cabeça uma vez e depois o abraçou toda sorridente, de novo. Assim que ele saiu, eu queria perguntar a Aubra o que havia acontecido, e por que ela estava com alguém tão idiota. Mas ela me fuzilou com um olhar de aço, ligeiramente bravo.

– Esse vai ser nosso segredinho, certo, Abbey? – Ela olhou para outro lado e foi virar a placa de FECHADO. – É melhor que seja assim. Eu não gostaria que você acidentalmente colocasse dinheiro da caixa registradora em "lugar errado".

Então seria assim? Ignorando-a, fui juntar o material de limpeza que deixei na mesa. *Eu deveria saber.*

Às cinco e dez, mamãe apareceu na porta e fui até o escritório do tio Bob para dizer que estava indo embora. E que não iria voltar.

Depois do intervalo do namoradinho, Aubra havia me ignorado ainda mais e me deixado para limpar um monte de vômito no chão, depois que algum garoto glutão tinha dito aos amiguinhos que conseguia comer dez bolas de sorvete de uma vez.

Ele estava totalmente enganado.

Tio Bob estava sentado em sua mesa e olhou para cima na hora que entrei.

– Mamãe está aqui, então eu vou embora e... – Perdi a calma por um instante, mas depois olhei para baixo e vi restos de vômito nos meus sapatos. – Eu não vou poder...

Ele pegou alguma coisa e apontou.

– Olhe o que eu ainda tenho. – Era a caneca com o dizer "O melhor chefe do mundo" que eu havia lhe dado no Natal passado. – Eu uso todo dia. É a minha favorita.

Toda minha intenção de dizer que eu estava me demitindo desapareceu imediatamente e sorri um pouco sem graça.

– Que bom, tio Bob. Vejo você na quarta. – Ele acenou para mim, e eu me virei para sair, dizendo a mim mesma que não importava *o quanto* alguém parecesse desesperado, no futuro, eu apenas diria *não*.

Lá fora, no carro, mamãe perguntou como tinha sido meu primeiro dia. Eu desabei acabada no banco do passageiro.

– Longo. Sem fim. O tempo durante o dia pareceu interminável. – Ao dizer isso, não consegui parar de pensar em Caspian, que não tinha nada, *a não ser* o tempo, em suas mãos. Mamãe deu uns tapinhas no meu joelho.

– Tenho certeza de que não foi tão ruim assim.

– Você tem razão – eu disse. – Foi pior.

Ela virou o volante e nos afastamos da loja.

– Eu sei o que vai fazê-la se sentir melhor. A biblioteca está fazendo um bazar de livros. Você pode comprar um da próxima vez.

Eu ergui a cabeça. Até que não era uma má ideia e eu conhecia alguém a quem alguns livros poderiam ser úteis para passar o tempo também.

Capítulo Dezessete

UM ENCONTRO ESQUECIDO

Eu faria aqui, de bom grado, uma pausa para falar um pouco mais sobre o encantamento que tomou meu olhar...

— *A lenda do cavaleiro sem cabeça*

O resto da semana passou com uma mistura de aulas particulares e longas horas de trabalho na sorveteria de tio Bob, até que o sábado finalmente chegou. Eu só consegui ver Caspian uma vez durante a semana, quando passei no cemitério para explicar minha longa ausência, e esqueci completamente de levar livros comigo. E de contar os meus planos de ir ao cinema à noite.

Mas agora eu tinha que remediar isso, e então andei bem rápido até o cemitério. Estava feliz por estar usando minha saia de algodão longa e solta e a minha blusa de camponesa branca. Graças a isso, eu ainda não estava virando uma poça de suor.

Mudando a pequena pilha de livros e algumas das velas decoradas da mamãe para a minha direita, passei pelos portões e corri em direção ao jazigo. Quando entrei, Caspian estava debruçado em sua mesa feita com caixas de papelão, trabalhando em um desenho. Ele estava tão absorto no que fazia que não me ouviu entrar.

– Oi, Casper – sussurrei, chegando bem perto dele.

Ele pulou e pareceu envergonhado, e eu consegui ver o que estava à sua frente.

Era uma cena ainda não acabada, que mostrava nós dois, deitados na grama, olhando para um céu cheio de estrelas. Meu cabelo estava solto e selvagem, todo espalhado ao meu redor em ondas loucas e meu rosto...

– Eu não sou tão bonita assim – murmurei, fascinada pela linda menina que ele havia desenhado ali.

– Sim, você é, Abbey. – O tom dele era calmo e de reverência. – Cabelos negros brilhantes, lábios vermelhos, pele de porcelana. Você é como minha própria Bela Adormecida. E seus olhos... eles me assombram.

Eu respirei fundo. Ele também assombrava meus pensamentos.

Ele estendeu uma das mãos, como se fosse tocar meu rosto, mas acabou caindo em si. Mudando a direção das mãos, escorregou-a por seus cabelos.

– A Bela Adormecida sempre foi minha favorita – disse ele.

– Você está me chamando de princesa?

Ele deu de ombros.

– Se a carapuça servir.

Eu suspirei e ri.

— Ok, essa foi infame. — Então, ele olhou para baixo, para meus livros. — Para que é isso?

— Estes — coloquei a pequena pilha na caixa, com cuidado para não amassar o desenho dele — são para você. Já que você foi gentil o suficiente para deixar uma surpresa no meu quarto, achei que deveria trazer algo para você. As velas são para quando as que você tem aqui acabarem, e eu peguei os livros no bazar da biblioteca. Então... feliz aniversário. Atrasado. Ou adiantado. Quando *é* o seu aniversário?

Caspian sorriu ao pegar o primeiro livro de cima da pilha e olhou de lado para o título.

— 22 de dezembro. *Jane Eyre*, hein?

— Sim, é bom. Eu tive que lê-lo para um projeto de estudo em grupo. Tem uma senhora louca e uma esposa má. Ah! E um incêndio.

Ele o abriu e deu uma olhada na primeira página.

— Isso resolve tudo, então. Vou ler este aqui primeiro.

As palavras dele me fizeram sentir ridiculamente satisfeita e eu pude sentir todo o meu rosto se iluminar de felicidade.

— Se tudo que eu tenho que fazer para ganhar um sorriso como esse é ler seus livros, prometo ler um todo dia — disse ele.

— Pare com isso. Você vai me dar palpitações.

Ele se debruçou para ficar mais perto.

— É isso que estou querendo fazer. Seu rosto é absolutamente adorável quando você fica vermelha.

Minhas orelhas queimaram. *Que ótimo, estou da cor de um tomate agora?*

– Bem, eu consigo fazer *você* corar – respondi. – Contando-lhe o quanto é lindo e que quando essa pequena mecha de cabelo negro cai sobre seus olhos, é tão sexy que me faz esquecer as palavras e... – Eu parei, de repente consciente do quanto o jazigo era quente.

– Continue – provocou Caspian, balançando a cabeça para que seu cabelo caísse sobre seu olho verde. Eu corei de novo e olhei em volta, e me afastei dele devagar. Eu precisava de algum... ah... espaço para espairecer.

Ele me seguiu, observando cada movimento que eu fazia. Parecia que meu sangue era puro oxigênio correndo por minhas veias, borbulhando e fazendo com que eu flutuasse para longe. Uma parede dura nas minhas costas me fez parar, mas Caspian continuou vindo. Eu pensei desesperadamente em algo que nos fizesse mudar de assunto.

– Eu peguei *Moby Dick* – eu disse.

Ele deu um sorriso malicioso.

– Mmmmm, pegou? Que... interessante.

– E *A ilha do tesouro*, e *O conde de Monte Cristo* – continuei tagarelando. – Achei que você gostaria de livros de menino.

Ele parou a cinco centímetros de mim, e eu senti como se fosse sua prisioneira.

– Vamos voltar ao lance de sexy e gostoso – falou Caspian. – Podemos acrescentar um lindo e misterioso também?

Engoli em seco.

– Como se você não soubesse que é todas essas coisas. Provavelmente, você tinha várias meninas aos seus pés antes.

Caspian deixou a cabeça cair para o lado.

– Verdade. Mas eu sempre pensei que fosse porque eu era o cara novo e sossegado. E, além disso, eu só estive realmente interessado em uma única pessoa.

– *Esteve?* – chiei. Depois, limpei a garganta e tentei de novo. – Quero dizer...

– Estou – se corrigiu Caspian. – Tecnicamente, acho que são ambos. *Fiquei* interessado desde o primeiro dia em que a vi, e *eu* continuo interessado nela. – Os olhos dele brilhavam com a luz suave que vinha das velas à nossa volta, e cada grama de pensamento coerente sumiu.

– É... hummm...verdade. Isso é... – Parecia que minha cabeça estava enchendo, meu corpo estava superaquecendo, e cada palavra era arrastada de algum lugar no fundo do meu cérebro confuso. Abanei meu rosto com a mão, como se ela fosse um leque, e finalmente desabafei o que eu estava tentando dizer. – Está calor aqui. Não acha? Está quente mesmo.

– Eu só sinto calor quando estou perto de você – disse Caspian, chegando ainda mais perto. – Como agora.

Eu abanei o rosto com mais força, desesperada para conseguir mais ar, quando senti algo cutucar meu braço.

– Ei... – Levantei meu braço, tentando me livrar e minha camisa se ergueu. Eu havia me enroscado em uma das velas apagadas atrás de mim. – Estou presa.

Caspian olhou para baixo. Eu segui aquele olhar e vi que o osso do meu quadril estava visível, acima de minha saia de cintura baixa, minha camisa havia sido puxada o suficiente para mostrar uma grande parte da pele. Eu estava totalmente envergonhada, até que Caspian olhou para cima novamente e nos olhamos nos olhos.

– O que você está fazendo? – sussurrei.

– Apreciando a vista. – Sua voz estava trêmula, e ele fechou os olhos por um minuto, respirando fundo.

– Falta quanto para o dia de sua morte?

– Muito.

– E tem *certeza* que por um dia inteiro você pode...

– Tocar? Sim. E eu definitivamente vou passar esse dia com você. – Sua voz estava rouca e parecia que ele estava fazendo um enorme esforço para falar.

Eu levantei uma sobrancelha para ele.

– Promete?

– Prometo.

Um apito agudo quebrou o silêncio e cortou a tensão. Caspian se ajeitou de uma forma quase audível e eu soltei minha blusa. Enfiando uma das mãos no bolso da saia, peguei e em seguida desliguei meu celular.

Desculpe – eu disse. – É meu alarme. Eu tenho que ir.

Eu ainda não contara a ele sobre meus planos de ir ao cinema, e realmente não sabia o que dizer. Então, é claro, pelo meu método sem filtro do cérebro para a boca, eu só botei tudo para fora.

– Eu vou ao cinema com uns amigos hoje à noite – hesitei. – E... Ben.

Ele se afastou ainda mais e tudo em mim gritava para que ele parasse. Tive que fechar minhas mãos para não tentar tocá-lo.

– É só uma saída com amigos – tentei explicar. – Eu me senti mal porque essa menina, Beth, foi quem me convidou e implorou para eu ir, assim ela não ficaria sozinha.

Caspian sorriu, mas o sorriso não chegou aos olhos.

– Você não tem que se explicar para mim, Abbey. Está tudo bem. Vá. Divirta-se. – Ele deu um passo, afastando-se ainda mais, e virou de costas.

– Você poderia vir – eu disse. – E sentar ao meu lado. Ninguém vai saber que estará lá.

Ele balançou a cabeça.

– Isso seria estranho. Está tudo bem. Vejo você depois.

Eu hesitei, sem saber o que fazer. Eu queria ficar com ele, mas ele estava dizendo para eu ir e me divertir.

– Está bem. – eu disse finalmente. – Podemos nos encontrar na ponte? – Amanhã de manhã?

– Combinado – respondeu ele. – Tchau, Abbey.

Tentei dizer a mim mesma que ele *realmente* não me olhou com tristeza quando fui embora. Devia ter sido um efeito da iluminação. É isso. Só um efeito da iluminação.

À noite, no cinema, tive que admitir que eu realmente *estava* me divertindo e, além disso, o filme era muito bom. Beth e Lewis eram tão fofos juntos, e toda vez que ela e eu íamos ao banheiro para falar de tudo, o principal assunto dela era o quanto ele era bonitinho, com muito entusiasmo.

Ben contou piadas a noite toda, o que fez com que ríssemos. Depois, fomos comer pizza, e eu não pensei em Caspian em nenhum momento. Não até que estivesse na fila para comprar uma garrafa de chá gelado para levar para casa. Foi então que meus pensamentos se voltaram para ele.

Olhando para fora, na calçada onde Ben, Lewis e Beth estavam esperando, pensei sobre como ele teria se divertido. Se ele pudesse ter estado lá. Se ele fosse tão real para todos os outros como ele era para mim...

O atendente estalou os dedos para chamar minha atenção, e eu saí do meu devaneio.

– Desculpe – eu disse com um sorriso envergonhado.

– É só isso? – perguntou ele.

– Sim.

– Um dólar e vinte e cinco.

Eu dei a ele duas moedas de um e esperei pelo meu troco, olhando para fora mais uma vez. Ben estava fazendo uma versão louca do robô e Beth estava quase chorando de tanto rir.

– Aqui está. Quer uma sacola?

– Hum, não. Vou levar assim mesmo. Obrigada.

Ele concordou com um gesto de cabeça, depois entregou-me o recibo e mais alguma coisa.

– Isso é do seu amigo. Ele deixou cair quando estava pagando a pizza.

Ben é que tinha pagado, então, eu disse obrigada e olhei para o que parecia um cartão plastificado. Coloquei ambos, recibo e cartão, em meu bolso de trás. Saindo da pizzaria, juntei-me aos meus amigos lá fora, e fomos para minha casa, rindo ao longo de todo o caminho.

Dez minutos depois de eles me deixarem, o telefone tocou.

– Oi, menina, é a Beth. Acabei de chegar.
– Oh, oi.
– Então?! – perguntou ela com um grito estridente.
– O que você acha? O Lewis vale a pena? Quer dizer, ele é ótimo, certo?

Eu sentei em minha cama e tirei os sapatos.

– Com certeza. Cérebro *e* músculos. – Eu nem sabia se isso fazia algum sentido, mas soou bem.

– Ah, ele tem muitos músculos. Grandes e bem definidos, em todos os sentidos. E eu quero dizer *todos* os sentidos.

Aquilo estava ficando pessoal demais para o meu gosto.

– Aproveite.

Ela soltou um outro gritinho estridente, e eu afastei o fone da orelha. Havia uma gritaria ao fundo, e eu ouvi Beth gritar.

– Só um minuto!

Então, ela me disse:

– Está bem. Tenho que ir. Obrigada por ter ido conosco esta noite, Abbey.

– De nada. – Bocejei. – Boa noite.

Arrastando-me para debaixo das cobertas, beijei o vidro frio do trevo de quatro folhas do colar que eu ainda usava.

— Boa noite, Caspian — sussurrei. — Eu gostaria que você tivesse ido comigo.

Adormeci e sonhei com céus cheios de estrelas e olhos verdes. Mas em algum momento durante a noite, meus sonhos mudaram.

Era uma festa, com decorações, bandeirolas e luzinhas em toda parte. O chão estava coberto por um mar de balões rosa e vermelhos, e eu os chutava para fora do caminho. Kristen estava lá, sentada perto de um bolo gigantesco de três andares, com as costas viradas em minha direção. Seus cabelos ruivos estavam mais longos do que na vida real e pendiam soltos.

— Kristen! — gritei para ela. — Feliz aniversário! — Ela levantou a cabeça e riu, mas não virou.

Algo em meus calcanhares me distraiu, e eu olhei para baixo. Os balões haviam se amontoado à minha volta. A banda começou a tocar, e casais apareceram do nada, vestindo roupas antigas. Eles passavam entre os balões, deslizando para frente e para trás, todos eles fazendo passos perfeitos de dança.

Todas as vezes que eu tentei me mover, primeiro para mais perto, depois para longe, eles paravam juntos e se viravam para me olhar. Todos os rostos escondidos atrás das máscaras.

Os balões flutuaram de novo, cada vez mais alto. Enterrando-me mais e mais fundo, tentei me desvencilhar, empurrando-os para os lados, mas os balões ficaram mais pesados.

De repente, um deles estourou e começou a vazar água lentamente. Era como um efeito especial. Assim que o fluxo da corrente tocava um dos balões, este estourava em câmera lenta, e depois outro e outro.

A multidão continuava dançando, movendo-se em um piso sujo cheio dos restos de balão. Nenhum deles parecia notar as poças embaixo de seus pés.

Finalmente, consegui me livrar. Muitos balões haviam estourado, então, eu não estava mais presa, e corri para o lado de Kristen.

– Você viu aquilo? – perguntei a ela. – É um baile de máscaras?

Ela se virou para olhar para mim com os olhos baixos, fazendo biquinho.

– Onde está sua máscara, Abbey?

– Eu não tenho uma – eu disse.

Ela passou a mão pelo vestido preto que usava.

– Você gosta? Eu usei no meu enterro.

Eu me afastei horrorizada.

– Por que está dizendo isso, Kristen?

Ela se inclinou e colocou um dedo nos lábios, fazendo um som para que eu me calasse.

– Estou esperando alguém. Agora, ponha sua máscara, Abbey.

Eu estava ficando frustrada. E brava.

– Eu não tenho uma porcaria de máscara, Kristen.

– Claro que tem. Todo mundo tem. Eu estou usando a minha. – Seu rosto ficou sério, franzido, como se ela estives-

se me dizendo algo sobre si mesma. Então, um trompete soou anunciando a chegada de alguém, e Kristen bateu palmas.
– Aqui está ele. Meu irmão está aqui. E ele está usando sua máscara.
Virando, vi a sombra de uma figura escura na porta com o sol batendo atrás, fazendo um contorno. Eu não conseguia ver o rosto dela.
– Mas, Kristen, Thomas está morto...
E então os balões voltaram, reunindo-se ao meu redor, e me levando embora. Eles me levaram para perto da porta e eu gritei.
– Thomas, por favor, me ajude!
Kristen estava lá ao seu lado. Usando uma máscara preta agora.
– Ele não pode salvar você – disse ela. – Ele nem mesmo conseguiu salvar a si próprio.

Acordei do meu sonho tremendo e encharcada de suor. Depois de me trocar e vestir um jeans, caminhei pelo quarto. Por que eu tinha sonhado com Kristen? O que aquilo significava? E por que Thomas estava lá?

A fraca luz da manhã iluminava o piso, e eu continuei andando para lá e para cá, perdida em meus próprios pensamentos. Todas as ideias que eu tinha pareciam erradas, e eu não conseguia entender.

Mas, então, percebi uma coisa. Andando até minha mesa, procurei em um calendário que estava ali por cima e verifiquei meu telefone para ter certeza.

O dia do aniversário do irmão de Kristen era doze de julho.

Voltei a caminhar pelo quarto, sentindo-me perturbada. Ano passado eu não consegui passar esse dia com Kristen porque ela havia desaparecido. Mas este ano seria diferente.

Colocando os sapatos e um blusão, fui até meu armário para pegar um cobertor. Eu iria até o cemitério, e a grama lá devia estar úmida.

Caspian me achou uma hora depois.

– Como você soube onde eu estava? – perguntei a ele, sem olhar para cima.

– Eu não sabia. Eu apenas senti. Quando não a encontrei na ponte, vim procurar aqui. Acho que você faz meus Sentidos de Aranha vibrarem.

Eu sabia que ele queria me fazer rir ou pelo menos dar um sorriso, mas eu não estava com a mínima vontade.

– Ei – perguntou ele. – O que aconteceu? Aconteceu alguma coisa ontem à noite?

Então olhei para cima.

– No cinema? Não, não é isso. É que eu tive um pesadelo com Kristen na noite passada e... – Um carro passou devagar no caminho perto de nós e eu parei de falar, tentando parecer apenas uma adolescente normal sentada sozinha perto de um túmulo. Como se houvesse algo *normal* nisso.

– Você quer ir se sentar embaixo da ponte? – perguntou Caspian baixinho. – Acho que não seremos incomodados lá.

Eu acenei com a cabeça em sinal de concordância e me levantei, dobrando o cobertor no caminho. Resolutos, passamos pela igreja.

– Espere só um momento – eu disse a Caspian, quando ele chegou à ponte. – Deixe-me verificar algo. – Deixando cair o cobertor, andei até a parte onde Kristen e eu costumávamos nos sentar. Segurando no pilar de sustentação, usei vários pedaços de concreto exposto como degraus e escalei até a parte abaixo da ponte. – Venha – falei baixinho para Caspian. – Podemos nos sentar aqui.

Ele escalou enquanto eu me acomodava nas vigas de suporte. Uma viga extra tinha sido posta na parte da frente, então aquele espaço não ficava tão aberto para uma queda na água que ficava ali embaixo como antes, quando Kristen e eu sentávamos lá, mas ainda assim, a queda seria de uma altura bem considerável.

Caspian se acomodou perto de mim, e por um momento, seu joelho desapareceu dentro do meu.

– Desculpe – disse ele, ajeitando-se. Eu dei de ombros e olhei em direção à água, voltando ao meu humor sombrio. – Então, e esse sonho?

Era um sonho de aniversário esquisito com Kristen. Mas desta vez, Thomas, o irmão dela, estava nele.

Ele esperou que eu continuasse, sem nunca me apressar a falar. Eu gostava disso.

– Hoje é aniversário de Thomas – confessei. – Acho que foi por isso que ele estava no sonho.

– Certo.

Só uma palavra. Um simples som, e aquilo me desfez completamente. De repente, as palavras estavam saindo de dentro de mim.

– Desde que ele morreu, Kristen e eu costumávamos passar o dia do aniversário dele juntas todo ano. Mas, no ano passado, não fizemos isso porque ela havia... morrido. Eu perdi o aniversário *dela* este ano porque estava na casa de minha tia Marjorie. Foi no dia cinco de maio.

Caspian só me olhava com olhos atentos, ouvindo pacientemente.

– Sinto-me horrível – eu disse. – Quer dizer, eu pensei nela, eu escrevi um bilhete para ela. Eu até cantei parabéns antes de ir para a cama naquela noite. Mas eu não estava aqui. *Com* ela.

– Tenho certeza de que ela sabia que você estava com ela em espírito – disse Caspian.

– Talvez. – Enfiei um dedo no tecido do meu jeans e fiz um desenho aleatório na minha perna. – Mas talvez ela não soubesse. Talvez tenha sido por isso que eu tive esse sonho. Porque ela está brava comigo ou algo assim.

Caspian balançou a cabeça.

– Não, eu sei que isso não é verdade.

– Mas *como* você pode saber? – eu disse. – Até onde sei, ela não estava por aqui para dar sua opinião.

– Eu sei por causa do tipo de amizade que vocês tinham. Eu assisti de camarote.

– Você assistiu?

Ele parecia envergonhado.

– Eu já tinha dito a você que as via aqui no cemitério, e... bem, algumas vezes, eu seguia vocês.

Eu o observei de perto, fascinada por sua sinceridade.

– Quero dizer – disse ele –, eu não gostava de ficar espiando vocês, nem nada assim. Mas, algumas vezes, quando vocês sentavam perto do túmulo de Irving, eu meio que ficava por perto. Era como se eu também fosse parte daquilo. – O rosto de Caspian mudou de repente. – A expressão de vocês duas, as risadas que davam enquanto contavam histórias. – Caspian olhou para suas mãos. – Eu conseguia perceber o quanto vocês eram próximas. Ela amava você.

Meus olhos ficaram úmidos, e uma lágrima caiu antes que eu pudesse limpá-la.

– Você acha?

Ele fez que sim, e uma risada baixinha escapou de mim conforme uma lembrança surgiu.

– Você sabe, naquela vez, na Páscoa, Kristen pensou que seria legal esconder alguns ovos para as pessoas que "moravam" aqui. Na época, nós tínhamos dez anos. – Eu ri de novo. – Então, pegamos dez dúzias de ovos pintados e os escondemos por toda parte. Mas, quando terminamos, todos os esconderijos pareciam iguais, e não conseguíamos lembrar onde os tínhamos colocado. O pobre John, o zelador, levou semanas para encontrá-los. Alguns deles devem ter sido comidos por animais, pois nunca os encontramos. Mas, toda vez que o vento soprava, você sabia que estava perto de um. O fedor de ovos podres era horrível.

Ele riu e eu me juntei a ele.

– Claro que agora eu me sinto mal por todas as pessoas que só queriam vir visitar seus entes queridos, mas foi muito engraçado na época.

Caspian calou-se e estudou-me com uma cara muito séria.

– Seu amor por Kristen é perceptível quando fala dela.

Eu acenei que sim e abri bastante meus braços.

– Ela era demais.

– Fale sobre o irmão dela.

Recostando, olhei para cima, para a barriga da ponte, sentindo as vibrações de um carro que passava ressoarem em mim.

– Ele era o irmão mais velho, muito dedicado, e ela era a irmãzinha querida dele. Mesmo com uma diferença de oito anos entre eles, eram muito próximos. Eles brigavam, é claro. Mas não acontecia muito.

Ele se recostou também, e eu olhei para ele.

– É estranho, não é? Eu não consigo imaginar como seria ter um irmão ou irmã. Quer dizer, Kristen e eu éramos muito próximas, mas ter alguém que possui o mesmo *sangue* que o seu?

– Eu sempre quis ter um irmão – disse Caspian.

– Eu também – admiti. – Alguém para cuidar dos valentões e tomar conta de mim na escola. Quando era mais nova, certa vez mamãe e papai falaram em adotar um bebê. Mas eles desistiram. Não sei o que aconteceu.

Ele interceptou meu olhar.

– O que aconteceu com ele? Com Thomas?

A tristeza tomou conta de mim. Mesmo tendo acontecido há anos, ainda era difícil falar sobre isso.

— Ele morreu de overdose. Todo mundo pensou que fosse acidental, mas acho que a família de Kristen... Eles sabiam.

— Sabiam o quê?

— Que poderia não ter sido acidental. — Esperei um momento para que as palavras assentassem, para o peso que elas tinham se esvaísse. — Sabe, o irmão de Kristen era viciado em comprimidos para dor. Quando ela tinha três anos, Thomas a estava segurando e colocou-a sentada por um minuto em cima da mesa. Ela começou a escorregar, ele a pegou e pôs no chão, mas tropeçou em uma perna da cadeira e caiu pela janela.

Caspian encolheu-se, e uma dor tomou conta de mim. Era uma história horrível de contar.

— Eles estavam morando em um apartamento no terceiro andar naquela época, e foi uma queda feia. Ele só precisou de doze pontos nos cortes do rosto e mãos, mas fraturou a coluna.

Caspian assentiu.

— Então era por isso que ele tinha os comprimidos para dor.

— Sim. Ele fez duas cirurgias, mas precisava de outras e a família não tinha condições de pagar naquela época. Então, ele começou a tomar os analgésicos quando aquilo ficou insuportável demais.

"Pobre Kristen. Ela sempre achou que tinha culpa. Todas as vezes que eu tentei dizer a ela que não tinha, não acreditava em mim. E sempre que Thomas precisava de qualquer coisa, um aquecedor ou um travesseiro novo, ela era a primeira a ir buscar para ele.

"Quando ele morreu, ela chorou por meses. Por sorte, estava internada no hospital com bronquite quando aconteceu, e não foi ela que o encontrou, nem nada assim. Teria sido horrível. – Encolhi os ombros. – Eu só tentei ao máximo ficar ao lado dela. Ela sempre ia visitar o túmulo dele com o pai e a mãe no aniversário de falecimento dele, todo ano, mas eu nunca estava muito distante."

– Eu sei como é isso – sussurrou ele.

Eu dei um sorriso triste para ele.

– Ele está enterrado na cidade onde eles moravam na época, perto de Buffalo. Eles já tinham jazigos lá e não conseguiram nada mais próximo. – Outro carro passou na ponte, e as vigas de suporte da ponte acima de nós estremeceram.

– Sabe o que é irônico? – sussurrei. – Quando Kristen morreu, as pessoas começaram a dizer que era porque ela estava usando drogas. Kristen nunca tomou nada mais forte que Tylenol. Ela se recusava, por causa do que havia acontecido com Thomas. Uma vez, na oitava série, ela sofreu com uma dor de dente, pois o dentista não conseguiu encaixá-la até o dia seguinte. Ele prescreveu Vicodin para a dor, mas ela não tomou. Eu sentei ao lado dela e segurei sua mão, e ela chorou a noite toda.

Minhas lágrimas vieram com força, e de repente eu não conseguia parar. Eu sentia saudade da minha melhor amiga e sentia saudade do irmão dela, então, chorei pelos dois.

Caspian ficou ali sentado comigo até que o choro esmoreceu e transformou-se em soluços. Então, ele sussurrou:

– Eu seguraria sua mão agora se pudesse.

Os olhos dele estavam arregalados e pareciam tão honestos que eu não pude deixar de sorrir para ele.

– Obrigada – eu disse, tentando segurar o choro. – É a intenção que conta.

Capítulo Dezoito

UMA REVELAÇÃO

Na sombra escura do bosque, na margem do riacho, ele observou algo enorme, deformado e imponente.

– *A lenda do cavaleiro sem cabeça*

Quando cheguei do trabalho na segunda-feira à noite, estava cansada, de mau humor e dolorida. Toda vez que eu mexia o braço ou dobrava o pulso, doía. Eu *precisava* falar com tio Bob sobre aumentar a temperatura dos congeladores. Sorvete macio seria muito mais fácil de servir.

Deixei meu telefone sobre a mesa e virei em direção à cama. Um pedaço de folha de caderno estava lá, preso no lugar por uma violeta – como aquelas que crescem sozinhas no cemitério. Eu a peguei e toquei as pétalas roxas e macias da flor.

Ao desdobrar o bilhete, um trevo de quatro folhas caiu no chão. Eu o deixei ali por um momento, enquanto lia as palavras à minha frente.

> Abigail Astrid
> Espero que seu dia servindo sorvete e fazendo crianças de todas as idades loucamente felizes tenha ido bem. Posso solicitar o prazer de sua companhia no túmulo de Kristen amanhã às sete da manhã? Até lá, vejo você nas estrelas.
> Caspian
> PS: Espero que não se importe com outro trevo de quatro folhas. Por alguma razão, eles ficam me encontrando.

Desenhos de estrelas e folhas cobriam o verso do papel, e eu sorri para mim mesma, segurando-o perto de meu coração. Abaixando para pegar o trevo, coloquei-o na mesa, perto da flor. *Se Caspian continuar a me dar trevos, vou começar a secá-los para colocar em um livro de lembranças...*

Caí no sono cedo naquela noite, e dormi pesado. Quando meu despertador tocou, às 6:45 na manhã seguinte, eu tive que me arrastar para fora da cama e esperar que um banho me acordasse.

Eu ainda estava bem sonolenta quando caminhei para o cemitério, mas quanto mais me aproximava, mais animada ficava. O que ele tinha planejado? Meu estômago estava revirado, e tentei dizer a mim mesma para me acalmar. Não era como se ele fosse me pedir em casamento...

Ai, Deus.

Parei abruptamente. Aquilo era ridículo. *Ele não vai... Eu só estou...* Balancei a cabeça para clarear meus pensamentos e afastei firmemente a ideia da minha mente. Era ridículo. Eu não ia nem pensar a respeito.

Me controlando e me forçando a agir normalmente, entrei pelos portões e fui até o túmulo de Kristen. Caspian estava parado perto da lápide, segurando algo em suas mãos.

– Ahhh, Abbey! – Seu rosto se iluminou. – Vejo que recebeu meu recado.

– Você está começando a assombrar meu quarto – provoquei.

– Eu só entrei lá para deixar o bilhete – disse ele. – Eu juro. Só isso.

Levantei minha sobrancelha.

– *Talvez* eu tenha parado para ver as estrelas – admitiu ele. – No caminho de saída, é claro.

Sorri para ele, depois olhei à minha volta.

– Por que estamos aqui tão cedo? E o que você está segurando?

Caspian olhou para baixo e me estendeu um pedaço de bolo embrulhado em papel filme, com uma etiqueta de 25 centavos grudada. Ele puxou um canto do plástico, e um cheiro amendoado se espalhou. O bolo era uma mistura de pedaços cor de laranja.

– Desculpe. É de cenoura. Eu sei, não é o melhor, mas era tudo que tinham.

Ele pegou duas velas do bolso e as colocou no bolo.

– Temos que fingir que estão acesas, esqueci meu isqueiro. Mas, tcharammmm!

Eu ainda não tinha entendido nada.

– Sete da manhã com bolo de cenoura e velas... O que significa isso?
– Eu escolhi sete da manhã, porque achei que haveria menos gente em volta – disse ele. – E o bolo é para Kristen e Thomas. Vamos comemorar os aniversários deles.

Fui pega de surpresa primeiramente, e depois uma dor adocicada. Essa era a coisa mais gentil que alguém já fizera por mim. Mas como...?

– Onde você conseguiu o bolo? E as velas?
– Eu roubei as velas do aniversário de uma criança ontem. Eles tinham soprado as que estavam no bolo – disse ele. – Estas eram sobressalentes. – Ele baixou a cabeça e olhou para mim como se estivesse esperando que eu o criticasse.

Talvez eu devesse ter feito isso, mas, pessoalmente, achei um gesto muito meigo. Eu sorri e ele continuou.

– O bolo eu consegui num bazar de garagem. Achei uma moeda no chão e fiz uma troca.

– Você poderia ter pegado uma moeda do túmulo de Washington Irving – sugeri. – Tenho certeza de que ele não se importaria.

Caspian pareceu afrontado.

– Mas elas são *dele*. Isso seria roubar do morto.

Bem, quando colocado *assim*...

– Alguém já falou para você que você é o máximo? Porque você é. – Meus olhos ficaram úmidos e ficou difícil de enxergar, mas não chorei.

Caspian começou a cantar baixinho.

– Parabéns pra vocês... – Eu me juntei a ele com a voz trêmula e cantamos juntos. – Parabéns, queridos Thomas e Kristen... Parabéns pra vocês.

– Assopre as velas – sussurrou Caspian para mim. Eu dei uma olhadela para ele, sentindo-me um pouco tola, mas assoprei mesmo assim.

Fechei meus olhos, com uma sensação de calma tomando conta de mim.

– Você ganhou muitos pontos comigo – eu disse, abrindo meus olhos e olhando diretamente para ele. – Mais do que você jamais saberá.

Os olhos dele estavam brilhando, e seu rosto parecia feliz.

– Ainda não acabou. Venha comigo e traga o bolo.

– O quê?

Mas ele não respondeu. Apenas gesticulou para que eu fosse com ele. Comecei a segui-lo, e depois parei. Tirando pequenos pedaços de bolo, os deixei perto da lápide.

– Feliz aniversário atrasado, Kristen. Feliz aniversário, Thomas – eu disse. – Aproveitem.

Então, eu me virei de volta e o segui até o jazigo. Ele me fez fechar os olhos assim que entramos e me guiou com sua voz para que eu não caísse. Eu bati em algo duro, e estendi uma das mãos, sentindo o mármore liso debaixo das pontas dos meus dedos.

– Está bem – falou Caspian. – Agora, quando eu contar até três, abra. Um...dois...três!

Eu me arrumei e abri os olhos. A visão que se revelou foi magnífica e engraçadíssima.

Fitas enroladinhas estavam penduradas de um ponto a outro da sala, penduradas a partir de velas novas. Um painel de Feliz Aniversário do Bob Esponja cobria uma parede, e Caspian estava usando um chapéu de festa das Tartarugas Ninjas de lado. Fiquei de boca aberta.

– Você também decorou?

Ele pareceu satisfeito.

– Fiz umas comprinhas no Exército da Salvação ontem. Peguei meu terno de volta e o deixei lá em troca de alguns itens. Quando é que eu iria usá-lo, não é mesmo?

– Ele me deu um chapéu de festa. – Eu guardei o Homem-Aranha para você. Desculpe, não havia mais coisas de menina.

Eu coloquei o chapéu e olhei em volta.

– Isso não é *de verdade*, Caspian.

Ele deu de ombros.

– Caras mortos têm que dar mais duro para impressionar as garotas.

– Você certamente impressionou essa garota.

Caspian sorriu fazendo graça.

– Hã, então, se o bolo e as velas me deram uns pontinhos a mais, o que é que eu ganho com tudo isso?

– Fique por perto até o dia de sua morte e você pode até descobrir. Vou mostrar meu agradecimento bem devagarzinho. – Corei assim que ouvi essas palavras saírem da minha boca. Quando foi que eu me tornei tão provocante?

Caspian engoliu em seco e olhou ao redor.

– Está calor aqui? Eu acho que esse lugar está bem quente.

– Você não consegue sentir nada a não ser que eu esteja perto de você.

– Verdade, mas palavras como essas fazem *qualquer um* se aquecer demais.

Corando mais uma vez, eu virei para o outro lado e mudei de assunto.

– Então... Você acha que eles vão se importar? – Mexi a mão para mostrar que eu estava falando dos ocupantes das gavetas que forravam as paredes do mausoléu.

– Não. Quem não gosta de uma festa? – Ele baixou os olhos. – Embora eu ache que deveria estar vestindo algo mais legal do que esta camiseta velha.

Ele usava uma camiseta cinza com um logotipo do Aerosmith apagado.

– Eu gosto dela – protestei. – Na verdade, acabei de perceber que você trocou. – Aquilo não soou bem. – Ah... Quero dizer, você...

– Troquei de roupas? – Ele olhou para mim, e concordei com a cabeça. – No começo era só por hábito. Eu não preciso. Não tenho suor nem nada assim. Mas era muito estranho ficar com as mesmas roupas por várias semanas seguidas, mesmo para um cara. E aí eu conheci você, e eu estava tentando parecer normal, então... – Caspian deu de ombros. – Não era fácil me lembrar de usar algo diferente cada vez que nos encontrávamos. Por sorte, eu tinha meu esconderijo aqui.

Eu coloquei o bolo que ainda segurava no bloco de mármore perto de mim.

– Eu ainda não acredito que você fez tudo isso, Caspian. Você está *tentando* me levar para o mundo da lua?

Seu rosto ficou sério.

– Eu gostaria de impressioná-la, mas o melhor que posso fazer é pedir que dance comigo. Vamos?

Ele estendeu uma das mãos, e de repente fiquei nervosa. Lambendo meus lábios secos, coloquei minha mão para cima, perto da dele e sussurrei:

– Sim. – Assumindo a postura correta para uma parceira de dança adequada, fiquei com o braço elevado, como se fosse segurar a mão dele, e coloquei meu outro braço em volta de onde seria sua cintura.

Ele fez o mesmo, e eu senti um formigamento nas pontas dos dedos, em todas as partes onde estaríamos nos tocando.

– Na minha cabeça, estou ouvindo aquela música do Aerosmith do filme *Armageddon* e estamos dançando no ritmo dela – disse ele.

Então, ele murmurou de leve:

– *I don't want to close my eyes... I don't want to fall asleep... Cuz I'll miss you babe...*

Movendo-nos em pequenos círculos, fingimos ser dois dançarinos de música lenta em um baile de formatura. A voz de Caspian ecoava ao nosso redor, retornando das muralhas dos mortos.

– *And I don't want to miss a thing...*

Nós paramos, olhos nos olhos. Desejo, tristeza, raiva e medo desabaram em mim. Como ondas batendo na praia, uma tempestade violenta que não deixa nada para trás na sua passagem. Nada, a não ser um vazio negro. E eu sabia bem ali que, um dia, aquele vazio seria eu. Eu era o nada negro.

    Eu levantei meu rosto, olhei para ele e fiz um pedido secreto. Mas era um pedido que nunca se tornaria realidade.

    Caspian não podia voltar dos mortos.

Quando voltei para casa, a tarde já avançava e meus olhos estavam vermelhos e cheios de lágrimas. Uma choradeira tinha tomado conta de mim no caminho da saída do cemitério, e eu havia sucumbido. Tive que parar várias vezes por não conseguir ver por onde ia.

    Embora Caspian e eu tivéssemos passado o restante do tempo juntos falando, conversando e rindo, eu não conseguia me livrar do peso que parecia estar preso em volta do meu coração. Uma amarra permanente que apertava e machucava a cada respiração. Um aviso de que um dia eu ficaria destroçada.

    Eu não sabia o quanto aguentaria. Quanto eu podia enfrentar antes de me machucar de novo... Um rápido cochilo depois do almoço ajudou a melhorar meu humor, e eu acordei novamente determinada a fazer aquilo dar certo. Eu amava Caspian e isso era tudo que importava. Se Nikolas e Katy faziam dar certo, então, nós também podíamos.

    Meu telefone tocou, mas como não atendi a tempo, a luz da caixa postal acendeu, sinalizando que eu tinha mensagem. Eu peguei o recado.

– Abbey, é o Ben. Ligue para mim quando receber o recado, pode ser? – Ele parecia chateado.

Eu bati na minha testa. Hoje era terça-feira. Eu tinha esquecido completamente a nossa aula particular. Apertando o botão para retornar a ligação dele, preparei minha desculpa.

Ele atendeu no primeiro toque.

– Abbey?

– Ben, oi. Acabei de receber sua mensagem, eu...

– Eu passei aí, mas você não atendeu a porta. Eu liguei umas dez vezes para o seu celular, e você nem atendeu.

– Eu sei, desculpe. Eu saí e deixei meu telefone aqui.

– Eu me senti muito mal. – Eu sinto muito mesmo, não vai acontecer de novo.

Ele fez um som de frustração.

– Você *quer* continuar com as aulas particulares? Você tem andado distraída ultimamente. Há alguma coisa errada?

Não, nada. Eu só estou tentando lidar com o fato de que meu namorado está morto.

– O que é? – perguntou ele.

Eu tossi e limpei a garganta. Eu falei aquilo alto?

– Nada, é que... meus pais. Eles estão na minha cola para que eu tire nota alta nessa prova de ciências, e eu estou nervosa com isso... – Cruzei os dedos atrás das costas.

– Olha, desculpa, desculpa mesmo, Ben. Deixe-me compensar você. Venha para cá e eu vou pedir pizza.

– Tudo por conta disso?

– Sim, claro.
– Chego em vinte minutos – disse ele.
Eu desliguei o telefone, feliz por ter consertado as coisas com Ben. Ele realmente *era* um cara ótimo.
Depois de ter pedido a pizza, fui lá para baixo para esperar. Ben chegou com um enorme sorriso e um DVD na mão.
– Noite de filme.
O entregador de pizza chegou logo depois dele. Paguei a pizza e acompanhei Ben para dentro.
– O que vamos ver?
– *Jornada nas estrelas*.
Fiquei parada ali, esperando pelo final da piada. Não veio.
– Não, Ben, de verdade. Que filme você trouxe?
– *Jornada nas estrelas* – disse ele. – Considere essa a compensação pelo que você fez.
Eu rosnei e mostrei o caminho até a cozinha, colocando a caixa de pizza na mesa.
– Você vai aproveitar isso até o fim, não vai?
Ele concordou com a cabeça.
– Ótimo. Eu mereço.
– É um bom filme. O capitão Picard é enganado, acha que tem um filho, e há uma explosão enorme...
Ele falou sem parar. Eu já conseguia sentir meu cérebro morrendo de tédio. Mas balancei a cabeça em todas as horas propícias enquanto Ben resumia a história de Warf e Troy, e Shin alguma coisa.

E ainda havia um robô.

— Hã-rã — eu disse, pegando os pratos, guardanapos e copos enquanto ele continuava. Depois interrompi. — Pegue uns refrigerantes na geladeira.

Ele pegou duas latas de Coca e continuou falando. Coloquei o que estava segurando em cima da caixa de pizza, então, peguei tudo e fui para a sala. Ben veio atrás.

— O aparelho de DVD fica aqui. — Mostrei, e ele colocou o filme. Acomodando-me no chão, achei o controle remoto e apertei play.

— Tudo bem — eu disse para Ben. — Coma a pizza agora e fale mais depois do filme.

Imediatamente ele pegou duas fatias e começou a comer. A música berrou na televisão, e eu me acomodei, preparando-me para duas horas de nerdice.

Enquanto os créditos finais subiam, Bem me explicou tudo que eu não tinha entendido, o que era... muita coisa.

— Mas por que eles não podiam construir outro robô? — perguntei. — Eles tinham um a mais.

— Porque DATA era uma forma artificial de vida especialmente projetada — disse ele. — Única.

— Mas o irmão dele, ou seja lá o que era, estava lá...

— Sim, bem, esse é o jeito deles de mostrar que DATA não tinha realmente morrido.

Olhei para Ben desconfiada.

— Você odiou, não? — perguntou ele.

— Bem, não *odiei*... Está bem, foi bem chato — admiti.

Ele riu.
— Tudo bem. Pelo menos você não dormiu.
Não, mas estive bem perto...
— Então, estou perdoada?
— Claro – disse ele. – Tudo bem. – Olhando para o seu relógio, ele se sentou direito. – Ai, cara, tenho que ir. Meu pai vai chegar do trabalho logo e eu vou ajudá-lo a colocar fertilizante nas árvores de Natal hoje.

Ele foi até o DVD player para pegar o filme.
— Obrigado pela pizza, Abbey.

A palavra fez com que algo surgisse em minha mente.
— Pizza! Espere. Só um segundo. – Corri para cima e remexi na pilha de roupas sujas, na qual estava o jeans que eu usara na noite em que fomos ao cinema. Sentindo o cartão plastificado que ainda estava no bolso de trás, retirei-o e voei lá para baixo.
— Aqui. – Entreguei o cartão para Ben. – O cara da pizza deu para mim na outra noite. Eu me esqueci completamente. Você deixou cair quando pagou.
— Cartão da biblioteca – disse ele. – Obrigado.

Olhei para baixo, vendo pela primeira vez na realidade.

Ben pegou o cartão e pegou a carteira com a mão livre, mas as letras no cartão começavam a fazer sentido na minha cabeça.
— D. Benjamim Bennett? – eu disse devagar. – Seu primeiro nome começa com D?

– Sim. – Ele abriu a carteira e a segurou para que pudesse ver sua habilitação. – Daniel. Recebi esse nome por causa do meu pai, então, todos me chamam pelo nome do meio.

Sinos de aviso começaram a tocar no fundo da minha cabeça, e uma mancha escura apareceu na beirada da minha visão: *D*. Ben era *D*. Ben que era o *namorado secreto* de Kristen.

Ele me olhou com estranheza e guardou o cartão da biblioteca.

– Você está bem, Abbey?

Tudo que eu via era uma mancha escura no rosto dele, como se uma luz brilhante tivesse me cegado. Eu mostrei uma de minhas mãos e depois tirei.

– Certo... Eu... – Minha garganta ficou estranha, apertada e fechada. Com a minha visão voltando, eu o encarei, de boca aberta.

– Você... tem certeza? – perguntou ele para mim.

Senti a bile no fundo da garganta, e eu sabia que ia ficar enjoada.

– Acho que a pizza não caiu muito... bem – engasguei. – Pode ir, eu... Tchau. – Eu acenei com a mão, torcendo desesperadamente para que ele saísse antes que eu vomitasse em seus sapatos.

Ben deve ter entendido o que estava acontecendo com meu rosto, pois ele virou e se encaminhou para a porta.

– Certo. Vejo você depois, Abbey – disse ele.

Eu esperei meio segundo, depois corri pelas escadas até o banheiro antes de ouvir o barulho da porta da frente fechando. Foi bem a tempo. O azulejo do chão estava frio encostado na minha bochecha, e eu fiquei deitada ali um tempo depois. Meu corpo se contorcia de vez em quando e pequenos espasmos, posteriores ao choque, corriam pelas minhas veias, fazendo meus braços e pernas saltarem sincronizados com algum relógio de terror invisível. Não sei por quanto tempo fiquei deitada ali. Pareceu que foram minutos, horas.

Uma porta batendo e vozes chamando meu nome lá de baixo romperam meu torpor e me fizeram lutar para ficar sentada. Eu não podia deixá-los me ver daquela maneira, ou eles nunca parariam de me encher.

Ouvi passos na escada. Usando a beirada da pia, me ergui e fechei a porta do banheiro no exato momento que bateram à porta do meu quarto.

– Abbey?

Aqui. Mas não saiu, e eu tentei de novo.

– Aqui.

– Você já comeu? Nós achamos uma caixa de pizza lá embaixo. – A voz da mamãe veio pela porta.

– Sim, Ben veio comer pizza comigo, mas não me caiu bem.

– Ai, coitadinha. Quer que eu faça alguma coisa?

Segurando a pia, as juntas dos meus dedos ficaram brancas, e eu tentei manter a voz firme.

– Não, sairei daqui em um minuto.

– Está bem. Desça aqui quando estiver melhor.

Esperei até que os passos de mamãe sumissem antes de me olhar no espelho. Eu estava quase com medo do que ia ver. Mas era apenas eu mesma olhando de volta. Meus olhos estavam claros e secos, para minha surpresa. Meu cabelo não estava nada diferente. Mas meu rosto estava completamente branco; eu estava pálida como um fantasma.

Ri um pouco histérica ao ter este pensamento e depois enfiei meu punho na boca para abafar o som. *Não, pare com isso. Controle-se, Abbey.* Abrindo a água fria, joguei um pouco no rosto. A temperatura baixa da água fez com que minhas bochechas ficassem vermelhas.

Depois sequei o rosto e tentei me organizar mentalmente para descer. Eu precisava sair. Na verdade, eu precisava achar Caspian.

Mamãe e papai estavam na cozinha fazendo o jantar.

– Aí está ela – disse mamãe.

Eu sorri cansada. Ela apoiou o pacote de camarão congelado que estava segurando e veio para perto de mim.

– Você está pálida. Quer deitar um pouco?

– O que está havendo? O que aconteceu? – perguntou papai.

– A comida não caiu bem. – Mamãe colocou as costas da mão na minha testa.

– Estou me sentindo melhor agora – eu disse. – Acho que só preciso de uma caminhada. Tomar um pouco de ar fresco. – Fui para perto da porta.

– Não demore muito – disse mamãe.

– Certo – respondi, saindo pela porta.

Corri para o cemitério, sem fôlego e sem conseguir pensar claramente. Tudo que sabia é que havia uma pessoa que poderia entender. Alguém que poderia melhorar muito isso. E eu ia encontrá-lo.

Ainda não estava escuro, então os portões principais continuavam abertos, e marchei em direção ao jazigo. A urgência insuportável de achar Caspian e contar sobre Ben estava me enlouquecendo.

– Caspian! – gritei, empurrando a porta para abri-la. Uma única vela acesa estava perto da mesa improvisada. Minha voz ecoou nas paredes e voltou para mim. – Caspian, onde você está?

Ele não respondia.

Fui para perto das coisas dele, chamando-o diversas vezes. Eu me sentia muito frustrada. *Onde está ele? Eu tenho que vê-lo!*

Havia algo em minha mão. Olhei para baixo e vi que o carvão que ele usava estava perigosamente perto de se partir em dois. Eu nem tinha me dado conta de que o tinha pegado. Relaxando a mão, apanhei um bloquinho e rasguei um pedaço de papel. *Eu preciso de você,* rabisquei, e deixei no meio da mesa. Ele veria o papel ali quando voltasse.

Saí da cripta feito um furacão, ainda zonza de raiva e confusão, e decidi ir para a ponte. Enquanto corria, desejava desesperadamente que ele estivesse lá. Eu precisava entender aquilo. Como Ben podia ser D. esse tempo todo? Como eu não havia percebido isso antes? A enorme estrutura surgiu do nada. Eu atravessei o banco do rio, atrevendo-me a gritar o nome dele novamente. Apertando os olhos para ver qualquer forma que pudesse ser ele. Verifiquei os cavaletes debaixo da ponte três vezes, para ver se ele estava ali. Não estava.

Fechando as mãos até enfiar as unhas nas palmas, joguei a cabeça para trás e gritei.

– Por que eu não consigo achá-lo?! – Meu coração batia rápido, e eu tentei me acalmar, mas não consegui. Eu bati com a mão na testa enquanto andava para lá e para cá. – Pense! Pense, Abbey! Aonde mais ele iria?

O túmulo de Irving.

O pensamento veio até mim em um raio de inspiração clara. Eu deixei o rio para trás, na direção do túmulo. Meu coração quase afundou quando me aproximei. A pequena área cercada que fechava sua sepultura estava vazia. Caspian não estava lá.

Subi os degraus de pedra e passei pelo portão, caindo ajoelhada na frente da lápide de Washington Irving.

– Estou perdida – sussurrei. – Não consigo achar Caspian e preciso dele. – Um pássaro piou perto dali, parecendo dizer: *Por quê? Por quê? Por quê?*

Ouvi alguma coisa e fiquei em pé.

– Nikolas!

Ele parecia... cansado, e eu parei quase o abraçando.

– Está tudo bem, Abbey?

– Você viu Caspian? – perguntei. Nikolas balançou a cabeça, e eu estendi a mão para pegar a dele. – Você tem certeza? Eu tenho que encontrá-lo.

– Por quê? – disse ele tão abruptamente que eu dei um passo para trás. – Diga-me por quê.

– Porque eu descobri quem era o namorado secreto de Kristen! Você não vê, Nikolas? Ele deve ter estado com ela na noite em que ela morreu.

– E você tem certeza que não era Caspian que estava aqui com ela naquela noite?

A pergunta dele me assustou.

– Caspian? Não, não era ele. Ele já me disse que não estava aqui naquela noite, e, além disso, Kristen não poderia tê-lo visto, nem tocado. Não poderia ser alguém como ele. – Eu tinha certeza absoluta do que dizia.

Nikolas fez que sim com a cabeça.

– Eu também acho que não foi seu jovem amigo. Só queria ter certeza.

De repente, algo que Nikolas havia dito em outra ocasião voltou à minha mente.

– Antes de eu ir embora de Sleepy Hollow, quando vim até sua casa, você disse que Kristen não era como você, uma Sombra. Que você a viu morrer.

Ele não me olhou naquele momento. Não me encarava.

– Nikolas? – pedi. – O que você viu? Por favor. Conte-me. Eu preciso saber.

Ele olhou para mim, parecendo envelhecer instantaneamente cem anos. Era como se cada coisa horrível que ele já tinha visto ou feito estivesse gravada nas linhas do rosto. Uma lágrima escorreu pela sua bochecha.

– Não é suficiente que eu a tenha visto morrer? Por que algo mais importa?

Eu segurei a mão dele e a apertei.

– Havia alguém com ela?
Ele balançou a cabeça, como se não conseguisse falar, e eu esperei.
– Eu estava voltando para casa – disse ele devagar. – E eu a vi na água. Eu senti uma coisa, algo sombrio. Mas eu estava muito longe. – Ele puxou a mão e ela estava tremendo. – Se eu vi alguém lá? Não tenho certeza. Estava escuro... Havia árvores... Tudo que sei é que eu tive que ver aquela pobre moça ser puxada para baixo, e não pude fazer nada para ajudá-la.
Partes do meu sonho da noite em que Kristen morreu passaram diante dos meus olhos, e eu me perdi nele. *Água fria. Dor aguda. Peito dolorido. Desesperança.*
– Foi isso o que eu vi, Abbey – disse Nikolas com tristeza. – Eu não podia fazer nada. E agora você conhece a pior parte. Ver alguém morrer e não poder gritar por socorro, não poder puxá-la para a margem a salvo ou avisar a alguém sobre o que você acabou de ver... é um inferno sem igual. – Seu olhar se perdeu na distância, na sepultura atrás de nós, e sua voz ficou mais suave. – Há uma barreira entre o mundo deles... *seu* mundo, Abbey... e o meu. E eu não consigo transpô-la.
Tudo mudou então, e ele segurou *minha* mão com uma força que eu não sabia que ele tinha.
– Esta é a minha maldição, Abbey. Preste muita atenção. Ela pode muito bem salvar sua vida.

Capítulo Dezenove

COMPANHIA

Certamente, o lugar ainda está sob a influência de algum poder de bruxaria, que lança um feitiço nas mentes das pessoas boas, fazendo-as andar em um devaneio sem fim.

– *A lenda do cavaleiro sem cabeça*

Deixei minha janela aberta, caso Caspian achasse meu bilhete, e andei aflita pelo quarto até que, de repente, o rosto dele apareceu na janela. Eu corri para ele.

– Eu não consegui achar você!

– Abbey, o que aconteceu? – Ele parecia preocupado. – Ai, Deus, eu achei que tinha acontecido... que você tinha...

– Eu descobri quem era o namorado misterioso de Kristen! – eu disse.

Ele ficou totalmente imóvel.

– Descobriu?

Acenando com a cabeça, fiz um gesto para que ele entrasse. Ele escalou a janela, e eu dei um passo para trás.

– Como você descobriu? – perguntou Caspian. – Quem é?

– Estava no seu cartão da biblioteca. A inicial D. Eu a vi e perguntei a respeito. O primeiro nome dele é Daniel.

– Eu me virei para olhá-lo de frente. – É Ben. Caspian olhou para mim sem acreditar.

– Aquele nerd que tentou dar em cima de você?

– Sim. Ele veio aqui comer pizza hoje, e assistimos a um filme porque esqueci completamente minha aula particular, e... – Minhas palavras sumiram. Eu não conseguia falar rápido o suficiente para acompanhar minha mente.

– Ele tentou dar em cima de você de novo? – disse Caspian, com a voz irritada.

– Não, não. Ele não tentou nada mesmo, na verdade. Mas Deus, Caspian! Eu não consigo acreditar nisso. Todo esse tempo.

Eu comecei a me sentir enjoada de novo, e coloquei uma das mãos na boca.

– Por que você não se senta? – Caspian chegou mais perto e me acompanhou até a cama. Eu o segui e sentei-me junto dele, parecendo preocupada.

– Tem certeza de que é ele? Certeza *mesmo*? É claro que eu não tenho nenhuma intenção de proteger o cara, mas ele não me parece o tipo que faria com que ela guardasse um segredo tão grande.

Eu chacoalhei a cabeça.

– Tem que ser ele. Ele sabe de coisas demais sobre Kristen. Como, por exemplo, onde ela queria fazer faculdade, e quais coisas seu irmão fazia bem... E no enterro dela? Ele parecia estar muito chateado. Tipo, *muito* chateado mesmo. Mais do que o normal. Ele provavelmente se sentiu culpado. Caspian ficou em silêncio.

– Ahhhhhh! – gritei. – Como eu pude *não* ter percebido? Todo esse tempo! Ele foi sempre tão legal comigo. Aposto que estava tentando descobrir o quanto eu sabia.

– Fiquei em pé num pulo e recomecei a andar. Eu não conseguia ficar sentada, quieta.

– Talvez você devesse perguntar a ele – sugeriu Caspian.

– O quê? – Eu parei. – Não, não posso.

– Por que não?

– Po... Porque ele vai acabar mentindo para mim – gaguejei. – Ele não vai me contar a verdade.

– Talvez conte.

– Sim, está bem. Como você fez? – Assim que as palavras saíram da minha boca, eu me virei para ele. – Desculpe, não foi justo. Eu não quis dizer isso.

– Sim, você quis. Mas tudo bem. Eu mereço. – Os olhos de Caspian ficaram muito tristes, e eu fiquei com o coração partido.

Sentei perto dele na cama.

– Não, você não merece – eu disse. – Eu só estou sendo uma idiota porque estou brava com Ben, e desconteí em você. Desculpa?

– É claro – disse ele. – Sempre.

Mas ele não olhava para mim.

– Caspian. – Tentei cutucar seu braço e senti um formigamento. – Oi, Casper.

Isso foi suficiente para fazê-lo olhar para mim.

– Se eu pudesse, seguraria sua mão agora – eu disse.

Ele sorriu.

– Obrigado. É a intenção que conta.

Sabendo que havia sido verdadeiramente perdoada, recostei-me na cama e olhei para as estrelas, lá em cima.

– Tem que ser ele... certo? Quer dizer, faz muito sentido. Tudo que ele sabe sobre ela, aparecendo no seu armário no ano passado, estar tão chateado no seu enterro. Até mesmo ficar meu amigo... Tudo aponta para os clássicos sinais de culpa.

– Ou pode significar apenas que ele sente saudades dela.

Porém, não fazia o menor sentido.

– Eu não acho.

Nós estávamos ali sentados em silêncio e relembrei tudo em minha mente. Revendo várias partes das conversas, tentando fazer as peças do quebra-cabeça se encaixarem. Era tudo tão chocante e recente. Eu me senti surpreendida.

– O que você vai fazer? – perguntou Caspian.

– Eu não sei. Como você começa um assunto como esse? Com uma pergunta? Uma acusação? Eu toco no assunto na nossa próxima conversa casual? – Dei uma risada amarga. – Como se eu fosse ter mais alguma dessas conversas. E pensar que ele estava no meu... – Eu parei de modo abrupto e calei a boca.

– Estava no seu...?

Eu sentia meu rosto esquentando, e chacoalhei minha cabeça.

– Vamos – ele me provocou. – Ele estava no seu pote de cereal? Nas folhas de chá? Onde?

– Nada – eu disse. Ele não respondeu, só ficou quieto ali sentado. Olhando para mim. Suspirei. – Ah, está bem. Ele estava em um dos meus sonhos, está bem? Mas aí ele meio que virou você, e foi muito louco. Poderíamos, por favor, voltar a ser sensatos aqui? As pessoas não conseguem controlar seus sonhos.

Ele passou os dedos no cabelo.

– Você tem o número do telefone dele? Poderia ligar.

– Não é uma conversa adequada para um telefonema, sabia?

– Você quer ir conversar pessoalmente sobre o assunto? – Seus olhos verdes se focaram em mim. – Eu vou com você.

Medo e animação tomaram conta de mim.

– Não sei... – Roendo a unha do dedão, machuquei a beirada com os dentes. – Eu poderia? Eu *deveria*?

– Perguntar é o único jeito de você saber ao certo. E pense assim: se não souber, você vai conseguir dormir esta noite?

Não.

– Bem pensado. Mas eu não sei onde ele mora. – Levantei e fui até minha mesa, ligando meu laptop. – Google.

Tamborilando nervosamente meus dedos na beirada do monitor do computador, esperei que ele ligasse. Mas então, os barulhos dos dedos começaram a me irritar, e eu comecei a rolar um dos meus perfumes para lá e para cá em minhas mãos. Finalmente, o computador parou de fazer barulhinhos, e eu abri o navegador. Digitei o nome completo de Ben e "Sleepy Hollow, NY" e, logo em seguida, apareceu uma lista de dados.

– Parece que ele mora perto da escola de ensino médio – eu disse. – Está a fim de uma caminhada?

Caspian se levantou.

– Vamos.

Descemos pela janela e cruzamos o quintal, indo em direção à escola. Vinte minutos depois, chegamos à casa de Ben, e eu fiquei para lá e para cá, tentando me concentrar como se fosse um lutador prestes a entrar no ringue. Apertando a campainha com cuidado, esperei que alguém atendesse. Uma mulher de meia-idade, com cabelos castanhos, abriu a porta. Estava usando uma túnica clara e calças cinza. Ela trazia um pano de prato em uma das mãos.

– Posso ajudar?

– Hum, oi, senhora Bennet? – Assim que ela fez que sim, eu continuei. – Eu sou Abbey Browning. Ben está me dando aulas particulares.

Um sorriso largo apareceu em seu rosto.

– Ah, sim, como vai, Abbey?

– Bem, obrigada. Ah, a senhora sabe onde Ben está? Eu preciso falar com ele.

O sorriso dela virou um leve franzir de cenho, e depois sumiu.

– Ele está com o pai. Na fazenda de árvores de Natal, a umas cinco quadras daqui, perto de um terreno baldio.

Concordei.

– Certo, obrigada. – Eu já estava me virando para sair.

– Você quer que eu ligue para ele? – perguntou ela.

Virei de volta.

– Não, obrigada. Vou fazer uma surpresa. Tchau, senhora Bennet. – Acenei com alegria e virei de novo assim que ela fechou a porta.

Caspian e eu andamos os cinco quarteirões bem rápido. A fazenda de árvores de Natal, se é que se podia chamar assim, era uma pequena faixa de terra. Uma faixa de terra *bem* pequena. Havia vinte ou trinta mudas, plantadas em fileiras.

Um homem estava lá, fazendo alguma coisa com um balde, e a princípio eu não vi Ben. Depois, ele se levantou, e eu me dei conta de que ele estava abaixado tão perto do chão que eu não o vi. Mas agora dava para distinguir seu cabelo encaracolado.

– Ben! – chamei, acenando com meus braços no ar.

Ele olhou na minha direção, e depois disse algo para o pai antes de correr para cá.

– Lembre-se – disse Caspian –, ele pode ter uma desculpa. Não entregue o ouro logo de cara.

Eu acenei que sim, meio sem jeito.

– Abbey? – falou Ben, chegando mais perto. – O que há? Por que você veio aqui?

Eu respirei fundo e fechei as mãos, as unhas entrando fundo nas palmas para que houvesse algo para me distrair. Sem esperar, ou pensar, eu entrei de cabeça.

– Eu sei, Ben.

Ele me deu um olhar de quem não estava entendendo nada.

– Sabe o quê?

– Sobre você e Kristen. Eu achei os diários.

– Que diários?

Eu queria gritar, berrar na cara dele que eu sabia, que ele tinha que parar de mentir, mas vi Caspian balançando a cabeça. Contando até três, eu disse bem devagar.

– Eu sei que você e Kristen estavam saindo, e que você queria que ela guardasse esse segredo de mim.

– O quê? – Ben deu passo em minha direção, e mesmo eu tendo vontade de ir para trás, fiquei onde estava. – Do que você está falando, Abbey? Kristen e eu nunca saímos juntos. – A honestidade dele me deixou na dúvida.

– Mas seu primeiro nome é Daniel, e ela estava saindo com alguém de nome D.

– Ela estava?

– Sim – respondi. – Quer dizer, não. Quer dizer... Você deveria saber. *Você é D.*

Ele balançou a cabeça.

– Desculpe, Abbey, mas não era eu.

Caspian nos observava, e eu o espiei um pouco, tentando manter o foco.

– Eu sei que era você. Ela escreveu que vocês dois estavam se encontrando em lugares secretos e... E como você sabe tanto a respeito dela se *não era* você?

Ben ficou um pouco corado.

– Porque eu gostava dela.

– Como você explica todas as coisas pessoais que você sabe sobre ela?

– Nós estávamos na mesma classe de "horário de estudos", e eu perguntava coisas a ela.

Eu examinei seus olhos, tentando ver se ele estava mentindo.

Não estava.

– Por que ela nunca me contou? – perguntei.

– Não tenho ideia. Mas eu ia contar a você sobre meus sentimentos em relação a ela. Era sobre isso que vinha tentando falar. – Ele olhou para baixo, parecendo envergonhado. – Eu achei que talvez sentisse algo por você... mas então percebi que... – Ele parou e olhou para mim. Eu fiquei em silêncio. – Percebi que eu não sentia realmente... ah, nada... por você. Sempre foi por Kristen. Eu acho que foi só uma transferência temporária.

Abrindo os punhos, olhei para as palmas das minhas mãos.

– Onde você estava? – perguntei. – Na noite em que ela desapareceu?

– Fora da cidade, com meu pai. Nós fomos pescar no norte do estado. Pergunte a ele se quiser.

Eu estudei a fisionomia dele mais uma vez. Procurando alguma coisa... qualquer coisa.

– *Não é você?*
Ele balançou a cabeça.
– Eu quase gostaria de ser esse cara. Se fosse, eu poderia lhe dar algumas respostas. Mas não sou. Na verdade, uma das razões de eu estar tão chateado no velório dela era por eu não ter participado das buscas e do resgate. Eu teria... ajudado. – Ele parecia tão triste que eu sabia que não havia jeito de ele estar mentindo.
– Você não é D. – sussurrei, um pouco para Ben, um pouco para Caspian. De cabeça baixa, eu me senti vazia e esgotada. – Desculpe-me, Ben. Eu... sinto muito.
Ele fez que sim com a cabeça uma vez e virou para voltar para seu pai. Eu não sabia o que dizer, então o deixei ir. Agora eu estava ainda pior do que antes. Eu *ainda* não sabia quem era D., e era provável que tivesse perdido um amigo.

O dia seguinte na loja do tio Bob foi longo, e não achei que suportaria. Meu cérebro e dedos estavam desconectados, e eu me sentia desajeitada e lenta. Deixei cair a colher de sorvete no chão diversas vezes e tive que fazer uma bola nova a cada uma delas.

Então, enquanto Aubra estava me mostrando como usar a caixa registradora, bati no botão errado (pela milésima vez!), e nem tio Bob soube como consertar. Pelo resto do dia, todos pagaram metade do preço pelo sorvete.

Quinta-feira não foi muito melhor, e Ben faltou à nossa aula particular. Ele me ligou mais tarde e se desculpou, disse que tinha estado ocupado, mas eu sabia que era por causa da nossa conversa esquisita na fazenda. Ele não sabia ao certo como agir perto de mim. No entanto, pelo menos eu tinha um ponto alto no final de cada dia. Caspian vinha para casa e nós ficávamos deitados na cama por uma ou duas horas, só conversando sobre tudo e sobre nada. Algumas vezes nós não falávamos, mas ouvíamos música e isso também era legal. Só de saber que ele estaria ali esperando por mim me fazia continuar.

A sexta-feira, entretanto, foi o pior dia de todos. Aubra estava agindo de forma estranha, mesmo para ela. No começo, pensei que era tensão pré-menstrual, mas ela não parava de fazer essas pausas para mandar mensagens no celular, e quando voltava seus olhos estavam vermelhos. Então, achei que fosse alguma coisa com o Vincent. Ele não pareceu ser o melhor namorado do planeta, e não era surpresa que a estivesse fazendo chorar. Tentei ficar fora do caminho dela, e na verdade fui me esconder no escritório do tio Bob no meu intervalo de quinze minutos. Tio Bob entrou de mansinho e me fez pular.

– Está longe dos clientes, é?

Eu me virei.

– É hora do meu intervalo e...

Ele se engasgou de rir.

– Tudo bem, eu entendo. Às vezes, eles são muito mal-educados. Eu juro, este calor de verão revela o que há de mais louco nas pessoas.

– Deixa alguns funcionários loucos também – pensei. Ele deu um meio sorriso estranho, como se soubesse do que eu estava falando.

Indo em direção à mesa, ele moveu uma pilha de papéis de um lado para o outro e sentou em sua cadeira.

– Você sabe do que mais gosto em você, Abbey?

– Ah, minha adorável personalidade?

Tio Bob chacoalhou a cabeça.

– Você muda as pessoas. É disso que eu mais gosto em você. Olhe esse escritório, por exemplo. – Ele gesticulou para mostrar o resto do escritório. – Quando começou a organizá-lo, você me mudou.

Eu comecei a protestar, a pedir desculpas por não ter perguntado antes, na vez que havia reorganizado as coisas dele, na visita no Dia de Ação de Graças, mas ele levantou uma das mãos.

– Eu quis dizer de uma maneira positiva. Eu *gostei* de você ter tomado a iniciativa. Bem, nem tudo foi mudado – seus olhos passearam pelos armários bagunçados, e eu sorri para ele –, mas de modo geral você me ajudou a mudar de uma maneira positiva.

Ele pegou um peso de papel de formato triangular e o observou antes de olhar de volta para mim.

– Algumas das pessoas que você vai influenciar não levarão isso para o lado positivo. A mudança será negativa. Elas vão dar um jeito de deixá-la triste ou optarão por ignorá-la.

Eu olhei para os meus pés. Não era difícil de entender que ele estava falando de Aubra.

– Mas o que é importante lembrar, Abbey, *é* o fato de você mudar as pessoas. Isso se sobrepõe a tudo, não importa quão negativas essas mudanças possam parecer. Lembre-se sempre disso.

Eu olhei para ele.

– Você entendeu o que eu quis dizer? – perguntou ele.

– Sim, entendi. Obrigada pelo papo de estímulo.

Ele pareceu satisfeito e tímido ao mesmo tempo.

– Não é nada. É só o meu jeito de bajular você para que eu possa pedir que fique uma hora a mais. O turno está movimentado.

Eu rosnei.

– Tio *Bob*! Mesmo?

– Desculpe, Abbey. Eu não pediria se não precisasse *muito*.

– Está bem. – Eu suspirei longamente. – Vou ligar para a mamãe e pedir que me pegue mais tarde.

Ele empurrou um telefone antigo, com cara de ser dos anos 1980, na minha direção.

– Aqui, pode usar este.

Eu peguei o fone pesado e o olhei com dúvidas, mas disquei o número de mamãe.

– Oi, mãe, tio Bob precisa que eu fique uma hora a mais, então você tem que me buscar às seis.

– Claro – disse ela. Alguém estava rindo ao fundo, e ela parecia distraída. – Espere, às seis? Mas os Maxwell vêm jantar aqui, e eu combinei às 6:30.

– Eles irão? – Eu podia sentir um sorriso de felicidade no meu rosto. – Eu não os vejo há tanto tempo! Ai, Deus, será ótimo. Ah, é só passar o jantar para as 7:30.

Ela não falou nada, e por um minuto eu pensei que o velho telefone havia falecido. Finalmente, ela voltou.

– Está bem, Abbey.

Havia mais risadas e ela riu também.

– O que está acontecendo, mãe? – perguntei. – Você está dando uma festa ou algo assim?

– O quê? Não. Eu apenas tenho visitas para o café. Vejo você às seis.

Desliguei o telefone e virei os olhos para tio Bob.

– Mamãe está toda alegrinha de novo. Espero que não haja vinho nessa história.

A gargalhada dele me seguiu quando me encaminhei para fora.

– Espere – gritei de volta. – Você ainda não sabe a história do meu aniversário.

Mamãe chegou cerca de dez minutos atrasada para me buscar e foi para casa "voando", repetindo tantas vezes como eu tinha que correr para me trocar quando chegássemos porque estávamos *muito* atrasadas, que eu quis enfiar os dedos nas orelhas e gritar.

Assim que chegamos, ela correu para a cozinha e fui devagar até a escada.

– Os Maxwell chegam em dez minutos! – gritou ela. – Rápido, rápido.

Eu não respondi. Estaria pronta quando estivesse pronta.

Chegando ao meu quarto, fui direto para o meu armário. Minhas mãos pegaram automaticamente a primeira coisa que havia, e eu vi que era um vestidinho rosa que eu tinha usado quando tia Marjorie tinha vindo jantar ano passado. Estava ótimo.

Mudando de rumo, escovei meus dentes, tirei os nós dos cachos e coloquei mais desodorante. Meus dez minutos estavam quase acabando, e eu estava ouvindo portas de carro batendo lá fora. Eu me vesti rápido e calcei sandálias pretas. Meus dedos do pé precisavam de um esmalte novo, mas eu não tinha tempo agora.

Corri para baixo, louca de vontade de ver os pais de Kristen, algo que eu não fazia há *meses*. Eles estavam parados perto do sofá na sala, e eu parei no terceiro degrau da escada assim que os vi.

A sra. M. parecia... mais velha. Seu cabelo, antes com umas mechas brancas esparsas, que ela chamava de "mechas teimosas", estava completamente grisalho. E seu rosto estava magro, como se ela tivesse perdido muito peso. O sr. M. não parecia tão mal, mas definitivamente tinha novas rugas nos cantos dos olhos. O estresse de perder seus dois filhos realmente os tinha afetado.

A sra. M deve ter ouvido eu me aproximar, pois olhou para cima assim que eu parei. Seu rosto se abriu em um sorriso.

– Abbey.

Eu voei pela escada e joguei meus braços em volta dela.

– Sra. M.! – Ela me abraçou forte e eu fiquei lá, extasiada de felicidade. Estiquei uma das mãos para o sr. M., e ele a acariciou, olhando para mim.

– É *tão* bom vê-la – disse ela, dando um passo para trás para me olhar. – Olha como você está bonita. Como está o verão? Soube que você está fazendo algumas aulas particulares?

– Está ótimo – eu disse, levando-a para a sala de jantar. Sentamos e todos os outros vieram um segundo depois. – Estou ajudando meu tio, trabalhando na sorveteria dele, e Ben, um dos meus colegas de classe, está me dando aulas particulares para essa prova que tenho que fazer antes das aulas voltarem. São milhares de coisas. – *E sabe o motivo pelo qual eu fui embora? O menino morto que estava vendo? Ele é real. E eu o amo.* Sorri para ela e tomei um gole de água no copo à minha frente.

A campainha tocou, e eu olhei para mamãe.

– Quem é?

Ela se levantou rápido.

– Devem ser nossos outros convidados.

Nossos outros...? – Olhei para o papai. – Que convidados?

– Só algumas pessoas que vieram tomar café aqui hoje – retrucou mamãe, indo atender a porta.

Esperei que papai explicasse, mas tudo que fez foi dar de ombros. O clássico dar de ombros de "não sei, pergunte para a sua mãe". Eu dei uma olhada para a sra. M., esperando que ela estivesse tão curiosa quanto eu, mas ela estava prestando muita atenção ao guardanapo em seu colo. Quase como se estivesse me evitando.

Interessante...

Mamãe voltou à sala de jantar com um homem e uma mulher atrás dela. Ambos estavam vestidos de azul-escuro, ela em um terninho com uma echarpe vermelha leve, artisticamente enrolada no pescoço, e ele com uma camiseta polo azul que combinava perfeitamente com suas calças cáqui.

Eles pareciam ter a idade de papai e mamãe.

– Claro que vocês já conheceram meu marido hoje, e os Maxwell. – Mamãe parou por um momento e gesticulou para a sala de jantar. A sra. M. fez um aceno de cabeça para eles, e a mulher no terninho era toda sorrisos. – Esta é minha filha, Abigail. Nós a chamamos de Abbey.

Nós a chamamos de Abbey. O que eu sou, um cachorro de estimação? Eu me arrepiei, mas não tive tempo de mostrar meu descontentamento porque ambos vinham na minha direção. *Rápido.*

– Eu sou Sophie – disse a mulher, com a mão estendida –, e este é Kame.

Eu olhei Sophie nos olhos, pronta para o aperto de mão, e notei imediatamente que seus olhos tinham uma cor pouco comum. Claros, parecidos com vidro, quase transparentes. O cabelo na minha nuca se eriçou, e alguma coisa me deixou nervosa. Eles pareciam vagamente familiares.

Sophie segurou minha mão com força, e de repente pareceu que um milhão de aranhas subiam pela minha coluna. Eu apertei a mão dela por poucos segundos e depois soltei, tentando não demonstrar de forma tão óbvia que era aquilo que eu estava fazendo. Kame estendeu a mão. Tudo em mim *gritava* para não tocá-la, mas eu não sabia como me livrar daquela situação, então, dei um aperto rápido.

– Kame – ele me lembrou, e eu fiz um sinal positivo com a cabeça. A voz dele era profunda e cantada, quase tinha uma qualidade musical. Pensando nisso, a de Sophie também.

Mamãe mostrou a Sophie e a Kame os lugares que deveriam ocupar, os quais eram opostos ao lado onde eu estava sentada; quando eles viraram para passar, detectei algo estranho, como torrada queimada ou cinzas de pessoas falecidas. Enrugando o nariz de nojo, eu me assentei e mudei minhas feições. Qualquer que fosse o perfume que Sophie estivesse usando, *não caía* muito bem nela.

Depois de desaparecer na cozinha por alguns minutos, mamãe retornou com um prato grande de prata.

– Espero que todos estejam com fome. Eu fiz um assado de porco com molho de cogumelo e cardamomo. E também tem sopa de almôndegas. Embora seja para depois do prato principal. – Ela colocou o prato em uma bandeja transparente e passou-a para o senhor Maxwell.

– Eu sei que parece diferente, mas eu estou experimentando um novo método francês. Depois das almôndegas, teremos sobremesa, pão e *hors d'oeuvres*.

– Falando por mim, estou adorando as almôndegas – disse Kame. – Tenho certeza de que todo o resto também estará excelente, mas almôndegas são meu ponto fraco. Elas são... – ele beijou os dedos – *delizioso*.

Mamãe deu um sorriso enorme.

– Bem, espero que minhas almôndegas estejam adequadas ao seu alto padrão.

Kame retribuiu o sorriso, e revirei os olhos. *Tão* repulsivo.

O assado de porco foi passado para cada pessoa da fila: Kame o entregou à Sophie, que o passou para papai e esperou que ele estivesse segurando com firmeza para começar a falar.

– Então, Abbey, você irá para último ano agora? – Concordei com um aceno de cabeça. – As escolas daqui são fantásticas, a relação entre o número de professores e alunos, os cursos acadêmicos... que patrimônio para esta comunidade. Tenho certeza de que agrega valor.

Patrimônio da comunidade? Cursos acadêmicos fortes? O que eles eram, funcionários da diretoria da escola?

– Ah, sim – falou mamãe com entusiasmo. – E temos um dos maiores níveis de continuidade da educação secundária do estado. Mas é claro, estamos sempre procurando novas e mais eficientes formas de ajudar nossos estudantes. Um dos nossos principais objetivos este ano é encorajar nossos adolescentes locais a serem mais ativos em suas comunidades. Programas de irmãos mais velhos, trabalho voluntário com os idosos, serviço comunitário para melhorar nossos parques...

Eu olhei para mamãe duas vezes. Essa era a primeira vez que *eu* tinha ouvido falar em qualquer daquelas coisas.

– Isso é tão importante – concordou Sophie.

Kame concordou com a cabeça.

– Uma comunidade forte dá às pessoas uma noção melhor de indivíduo.

Estááááá bem, então eles são... gurus de autoajuda?

– Como você disse que conheceu meus pais? – perguntei para Sophie.

– Eles bateram à nossa porta exatamente na hora certa – respondeu mamãe. – Os Maxwell estavam aqui e nós estávamos conversando sobre o jantar, então, acabou virando uma reunião de um grupo grande quando eu os convidei.

– Nós estávamos aqui para nos apresentarmos – disse Sophie. – Nós somos da nova filial da imobiliária Hotchkiss.

Isso explicava as roupas deles.

Eu a observei mais de perto enquanto ela continuou a falar sobre mercado imobiliário. Seu cabelo era de um vermelho brilhante, tão vívido que não tinha como ser natural. E ao olhar mais de perto, pude ver uns pequenos brilhos de louro-claro aqui e ali. Como se a tintura não tivesse sido forte o suficiente para cobrir a cor original. Quase perfeito, mas não completamente.

Papai me deu o porco assado, eu coloquei um pouco no meu prato e passei para a sra. M. Pegando um garfo, espetei um dos pedaços e o levantei até minha boca. Quando estava prestes a dar uma mordida, aquele cheiro de queimado me alcançou mais uma vez. Eu trouxe o garfo para mais perto e inspecionei a comida. Não havia nenhuma borda escurecida. Cheirando de novo, só senti um leve odor desta vez. Todos pareciam estar gostando. Levando o garfo à boca novamente, eu o forcei a passar pelos meus lábios e mastiguei. O gosto era delicado, e um pouco suave. Peguei outro pedaço e, discretamente, o cheirei. *Cheirava bem.* Balancei a cabeça, esperando espairecer o que quer que estivesse acontecendo ali. O segundo pedaço desceu sem problemas, e relaxei. Mas, de vez em quando, eu sentia um traço do cheiro. Era quase como se eu estivesse sentindo o perfume de Sophie. *Deve ser a ação de alguma associação esquisita de odor/sabor ocorrendo.*

 A conversa teve altos e baixos e fluiu à minha volta com todos mantendo o mesmo ritmo. A sra. M. estava mais quieta, mas eu acho que fui a única a notar. Finalmente a noite acabou, e Sophie e Kame foram os primeiros a dizer que precisavam ir.

 Sophie foi até a sra. M., elas se despediram com apertos de mão e em seguida a corretora deu seu cartão à mãe de Kristen.

 – Eu sei que você disse que não está pronta para pensar em nada permanente ainda, mas quando estiver, ligue. Eu garanto que conseguiremos o melhor preço por sua casa.

 A sra. M. pegou o cartão por educação e murmurou um "obrigada" gentil. Eu queria balançar minha cabeça de pena de Sophie. Ela não iria conseguir uma venda com os Maxwell. Eles *nunca* se mudariam de Sleepy Hollow.

Papai e Kame estavam parados perto, discutindo um jogo de beisebol, e eu ouvi papai dizer:

– Então, Kame é um nome pouco comum. Herança de família?

Kame olhou para mim antes de responder.

– Sim. Eu acho que você poderia dizer que é de família.

Papai encolheu os ombros e depois deu um tapinha nas costas de Kame. De repente, Sophie apareceu perto de mim, e Kame estava bem atrás dela. A rapidez com a qual ele saiu de perto de papai me surpreendeu um pouco.

– Que bom que pudemos conhecê-la, Abbey – disse Sophie, com aquela voz melódica e linda. Ela não tentou me dar a mão de novo, e eu fiquei *extremamente* agradecida por isso. Entretanto, ficou me encarando. Kame fez a mesma coisa, e senti um arrepio desconfortável subir pela coluna. Era... esquisito e desconfortável... ter os dois ali me encarando.

– Humm, sim – eu disse, afinal, dando um passinho para trás. – Também foi um prazer conhecê-los. Boa sorte com a filial da imobiliária e tudo mais.

O olhar de Sophie ficou mais penetrante, e Kame deu um sorriso largo, revelando dentes incomuns, brilhantes e afiados.

– Cuide-se, Abbey – disse ele. – Cuide-se bem.

Capítulo Vinte

A Peça que Falta

Além disso, que chances tinha ele de escapar de fantasmas ou duendes, se é que esse era o caso, se eles podiam voar nas asas do vento?
– A lenda do cavaleiro sem cabeça

Uma semana depois, eu estava sentada em frente ao computador, trabalhando no meu plano de negócio. Rascunhando frases que com sorte fariam parte da declaração de missão, deixei minha mente vagar. Fiquei me lembrando do estranho jantar com os corretores de imóveis. Tentei entender por que eles pareciam tão familiares. Será que eu os tinha visto na solenidade na ponte?

Meu celular tocou e eu o peguei, feliz pela distração.

– Alô?

– Abbey? É Abbey?

Não reconheci a voz.

– Sim, quem está...

– É Aubra Stanton.

Essa me pegou de surpresa.
– Ah... Certo.
De surpresa *mesmo*.
– Peguei seu número no escritório de seu tio.
– Certo. – Nossa, eu estava sendo uma ótima interlocutora!
– Olha, eu preciso que você me substitua na sorveteria por uma hora.
– Mas é sábado à noite. Eu não trabalho aos sábados.
Aubra respirou com impaciência.
– Eu *sei* disso, ok? Eu só preciso que você venha porque tenho que resolver uma coisa. Seu tio não está aqui. Ele teve que ir buscar outra peça do congelador.
Meu dedão ficava indo para cima e para baixo por sobre o botão de volume do telefone.
– Eu não sei se posso, Aubra. Tenho que pedir uma carona para minha mãe. – Eu me senti um lixo por ter contado isso a ela, mas era verdade.
– Por favor, Abbey.
Algo na voz dela tocou meu coração. *Eu não resisti.*
– Está bem. Estou indo.
Ela desligou sem dizer obrigada ou tchau, e eu suspirei. Estava fazendo tanto por um pouco de gratidão.

Mamãe me deixou no tio Bob e no caminho quase não conversamos. Aubra estava me esperando na porta.
– Finalmente! – exclamou ela no momento em que pus os pés lá dentro. Eu só olhei para ela com a sobrancelha levantada. Ela ignorou e andou nervosa em frente

à porta, parando de vez em quando para espiar lá fora. Eu fui até o balcão e peguei um pano úmido para limpar um pouco de caramelo derramado que *obviamente* ela não tinha visto.

Um minuto depois, ouvi os sinos da porta, e ela se foi, sem sequer falar tchau. *De novo.*

Por sorte a sorveteria estava calma, e todos foram pacientes comigo, que mexia bem lentamente na caixa registradora. Quando faltava apenas meia hora para a loja fechar, quinze minutos antes da hora que Aubra deveria voltar, eu me ocupei enchendo os frascos de cobertura.

Aubra voltou 28 minutos depois, não que eu estivesse contando ou algo assim, e me ignorou completamente. Seus olhos estavam vermelhos e inchados, mas eu não sentiria pena dela outra vez.

– Muito bem, até mais – eu disse. – Estou indo. – Ela não respondeu, então me encaminhei em direção à saída para ligar para mamãe e disse que já estava pronta para ir embora. Mas mamãe estava ocupada fazendo alguma coisa e disse que me pegaria em vinte minutos. Eu suspirei ao desligar. Que saco. Andei em volta da sorveteria e fui até o beco que ficava atrás.

Era legal à primeira vista sentar ali e esfriar a cabeça em um lugar quieto. Mas logo depois, comecei a perceber como aquele beco era isolado. Havia uma luz de segurança na parede de cimento oposta à parte de trás da sorveteria, mas a luz só iluminava um metro em cada direção. Eu não sabia quem – ou o *que* – poderia estar rondando o fundo do beco.

É claro que foi quando eu comecei a ouvir barulhos estranhos e a ver coisas se moverem fora do meu campo de visão. Eu tive que rir de mim mesma quando um rato passou por perto.

– Fique fria, Abbey – pensei em voz alta.

Pegando meu telefone, lamentei o fato de Caspian não ter um, e fui até a seção de jogos. Estava ocupada apertando botões e arrebentando no Tetris quando uma sombra me encobriu. Olhei para cima.

Então, eu queria não ter olhado.

– Oi, Abbey – falou Vincent.

Rangi os dentes e forcei um "oi" antes de voltar ao meu jogo. Ele se sentou na mesa perto de mim e encostou o joelho no meu. Eu me movi para mais longe, e ele se aproximou de onde eu estava.

Com uma lentidão exagerada, afastei-me dele ainda mais. Seus dentes perfeitamente brancos brilhavam com a luz quando ele sorria.

– Não faça assim – rosnou ele, depois falou com uma voz mais grave. – Ou melhor, *faça* assim. Isso me excita.

Eu parei o que estava fazendo e o encarei. Qual era o *lance* dele? Por que ele tinha que ser tão idiota?

– Eu sei o que você está pensando – disse ele. – Você me quer.

Eu fiz um barulho de nojo.

– *Por favor*. Eu sou comprometida. Além do mais, você já não tem namorada? – Fiz um gesto em direção à sorveteria. – Aubra?

Vincent suspirou, um som elegante, e deu um olhar excruciante e entediado.

– Estou ficando cansado dela. Ela está um tédio. – Ele mostrou-me suas covinhas e levantou os olhos. – Além do mais, talvez eu esteja procurando algo paralelo.

– Mesmo? Não serei eu. – Levantei e saí de perto dele, indo para a entrada do beco. Só então percebi que havia um carro preto enorme bloqueando a passagem. Seus passos ecoavam atrás de mim e, a cada passo que eu dava, ele me seguia.

Meu estômago começou a se revirar de pânico. Virando-me para encará-lo, coloquei a mão fechada no quadril.

– O que você quer? Vá brincar com outra pessoa.

Ele deu um passo para mais perto de mim, e eu resisti à vontade de me encolher.

– Eu vou *brincar* com *você* quando e *como* eu *quiser* – disse ele. A voz dele era fria... mortal. Eu sabia que não era brincadeira. – Tolinha – desdenhou ele enquanto seu rosto se transformava de uma máscara perfeita para a expressão de raiva extrema. Ele agarrou minhas bochechas com uma das mãos, e seus dedos machucaram meu rosto.

Mordi a língua para não gritar.

Sua mão livre segurou meu pulso esquerdo e o prendeu como um ferro. O toque de Vincent fez minha pele arder e olhei para baixo para ver se a carne estava realmente começando a se enrolar e descascar como parecia.

Ele me arranhou devagar, passando uma unha por um dos pulsos, descendo até a palma da mão aberta e deixando um arranhão profundo nele. Tentei manter um olhar de aço, mas estava perdendo a batalha rapidamente. Minha mão queimava como fogo e minha cabeça estalava. A seriedade da minha situação tomou conta de mim. Nós estávamos sozinhos. Num beco escuro e sujo. Ninguém sabia onde eu estava e ninguém viria se eu gritasse. Minha cabeça mudou a marcha de *Por favor, por favor, não me machuque* para *Por favor, por favor, deixe-me sair desta situação.*

– Diga-me como você está comprometida – disse Vincent de repente.

Minha boca se recusou a abrir, meus lábios estavam travados.

– Um namorado? – perguntou ele. Eu acenei que sim com a cabeça, calada, querendo que as lágrimas não caíssem. – Sei. – Ele soltou meu rosto. Mas ainda podia sentir seus dedos em mim. – Maravilha, maravilha. – Como se percebesse o que fizera com a minha mão, ele olhou para baixo. – Minhas desculpas. – Curvando-se, ele beijou o arranhão e eu fechei os olhos, prestes a vomitar.

Vincent soltou meu braço e se endireitou, colocando uma das mãos na cabeça, como se estivesse arrumando um chapéu imaginário.

– Senhorita. – Depois se virou e saiu tranquilo pelo beco, assobiando ao entrar em seu carro.

Fiquei lá, perdida por um instante, enquanto ele saía de lá feito um raio. Tentando dizer a mim mesma que ele realmente tinha ido embora... E que eu estava bem de verdade... E foi quando meu estômago se rebelou. Abaixando-me perto de uma parte do lixo de ontem e de velhas caixas de papelão, eu não consegui mais segurar. Varrida por ondas seguidas de medo e aversão, estava arrasada.

Na segunda-feira, eu havia chegado em casa há apenas uma hora, depois de dia longo, quando a segunda ligação veio. Caspian estava sentado perto de mim no assento da janela; pés balançando para lá e para cá, e eu estava testando algumas fórmulas de perfume. Olhei por sobre meu ombro. O telefone estava na cama.

– Eu pego – disse Caspian, descendo com um pulinho e chegando até o telefone em dois longos passos. Um segundo depois, ele o deixou perto de mim.

– Obrigada. – Eu sorri para ele e abri o telefone.

– Abbey, é Aubra.

Oh, não. Meu coração se afundou. Eu não poderia ficar no lugar dela de novo.

– Acabou! – gritou ela, e afastei o telefone da orelha.

– Eu finalmente vou dizer ao imbecil que acabou!

– Certo... – eu disse.

– Eu preciso que você...

Eu a interrompi antes que ela pudesse terminar.

– Não, Aubra. Desculpe.

Sua voz ficou histérica.

– Eu preciso, Abbey! Você não entende o que ele fez comigo. É o único jeito. Eu não posso deixar que ele me controle assim. – Ela estava respirando pesado, e eu podia ouvir uma pitada de pânico em sua voz. – Eu tenho... Eu tenho... – balbuciou ela. – Ou então... Ou então vou fazer outra coisa. Eu vou acabar com isso. Tenho que acabar.

Eu sentei direito.

– Aubra, o que você está dizendo? Você não vai fazer nada contra você mesma, vai? Ela ficou em silêncio e eu tive uma sensação horrível de que era *exatamente* o que ela estava pensando. Olhei para Caspian de forma preocupada e ele fez um gesto de "o que está acontecendo?".

– Eu já estou chegando, Aubra – disse. – Você me ouviu? Só me dê vinte minutos.

Desliguei o telefone e todas as minhas terminações nervosas de repente se avivaram. Eu tinha que achar mamãe e teria que correr para chegar à sorveteria. Eu tinha que ter certeza de que Vincent não ia machucá-la. E precisava garantir que *ela* não machucasse a si mesma.

– Eu tenho que ir, Caspian. Era aquela menina da escola com quem eu trabalho. Ela vai terminar com aquele cara hoje à noite e quero ter a certeza de que ela não vai fazer nenhuma loucura. Ela não parecia bem. – Eu esfreguei a palma da minha mão esquerda, que estava ardendo.

O rosto de Caspian estava preocupado.

– Ela vai ficar bem?

– Acho que sim.

Ele olhou para baixo.

– Ei. Pare com isso, Abbey. Você vai ficar com a mão em carne viva.

Eu olhei para baixo também e vi o arranhão vermelho de Vincent, sua cor vívida se destacando na minha pele branca. Virando a mão com rapidez, pressionei a palma contra minha perna. Eu estava tentando esconder aquilo dele.

— O que aconteceu? — perguntou Caspian, suas sobrancelhas franzidas. — Deixe-me ver.

— Não é nada. Eu só arranhei quando estava lá fora. Tenho de ir. Desculpe. Você pode passar por aqui mais tarde? Ou posso encontrar você?

Ele deu de ombros, mas eu me virei para o outro lado, pegando meu telefone. Eu não tinha tempo para mudanças de humor agora.

— Desculpe por largá-lo — eu disse mais uma vez. — Por favor, espere por mim?

Ele acenou que sim com a cabeça e eu lhe mandei um beijo antes de me dirigir às escadas, chamando mamãe no caminho.

Quando cheguei à sorveteria, Aubra estava péssima. Seu cabelo estava bagunçado, e o rímel escorrido pelas bochechas. A sorveteria estava vazia, a não ser por um casal que terminava suas casquinhas, e eu segurei sua mão para guiá-la para os fundos.

— Você está bem? Ele a machucou?

Aubra me olhou e fungou, seus olhos arregalados e vidrados. Por um momento, pensei que ela estava usando alguma droga.

— Se ele me machucou? — disse ela, sem expressão. — Ele partiu meu coração, o safado! — Ela deu um grito, e eu toquei seu braço.

– Aubra! Acalme-se, temos clientes lá fora. – Ela ficou calada e me olhou com frieza. – Agora, eu vou fazer umas perguntas a você. Só balance a cabeça para sim ou não. Vincent veio aqui esta noite?
Não.
– Ele deveria vir esta noite?
Sim.
– Você tomou alguma coisa? Alguma droga ou comprimidos?
Silêncio. Então:
– Eu tomei um calmante que tinha na bolsa. Era da minha mãe.
Aquilo explicava o arroubo e os olhos vidrados.
– Só *um*?
Sim.
– Você tem mais?
Não.
– Bom. Certo, ouça. Eu vou ali na frente e, quando Vincent chegar, virei chamá-la. Você pode falar com ele dentro da loja. Faremos os clientes irem embora, colocaremos a placa de FECHADO ou algo assim. Mas eu ficarei aqui com você. Você não tem que enfrentá-lo sozinha. Está bem?
Sim.
Olhei em volta, para a sala na qual estavam os congeladores. Não parecia que houvesse nada com o que ela pudesse se machucar, caso surtasse de novo, então eu me senti relativamente segura deixando-a ali. Avistando uma cadeira de madeira apoiada no canto da sala, eu a arrastei para perto de nós.

– Sente-se aqui e *espere por mim*. Você quer um sorvete?
Aubra sentou na cadeira e cruzou os braços.
– De pistache.
– Já trago. – Eu a deixei, e corri para o balcão. Pegando uma colher de servir sorvete, enchi um potinho de sorvete verde e tirei uma colher do suporte plástico. Quando voltei, Aubra ainda estava sentada calmamente e pegou o sorvete da minha mão sem uma palavra.

Eu resisti à vontade de passar a mão na cabeça dela e dizer-lhe para ficar calma quando saía da sala, e então, suspirei de cansaço quando voltei para a frente da loja. *O que fiz para merecer esta dor de cabeça?* O que quer que fosse, eu certamente esperava que estivesse acumulando pontos extras no carma.

Vincent não apareceu e fiquei para ajudar Aubra até fecharmos. Nós duas trabalhamos em silêncio. As mesas estavam uma bagunça, então decidi que nós tiraríamos uns minutos para limpá-las. Aí, olhei para fora, pela janela, e vi o rosto de Caspian, apertado contra o vidro.

– Eu, ah... bem, já volto – gritei para Aubra por sobre meu ombro. – Tenho de tomar um ar fresco. – Saí pela porta e gesticulei para que Caspian me seguisse até os fundos.

– *O que você está fazendo?* – falei, brava, encarando-o. – Não que eu não esteja feliz em vê-lo e tudo mais, mas como você chegou aqui?

– Andando.

– Você... *andou?*

– Sim. Sabe, quando a gente mexe as pernas?

Eu resmunguei.

– Eu *sei* o que é andar. Eu quis dizer, *por que* você veio aqui?

– Estava preocupado com você. Aquela ligação parecia ser séria e aquele arranhão em sua mão... – Ele esticou a mão para pegar a minha e depois retrocedeu. – Eu só queria ter certeza de que você estava segura.

Eu tentei manter uma expressão dura, mas por dentro meu coração estava derretido.

– Eu estou bem e Aubra também está. O idiota nem apareceu. – Dei um passo à frente e dei uma olhadela para ele. A sorveteria do tio Bob ficava a quase uma hora de casa. – Você realmente andou até aqui só para saber se eu estava em segurança?

Ele passou os dedos no cabelo, quase parecendo envergonhado, mas seu olhar era solene e firme.

– Eu teria ido a qualquer lugar para achá-la.

Meu coração deu cambalhotas e depois derreteu em uma poça aos meus pés. Olhei para ele com um sorriso abobalhado.

– Meu protetor.

Seu rosto ficou inexpressivo.

– Mais ou menos isso.

De repente, me lembrei de Aubra.

– Tenho que entrar. Não quero deixá-la sozinha por muito tempo.

Caspian fez que sim.

– Vou esperar que sua mãe venha buscá-la, antes de eu ir.

– Ir embora? Como se você fosse andar de volta para casa?
– Sim.
– Ah... Não. Você pega carona conosco.

Ele abriu a boca para protestar, mas eu balancei a cabeça para ele.

– Eu ficarei mais preocupada se você caminhar para casa, e você não ia querer isso, ia? Deixe-me ficar tranquila, ok?

Ele sorriu.

– Está bem. Você me dobrou.
– É por isso que sou chamada de "A dobradora" – eu disse. – Pelo menos é melhor que a outra opção.
– E qual é a outra opção? – perguntou.
– "A arrancadora de bolas".

Caspian pareceu escandalizado com o fato de eu ter dito tal coisa, e ri da expressão em seu rosto. Eu o levei de volta para a sorveteria e ele parou para dar uma boa olhada na porta. Aubra já tinha desligado e fechado tudo quando entrei.

– Você quer que eu peça para minha mãe deixá-la em casa? Podemos voltar depois para pegar seu carro – eu disse a ela.

– Por que você faria isso? – perguntou ela.

– Porque eu não acho que você devia dirigir depois de tomar um calmante.

– Eu? – Ela fez troça. – Não é a primeira vez que tomo. Eles não me afetam desse jeito.

Que seja. Eu não ia forçá-la. Eu tinha que estabelecer meus limites em algum ponto.

– Você ainda vai terminar com Vincent? – perguntei.

Ela jogou a cabeça.

– Eu mandei uma mensagem de texto há cerca de uma hora e disse que estava tudo acabado. Ele nem respondeu. Drake é um idiota.

Minha cabeça deu um sobressalto.

– *Drake?* Eu achei que estivesse com o Vincent?

Aubra olhou para mim como se eu fosse limitada.

– *Vincent* Drake. Todo mundo o chama de Drake.

De modo instantâneo, uma sensação gelada tomou conta de mim. Não podia ser. De jeito nenhum. Kristen nunca se apaixonaria por um babaca como aquele.

Uma buzina tocou lá fora, e eu ergui os olhos para ver a perua de mamãe no estacionamento.

Indo no piloto automático, eu mal lembrei de abrir a porta de trás para deixar Caspian entrar. Mamãe me olhou com estranheza, mas eu dei alguma desculpa besta do tipo "que eu estava verificando se minha bolsa estava no carro ou se eu a deixara na sorveteria", e parecia que ela tinha acreditado. Com Caspian seguro dentro do carro, fechei a porta e sentei no banco do passageiro.

Esperei até que mamãe estivesse dentro de casa para falar com Caspian.

– Você quer que eu fique? – disse ele. – Eu posso.

Eu queria que ele ficasse... Eu não queria que ele... Eu estava tão confusa...

— Eu não sei...

— Tudo bem. Sem pressão. Caso queira falar sobre Aubra, sabe onde me encontrar.

Eu dei um meio sorriso para ele.

— Obrigada por ter ido ver se eu estava bem.

— Eu sempre estarei contigo — prometeu ele, antes de desaparecer na escuridão.

— Eu sei — sussurrei para sua figura que se afastava.

Rolei para lá e para cá na cama aquela noite, tentando achar uma posição confortável. Jogando um braço em cima da cabeça, contei carneirinhos e falei os nomes de todos os vice-presidentes, duas vezes cada um. Nada funcionava. Eu não conseguia dormir. E ainda tinha certeza de que pegaria no sono e teria pesadelos com Kristen. Mas eu não estava sonhando, porque não conseguia dormir nem um minuto; a cada meia hora que se passava no relógio, esse fato ficava mais evidente.

Lá pelas 2:30, desisti. Era inútil ficar mais tempo na cama.

Sentada perto da janela, meditei muito sobre tudo aquilo. A luz do luar irradiava ao meu redor e fazia meus braços e mãos ficarem prateados. Eu me agitava para lá e para cá, preocupando-me com o assunto como um cachorro se preocupa com o osso. *Vincent é o D. de Kristen?* Por que outra razão ele me diria que tem um nome diferente? E como eles se conheceram?

Não fazia o menor sentido. Não importava o quanto tentasse, eu apenas não conseguia visualizá-lo como o namorado secreto sobre o qual Kristen tinha mentido.

Eu sentei ali por mais uma hora, sem me dar conta, até que olhei para o relógio outra vez.

– Que se dane – balbuciei. Eu tinha de falar com Caspian. Minha cabeça explodiria se continuasse pensando naquilo tudo por mais tempo.

Vestindo jeans e tênis, coloquei um casaco com capuz por cima da minha regata e saí pela janela. Pulando com cuidado no chão, passei o capuz sobre o cabelo e enfiei as mãos nos bolsos. As ruas estavam quietas, e eu mantive minha cabeça baixa enquanto andava, pensando em qual seria o melhor jeito de contar a Caspian sobre Vincent.

Espero que ele esteja em seu jazigo e não vagando de novo. Nós realmente precisávamos arranjar algum tipo de sistema para encontrá-lo em situações como esta.

Faróis de carro brilhavam atrás de mim enquanto eu caminhava colina acima para o cemitério, e então, virei por meio segundo. As luzes me cegaram momentaneamente, e eu continuei andando, querendo que o carro passasse logo. Em vez disso, ele veio mais devagar e ficou a uma distância constante.

Bem quando eu estava prestes a me virar novamente, ele fez a curva em uma rua transversal. Meu coração disparou feito louco, e esperei para ver se o carro voltaria.

Não voltou.

Indo depressa para o cemitério, atravessei a rua para passar pelos portões principais. Quando estava me espremendo para passar, ouvi o som de um carro se aproximando. Apertando-me contra a parte de dentro do portão do cemitério, prendi o fôlego. Algo me dizia que era o mesmo carro que havia me seguido, e eu tinha uma suspeita cada vez maior de quem estaria dentro dele. Tentando a sorte, enfiei a cabeça no portão e vi um carro preto poderoso passar. Sob as luzes da rua, eu pude ver os cabelos pretos do motorista, cujo braço esquerdo estava para fora da janela aberta: *Vincent.*

Eu voltei com tudo. *Ele teria me reconhecido? Será que ele tinha me visto entrar no cemitério?*

Com as palmas pressionadas contra o muro atrás de mim, levantei a cabeça e olhei para o céu noturno. Estava completamente escuro. Nenhuma estrela estava à mostra e um medo me dominou. Um medo como eu nunca havia sentido.

A escuridão me envolveu e era como se eu não pudesse me mexer. As lápides deformadas e os galhos retorcidos das árvores eram grotescos e me chamavam, pedindo que eu me aproximasse mais... que ficasse distante.

Eu imaginei que teria sido assim que Ichabod Crane se sentiu, passando pelo cemitério e vendo aquela ponte fatídica. Se eu pudesse ver sobre o muro do cemitério, também veria aquela ponte coberta e ameaçadora esperando por mim.

Minha respiração começou a ficar cada vez mais rápida. Suspiros profundos e soluços dolorosos saíam do meu peito, machucando os lados. O que era aquilo? Eu forcei os olhos. *Passos? Batidas de cascos?* Atrás das pálpebras fechadas, vi respiração flamejante, uma cabeça perdida, olhos que brilhavam em vermelho na escuridão e...

E então eu abri os olhos. Não havia nada lá. Não houve nenhum passo, nem cavaleiro ameaçador. Nada vinha atrás de mim. Eu aliviei a força das minhas mãos contra o muro, e meu corpo relaxou. O cemitério voltou a ser um lugar de descanso pacífico, e a lua saiu de seu esconderijo, revelando o caminho à minha frente: claro e sem obstáculos.

Dei um passo lento e cauteloso para longe do muro, e depois outro. Tudo que tinha que fazer era chegar até Caspian. E se ele não estivesse lá, eu iria procurar Nikolas e Katy.

Meus pés sabiam o caminho, e eu andei rápido. Estava surpreendentemente fresco para uma noite de quase final de julho, e eu senti um arrepio até o pescoço. Virei por um segundo para ter certeza de que o temor não estava lá por nenhum *outro* motivo, e de que o cemitério estava vazio.

Eu estava quase lá quando ouvi algo. Um leve barulho de metal contra pedra.

Eu parei.

O tinido virou um arranhão. Alguém começou a assobiar. Virando me devagar, vi um Vincent sorridente subindo pelo caminho abaixo, da seção da velha igreja holandesa. Ele deve ter estacionado o carro na igreja lá embaixo.

O barulho e o arranhado continuaram. *Pararam.* Continuaram.

Ele estava passando por uma série de lápides e em sua mão estendida estava um molho de chaves. Em cada

lápide que ele passava, arranhava as chaves no granito, arrastando-as lentamente sobre a superfície.
O som causou aflição nos meus dentes, tanto quanto o assobio.

Eu dei um passo em direção ao meu destino, para *longe* dele, e ele continuou avançando até que estávamos nesta bizarra dança de avança/retrocede. Olhando por sobre meu ombro, vi que a cripta de Caspian estava a apenas uns passos de distância. Eu rezei para que o Sentido de Aranha dele começasse a formigar.

Vincent apontou um dedo para mim como se eu fosse uma criança travessa.

– Olhe só... O que você está fazendo em um cemitério à noite, Abbey? Falando com as tumbas? – Ele fez uma pose de quem está rezando de gozação e juntou as mãos de maneira religiosa. – Ou você está visitando uma amiga querida?

A raiva que cresceu dentro de mim por um instante afastou o medo.

– O que você sabe sobre isso, seu imbecil?

Vincent riu.

– *Nervosinha*. Eu não sabia que você era assim. – Ele me olhou, medindo-me de alto a baixo. – Não, eu *realmente* não achei que você fosse assim. De novo, ruivas fazem mais o meu tipo. – Ele lambeu os lábios devagar e sorriu.

– Então era você! – eu disse. – Você era o namorado secreto de Kristen!

– Namorado. – Ele balançou a cabeça como se estivesse achando aquilo engraçado.

– O que você fez com ela? – explodi. Não me importava se alguém ouvisse. – Ela o amava e você se aproveitou dela!

Ele abriu bem as mãos.

– Eu não aceitei nada que ela não tivesse oferecido livremente.

– Mentira.

Ele se aproximou de mim, e eu estremeci de maneira involuntária, lembrando-me da última vez. Ele abriu um lindo sorriso, depois agarrou meu pulso e o virou, palma para cima.

– Minha marca. Você ainda a tem. Isso me deixa feliz.

Eu puxei minha mão com força.

Estudando-me com cuidado, ele disse:

– Sabe, você e eu... Bem, eu não iria tão longe a ponto de dizer que somos *parecidos*, porque não somos... Mas temos... interesses em comum, eu diria? Ambos somos *connoisseurs*. Colecionadores.

Vincent ergueu o dedo.

– Você coleciona cheiros. Ah, sim, eu sei tudo a seu respeito. E eu? – Sua expressão era de encantamento. – Eu coleciono barulhos.

Meus olhos se desviaram para a porta do jazigo. Seria minha imaginação? Ou ela tinha se movido um pouquinho?

– Barulhos? – perguntei.

– Ah, sim. Há muitos tipos de barulhos que se pode achar que seriam os certos de colecionar. O barulho suave de um bebê sorrindo. – Ele pareceu enojado. – Ou o grunhido de satisfação de um homem que acabou de tomar cerveja e que ganhou uma mulher em um boteco local. A porta se moveu um pouco mais. Eu tinha certeza.

– Você está me *ou*-vindo, *A*-bbey? – Vincent chacoalhou meu braço, e eu fiz que sim, tentando não gritar. – Bom. Agora, sons. Você sabia que o corpo feminino emite certos sinais sonoros, um ofego, uma inspiração, quando é penetrado?

Eu me afastei dele, horrorizada.

Ele parecia feliz e sonhador.

– É verdade, especialmente na primeira vez. Um barulho reverso involuntário. – Seus olhos ficaram frios. – Sua amiga, Kristen? Ela fez o *melhor* barulho.

Ele se inclinou para sussurrar no meu ouvido.

– De-licioso.

Sem pensar, eu bati nele.

O som do tapa ecoou nas lápides à nossa volta. Nós dois estávamos visivelmente chocados por meu comportamento, mas eu consegui falar primeiro.

– O que você acha *desse* barulho?

Um instante depois, a porta atrás de nós foi empurrada com força e aberta por completo.

– Deixe-a ir – ordenou Caspian com uma voz mortal. Eu sabia que não adiantaria nada, Vincent não conseguia ouvi-lo, mas eu nunca havia ficado mais feliz em ver alguém em toda minha vida.

Então, vi o enorme pedaço de mármore em sua mão.

– Ele a machucou? – perguntou Caspian para mim. Eu balancei a cabeça dizendo que não, mas ele avançou assim mesmo.

Vincent lambeu os lábios e me encarou de cima a baixo.

– Como eu disse, eu não achava que você tinha isso dentro de você.

– Eu tenho muito mais do que isso dentro de mim. – respondi.

– Este é D., presumo? – perguntou Caspian, parando bem atrás dele agora.

Acenei com a cabeça em sinal de concordância.

– Você estava lá naquela noite, não estava, Vincent?

– Aquela poderia ser a única chance que tinha de conseguir respostas e eu não ia desperdiçá-la.

Ele pareceu bravo, e depois seu rosto se abrandou.

– Agora eu vejo que Kristen foi um erro. Ela era a errada para mim.

– E daí, você a iludiu e depois a enganou para ir até a ponte para acabar com ela? Você a empurrou? Você a deixou lá para morrer, totalmente sozinha? – Eu tinha que saber. A necessidade de descobrir era feroz.

Ele balançou a cabeça e colocou as mãos em posição de rendição.

– Eu voltei para vê-la. As coisas acabaram... mal. Por isso é *minha* culpa que ela tenha escorregado?

– *É* sua culpa se você partiu o coração dela e a deixou lá chorando. *É* sua culpa se você a viu escorregar depois de tentar segurá-lo e implorar que voltasse. *É* sua culpa se você foi embora e não fez nada.

Uma raiva assassina se apossou de mim e, só por uma fração de segundos, eu pensei em deixar Caspian acertá-lo na cabeça com aquela pedra. Permitir que ele batesse com a pedra na cabeça de Vincent, para que ele pudesse sentir o que Kristen sentira.

– Se você fez *qualquer* dessas coisas... então você é um assassino.

Os olhos de Vincent se encheram com uma fúria demoníaca, mas sua voz estava calma.

– Quantas acusações, Abbey! Você não tem a menor ideia se elas são verdadeiras.

Eu dei um passo na direção dele.

– Eu *sei* que você fez essas coisas.

– Cuidado, Abbey – advertiu Caspian. – Não chegue muito perto.

– *Ele a matou*, Caspian! Ele era a razão pela qual ela foi até a ponte naquela noite.

– Eu sei, mas...

De repente, Vincent virou o rosto para Caspian.

– Você pode calar a boca? Todo esse pingue-pongue é muito confuso. Eu vou falar com você em um minuto.

Caspian ficou boquiaberto. Eu também.

– Você consegue *vê-lo*? – perguntei. – Quem *é* você?

– Não *quem* – disse Vincent, um tom de direito absoluto em sua voz. – *O quê*.

Capítulo Vinte e Um

O Retornado da Morte

Esta é, talvez, a razão pela qual ouvimos falar sobre fantasmas tão raramente, exceto em nossas comunidades holandesas, estabelecidas há muito tempo.

– A lenda do cavaleiro sem cabeça

– Eu sou um Retornado da Morte – disse Vincent.
– Um o quê?
– Um Re-tor-na-do da Mor-te – repetiu ele devagar, separando as sílabas. – O quê, você nunca ouviu falar de mim? Estou chateado.

Caspian veio ficar ao meu lado, e Vincent olhou friamente.

– Se eu fosse você, não teria nenhuma ideia.

– Eu não tenho *ideias* – respondeu Caspian. – Eu tenho planos.

O rosto de Vincent mudou, quase mais rápido do que levei para entender o que estava acontecendo, e era como assistir a uma tela de cinema piscando. Sua feição pulsou e se diluiu, como se ela estivesse sendo transmitida em uma tela em branco. Ele esticou o braço no mesmo instante, segurando Caspian pelo pescoço.

– Você pode estar morto, mas isso não quer dizer que eu não possa machucá-lo.

Vincent levantou Caspian e o jogou contra a porta do jazigo como se fosse uma boneca de pano. Ele bateu fazendo um barulho de dar náusea e escorregou até o chão. Seus olhos estavam fechados. Eu gritei, fechando as mãos em pânico.

– Interessante – disse Vincent.

Eu tentei empurrá-lo para passar e correr até Caspian, mas ele me segurou firme pelo ombro.

– Me solta, seu imbecil! – gritei. – Ai, Deus, se você machucá-lo...

– O que você acha que eu estava *tentando* fazer? – Engasguei, e Vincent olhou em volta. – Infelizmente, agora não é a hora nem esse é o lugar. Mas eu vou *pegar* o que é *meu*. – Eu ergui a mão para bater nele outra vez, e ele me jogou para o lado. – Vejo você por aí, Abbey.

E com isso, ele virou as costas e foi embora.

Minha visão ficou turva, e eu percebi que estava chorando. Minhas pernas cederam. Eu tentei levantar, mas elas não funcionavam, então tive que engatinhar até onde Caspian estava caído.

– Caspian – sussurrei, minha garganta estava em carne viva e dolorida. – Casper... Querido, por favor, abra os olhos.

Ele não respondeu.

Eu toquei o ombro dele, mas minha mão atravessou até tocar o chão. Eu tentei mais duas vezes e depois bati meu punho contra a grama, de tanta frustração.

— Caspian! — Rezei para todo Deus que estava ali que, por favor, abrisse os olhos dele.

Balançando de volta nos meus calcanhares, eu senti um gemido agudo surgir de dentro de mim. Aquilo não era para ter acontecido. Era para nós estarmos juntos. Não era para ser *assim*.

— Abbey — eu o ouvi dizendo. — Abbey...

Meus olhos estavam turvos de novo, com lágrimas escorrendo.

— Caspian! Você está bem? Oh, meu Deus, eu pensei que você estava... Eu não sei o que pensei. Apenas algo ruim. — Eu não pude evitar, tentei tocar o rosto dele e acertei o chão sólido.

Ele olhou fixamente para mim, parecendo um peixe fora d'água.

— Eu estou bem... Só fiquei sem o fôlego que já não tinha. — Ele fechou os olhos e murmurou: — Eu acho que caí do lado escuro.

— Não volte para lá — supliquei. — Está bem?

Os olhos dele abriram, e eu pude ver o verde brilhante deles refletindo para mim.

— Eu não irei — prometeu ele. — Só me deixe fechar os olhos por alguns minutos.

Concordei com a cabeça, e quando achei que dez minutos haviam se passado, sussurrei:

– Caspian.

Eu não achei que ele tivesse me ouvido. Mas seus olhos abriram e fitaram os meus.

– Estou aqui. Eu não fui para o lugar escuro.

– Que bom. Eu teria seguido você até lá.

Ele pareceu surpreso com o que eu disse, e depois de um momento de silêncio, limpou a garganta.

– Deixe-me ver se tudo está na devida ordem. – Ele tentou ficar de pé e quase caiu, mas se agarrou à porta. Eu cerrei meus punhos.

Era *tão* difícil não poder ajudá-lo. Mas ele conseguiu sozinho, e até sorriu para mim.

– Eu estou bem. Ainda morto.

– Não diga isso.

– Por quê? É a verdade.

– Eu sei, mas... – Franzi o cenho. – Eu não preciso lembrar agora, certo?

Ele ficou em silêncio e olhou ao nosso redor.

– Ele se foi – eu disse, respondendo a pergunta que não havia sido feita. – Mas eu acho que nós precisamos fazer uma visita a Nikolas e Katy e contar a eles o que acabou de acontecer.

Ele balançou a cabeça concordando, e eu levantei também. Depois viramos na direção do caminho que levava à casa deles.

Levou um tempo para que chegássemos lá, entretanto, porque a floresta estava escura e era um desafio encontrar o caminho. Quando finalmente conseguimos, eu segui o caminho até a porta deles e bati ruidosamente, caso eles estivessem ainda dormindo.

Nikolas logo atendeu, vestido em seu macacão habitual.

– Abbey? – Ele lançou um olhar atrás de mim, para Caspian.

– Desculpe-me por ser tão cedo, Nikolas. Mas nós precisamos falar com você.

Ele acenou com uma das mãos.

– Nós acordamos cedo. Há algum problema?

– O que é um Retornado da Morte? – perguntei.

Nikolas empalideceu e fez um gesto para que entrássemos, dando uma olhada na floresta atrás de nós enquanto fechava a porta. Katy estava sentada na cadeira de pedra, perto da lareira, mas se levantou quando nos viu. Eu a cumprimentei com a cabeça, subitamente cansada, sem fôlego e sem paciência para gracejos.

Depois de apresentar Caspian a ela, todos nós sentamos à mesa da cozinha, e esperei Nikolas explicar. Ele enrolou:

– Como você está, Abbey? Gostaria de um pouco de chá? Podemos preparar um pouco se você quiser.

Eu bati meu punho na mesa.

– Respostas, Nikolas! Eu preciso de respostas.

Ele pareceu assustado com minha explosão, e eu suspirei alto:

– Desculpe, mas passei a noite inteira acordada, o possível assassino da minha melhor amiga me seguiu até o cemitério e quase me atacou, e depois jogou Caspian contra a porta do jazigo. Então, o que é um Retornado da Morte e por que você disse para eu "prestar atenção porque isso poderia salvar minha vida" na última vez que nos encontramos, Nikolas?

Nikolas e Katy trocaram olhares, e ele se levantou de repente, indo até a janela.

– Essa pessoa que atacou você, ele se diz um Retornado da Morte? – Nikolas direcionou a pergunta para a janela e não olhou para mim.

– Sim.

– Como ele era? – perguntou Nikolas.

– Cabelo preto, olhos azuis, roupas caras e atitude arrogante. – Um gosto amargo preencheu minha boca. – Sempre houve algo nele que atiçava meus nervos. Até a última ocasião em que o vi, ano passado, na loja do meu tio.

– Ele tinha um cheiro especial? Ou uma voz bonita? – disse Nikolas, finalmente virando para me olhar.

– Não, ele... – Minha voz morreu, e Caspian me olhou intrigado. Eu estava repentinamente sendo inundada com uma sobrecarga de imagens. Vozes melódicas, e o gosto de cinza na minha boca. Era como se eu estivesse me lembrando de coisas que eu nem mesmo sabia que havia esquecido. – Espere. – Lutei para buscar as palavras. – Eu estou me lembrando de umas pessoas estranhas que conheci. Duas vezes, um rapaz e uma garota falaram comigo. Eles tinham uma vozes bonitas que soavam como música, e olhos claros. Era quase como olhar para o vidro.

Eu acho que a garota tinha cabelo louro e o do garoto era tingido de preto. Antes de eles irem embora na primeira vez, eu senti o cheiro de algo queimando. Como folhas. Na segunda vez, eu senti um gosto de cinza na minha boca. Eu olhei para Nikolas, confusa sobre o motivo pelo qual estas imagens estavam surgindo. Nikolas voltou para a mesa.

– Há mais alguma coisa de que você possa lembrar? Isso é muito importante, Abigail.

Por alguma razão, a menção do meu nome em vez do meu apelido me deixou incomodada. Aquilo me fez entender a seriedade da situação. Eu franzi a testa.

– Houve umas pessoas que vieram para o jantar outra noite. Eles disseram que eram corretores imobiliários, novos na cidade. A mulher tinha um cabelo ruivo, que eu achei ser originalmente louro. E quando ela andou perto de mim, exalava esse perfume estranho com cheiro de cinzas. Eu pensei que o jantar havia queimado ou algo assim, porque não parava de sentir esse cheiro. – Olhei para Caspian.

– O homem tinha um nome estranho.

– Kame? – perguntou Nikolas.

– Sim, como você sabe disso?

Nikolas e Katy trocaram outro olhar preocupado, e eu agarrei a borda da mesa, um medo terrível se abatendo sobre mim.

– Gente, o que está acontecendo?

– Você está *bem* certa de que os dois primeiros estranhos e os dois segundos que você conheceu eram pessoas diferentes? – perguntou Katy.

Eu pensei nisso um minuto e disse:

– Eu tenho certeza. Os dois primeiros, Cacey e Uri, tinham a minha idade, e os outros dois, Kame e Sophie, tinham mais ou menos a idade dos meus pais. E há Vincent Drake. Ele é o que me *disse* que era um Retornado da Morte. – Eu olhei rapidamente para os dois. – Eles todos são... a mesma coisa?

Katy confirmou com a cabeça e os olhos de Nikolas pareceram preocupados.

Inclinando-me, eu disse para Nikolas:

– Por favor, diga-me. O que *é* um Retornado da Morte?

Ele e Katy se entreolharam.

– Um Retornado da Morte é enviado para ajudar a metade viva a fazer a travessia e ir se encontrar com sua metade que faleceu e tornou-se uma Sombra. Caspian está morto, ainda que esteja aqui, porque ele é uma Sombra. Uma sombra presa entre dois mundos. A mecha preta é a marca que indica o que ele é. Você teve uma experiência de quase morte? – perguntou ele a Caspian. – Antes da sua morte de fato?

Caspian concordou.

– Foi daí que a marca veio. Você está destinado a ser um de nós. Eu mesmo tive uma experiência de quase morte. – Ele virou para olhar para mim. – Você é a outra metade dele, a metade viva. A parceira e companheira de Caspian. Afinada à frequência dele, em um sentido, e destinada a preencher a parte que falta na alma dele. – Nikolas repousou sua mão sobre a de Katy. – Uma alma gêmea.

Eu engoli e espreitei Caspian. As mãos dele estavam abertas sobre a mesa e ele as olhava.

Nikolas recomeçou a falar:

– Katy e eu fomos completados. Nós chamamos isso, na língua holandesa, de *een koppeling*. Uma união. É por isso que estamos aqui, neste lugar. O que acontecerá quando você e Caspian estiverem completos... eu não posso dizer.

Os pensamentos estavam lentamente se organizando em minha mente, e eu comecei a uni-los.

– Então toda essa metade viva e metade morta, e coisas de atravessar... Você está dizendo...?

Katy olhou para mim e assentiu:

– Você vai morrer em breve, Abbey.

O ambiente ficou muito calmo e todo mundo esperou, todos os olhos em mim. Um suspiro que eu nem sabia que estava segurando escapou:

– Oh.

– Desculpe-nos por não termos contado antes, quando você veio nos visitar – disse ela. – Como alguém traz à tona a proximidade da morte? Mas já que os Retornados da Morte a encontraram, uma escolha deve ser feita. Eles me encontraram um ano depois que Nikolas e eu nos conhecemos. Nós dois pensamos que talvez fosse demorar mais para você.

– É por isso que eu a incentivei a reconsiderar – disse Nikolas. – A ficar longe de Caspian para prestar atenção no que eu não poderia dizer, e tive uma esperança desesperada de que isso salvasse sua vida.

– Você *disse* a ela para ficar longe de mim? – perguntou Caspian.

Nikolas lançou a ele um olhar duro.

– Você já viu os dois lados de um todo? Geralmente há um lado escuro e um lado claro. Agora, entre Katy e eu, sei que sou o lado escuro. Eu tenho muito sangue nessas mãos por ter sido um soldado mercenário em minha vida passada. E aposto que entre você e Abbey, *ela* é a metade clara. Então, que segredos sombrios você guarda, rapaz?

Caspian pareceu estar aborrecido.

– Você já pensou que as coisas poderiam ter mudado? Nós não vivemos e morremos mais pela espada. Eu posso não ter uma vida de escuridão para expiar. Talvez eu só precise de Abbey para ser a estrela no céu da minha noite, para reter a escuridão e me deixar ver a luz. – Então, ele olhou para mim e minha garganta ficou seca. – Ou talvez seja tão simples quanto o fato de algo nela preencher o vazio em mim. O vácuo desaparece quando estamos juntos.

Eu coloquei minhas mãos juntas e olhei para elas, maravilhada com o que ele havia acabado de dizer. As palavras dele encheram meu coração, até todas rachaduras que antes havia nele desapareceram.

– Se é isso o que ela significa para você, então você é a pessoa – disse Nikolas. – E eu estendo minha mão a você.

Eu olhei para cima, em tempo de vê-los cumprimentando-se solenemente, e balbuciei as palavras "eu amo você" para Caspian. Ele sorriu para mim, aquele sorriso de tirar o fôlego, e meus dedos ficaram dormentes. Eu estava *tão* apaixonada por ele.

Nikolas pigarreou e ruborizei, percebendo que os sentimentos estavam provavelmente escritos em todo o meu rosto.

— Tudo bem — disse Caspian, voltando para o assunto em questão. — Então, agora nós sabemos por que os Retornados da Morte estão aqui.

— Na verdade, esse é o problema — respondeu Nikolas. Um olhar aflito voltou ao rosto dele. — Os Retornados da Morte não trabalham sozinhos. Eles estão organizados em duas duplas, e apenas uma é necessária.

— Então, quando Katy... faleceu, e os Retornados da Morte estavam aqui, havia apenas dois deles? — perguntei.

— Sim.

— Por que há cinco, então? — disse Caspian.

— Nós não sabemos — respondeu Katy.

— Conte-me mais sobre este Vincent Drake. — Nikolas se dirigiu a mim. — Ele foi agressivo com você?

— Foi. — Eu me lembrei do momento na ruela e tremi. — E ele pegou Caspian pela garganta e o jogou longe.

Nikolas balançou a cabeça.

— Isso não faz nenhum sentido. Os Retornados da Morte ajudam, não prejudicam. Essa é uma situação incômoda. Eu estou receoso do que isso significque.

— Isso significa apenas que vou morrer em breve, e *você* não sabe o que vai acontecer comigo e com Caspian uma vez que eu tenha morrido e que nós estejamos completos ou qualquer coisa assim, e os Retornados da Morte podem ou não estar aqui para causar essa morte! – De repente, tudo pareceu desabar sobre mim e eu enterrei a cabeça nos braços.

– Acho que Abbey deveria ir para casa e descansar um pouco – Caspian disse.

– Eu estou bem – murmurei.

– Não, você não está. Você precisa dormir um pouco e ter algum tempo para processar tudo isso.

Eu ergui minha cabeça:

– Ei, tive uma ideia! Nós podemos passar à frente deles. Deixar a cidade por um tempo. Se nós ficarmos distantes tempo suficiente, talvez Vincent e os Retornados da Morte resolvam ir embora.

– Eles a encontrarão, Abbey – disse Katy. – Isso pode levar um mês, pode levar um ano, mas no fim, é só uma questão de tempo.

– Então, isso é como se fosse uma perseguição de cães de caça? – perguntei. – Eles têm o meu cheiro agora?

– Algo assim – disse Nikolas. – Nós não temos certeza de tudo.

Eu sorri, ainda que conseguisse ouvir um tom de histeria em minha voz.

– Tudo o que eu tenho que fazer, então, é mudar de perfume. Ótimo.

Caspian ficou de pé abruptamente.

– Vamos.

Ele me deu uma olhada inflexível e eu relutantemente também levantei.

– Eu poderia simplesmente ficar aqui – argumentei.

– Estarei a salvo aqui.

– Casa. Cama. *Agora* – ordenou Caspian.

– Tudo bem, tudo bem. Foi só uma sugestão. Minha nossa!

Ele me guiou para fora da casa e nós nos encontramos de volta no caminho. Eu o deixei conduzir e ele fez um bom trabalho em nos levar de volta para o cemitério sem passar por nenhuma curva errada por dentro da floresta. Agora era quase manhã, e ele andou silenciosamente de volta na direção dos portões principais. Quando alcançamos o caminho que nos levaria para lá, Caspian parou.

– Eu quero lhe mostrar uma coisa.

– Isso pode esperar? – Eu estava exausta, machucada e muito nervosa. Eu realmente queria apenas chegar em casa e desabar.

– Não levará muito tempo – prometeu ele. – Mas é algo que você precisa ver.

Ele se virou, levando-nos para o lado do cemitério, ao qual eu raramente ia. Paramos diante de duas lápides de um vermelho desbotado, extremamente antigas. Havia caveiras aladas e anjos vestidos como no filme *O ceifador de almas* nelas. Ou haveria, se ainda estivessem intactas. Agora estavam completamente estilhaçadas. As partes dianteiras estavam quebradas, reduzidas a pedras quebradas e sangrentas. Os nomes e datas esculpidos estavam perdidos para sempre no tempo. Fiquei sem fôlego quando o sol nasceu revelando a extensão completa do dano. Era uma visão terrível.

– Eu quero que não existam segredos entre nós – disse Caspian. – Você se lembra de quando eu lhe disse o quanto era bravo e destrutivo?

Eu concordei.

– Fui eu que fiz isto – disse ele calmamente. – No meu primeiro dia de morte aqui, eu estava tão frustrado, tão chateado por ninguém podem me ouvir, que eu peguei uma pedra e atirei neles várias vezes, estilhaçando-os em pedaços, e então eles estariam quebrados e irreconhecíveis... como eu.

Eu olhei para ele com descrença. Não parecia certo, não se parecia com ele de jeito nenhum.

– Eu ouvi sobre algumas lápides terem sido vandalizadas, mas eles disseram que crianças haviam feito aquilo.

Caspian balançou a cabeça com tristeza.

– Não foram crianças. *Eu*. E eu venho aqui de vez em quando para me lembrar disso.

Ele olhou fixamente para mim, e seus olhos estavam realçados pelo sol. Eles eram tão intensos.

– É disso que eu sempre tenho que lembrar, Abbey. – Ele relaxou as mãos e olhou para elas. – Eu posso ser invisível, mas ainda posso tocar as coisas... Machucar pessoas. – Ele olhou a distância e murmurou: – Machucar você.

Meu coração ficou pesado, e eu sabia onde ele pretendia chegar. Cruzando meus braços, balancei minha cabeça.

– Oh, não. Você *não* vai fazer isso de novo, Caspian.

Ele olhou para mim com olhos magoados, e eu me aproximei, cortando o ar na frente dele com um dedo.

– Você partiu meu coração uma vez, no Natal, com aquele bilhete "Eu quero que sejamos amigos". Você não vai fazer aquilo outra vez.

– É melhor assim...

– Eu não estou escutando o que você está dizendo, e vou para casa agora – eu disse.

Ele subitamente se inclinou para pegar uma folha morta do chão e a estendeu para mim.

– *Por quê*, Abbey? – disse ele veementemente. – Por que eu posso tocar esta folha e não o seu rosto? Por que eu pude pegar aquela pedra e quebrar essas lápides? Eu sou bom apenas para destruição?

Lentamente fechando as mãos, ele esmagou a folha. Ela se esmigalhou entre os dedos dele, e quando Caspian abriu o punho apenas uma pilha de poeira restava.

– Este sou eu. Pó. Cinzas. Eu estou morto, e você tem que encarar isso.

Fúria e frustraçao borbulharam em mim, e eu tive que lutar para manter um tom sereno.

– Você sabe o quê? Eu *encararei* isso. Onde você está enterrado?

Ele piscou uma vez.

– O quê?

– Onde você está *enterrado*? Eu vou encarar isso. Vou visitar o seu túmulo.

– Por quê? – sussurrou ele.

Eu me inclinei e ergui minha cabeça, perto o bastante suficiente para um beijo, sussurrando de volta:

– Porque eu amo você, Caspian. Eu *amo* você. Eu farei o que for preciso para ficar com você.

Levantei minha mão esquerda. O arranhão vermelho que Vincent havia feito em mim ainda estava visível. Eu deveria ter percebido que havia algo mais... que ele era algo mais, quando fez aquilo comigo.

– E porque eu também não quero que exista nenhum segredo entre nós, eu tenho que lhe contar algo. Eu menti para você a respeito desse arranhão. Vincent me arranhou quando ele me atacou, perto da loja do meu tio.

Uma sombra de fúria passou pelo rosto de Caspian e, por um segundo, pensei que ele estava chateado comigo por ter mentido para ele.

– Eu vou devolver o favor – disse ele entre dentes trincados. – Dez vezes.

Ele mostrou um dedo e traçou sobre minha palma, atravessando-a. Eu senti um formigamento até a ponta dos meus dedos.

– West Virginia – disse Caspian, suavemente. – Estou enterrado em Martinsburg, em West Virginia.

Eu desabei assim que cheguei em casa e, quando acordei, pensamentos sobre os Retornados da Morte rodopiavam em minha mente como abelhas raivosas. Mas quando eu tirei o cabelo do meu rosto, também tirei os pensamentos da minha cabeça.

Agora havia apenas uma coisa importante para eu cuidar, e dois obstáculos em potencial em meu caminho. Encontrei minha mãe e meu pai lá embaixo, na sala, assistindo a um filme que estava quase acabando, e eu esperei que até os créditos acabassem de ser mostrados antes de lançar minha grande ideia para eles.

– Eu gostaria de pesquisar algumas faculdades em West Virginia – exclamei.

Meu pai parou com o controle remoto nas mãos, meio mudo para os comerciais, e minha mãe suspirou de felicidade. O rosto inteiro dela acendeu.

– Você quer?

Eles trocaram um olhar de "você pode acreditar nessa mudança de ideia?", e me senti culpada pela mentira. Mas não culpada o bastante.

– Sim. Há umas faculdades realmente boas lá, e com a chegada do meu último ano, eu gostaria de repensar algumas das minhas opções.

– Nós organizaremos tudo – disse minha mãe entusiasmada. – Oh, querida, sua primeira viagem em busca de uma faculdade! Que grande momento. Vamos verificar o campus e os dormitórios, claro, e...

– *Mãe...*

– ... A cidade. Você vai querer se certificar de que a cidade é segura. Muita gente não pensa em coisas assim.

– Mãe! – Lancei um olhar perdido para papai e ele sorriu para mim. – Mãe, pare.

Ela parou, mas o olhar entusiasmado ainda estava lá. Ah, droga. Agora eu me sentia mal.

– É que... eu quero ir sozinha.

Houve um silêncio notório, e a boca de minha mãe parou aberta.

– Não.

– Mas mãe, eu *realmente* quero fazer isso e acho que será bom para minha independência. Eu estou crescendo aqui, e eu sinto como se minhas penas estivessem ficando embaraçadas.

– Penas? O que...

– Passarinho do papai – disse meu pai. – Eu entendi.

Eu lancei a ele um olhar agradecido.

– Como você chegará lá? Onde ficará? Você irá totalmente sozinha? – O rosto da minha mãe enrugou.

– Eu posso pegar um ônibus e ficar em um hotel lá. Há vários. Eu ficarei bem, mãe. Eu já tenho dezessete anos, sou capaz de fazer isso. Em alguns países, garotas da minha idade estão se casando, sabia?

– Ca-Casando? – O lábio inferior dela estremeceu.

Oh-oh. Coisa errada para dizer.

Papai veio em meu resgate:

– Você tem algum amigo que poderia ir com você, Abbey? Eu tenho certeza de que isso faria sua mãe se sentir mais segura.

– Amigos? Eu sempre tenho o Ben – ironizei. – Ele é de confiança.

Meu pai concordou.

– Sim, ele é. Contudo, vocês ficarão em quartos separados. Eu ligarei todas as noites para fazer verificações aleatórias. Nada de troca de camas nessa viagem.

– *O quê?* Você está falando *sério?* Ele é um garoto, pai. Você, na verdade, nos quer passando tempo não supervisionado sozinhos?

– Bem, considerando as outras opções... ele deu umas aulas particulares para você, não deu? Ele fez alguma coisa inadequada?

– Não. Ele tem sido um perfeito cavalheiro.

– Então, eu acho que é uma boa solução. Ele tem carro, certo?

Eu afirmei com a cabeça.

– Então, comece a cuidar dos preparativos. – Ele acariciou a mão da minha mãe. – Sua mãe e eu ficaremos aqui.

Minha mãe pareceu perto de chorar outra vez.

– Mas eu falo sério sobre checar as camas – disse meu pai quando me levantei para sair da sala. – Sem gracinhas.

Balançando a cabeça enquanto subia a escada, durante todo o trajeto, eu pensei em que planeta eu estava vivendo e onde estariam meus pais *verdadeiros*. Obviamente os que estavam ali haviam sido substituídos por pessoas do filme *Invasores de corpos*.

Capítulo Vinte e Dois

VIAGEM DE ESTRADA

O certo é que os progressos dele eram um sinal claro para que os rivais se retirassem...

— *A lenda do cavaleiro sem cabeça*

Eu falei com Ben sobre ir a West Virginia comigo, e ele rapidamente concordou, dizendo que estava sempre à disposição para uma viagem.

— Você tem *certeza* de que não se importa de dirigir? — perguntei a ele outra vez, com o telefone colado em meu ouvido.

— Tenho, Abbey — disse ele.

— E eu lhe contei sobre o negócio do meu pai? Ele provavelmente fará as ligações mais chatas do mundo para cuidar de mim.

— Você me disse. Duas vezes — respondeu Ben.

— Você não vai se incomodar em me deixar dar umas voltas sozinha por lá? Eu não quero que você se sinta preso a mim.

– Legal. Meu pai tem um amigo que é dono de um depósito de ferro-velho lá perto. Vou aproveitar para visitá-lo.
– Obrigada, Ben. Eu realmente agradeço.
– Qual é o nome da faculdade? – perguntou ele.
Por sorte, eu estava em frente ao meu computador e rapidamente fui ao Google.
– É, hum...
Eu digitei "faculdade em West Virginia". Uma lista surgiu mostrando pelo menos uma dúzia delas e dei uma olhada rápida. Eu não consegui acreditar na minha sorte quando encontrei a Universidade de Shepherd a vinte e cinco quilômetros de Martinsburg.
– *Shepherd* – eu disse.
Clicando no link, fui ao site da universidade. Fotos de prédios altos e estudantes sorrindo espalharam-se pela tela do computador e a página "Sobre nós" dizia que era uma escola liberal de artes. Uau. *Perfeito*.
Nós decidimos fazer a viagem dois dias depois e desliguei o telefone com uma sensação de realização. Aquilo poderia mesmo dar certo. E, além do mais, a escola parecia bem legal. Pena que eu não tinha nenhuma intenção real de verificar.

Eu não estava certa de como falar com Caspian sobre a viagem. Então, esperei até o dia seguinte. Eu ainda não tinha descoberto o melhor jeito de dizer:
– Oh, sim, eu vou passar todo o fim de semana com Ben. *Sozinha*.
Nós estávamos no jazigo, sentados juntos no banco, quando ele repentinamente se levantou.

– Eu quase esqueci. Tenho algo que queria lhe mostrar.

Passando pelas caixas, ele chegou a uma delas e tirou uma mochila pequena de jeans desbotado.

– *Elegante* – eu disse, levantando uma sobrancelha.

– Não é? Mas eu acho que você quer dizer *clássica*. Este é um estilo *vintage* dos anos 1980, bem diante dos seus olhos.

Abrindo a mochila, ele se aproximou e sentou novamente.

– Mas o que é ainda melhor é o que está dentro. – Ele tirou um punhado de fitas cassete, e depois pegou um pequeno gravador cor-de-rosa neon.

– Portátil.

– Isso *é* melhor. – Eu sorri para ele. A cena que ele produziu com o gravador rosa berrante em sua mão foi cômica. – E a cor também combina com meus olhos. – Ele levantou o gravador e piscou os olhos.

– Você deu outro passeio pelo Exército da Salvação, certo? O que você deixou desta vez?

Caspian baixou sua cabeça e mexeu no compartimento de bateria.

– Eu meio que... hum, não deixei nada... Eu acho...

– Ele olhou para cima. – Eu realmente não tenho nada sobrando, e há apenas certa quantidade de livros que um garoto pode ler antes de ficar maluco. Não é um iPod, mas pelo menos é alguma coisa.

– Eu não acho que eles vão sentir falta disto. Quais músicas você conseguiu?

Ele estendeu uma das fitas e eu li *Crianças no Natal cantam blues.*

– Uau. É meio contraditório.

Ele me deu um meio sorriso e olhou as fitas que sobraram.

– Nós também temos... *Grover and me Sing-a-Long, The Sheldon Brothers*... – Ele ergueu as sobrancelhas. – E... Debbie Gibson.

– Agora, isso é o que eu chamo de uma mistura musical eclética. – Eu sorri.

Caspian pôs uma das fitas no tocador, ajustou o volume para baixo e apertou o play.

– Eu tenho a mente aberta.

O som de uma banda *mariachi* invadiu o lugar.

Eu franzi o nariz para ele.

– Agora sabemos quem são os Sheldon Brothers.

Ele apertou o stop e mudou as fitas. Um instante depois, um piano suave e sintetizadores saíram das pequenas caixas de som.

– Melhor do que a banda *mariachi* – eu disse.

Uma voz feminina começou a cantar. Caspian tamborilou o pé com a batida, e olhei para ele de forma cética.

– Sério? Você está gostando? – Ele inclinou a cabeça para um lado, mas não disse nada, enquanto Debbie cantava sobre o silêncio em mil palavras. Eu levantei uma sobrancelha para ele.

– Você não consegue entender? – disse ele, finalmente. – *Meu silêncio está dizendo mil palavras.*

Eu virei meus olhos.

– Meu silêncio vai dizer mil palavras também.

– Seu silêncio está respondendo ao meu silêncio? – perguntou ele, um brilho provocante em seus olhos. – Porque o meu silêncio está ficando muito sugestivo agora.

Eu ruborizei e olhei para minhas mãos. *Eu superarei este embaraço que sinto em relação a ele?* Eu certamente esperava que sim.

Meu telefone tocou, e eu o tirei do bolso, abrindo-o em um movimento fluido. O número de Ben apareceu, e fui imediatamente invadida pela culpa. Eu ainda não havia contado a Caspian sobre a viagem.

Desliguei o gravador. O silêncio repentino entre nós era ensurdecedor.

– Caspian... preciso lhe contar uma coisa.

O rosto dele mudou.

– É Vincent? Ele a encontrou?

– Não, não. Não sou eu. É... eu estou viajando amanhã para West Virginia.

– Para Martinsburg? – perguntou ele calmamente.

Eu concordei.

– Com Ben.

– Ben? Por quê?

Eu disse tudo de uma vez só.

– Meus pais queriam ir. Não visitar sua sepultura, mas para a faculdade. Só que eu não vou para a faculdade. Eu apenas dei essa desculpa para disfarçar. Então, *eles* sugeriram que um amigo fosse comigo, eu brinquei com relação a Ben e... simplesmente funcionou.

– Ele irá dirigir?
– Sim.
– E você passará uma noite lá? Com ele?
– Sim.
– A que horas nós sairemos?
– Nós sairemos às... espere, o quê? Nós, como *nós*? Você e eu?

Caspian deu um sorriso angelical.

– Sim, você e eu. Eu vou.

Eu abri a boca para protestar, mas Caspian levantou uma das mãos e começou a enumerar suas razões nos dedos.

– Eu vou porque: um, Vincent Drake está por aí, provavelmente atrás de você. Dois, os outros Retornados da Morte ainda estão lá, provavelmente também atrás de você. Três, Ben estará com você. *Sozinho*. E ele está, muito provavelmente, atrás de você.

Eu bufei e Caspian me olhou.

– Eu sou homem. Eu sei como a mente dele funciona.

– Ele gosta de Kristen, não de mim.

– Sim, espere só e veja o que oito horas de viagem sozinhos em um carro podem fazer.

– Seis – murmurei.

Ele levantou um quarto dedo.

– Quatro, você vai visitar o *meu* jazigo e eu não quero que você esteja sozinha. Cinco... – Ele olhou a distância, como se estivesse tentando pensar em outra coisa para dizer. – Cinco... nós passaremos um bom tempo juntos. E eu *adoro* brincar de fazer noves-fora com os números das placas dos carros. Um lado da minha boca expôs um sorriso que eu não consegui dominar.

– Você é muito persuasivo, sabia?

– Eu aprendi com a melhor, dona Abbey-Mandona.

Uma gargalhada explodiu em mim. Balançando minha cabeça, eu disse:

– Nós partiremos às oito da manhã. Não se atrase.

– Não me atrasarei. Guarde petiscos extras.

Eu tentei pegar o braço dele e atravessei direto, sorrindo novamente enquanto minha mão balançava inocentemente.

– Não deixe que eu me arrependa de ter convidado você. Ou deixarei Ben falar sobre *Jornada nas estrelas* o caminho todo – alertei.

Ele rosnou.

– Deus nos proteja!

Eu sorri de maneira provocante, mas dentro de mim a verdade é que eu estava apreensiva com a viagem. Um carro, dois garotos, seis horas. E eu tinha que tentar me lembrar de falar apenas com um deles de cada vez. *Que Deus me ajude!*

Ben apareceu às 7:45 e, galanteador, arrastou minha mala para o carro, enquanto Caspian estava por perto lançando olhares enviesados. Eu lhe dei um olhar de alerta, mas ele me ignorou e eu repentinamente me vi desejando um pouco do calmante da mãe de Aubra. Esta viagem seria *qualquer coisa*, menos relaxante. Antes de partirmos, minha mãe me lembrou mais uma vez de ligar para ela assim que chegássemos ao hotel, e meu pai me lembrou mais uma vez de fazer reservas em quarto separados, em lados opostos do corredor.

Eu confirmei com a cabeça e tentei manter uma expressão animada no rosto, rezando para não ficar cheia de urticárias ou algo assim. Tudo que eu tinha que fazer era entrar no carro e partir. Eles nunca saberiam.

Meu pai me deu uma nota de cinquenta dólares, "para emergências", depois que eu o abracei, e tirou a carteira para me dar mais duas notas de vinte. Eu olhei para o monte de dinheiro em minha mão.

– Para diversão – disse ele. Eu tentei dizer obrigado, mas minha mãe saltou para um abraço "de anaconda" e não saía.

– Mãe. – Ela estava cortando meu fornecimento de ar. – *Mãe*. – Meus braços estavam ficando dormentes. – Mãe, pare!

Ela me apertou por mais um segundo e depois, relutantemente, deixou-me ir. Seus olhos estavam molhados e havia um olhar um pouco alarmado nela. Quando se afastou, ela ainda tentou me abraçar outra vez, mas eu a detive.

– Mãe, eu tenho que ir. Nós precisamos sair.

– Eu sei, eu sei. Você tem certeza de que tem tudo? E promete que vai tirar fotos?

Eu concordei. Claro, minha câmera havia sido "acidentalmente" deixada em meu quarto, mas ela não precisava saber disso.

Ela abaixou a voz e lançou um olhar preocupado para o jipe de Ben.

– Você tem certeza de que está bem? Digo, em relação à... outra coisa? Você tem o número do dr. Pendleton, apenas por precaução?

– Eu ficarei bem. Tchau, gente. – Eu me afastei antes que mamãe pudesse me agarrar outra vez, e comecei a andar para o carro. Jogando minha bolsa a tiracolo no carro, deixei a porta aberta por tempo suficiente para que Caspian entrasse.

Tive que cobrir um sorriso com uma tosse falsa quando ele sussurrou.

– Tudo menos *Jornada nas estrelas*. Por favor, querido *Deus*, tudo menos *Jornada nas estrelas*.

Endereçando-lhe um rápido olhar de "comporte-se", sentei no assento da frente.

Ben ligou o carro e nós dois acenamos em sinal de despedida, enquanto ele partiu. Já completamente sem a visão dos meus pais, ele virou e sorriu para mim.

– Pronta?

– Pronta.

– Pronto para você não fazer nenhum movimento para cima da minha garota, amigo – disse Caspian do banco de trás.

Eu puxei o visor e o abri, usando a desculpa de ajeitar meu cabelo no espelho. Caspian se recusou a olhar para mim, contudo, olhava para fora da janela. Contendo a vontade de suspirar, fechei o visor e fiquei ali me aguentando e brincando de mulher invisível.

Ben e eu conversamos sobre o ano letivo que estava para começar e sobre quais professores esperávamos ter, e assim as primeiras duas horas passaram rapidamente... Depois, a conversa seguiu para os nossos planos e o que estaríamos fazendo *depois* do ensino médio.

– Acho bem legal que você queira ter sua própria loja, Abbey – disse Ben. – Mas por que você vai alugar aquele lugar minúsculo no centro da cidade? Você deveria abrir uma loja em Manhattan.

Eu consegui praticamente *sentir* Caspian franzir o rosto no banco de trás.

– Porque ela não ama Manhattan, seu idiota – rosnou ele. – Ela ama Sleepy Hollow.

Tentando fingir que eu não havia escutado, eu disse:
– Acho que sou realmente apegada à cidade.

– O que você saberia se gastasse cinco minutos prestando atenção nela – adicionou Caspian.

– Eu não sei. – Ben balançou a cabeça. – Eu simplesmente não entendo isso. As possibilidades de negócio são muito melhores lá. O volume de negócios é maior, mais clientes, mais lucro.

– Mais despesas, mais taxas, menos história – rebati. – Eu pensei muito nisso, acredite. Além do mais, é algo em que Kristen me apoiaria.

Caspian se inclinou e sussurrou em meu ouvido:

— Acho essa uma ótima ideia, Abbey. Não ouça o que ele diz, ele é um imbecil. E a propósito, eu já disse que você está muito bonita hoje?

Ben estava falando também, e eu tive de lutar para não tremer com as palavras de Caspian. Eu coloquei uma mecha de cabelo atrás da orelha, atordoada por tê-lo tão perto de mim.

— ... Você já descobriu quem? — perguntou Ben.

Ele olhou para mim com expectativa.

— Desculpe — eu disse. — Fiquei distraída com um carro. O que foi?

— Eu perguntei se você já descobriu quem era aquele rapaz, o D., já que você pensava que fosse eu.

Lembranças ruins imediatamente me vieram à mente, e eu franzi o cenho.

— Oh, sim. Eu descobri. Ele era... um idiota qualquer.

— Mas Kristen estava saindo com ele? — disse Ben.

Eu olhei pela janela. Árvores e casas passavam rapidamente, num borrão sem fim.

— Ela estava saindo com ele, sim. Mas eu acho que ela sabia que era um erro, pois quando escreveu sobre ele em seus diários... Acho que ela percebeu que estava meio fora de si.

— Os diários mencionavam mais alguém? — Ele me olhou esperançoso, e eu senti pena dele. Eu resisti à vontade de pousar a mão sobre o braço dele.

— Não, ela não mencionava mais ninguém. Sinto muito, Ben.

– E você e aquele rapaz com quem estava ficando? – perguntou Ben. – Vocês ainda estão juntos? Como é que eu nunca o vi pela cidade?

Mexendo em meu cinto de segurança, eu olhei para baixo:

– É complicado.

– Complicado no sentido de que vocês terminaram? Ou complicado no sentido de que ainda estão juntos?

– Ah, eu realmente não sei como descrever nossa situação.

O rosto de Ben mudou.

– Ah, eu entendo. "Amigos com benefícios".

– Santo Deus, não! – exclamei. Meu rosto parecia em chamas, e tentei olhar para qualquer lugar, menos pelo retrovisor.

E não ajudou nada quando Caspian se inclinou e disse:

– Eu gosto da ideia, Abbey. Que tipo de benefícios você acha que *nós* poderíamos ter?

Engoli em seco e engasguei, buscando ar.

– Você está bem? – perguntou Ben.

Tudo o que eu consegui fazer foi concordar e tossir várias vezes para limpar a garganta. O carro estava torturantemente quente, e eu abri a janela para pegar um pouco de ar fresco. Assim que meu rosto voltou ao normal, virei-me para Ben.

– Nós não somos, hum, nada disso. É só... complicado... esqueça. – *Por favor, esqueça*, pedi mentalmente.

– Eu entendo – disse Ben. – Quer dizer, não, eu não entendo. Mas acho que não é da minha conta.

– *Ding, ding*, resposta correta para dez pontos de bônus – disse Caspian.

Eu acenei com minha mão em sua direção para que ele parasse de falar, e Ben olhou para mim achando graça.

– Inseto... Voando... Mosquito... Que droga! *Oh, Deus, quanto tempo nós demoraremos até chegar lá? Esta viagem vai ser a morte para mim.*

– Eu pensei que ele fosse um idiota – disse Ben. – Você pareceu verdadeiramente chateada com ele, na escola, ano passado.

– Está tudo bem agora. – Eu me estiquei até o rádio e coloquei meu dedo sobre o botão de ligar. – Você se importa se eu puser uma música?

Ele deu de ombros e eu passei pelas estações, tentando encontrar algo realmente bom. Parei quando cheguei a uma voz familiar. Steven Tyler cantou por alguns segundos antes de Ben mudar a estação.

– Ei – eu disse.

– A música está quase acabando.

– Sim, mas eu gosto dela.

– Não é do filme do asteroide? *Juízo final*, ou algo assim?

– É do *Armageddon*. A música se chama "I Don't Wanna Miss a Thing".

A memória de Caspian dançando me atingiu, e eu fechei meus olhos. Um nó repentino surgiu em minha garganta.

– Vai dormir? – perguntou Ben.

Eu aceitei a desculpa.

– Sim, acorde-me em uma hora.

Ele mudou a estação outra vez e música clássica tomou o carro. *Eca*. Eu odiava música clássica. Eu não demoraria a dormir de verdade com *aquilo* tocando.

– Abbey. Ei, Abbey. Acorde, Bela Adormecida – me acordou a voz suave de Caspian.

Levantei minha cabeça, os músculos do pescoço gritando de dor. Eu devia ter dormido em uma péssima posição. O assento do motorista estava vazio.

– Onde está Ben?

– Ele a *deixou* – disse Caspian, com um tom de raiva.

– Você estava dormindo, e ele não acordou você. Ele acha que eu sou um idiota.

Eu olhei ao meu redor. Nós estávamos no posto de gasolina, e eu vi Ben dentro da loja.

– Ele só foi lá dentro.

– Ele devia tê-la acordado – disse Caspian. – Quem simplesmente deixa alguém sozinho desse jeito?

– Mas eu não estou sozinha. Eu tenho você.

– *Ele* não sabe disso.

Caspian sentou de volta e cruzou os braços irritado, enquanto Ben saía da loja carregando uma pequena sacola de papel.

– Seja legal – sussurrei.

– Diga isso a *ele* – respondeu.

Ben abriu a porta e acomodou a bolsa entre nós.

– Ah, bom. Você está acordada. – Ele se esticou e pegou uma garrafa de Coca. – Eu não tinha certeza do que você queria, então comprei uma Coca Diet e uma garrafa de água.

Peguei a Coca da mão dele.

– Obrigada, Ben. Foi muito *legal* da sua parte – eu disse.

Caspian fez um som de impaciência no banco de trás. Depois Ben pegou uma sacola azul e verde e estendeu, dando-me um sorriso pateta.

– Comprei alguns Funyuns.

Eu sorri de volta, e ele ligou o carro, tomando a direção da estrada.

Abrindo o saco, ele esticou para mim.

– Quer um? Vamos, experimente!

– Funyuns fazem você "soltar gases" – disse Caspian, e eu explodi soltando uma gargalhada enorme.

– O que é tão engraçado?

Eu tentei parar de rir, mas Caspian estava se inclinando agora, seu rosto exatamente entre nós.

– Funyuns dão mau hálito também. Não é muito atrativo para as moças. – Ele parou de falar de repente. – Pensando bem... aproveite seus Funyuns, Ben.

Eu tive que morder a língua para conter o riso. O fato de que Ben não fazia ideia do que estava acontecendo tornava ainda mais difícil manter o controle.

Caspian piscou para mim, e eu tomei um gole de refrigerante. Dizendo a mim mesma para me acalmar, tentei pensar em alguma desculpa para justificar minha risada.

– Só achei o nome engraçado – eu disse. – Esse salgadinho é feito de cebolas... Você acha que as cebolas são mesmo divertidas ou será que são artificiais? É hilário!

Ben deu de ombros.

– O nome é engraçado, eu acho.

– Quanto tempo falta até a gente chegar lá? – Eu precisava de uma mudança no assunto.

– Cerca de duas horas e meia. A menos que a gente fique preso em um buraco de minhoca.

Eu olhei para ele sem entender:

– Um o quê?

– Você se lembra do *Jornada nas estrelas*? Porque nós assistimos ao filme.

– Esse é o seu filme favorito? – perguntei. – *Jornada nas estrelas*?

Ele concordou, mas eu o cortei antes que ele pudesse dizer qualquer outra coisa.

– Tudo bem, meu filme favorito de *comédia* não é *Jornada nas estrelas*.

Ele mudou a pista e nós ultrapassamos um caminhão gigantesco carregando carretéis enormes de fios.

– *Zoolander*. Qual é o seu?

– *Amigos, sempre amigos*.

Ele me olhou surpreso.

– Sério? Eu nunca o alugaria para você.

– Eu sei, né? É um filme bem velho. Mas eu amo Billy Cristal. Ele é *tããão* engraçado. Eu gosto bastante de qualquer coisa da qual ele faça parte.

Ele assentiu.
– Você sabe qual era o filme favorito de Kristen? – eu disse.
– Não.
– *De volta para o futuro*. É uma das coisas que nós temos em comum. Nós duas amávamos filmes antigos. E ela amava Michael J. Fox também. Eu digo, de verdade, ela o amava. Ele foi a Nova York uma vez para promover um filme e fez apresentação artística ou algo do tipo, e Kristen ganhou ingressos para vê-lo. Ela estava *tão* empolgada.
– Você foi com ela?
– Não. Eu queria ir, mas ela ganhou apenas dois ingressos, e como era menor de 18 anos, um responsável tinha que ir com ela.

O rosto de Kristen surgiu na minha frente, e meu coração se contraiu de dor. Até falar das coisas legais que ela havia feito era muito difícil.

– Na noite anterior à qual supostamente teriam que viajar, Kristen me ligou e disse que estava doente. Eu não acreditei nela, então, fui lá ver. Na verdade, ela *havia feito pintas vermelhas* no rosto e dissera que era catapora.

Ben sorriu.

– Ela se sentiu tão mal por eu não poder ir que queria sacrificar seu ingresso para que eu fosse.
– Ela realmente fez isso? – disse Ben.
– Sim. Claro. Eu a *obriguei a* ir, e ela se divertiu muito. Conseguiu apertar a mão do Michael e não a lavou por uma semana. Mas eu nunca poderia esquecer o fato de que ela ia desistir de uma coisa que queria tanto por mim.

Ben e eu ficamos em silêncio, e permanecemos daquele jeito por mais uma hora até ele ver uma placa do McDonald's.

– Tudo bem para você? – perguntou ele, direcionando-se para o estacionamento. – Eu estou morrendo de fome.

– Sim, está certo, também estou com fome. Mas vamos comer lá dentro. E tenho que, hã... usar o banheiro.

– Destravando meu cinto de segurança, eu olhei para o espelho retrovisor.

– Fique à vontade, Abbey – disse Caspian. – Esperarei aqui.

Eu acenei brevemente com a cabeça e saí do carro, esticando meus braços e pernas enquanto andava na direção do McDonald's. Dando dinheiro a Ben, pedi que ele fizesse meu pedido e depois me apressei para ir ao banheiro. Logo estávamos de volta ao carro e novamente na estrada.

– O rapaz no caixa disse que faltavam só mais vinte minutos até chegar a Shepherdstown – contou Ben. – E o seu pai fez as reservas, certo?

Pegando minha bolsa no banco de trás, cuidadosamente manobrei a perna de Caspian e tirei um pedaço de papel com o endereço do hotel e a confirmação rabiscados nele.

– Sim, nós estamos no The Shepherd's Inn. Eu acho que a cidade era muito pequena para um Hilton.

– Parece aconchegante – respondeu Ben. – Esperemos que os lençóis estejam limpos.

– E que os telefones funcionem – eu disse. – Do contrário, se meu pai não conseguir falar comigo, pode ser que tenhamos companhia amanhã.

Ben seguiu as instruções de caminho que eu imprimi e entrou em uma longa estrada de terra. O carro sacolejava, atingindo buracos a cada poucos metros.

– Você acha que eles poderiam ter feito essa estrada um pouco mais acidentada? – perguntei, enquanto sacudia em meu banco.

– Talvez eles tenham economizado o dinheiro para o hotel, Jacuzzis, PS2, plasmas e um frigobar em cada um dos quartos.

– Eu tenho certeza de que foi o que eles fizeram – eu disse. – Absolutamente *certa*.

Nós sacolejamos um pouco mais até que a estrada suavizou, inexplicavelmente, e se transformou em asfalto brilhante. Começaram a surgir locadoras e clínicas de bronzeamento artificial e pareceu que estávamos voltando para a civilização.

Ben observou uma das lojas mistas enquanto passávamos.

– Por que uma pessoa iria se bronzear e alugar um filme logo depois? Ou, ao contrário, alugar um filme e depois ir se bronzear?

Uma loja de pesca e um restaurante chinês surgiram, e ele olhou para mim com as sobrancelhas erguidas.

– Se eu não entendo a clínica e a locadora, eu *juro* que não faço ideia do que esta seja.

– Você nunca se imaginou comendo sushi depois de passar um longo dia calçando botas de borracha em água lamacenta, catando coisas pegajosas? – disse Caspian.

Escondi meu sorriso enquanto olhava pela janela.

– Eu não sei, Ben. Talvez as pessoas daqui realmente gostem de conveniência?

Ele bufou, mas eu não disse nada, e um grande prédio de tijolo com um toldo listrado surgiu à nossa frente. Uma placa sobre ele informava que ali era o hotel The Shepherd's Inn.

– Acho que encontramos. – Ben avançou com o jipe.

– Espero que não seja um hotel-e-pista-de-boliche.

Dei um riso abafado e imediatamente me senti mal por rir do estado onde Caspian nascera, mas ele pareceu não se importar.

Nós estacionamos e saímos, cada um carregando sua própria mala, e Caspian me seguiu. O interior do lobby era *muito mais* impressionante do que o exterior do hotel, e eu tive que olhar em muitas direções para absorver tudo.

Mesas de vidro, arte *vintage*, tubulações modernizadas expostas e os acessórios de bronze com luzes davam ao lugar um estilo modernista dos anos vinte, com um toque de *steampunk*. Até o balconista atrás de mim estava impecavelmente vestido em um terno *old style*.

Ben fez o nosso *check-in*, e eu esperei ao lado dele enquanto a balconista tamborilava em seu teclado.

– Aqui estamos – disse ela, e depois franziu a testa. – Eu vi uma anotação na reserva pedindo quartos em lados opostos do corredor, mas os únicos quartos que preenchiam esses requerimentos eram os mais antigos. Vocês preferem dois quartos adjacentes, reformados? – Ela olhou para Ben e depois para mim, sem estar certa de a quem deveria endereçar sua pergunta.

– Quartos reformados? – Ben pareceu encantado.

– Nós acabamos de ser comprados pelo Hilton e nossos quartos reformados oferecem sistemas de jogos dentro dos quartos, aperitivos e bebidas complementares, filmes gratuitos...

– Nós queremos esses – disse Ben.

A recepcionista concordou e teclou mais alguma coisa.

– E a cobrança deve ser feita no cartão de crédito fornecido? – Ela olhou para a gente, como se um de nós dois pudesse *porventura* ter um cartão de crédito.

– Sim – eu disse com firmeza. – É o cartão do meu pai.

Ela teclou mais e depois providenciou duas chaves de quartos.

– Seguindo o corredor, à sua esquerda.

Nós seguimos suas instruções, e chegamos aos quartos 304 e 305. Ben colocou um dos cartões no leitor, e a luz verde acendeu. A porta do quarto 304 se abriu.

– Acho que é o meu quarto – disse ele, e entrou.

Enfiei meu cartão no leitor do quarto 305. A porta se abriu, revelando um quarto decorado em um estilo parisiense com listras brancas e pretas e pequenos toques de vermelho por todo lugar.

Grandes imagens de engrenagens e fábricas com chaminés soltando fumaça estavam penduradas em molduras de laca preta nas paredes.

Com Caspian atrás de mim, depositei minha bagagem no chão e desabei na cama. Ele andou pelo quarto, verificando tudo.

— Você trouxe roupa de banho? — perguntou ele subitamente.

Eu me levantei.

— Não. Eu não achei que fosse precisar de uma. Por quê?

Ele apontou para o banheiro, que tinha uma parede de vidro claro. O lavabo parecia estar em uma seção diferente, bem escondido, mas o chuveiro estava totalmente à mostra.

— Porque isso vai ser divertido.

Capítulo Vinte e Três

O PAR PERFEITO

Entretanto, esta empreitada apresentava mais dificuldades reais do que os cavaleiros errantes dos séculos passados geralmente tinham que enfrentar. Eles raramente tinham adversários que não fossem gigantes, feiticeiros, dragões flamejantes e outros inimigos fáceis de sobrepujar...

– *A lenda do cavaleiro sem cabeça*

Decidi não me preocupar com a questão do banheiro agora, uma vez que eu não podia mesmo fazer nada a respeito, e verifiquei o quarto por mim mesma. Eu mudei de canal, olhei o cardápio do serviço de quarto e tentei o sistema de jogos, porém, não consegui entendê-lo. Era uma coisa complicada, com vinte e nove botões. Uma hora depois, Caspian estava sentado na única cadeira do quarto enquanto eu sentava na cama.

– Você já ficou em um daqueles hotéis vagabundos? – perguntei a ele. – Sabe, com aquele papel de parede dos anos 1970 e tetos de discoteca.

Ele fez que sim.

— Uma vez, quando era pequeno, meu pai teve que ir à cidade fazer alguma coisa, e eu fui com ele. Eu não lembro onde era, mas me lembro do hotel. O quarto em que ficamos tinha carpete áspero e painéis nas paredes.

— Eu sei o que você quer dizer. O velório de Kristen foi feito em um lugar horroroso e grudento que tinha estas mesmas coisas.

— Eu sei. Eu estava lá.

— *Você estava lá?* Eu não o vi.

— Eu não fiquei por muito tempo. Eu não queria vê-la chateada. Eu tinha visto você no cemitério mais cedo naquele dia também, sentada em uma cadeira perto do túmulo.

Eu lembrei. Eu tinha achado que uma sombra estivera perto de mim.

— Eu gostaria de ter sabido, eu poderia ter... — O telefone tocou, interrompendo. Atendi. — Alô?

— Abbey, é o papai.

Droga! Era para eu ter ligado para eles assim que chegasse.

— Oi, pai.

— Como foi a viagem? O hotel é bom? Você está sozinha no quarto? O atendente da recepção disse que vocês estavam em quartos adjacentes.

Eu fechei meus olhos um pouquinho e massageei minhas têmporas. *Ele vai me deixar dizer algo a meu favor?*

— A viagem foi boa, papai. Nós acabamos de entrar, e eu estou em um quarto adjacente porque eles estão reformando os outros quartos. Eles só tinham estes disponíveis. E sim, Ben está no quarto *dele*. – Evitei a pergunta "você está sozinha". Ela era muito mais difícil de responder.

– Certo – disse ele de um jeito brusco. – Bem, lembre-se, eu verificarei os quartos aleatoriamente, então não tenha nenhuma ideia.

Eu suspirei.

– Não vou ter, papai.

– Sua mãe está dizendo para você se divertir e fazer muitas perguntas na universidade.

– Farei isso. Tchau, papai. – Ele se despediu e eu desliguei. Quase imediatamente, o telefone tocou outra vez. Eu olhei de forma preocupada para Caspian quando atendi. – Papai, não é...

– Abbey, é o Ben. Também recebi uma ligação do seu pai.

– Desculpe, Ben. Ele só está sendo ele mesmo, o autoritário de sempre.

– Sem problemas. Você me avisou. Ei, eu vou pedir uma pizza. Está a fim?

– Claro. Você sabe do que eu gosto. – Eu me encolhi ao me ouvir dizendo aquilo. – Na pizza... quer dizer.

– Sim, eu entendi. Eu ligo para você quando chegar. Você já viu o canal de filmes? Umas coisas bem legais vão passar às oito.

– Vou olhar. – Desliguei o telefone pela segunda vez, falei para Caspian. – Ben vai pedir pizza para nós.

– Com uma parte de Funyuns?

Mostrei a língua para ele.

– *Nãããão*, sem Funyuns. – Tirando meus sapatos, engatinhei para trás até me encostar direito na cabeceira da cama. A cama era *enorme*, e a colcha era feita de um material branco e fofo que fazia com que eu sentisse que ela estava me engolindo. Quando me estiquei, uma letargia prazerosa começou a percorrer minhas veias.

– É estranho estar aqui de volta? Tão perto de casa? – murmurei para Caspian. Minhas pálpebras estavam pesadas, e, cada vez que eu piscava, elas demoravam um pouco mais para voltar a abrir.

– Estranho? Sim, mas todos os aspectos dessa história são estranhos. Nós estamos aqui realmente para ver meu túmulo ou para nos livrarmos de Vincent e dos Retornados da Morte?

– Não sei – eu disse, sentindo a minha boca mole, finalmente deixando-me levar pelo sono que estava me puxando. – Estou aqui para descobrir.

Um golpe no quarto adjacente me fez sentar direito, e eu olhei em volta loucamente. Eu não me lembrava de onde estava. Então, a bagagem no canto me trouxe de volta à realidade. A batida continuou.

Caspian? – sussurrei. Minha garganta estava seca, e eu tentei outra vez. – Caspian?

As cortinas vermelhas se mexeram e se abriram.

– Estou aqui. – Ele estava parado atrás delas, olhando pela enorme janela. – Estou bem aqui, Abbey.

Senti uma onda de alívio e saí da cama, sentindo minha cabeça vazia a cada passo que dava. Meu pé esquerdo estava dormente e eu manquei de leve, mas consegui chegar até a porta do quarto adjacente. Quando abri, Ben estava parado ali, com uma caixa de pizza na mão. Eu não estava com muita fome, mas mesmo assim o deixei entrar.

– Você levou uma eternidade para abrir – disse ele, entrando no quarto e colocando a caixa em uma mesa próxima.

– Eu caí no sono.

Ele foi até um armário baixo perto da tevê e o abriu.

– Eu não pedi bebida porque temos um minibar, acredita? O que mais poderíamos querer?

Olhei para o minibar superabastecido.

– Legal. Quero uma Sprite.

Ele pegou a Sprite e uma Coca, e segurou o controle remoto da tevê.

– Quer assistir a algo enquanto comemos?

Eu me servi de um pedaço de pizza e depois sentei na beirada da cama.

– Claro.

Ben carregou a caixa inteira até a cadeira e foi trocando de canal enquanto eu mordiscava meu pedaço. Na hora em que ele finalmente deixou a televisão quieta nos *Simpsons*, eu já tinha terminado de comer.

Ele se levantou assim que o programa acabou.

– Você se incomoda se eu levar o resto? – Ele apontou para a caixa de pizza. Haviam sobrado três pedaços, mas eu não os queria.

– É toda sua. Acho que vejo você amanhã, então?
– Sim. Oh, a que horas você quer sair? O bazar de garagem do amigo do meu pai não abre antes das dez.
– Às dez está ótimo. Boa-noite, Ben. Desculpas adiantadas se meu pai ligar de novo.

Ele foi até a porta.

– Sem problemas. E se precisar de alguma coisa, sabe onde estou.

Quando ele saiu do quarto, pareceu que uma súbita onda de energia foi com ele. As cortinas se moveram e Caspian saiu.

– Você comeu alguma coisa? – perguntou ele.
– Umas mordidas. Não estava com muita fome.
– A cama me chamou, e eu deitei com a barriga para baixo, com a cabeça nos pés da cama. A tevê piscou e as palavras "Próxima atração" apareceram, depois a música de abertura de um filme começou a tocar. Caspian sentou perto de mim, mantendo uma distância cuidadosa entre nós.

– Mais perto – sussurrei. – Chegue mais perto.

Ele se aproximou.

Eu virei a cabeça para olhar a perna dele coberta pelo jeans. Levantando uma das mãos, tentei traçar as costuras, mas passei direto. Minha mão acertou a cama e eu a deixei ali, um centímetro longe dele.

– Você vai dormir de novo, Astrid? – Ele fez bico. – Um cara pode ficar ofendido com isso. Você está tentando me dizer que sou um chato?

Eu tentei chacoalhar a cabeça, mas apenas a minha bochecha se moveu no travesseiro, e me aconcheguei ainda mais.

– Você não é chato, Casper. Você... – Vasculhei meu cérebro, tentando achar as palavras que ele usou antes. – Você me anima.

Seus olhos verdes foram as últimas coisas que vi antes de fechar os meus outra vez, mas eu o ouvi debruçando e sussurrando.

– Obrigado, Astrid. Bons sonhos.

Quando voltei a acordar, eu estava realmente desperta. Sem cabeça rodando e sem desorientação. Pisquei uma ou duas vezes, pensando em por que ainda estava escuro, e virei para olhar o relógio – 3:12 da madrugada. Ainda era noite.

Meus olhos se ajustaram rapidamente, e eu pude ver Caspian sentado na cadeira.

– Oi – sussurrou ele.

– Oi – sussurrei de volta. Na escuridão, o quarto do hotel pareceu menor e mais aconchegante.

– Eu vim para cá porque você estava ficando agitada – disse ele.

– Está bem. – Meu estômago fez um barulho alto e me deixou muito envergonhada.

Caspian engasgou.

– Com fome?

– Acho que sim. Eu não comi muita pizza.

– Eu vi uma máquina de salgadinhos no final do corredor – disse ele. – Vou pegar um lanchinho para você.

– Não, deixa – tentei protestar.

– Você precisa comer alguma coisa – disse ele ao mesmo tempo em que meu estômago roncou de novo. – Deixe-me ir buscar algo para você. Por favor?

– Mas e se alguém o vir? Bem, não *você*, mas sabe... Os salgadinhos mexendo sozinhos.

– São três da manhã. Não há ninguém lá fora. Eu vou rápido. – Ele ficou em pé e ligou um pequeno abajur perto da tevê. Depois, virou-se para mim. – Você tem algum, uh, dinheiro? Eu não tenho nada.

Tirei a carteira do bolso e dei a ele alguns trocados. Então, lembrei do minibar, que estava cheio com mais salgadinhos que eu seria capaz de comer. Entretanto, não falei nada. Eu tinha que fazer xixi, e se esse fosse o único jeito de usar o banheiro sem que ele estivesse no quarto, que assim fosse. Eu ficaria pedindo a ele que pegasse salgadinhos a esmo.

E quando fosse hora do banho, eu o mandaria para a máquina do quarto andar, com uma lista bem *longa*.

Ele pegou a chave.

– Já volto.

Assim que Caspian saiu, corri para usar o banheiro. Depois, lavei o rosto e escovei os dentes. Meu cabelo estava um pesadelo, mas como se recusou a ser domado, fiz um rabo de cavalo. Em seguida, abri minha mala e fucei tudo. Desenterrei um pijama branco com cerejas vermelhas pintadas por todos os lados do fundo da pilha de roupas. Ele dificilmente seria considerado sexy, mas *era* uma gracinha. E era bem justo.

Ouvi uma batida suave na porta e corri para tirar as roupas e vestir o pijama.

Caspian veio um segundo depois, carregando um pacote de pretzels, algumas batatinhas, um *burrito* de café da manhã e um chocolate.

– Um prato principal, dois acompanhamentos e sobremesa. – Ele colocou seu carregamento na ponta da mesa e virou-se para mim. – Uma graça. Eu gosto dos botões desencontrados.

Olhei para baixo. Meus botões estavam todos errados.

– Opa. – Virando as costas para ele enquanto os arrumava, gritei: – Não olhe! Pronto, tudo arrumado.

O olhar de Caspian parecia vagar no meu botão de cima quando ele disse:

– Eu gostava mais do outro jeito.

– Bem, eu poderia desabotoá-los, se você quisesse. – Ouvir essas palavras saírem da minha boca, *soando* da forma como eu *não* queria que soassem, fez com que eu ficasse vermelha e, sem saber o que fazer, eu peguei o *burrito*. – Vou esquentar isto no micro-ondas, e você pode esquecer que eu disse aquilo, está bem?

Os lábios dele se abriram em um meio sorriso, e ele se sentou na cama. Eu coloquei o *burrito* no micro-ondas e o aqueci por vinte segundos antes de me juntar a Caspian. Comendo em silêncio, levantei para escovar os dentes assim que terminei. Eu *não* queria ter *guacamole* grudado neles.

Quando saí do banheiro, Caspian estava com uma perna apoiada no travesseiro e olhava um quadro pendurado na parede mais distante. Eu me perguntei como seria o resto da noite. Ele ficaria na cadeira ou no chão? Ou na cama... comigo?

– Diga o que está pensando – disse ele de repente, virando para me encarar.

– O que eu estou pensando? Por quê?

– Porque eu não consigo *parar* de pensar. E quero saber se você está sentindo o mesmo que eu. – Ele parecia frustrado. – Você está pensando em tudo que aconteceu? Deveria. Você deveria estar pensando na razão pela qual os Retornados da Morte estão em Sleepy Hollow e no que isso significa. Você deveria estar pensando em Vincent Drake e em como você pode ficar a salvo. – Ele olhou para a própria perna e puxou o tecido de sua calça jeans. – Você deveria estar pensando em mim, Astrid. E em como tudo isso está acontecendo por *minha* causa.

– Estou pensando em tudo – eu disse. – Mas em apenas uma coisa de cada vez. É tanta coisa para absorver. Tenho que compartimentalizar tudo ou isso vai tomar conta de mim. – Nossos olhares se encontraram. – Estou com medo, Caspian. Com medo de amanhã... hoje, tecnicamente, e do que isso vai trazer. Eu não quero que seu túmulo me leve de volta ao dr. Pendleton.

– Então, vá para casa – disse ele. – Deixe este lugar.

– Ir embora para Sleepy Hollow? Onde os Retornados da Morte estão esperando pela minha morte? Ou

onde o cara maluco que pode ter matado minha melhor amiga está aguardando?
– Colocando dessa maneira, parece...
– Parece loucura. Eu sei. Eu devo estar mais segura aqui. Mas a coisa mais importante a enfrentar neste momento é *você*.
– O que isso vai provar? Você já sabe que estou morto.
– Eu não sei – eu disse honestamente. – Acho que é porque às vezes eu esqueço. – Estendi a mão para colocar em seu braço e em vez disso senti a colcha. – Porque a não ser por *isso*, às vezes, eu esqueço que você não está realmente aqui, como qualquer outro. – Olhei para o outro lado. – Acredite em mim, eu gostaria de esquecer isso, mas acho que é importante... eu *sinto* que é crucial. Você entende o que quero dizer?
– Eu só não quero que você se magoe, Astrid – disse ele.
As palavras dele fizeram meu coração doer, e sorri para ele de maneira triste.
– Dor é parte da vida – gesticulei entre nós, sem esperança. – *Isto* dói. Não poder tocá-lo *me mata*, Caspian. Não poder beijá-lo. Não poder ouvir seu coração bater. – Fechei meus olhos, sentindo as lágrimas que ameaçavam cair. – Você pode apagar a luz? – pedi com uma voz trêmula. – Se eu me esvair em lágrimas aqui, realmente não quero que você veja.
Um segundo depois, o quarto estava escuro, tomado por um barulhinho suave.

– Não chore, Astrid – sussurrou ele no meu ouvido. – Por favor, não chore. Seus grandes olhos e seu biquinho... Eles acabam comigo. Eu não aguento. Eu faço qualquer coisa para melhorar isso.

Eu me arrastei de volta e achei a beirada das cobertas.

– Dorme... comigo? – eu disse com hesitação. – Só... fique perto de mim.

O silêncio foi sua única resposta e eu me senti boba. Ele não dormia. Então, por que não ficava ali deitado perto de mim?

– Vá para debaixo das cobertas – disse ele. – Eu vou deitar por cima delas, então, fique embaixo.

Sua voz soava mais próxima, como se ele tivesse me seguido até a cama. Um calor sobrenatural se espalhou sobre mim e fez minha pele arder. Puxei as cobertas e entrei por entre os lençóis. As pernas da parte de baixo do meu pijama se enrolaram na minha canela, e eu balancei para arrumá-las.

– Está ajeitada? – perguntou Caspian.

– Hã-rã. – Contei até cem e depois disse: – Você está, ah, ajeitado?

– Estou aqui. – Ele parecia estar muito longe.

– Chegue mais perto. Eu gosto quando você sussurra no meu ouvido.

– Meu objetivo é agradar.

O estremecimento voltou. Ele estava *bem* mais perto agora, eu suspirei, alegre.

– Ponha sua mão no peito, sobre o seu coração – disse Caspian. Estava de costas para ele, e quase me virei para perguntar por quê. – Sem perguntas – disse ele, antecipando meu movimento. – Apenas faça.

– Em cima da roupa ou embaixo?

– Embaixo. – Ele respirou. – Pele com pele.

Meu corpo voltou a sentir calor. Colocando uma das mãos sobre o coração, senti que ele pulsava rápido como uma borboleta presa em uma armadilha, batendo as asas feito louca.

– Feche os olhos – sussurrou ele.

Segui suas instruções. Então, eu senti. Como um pequeno "mergulho" na cama. Se não estivesse concentrada, teria perdido. Meu braço e perna esquerdos formigaram por um segundo, e depois meu braço e perna direitos também.

– Você sente as batidas do seu coração? – Suas palavras flutuaram perto do meu rosto, e eu sabia que se abrisse meus olhos, o veria em cima de mim.

Isso deveria ter me desesperado. Deitar na cama com um menino que estava praticamente me segurando. E ainda assim... ele não estava. *Ele não poderia.* Pareceu certo com ele. *Seguro.*

E perigoso. E amedrontador. E excitante.

Tive que molhar os lábios antes de poder responder.

– Eu sinto.

– Se eu pudesse tocar alguma coisa no mundo agora, seria seu coração. Eu quero pegar esse pedacinho de você e guardar comigo para quando estiver sozinho na escuridão.

Sua voz doeu, e eu senti a dor junto com ele.

– Eu quero sentir seu coração batendo também – sussurrei.

– Faça de conta – disse ele. – Consegue fazer isso? Faça de conta que estou vivo e que não há nada no nosso caminho. Nada mesmo. Eu sou real, quente e estou *vivo*.

Meus olhos se abriram rápido, e eu mal pude ver os contornos do seu rosto. Segurando minha mão firme sobre o coração, desejei que pudesse ver seus olhos.

– Nada está entre nós, Caspian – sussurrei. – Sou sua outra metade. Então, metade disso? Metade desse bater errante? Ele é seu. Eu levo as batidas do seu coração em mim.

As cobertas se amontoaram à minha volta. Ele estava apertando suas mãos.

– Como você consegue fazer isso, Abbey? Como é capaz de me amar? Não tenho nada a oferecer, nada para lhe dar. Eu nem mesmo sei por quanto tempo ficarei desse jeito, assim. Você estaria melhor...

– Pare – ordenei com candura. – Pare com isso.

– Mas Ben...

– Seria melhor para mim? Tem mais a me oferecer? Ele ficou em silêncio.

– Você não acha que eu *sei* disso, Caspian? Você acha que já não pensei sobre isso?

Sua voz estava baixa, mas ele disse:

– Você pensou?

– Sim, pensei. Na noite da festa do meu aniversário, quando eu voltei. Todas aquelas vezes eu estava tentando

tanto tirá-lo da minha cabeça. Eu pensei sobre isso um milhão de vezes.
  Eu me afastei, e o espaço entre nós ficou maior. Eu me sentei, me erguendo sobre os cotovelos para diminuir o espaço.
  – Eu não falo isso para magoá-lo, amor. – O encantamento acabou sem eu nem mesmo pensar nisso. – Estou falando para que você saiba que eu fiz uma escolha. *Escolhi* você. Antes de saber que estava morto... e depois também.
  – Diga isso de novo – disse ele. – Me chame de seu amor.
  Eu queria tanto tocar seu rosto, fazê-lo *ver* o quanto ele significava para mim, que meus dedos doíam de vontade.
  – Amor, amor, *amor*. Eu o escolhi livremente, amor. Antes de saber sobre os Retornados da Morte e que eu era sua outra metade por destino. Eu pensei sobre todas as maneiras de ficar com Ben...
  – Oh, Deus, Abbey – sussurrou ele. – Você está partindo meu coração.
  – Não – eu disse. – Desculpe, estou estragando tudo.
  – Rolei para longe dele, puxando meus joelhos para perto do peito. Lágrimas quentes ameaçaram cair, e eu levei as mãos aos olhos para impedi-las.
  – Estou com tanto ciúme dele – admitiu Caspian.
  – Cada sorriso que ele ganha de você, cada risada. Estou com ciúmes de um nerd que assiste *Jornada nas estrelas* e come Funyuns, pelo amor de Deus. – Ele riu com amar-

gura. – Eu vejo o olhar no rosto dele e eu sei... Eu *sei* como ele se sente. Mesmo que ele não sinta. Porque eu sinto isso também.

Eu passei a mão sobre meu rosto e engoli em seco.

– Desculpe, Astrid – disse ele. – Eu sei o que você está tentando dizer.

– Ben é um ótimo rapaz, Caspian. Mas ele não é *você*. Você é... chocolate, e ele é creme. Funciona para algumas pessoas, não para mim.

– Com granulado? – perguntou ele. – Granulado é bom.

– Talvez com nozes em vez de granulado. – Eu sorri na escuridão. – Qualquer um que consiga andar pelo jazigo o dia todo *tem* que ser "meio doidinho", como os esquilos.

– Acho que sou o par perfeito para uma menina que gosta de visitar um cemitério. – Ele cantou cada sílaba para que parecesse uma canção de amor.

Eu fechei os olhos, saboreando as palavras.

– O par perfeito – murmurei. – Minha outra metade.

Capítulo Vinte e Quatro

CARA A CARA

Ela era uma jovenzinha coquete, como se podia ver por seu vestido, em que se fundiam as modas passadas e modernas, acrescentando com isso mito aos seus encantos.

– *A lenda do Cavaleiro sem cabeça*

Um barulho ensurdecedor e a chamada do "serviço de quarto" me acordaram mais tarde naquela manhã, e então coloquei o travesseiro sobre a cabeça para tentar bloquear o som. Batidas breves ecoaram na porta e eu grunhi bem alto.

– Não, obrigada – gritei, elevando minha voz para que pudesse ser ouvida do outro lado da porta. Bateram mais uma vez.

– Não preciso de nenhum serviço de quarto! Vá embora! – Foi mal-educado, mas eficiente, e eles foram para o próximo quarto.

Senti o lençol escorregar quando virei para o lado, mas só tentei pegá-lo parcialmente. Ele se amontoou à minha volta, e eu senti o ar frio na minha barriga descoberta. Eu me aconcheguei ainda mais ao travesseiro... E então, meus olhos se arregalaram.

Caspian estava deitado ao meu lado.

Eu puxei minha blusa do pijama para baixo.

– Não era pior do que se eu estivesse de biquíni. – Tentei dizer a mim mesma. – Minha barriga ficaria à mostra também.

Mas eu não consegui olhar nos olhos dele. Tinha *certeza* de que meu rosto estava completamente vermelho.

– Então – disse Caspian –, dormiu bem?

Meu cérebro estava falhando, mas, aparentemente, minha língua não tinha esse problema.

– Bem. Bom. – Ele se inclinou para mais perto. Eu prendi o fôlego por ele estar tão perto.

– Eu quero acordar com você todas as manhãs – disse ele. – Assim.

Aquele estremecimento familiar tomou conta de mim e fez meu cérebro ficar confuso.

– Eu *deveria* chamá-lo de pervertido – respondi finalmente. – Por me devorar com os olhos enquanto eu durmo.

– Foi uma tortura. Olhar e não poder tocar...

– Ei! Quanto foi que você olhou? – eu disse com indignação.

– Não... muito. – Ele riu para mim, seu cabelo caindo em um dos olhos. – Eu só sinto não estar com minha prancheta de desenho. O verdadeiro crime cometido aqui foi não capturar tal beleza.

Eu balancei a cabeça para ele.

– Esta é uma cantada e *tanto*... Mas agora eu preciso de um banho, e você vai ter que sair do quarto e voltar quando eu estiver pronta, ou manter seus olhos fechados o tempo todo. E eu vou saber se estiver espiando.

– Vou ficar no quarto contigo. E não vou espiar.

– Vou confiar em você.

– Claro que vai.

Seu rosto estava sério, e eu podia dizer que ele estava falando a verdade quando prometeu. Indo em direção ao banheiro, eu gritei:

– Está bem, feche os olhos! – Ele fechou, mas eu ainda dei uma olhada para ver se ele mantinha sua palavra.

E ele mantinha.

Ligando a água, ajustei a temperatura e momentaneamente esqueci tudo sobre Caspian quando a água quente caiu sobre mim. O banho foi relaxante e exatamente aquilo de que eu precisava. Quando desliguei o chuveiro, me arrependi seriamente.

Pegando uma toalha do suporte, eu me enxuguei e depois a enrolei no corpo. Outra olhada para Caspian mostrou que ele estava virado para o outro lado, assistindo à tevê. Quando eu abri a porta do banheiro, uma nuvem de vapor saiu comigo. O carpete debaixo dos meus pés descalços era macio e contraí os dedos, sentindo prazer com a sensação. A toalha com a qual eu havia feito um turbante na cabeça começou a cair, então eu levantei o braço para segurá-la. Atrás de mim, a tevê foi desligada.

Eu fiquei estática, ciente de que precisava ser cautelosa com meus movimentos, ou a toalha que estava enrolada no meu corpo poderia escorregar.

Virando lentamente, olhei nos olhos de Caspian e ele levantou o dedo fazendo um sinal para que eu chegasse mais perto.

Não consegui resistir.

Ele levantou da beirada da cama e me encontrou no meio do caminho. Eu não sabia o que ele estava pensando. Meu coração parecia que ia saltar do peito.

– Suas bochechas estão rosadas – observou ele. – E você está com um cheiro gostoso. – Ele deixou escapar um pequeno grunhido e eu dei um passo para trás, sentindo-me um peixe fora d'água. Minha mala estava no chão atrás de mim, e eu esbarrei nela.

– Estou em desvantagem aqui. – Tentei rir. Tentei me distrair deste estranho momento, ao qual não sabia como reagir. – Você está completamente vestido e eu estou só com uma toalha.

Em um instante, ele tirou a camiseta cinza que vestia. Os círculos negros entrelaçados da tatuagem em seu braço esquerdo brilharam quando ele se moveu.

– Agora estamos quase empatados.

O desejo se abateu sobre mim como uma rocha quando eu olhei para seu peito nu, e eu imaginei qual seria o gosto da sua pele. Ele era tão... *másculo*. Tão lindo.

Mordi o lábio para não gemer e Caspian deixou escapar um suspiro.

– Você está inacreditavelmente *sexy* agora.

Um diabinho malvado me fez ser má, e eu tirei a toalha que estava enrolada na cabeça. Então, joguei o cabelo para o lado, e ele caiu sobre o meu ombro. Mordendo meu lábio ainda mais forte, sussurrei.

– Espere. – E desapareci dentro do banheiro outra vez.

Pegando meu frasco de hidratante do armário, retornei para Caspian e sentei em cima da mala. Desta vez, fui eu quem fez sinal para ele.

Firmei os pés no carpete. Um joelho estava para fora, e eu puxei um pouco a toalha para cima, até que toda a minha coxa estivesse à mostra. A ideia de que eu estava brincando com fogo passou pela minha cabeça, mas eu ignorei. Eu estava a fim de me queimar. Até chamuscar.

Quando eu abri o frasco de hidratante e coloquei um pouco na minha mão, o cheiro de baunilha se espalhou ao nosso redor. Caspian olhava atentamente para cada movimento que eu fazia. Eu passei a mão para cima e para baixo na minha perna, espalhando o hidratante. A sensação foi mais intensa pelo fato de ele estar ali comigo. Gotas de suor se formaram na minha testa e eu as enxuguei.

– Está quente aqui – sussurrei.

Caspian lambeu o lábio, e um músculo em sua mandíbula se contraiu.

– Você tem outra.

– Outra?

– Outra perna – disse ele.

Eu sorri.

– É verdade. – Colocando mais loção, massageei minha outra canela e vim subindo até acima do joelho. Fechei os olhos, imaginando sua mão ali, na minha perna... quente e firme... erguendo a toalha... acariciando minha pele...

O frasco de hidratante caiu da minha mão e rolou para longe, batendo na mesa e fazendo barulho.

Um instante depois, o abajur caiu no chão.

Eu saltei e me deparei com o olhar de Caspian. Ele estava tão assustado quanto eu.

Uma batida na porta.

– Abbey? Você está bem? – Ben parecia preocupado.

Eu suspirei decepcionada e pus o cabelo atrás da orelha. As batidas continuaram, e eu olhei para Caspian.

– Terminaremos isso mais tarde – prometeu ele.

Levantando, senti as pernas bambas e fui abrir a porta adjacente.

– Lembre-se de que está de toalha! – gritou Caspian.

Olhei para baixo e apertei-a com mais força. Abri um pouquinho a porta e passei o rosto pela brecha.

– Ben, está tudo certo comigo.

– Tem certeza? Eu ouvi um barulho alto.

– Sim, eu acabei de derrubar um abajur.

– Você já está quase pronta para ir? – disse ele.

– Eu acabei de sair do banho. Ainda não estou vestida. Estarei pronta em dez minutos.

– Oh. Está bem. – Ele se afastou e eu fechei a porta.

Voltando à minha mala para pegar umas roupas, eu avisei isso a Caspian.

– Sairemos em cerca de dez minutos.

– Estou pronto – disse ele, cruzando os braços sobre o peito.

– Você não está se esquecendo de algo? – Eu olhei para o seu peito nu. – A camiseta? – Seus músculos se contraíram.

– Você pareceu gostar mais desse jeito. Eu posso andar por aí assim. Ninguém vai ver.

Fiquei com a boca seca.

– Eu, humm... Sim. – Mas depois o bom senso voltou. – Mas eu não quero ficar distraída o dia todo. – Abaixei a cabeça e fucei na mala, puxando um jeans e uma camiseta *baby look*.

Indo em direção ao banheiro, sequei o cabelo e me vesti perto do vaso sanitário, com a privacidade totalmente assegurada. Toda a minha impetuosidade tinha se esvaído. Quando saí, Caspian estava esperando perto da porta.

– Eu gostava mais do que você vestia antes – disse ele.

– Eu não tenho a menor ideia do que você está falando. – Mas dei um sorrisinho minúsculo.

– Espere só até você estar dormindo – ameaçou ele.

– Eu vou olhá-la até que meus olhos caiam.

Peguei meu celular que estava perto da cama e, pouco antes de abrir a porta, pisquei para ele.

– Promessas, promessas.
Ele riu, e saímos para encontrar Ben.

Achamos a Universidade Shepherd com facilidade, e Ben me deixou no campus principal.
– Você vai achar um lugar para comer aqui, não vai? – disse ele.
– Vai dar tudo certo, Ben. Sou crescidinha.
– Certo. Vou ajudar no bazar da garagem o dia todo, então, volto perto das seis.

Acenei para ele e esperei até que estivesse fora de vista. Depois, abri meu celular e disquei para a companhia de táxi que havia encontrado antecipadamente. Dez minutos depois, o táxi havia chegado para nos levar.

– *Martinsburg* – eu disse para o motorista. Caspian ficou em silêncio ao meu lado. Assim que chegamos ao centro, o motorista perguntou onde eu queria descer. Estávamos perto de uma floricultura, então eu disse:

– Aqui está bom. – E joguei algum dinheiro para ele. Caspian desceu primeiro, e eu fui logo atrás.

Assim que o táxi acelerou, virei para Caspian.
– Alguma coisa parece familiar? – As ruas estavam vazias, então eu não tinha que me preocupar com alguém me vendo falar comigo mesma.
– Sim, claro. Aqui era minha casa.
– Aonde você quer ir? – perguntei a ele.
– Isso é com você. Esta visita é sua.

Acenei com a cabeça.

– Você quer só perambular por aí um pouco? Me fale sobre a cidade.

Ele mexeu a cabeça de um jeito que parecia um sim, e começou a andar para o lado oposto da floricultura. Eu corri para acompanhá-lo, e esperei que ele dissesse algo. Ele ficou quieto por muito tempo.

Finalmente, quando passamos por uma loja de balões, disse:

– Vê aquela porta ali? – Ergui o pescoço e vi uma porta de vidro. – Eu cortei meu pé nela. Abri o peito do pé ali. Tem um pedaço de metal danado que funciona como trava. Só que eu estava de sandália e ele foi direto em cima dela. Tomei doze pontos para fechar.

Eu me encolhi. Eu não gostava de pensar nele sangrando.

Viramos a esquina e deixamos a rua principal para trás. Uma quadra, depois outra. As ruas estavam ficando mais sujas, e as casas mais velhas conforme íamos adiante. Sobrados se apertavam uns perto dos outros, quase um em cima do outro.

– É estranho – eu disse para Caspian. – Não há crianças brincando do lado de fora. Já que elas não estão na escola, achei que as veria nos quintais ou nas ruas.

– Não havia muitas delas quando eu morava aqui – respondeu ele. – A maioria dos vizinhos são pessoas idosas que não podem pagar uma casa de repouso. Eles não conseguem nem mesmo bancar suas próprias casas.

– Ah. – Isso era triste.

No fim da quadra, Caspian parou em frente a uma pequena casa cinza que ficava ao lado de trilhos de trem. As janelas eram pequenas e sujas, e não havia venezianas.

– Lar, doce lar – disse ele.

– Era aqui que você morava? – Tentei não demonstrar surpresa na voz, mas aquilo não era o que eu esperava.

Ele chutou uma pedra solta.

– Era. Esta era a minha casa. – Chegando mais perto, ele parou para espiar em uma das janelas frontais.

Eu fui para junto dele e olhei para dentro.

– Tem alguém em casa? – sussurrei.

– Provavelmente, não há ninguém morando aí. – Ele tentou a porta, mas estava trancada.

Duas ou três latas de tinta, meia dúzia de pincéis e algumas garrafas de cerveja vazias sujavam o chão da pequena cozinha.

– Alguém está reformando – eu disse.

Caspian sentou-se numa placa de concreto em frente à casa e colocou a cabeça entre as mãos.

– Espero que eles arranquem o maldito carpete da cozinha.

– Carpete na cozinha? Que estranho.

– Nem me diga. A casa toda foi montada com fita crepe e chiclete. As torneiras só funcionavam metade do tempo, o chuveiro não tinha água quente, e não era possível usar mais de duas tomadas ao mesmo tempo ou toda a caixa de fusíveis estourava. A casa é uma armadilha mortal esperando para detonar.

Ele parecia envergonhado, e eu pensei sobre a casa onde morava. Claro, ela rangia e estremecia de vez em quando, mas era grande, espaçosa e reformada. Eu nunca tive que me preocupar com qual tomada usar, ou se eu tinha ou não água quente.

– Ainda assim, era *sua* casa e fico feliz por vê-la – eu disse a ele. – É parte de sua infância.

– Uma parte que eu preferia esquecer. – Caspian olhou para o outro lado e chutou uma pedra outra vez. – A única coisa boa sobre esta casa eram os trilhos de trem.

– Ele se levantou. – Venha comigo.

Ele me guiou pelos trilhos de trem, e chegamos a uma barragem íngreme que tinha um cano de drenagem no fundo. Descendo, ele foi até a parte de trás do cano e parecia chacoalhar uma parte dele para soltar.

– Está solto! – gritou ele para mim.

Fiquei no alto da barragem até que ele fez sinal para eu descer. Em sua mão estava uma caixa de cigarros. Ele olhou para mim com tanto orgulho em seu rosto que uma alegria gostosa inundou meu coração.

– Ainda está aqui. Minha caixa do tesouro de quando eu era criança.

Não eram muitos itens, mas ele tirou um por um, me mostrando cada um deles.

– Aqui, um cartão de beisebol do Mike Schmidt, meu *kazoo* favorito, um pé de coelho da sorte...

– Não deu sorte ao coelho.

Caspian sorriu para mim e continuou falando.

– Um boneco de Lego, um medalhão da sorte e aqui... E por último, o melhor. – Ele virou a caixa e faíscas de cor prata e cobre piscaram com o sol. – Estenda a mão.

Eu estendi a palma da mão, e ele colocou um pedaço redondo de metal, achatado e liso. Olhei para baixo, reconhecendo as marcas esticadas.

– É uma moeda de vinte e cinco centavos! – eu disse.
– O que aconteceu com ela?
– Eu coloquei no trilho e o trem a amassou. Eu costumava fazer isso sempre quando era criança. Aqui tem uma de dez centavos, uma de um e uma de cinco que também estão amassadas.

Ele jogou as restantes na minha mão, e elas tilintaram. Fechei a mão, sentindo a maciez e o gelado, e imaginei Caspian quando era menino.

– Aposto que você era adorável – eu disse baixinho.
– Quando era pequeno.

Ele deu de ombros e olhou para trás, na direção da casa.

– Eu era esquisito, uma criança quieta que desenhava o tempo todo. Eu tinha alguns amigos, mas ninguém em especial.

Eu olhei para ele, desejando que eu pudesse ter visto o menino que ele fora um dia.

– Eu teria sido sua amiga.

Ele sorriu para mim.

– Eu sei que sim, Abbey. – Ele jogou sua caixa de cigarros em mim. – Aqui. Pegue.

– Eu não posso. São os seus tesouros.

Ele segurou a caixa ainda mais longe.
— Eu sei. É por isso que eu quero que você fique com ela. Isso é tudo que restou da minha infância, e é um pedaço de mim que eu quero lhe dar.

O medo da rejeição estava estampado no rosto dele, e meu coração quase se partiu por ele. Peguei a caixa, coloquei as moedas dentro e aninhei-a com carinho.

— Obrigada, Caspian. Estou honrada.

Pareceu que minhas palavras o fizeram feliz, e ele sorriu para mim. Foi contagiante, e eu sorri de volta. O sol quente bateu em nossas costas e, naquele momento, eu sabia que não havia sentimento maior no mundo.

— Você que ver minha escola de ensino fundamental? — perguntou ele, quase tímido.

— Sem dúvida.

Enfiei a caixa debaixo do braço e voltamos para cima da barragem. Ele me levou para trás da sua antiga casa e por diversas ruas abaixo, até que chegamos a um prédio de tijolos vermelhos.

Na parte de cima da porta da frente, estava gravado: ESCOLA DE ENSINO FUNDAMENTAL MARTINSBURG, 1842.

"Vão, Buldogues!", estava pintado, em letras vermelhas e brancas apagadas, ao longo da lateral do prédio.

— Lar dos Buldogues, hein? — perguntei, andando em direção à escola.

— O melhor time de basquete desde... Está bem, desde nunca. O time daqui é horrível.

Eu ri e vi uma porta lateral.

– Devemos tentar por aqui? Você acha que está aberta? Qual é a probabilidade?

– Não é grande – disse Caspian, mas me seguiu.

Dei um tapinha na barra de metal prateada, e a porta abriu facilmente.

Nós cruzamos o batente e entramos na escola. Os corredores tinham aquele cheiro clássico – papéis, borrachas, tênis novos e comida velha da cantina – e eu torci o nariz.

– Espero que eles abram um pouco este lugar antes do ano escolar começar.

Caspian não respondeu. Ele estava muito ocupado olhando as fileiras de fotos em preto e branco que estavam penduradas nas paredes do corredor, a maioria delas escondida atrás de vidros empoeirados e molduras de madeira gastas.

Eu me virei para as fotos.

– Você está nelas? – Tentei achá-lo, procurando por seu cabelo, mas as fotografias estavam amareladas e granuladas.

Ele colocou o dedo em uma moldura e eu me inclinei para ver para onde ele estava apontando. Mesmo tendo perdido a cor, eu reconheci seu cabelo e seus olhos.

– Aí está você – sussurrei. Ele estava de camiseta xadrez e calça marrom, seu sorriso entusiasmado mostrava um dente faltando na frente. – Eu estava certa: *adorável*.

Ele virou e deu o mesmo sorriso da foto, e eu gargalhei.

– Eu sabia. Você ainda tem nove anos.

Caspian fez que sim e passou o dedo sobre o vidro mais uma vez.

– Parece que foi há uma eternidade. – Sua voz estava melancólica. – Eu tenho mais uma coisa para lhe mostrar. Lá atrás.

Saímos da escola, e ele me levou para um lugar onde mais atrás havia um pequeno parquinho cercado. Estava gasto e, obviamente, não muito bem cuidado. A tinta descascando no trepa-trepa vermelho e amarelo mal ficava no lugar, e só tinha duas cadeiras de balanço no lugar, ambas com os assentos de madeira rachados. Uma pequena fileira de arquibancadas havia sido posta no canto do parquinho, em frente ao que deveria ser uma quadra de beisebol.

Caspian me levou até lá.

Ele se debruçou e olhou embaixo do primeiro banco.

– Aqui embaixo.

Eu também me debrucei e vi um rabiscado de iniciais entalhado, mal dava para ler CV.

– Você esteve aqui – eu disse. – Eu vi suas iniciais.

– Eu as entalhei no primeiro dia de aula. Eu vi uns meninos mais velhos fazendo isso, e eles me emprestaram o canivete deles.

– Quantos anos você tinha? – eu perguntei.

– Seis, eu acho. Velho o bastante para deixar minha marca no mundo.

Eu passei os dedos sobre o CV, guardando esta sensação na memória, e coloquei a caixa de cigarros no chão com cuidado.

– É uma pena que não tenhamos uma faca agora. Eu gostaria de colocar minhas iniciais aqui também. Talvez da próxima vez.

– Se *houver* uma próxima vez. – Caspian me olhou com uma expressão séria, e o clima ficou sombrio. Eu não queria que as coisas ficassem daquele jeito, então gritei.

– Corre para o trepa-trepa!

Eu comecei na frente, e já estava pendurada de cabeça para baixo quando ele me alcançou. Todo o sangue estava indo para minha cabeça, me fazendo ficar tonta.

– Eu não consigo ficar assim por muito tempo – eu disse a ele. – Hipotensão postural.

Ele se inclinou e colocou seu rosto perto do meu, me presenteando com um lindo sorriso.

– Eu sei o que você está sentindo – disse ele. – Você me deixa assim o tempo todo.

Saímos do parquinho lá pelas duas, e fiquei surpresa pelo fato de ainda não estar com fome. Voltamos para a rua principal, e Caspian apontou para um pequeno posto de gasolina.

– Vá comer alguma coisa.

– Mas eu não quero.

– Tudo que você comeu desde ontem à noite foi um pedaço de pizza e um *burrito*. Você precisa comer mais. Vá encher seu estômago com mais comida. Eu espero por você aqui.

Eu queria protestar, mas ele estava certo. E o cheiro de molho e cachorro-quente que saía da loja estava lentamente começando a despertar meu apetite adormecido.

Entrei e peguei um saco de batatas fritas, um cachorro-quente e uma lata de refrigerante. Eu praticamente engoli a comida, provando que eu estava com mais fome do que pensava, e voltei para o balcão para comprar uma caixa de chiclete.

Jogando um pedaço de chiclete de menta na boca, mastiguei com cuidado, esperando disfarçar qualquer resquício de cachorro-quente no meu hálito. Caspian estava esperando do lado de fora da loja, o sol refletia em seu cabelo, o louro esbranquiçado praticamente brilhava.

– Pronto para ir? – perguntei a ele.
– Para onde, agora?
– Para o cemitério.

Ele mostrou o caminho e eu o segui em silêncio. Enquanto andávamos, uma nuvem passou pelo sol, ofuscando a luz à nossa volta, e seu cabelo não brilhou mais.

Tentei prestar atenção no lugar para onde ele estava nos levando, mas nós viramos e eu não sabia para que lado íamos. Ele se movia com rapidez, e eu me encontrei correndo para acompanhá-lo quando ele começou a descer uma estrada de cascalho.

– Se você seguir por aqui até o fim, chega ao hotel onde estamos – me contou ele. Uma igreja de madeira branca apareceu, com um pequeno cemitério exatamente do outro lado. Havia uma cerca de metal escura cercando o cemitério e uma placa meio apagada formando um arco entre os dois suportes principais.

– Bem-vinda ao cemitério Saint Joseph – disse Caspian. – Meu local de descanso final.

Eu coloquei uma das mãos no suporte de metal, com reverência, e respirei fundo. *É isso. Estou aqui.*

Aquele pequeno cemitério era muito diferente daquele de Sleepy Hollow. Não havia jazigos, nenhuma lápide ornamentada, nenhuma estátua de anjo... Na verdade, nenhuma estátua. Bem simples, com placas quadradas de granito pontuadas com nomes e datas entalhados.

Eu fui até a primeira placa. Dizia: Walter Rose, nascido em 7 de julho de 1923, falecido em 21 de agosto de 1983. Nada de "Esposo amado" ou "Sentiremos sua falta". Só um nome vazio com uma data vazia.

– Estou aqui – disse Caspian, e eu olhei para cima. Ele estava parado perto de uma placa cinza, claramente afastada das outras.

Forçando um pé em frente ao outro, me movi na direção dele deliberadamente. Foi para isso que eu vim de tão longe. Para vê-lo. O *verdadeiro* ele. Tornei-me firme para as possíveis lágrimas que viriam e concentrei-me em andar.

Pé esquerdo.

Pé direito.

Mexa um, depois o outro.

A cabeça dele estava baixa quando eu o alcancei, e senti que estava caindo. Pedras ásperas machucaram as pontas dos meus dedos. *CV.*

C, de Caspian. V, de Vander. Ele estava aqui.

Abrindo os dedos, toquei no restante do seu nome. Fechando os olhos, imaginei...

Caspian em um terno preto, olhos fechados, a cabeça em um travesseiro de cetim. Mogno polido ao seu redor, sendo fechado com uma batida. Selado para sempre.

Terra fresca, rica e escura, caindo com um barulho ensurdecedor, no caixão fechado. Grama nova crescendo devagar. Pequenas folhas aparecendo de pequenas sementes plantadas tantos meses atrás.

As figuras se inverteram, e novas imagens começaram a passar.

Terno preto, cabeça baixa, chuvarada caindo, enterro de Kristen.

Chorando sobre seu túmulo na noite do baile de formatura. Caspian me encontrando no rio... me salvando. Céu cheio de estrelas. O colar que ele fez para mim. Completamente sozinho em sua cripta, debruçado sobre uma pequena vela e trabalhando com suas mãos para fazer algo bonito.

Deitado em minha cama. Brilho verde sobre nossas cabeças. Minhas próprias constelações particulares postas ali para que eu pudesse tê-las a qualquer hora.

A biblioteca... Cheiro de livros e papéis antigos. Sua mão pegando a minha. A faixa preta caindo em um dos olhos.

Um beijo...

Meus olhos se abriram de súbito, e eu dei um grito sufocado. Caspian estava ao meu lado em um instante, ajoelhado na grama.

– Você está bem? Fale comigo, Abbey.

Com a mão em seu nome entalhado na placa, eu me apoiei e trouxe a outra mão para seu rosto. O sentimento era forte ali, e eu mantive meus dedos trêmulos no lugar.

– Não dói, Caspian. Eu achei que doeria. Pensei que fosse demais para suportar. Mas não é. – Uma noção de reverência recaiu sobre mim e olhei para ele maravilhada. – Se sou forte o suficiente para lidar com isto, então sou forte o suficiente para lidar com o que mais aparecer no meu caminho. – Palavras silenciosas, que eu não falei, flutuaram na ponta da minha língua.

Retornados da Morte... Morte...

Caspian virou um pouco sua cabeça para chegar mais perto da minha mão, e um milhão de pequenas cargas irromperam debaixo da minha pele.

– Você sente isto? – sussurrei.

Ele fez que sim.

– Deve ser mais forte porque estou aqui.

Eu balancei a cabeça.

– É mais forte porque *você* está aqui. – Puxando minha mão para longe da placa, coloquei-a sobre meu coração. Mantendo o olhar firme, sorri para ele. – Eu finalmente sinto isso. A peça que falta.

Ele me olhou confuso, então, tentei explicar.

– Quando Kristen morreu, parecia que meu coração se quebrara em mil pedaços. E não importava o que eu fizesse, ou como eu tentasse fazer melhorar, não era possível. Então, conheci você. E meu coração começou a se curar. As fissuras foram embora, pouco a pouco. Eu não me dei conta de que todos os pedaços estavam lá, exceto um. Mas agora, estando aqui com você, tudo finalmente se *encaixa*. *Nós* nos encaixamos, Caspian. Eu me sinto inteira. Aqui, neste lugar. E eu farei o que for preciso para ficar assim.

    Eu baixei a mão que estava no rosto dele e juntei as duas acima da placa do túmulo. Quase como se eu estivesse rezando.

    – Mesmo que isso signifique que eu só posso tocá-lo uma vez por ano. Eu quero! – Ergui meu rosto e senti o calor do sol. – Eu quero *você*, Caspian. Eu quero seu corpo, seu coração, sua alma. E todo o resto também.

    Respirei fundo novamente. Essa era a parte mais assustadora.

    – Isso deixa apenas uma questão a ser respondida. – Eu queria olhar para o outro lado. Eu queria *muito* não ver os sinais de hesitação ou relutância que passassem pelo rosto dele. Mas eu precisava saber. – Você me quer?

    – Para sempre – disse ele. E naquele lugar tão calmo, a autoridade silenciosa de um voto solene apareceu por trás das suas palavras. – Eu a quero para sempre.

Capítulo Vinte e Cinco

UMA (IN)FELICIDADE

O que aconteceu durante esse encontro não pretendo relatar, até porque nem eu mesmo sei...

– A lenda do cavaleiro sem cabeça

Ficamos no cemitério o resto da tarde. Quando chegou a hora de voltar para a Universidade Shepherd, encontrei Ben e voltamos para o hotel de carro. Ele falou sobre o bazar de garagem o tempo todo.

Eu acenei com a cabeça e escutei, mas não estava realmente prestando atenção. Meus pensamentos estavam em Caspian. Eu não sabia o que aconteceria quando voltássemos para o hotel. O que *poderia* acontecer.

Ben sugeriu que escolhêssemos comida chinesa para o jantar e eu entendi o suficiente da conversa para concordar.

– Sim, parece uma boa ideia.

Ele parou em uma loja de pesca/restaurante chinês, mas nós ficamos muito enojados para comer lá, então, sugeri que achássemos outro lugar.

O local mais perto acabou sendo a quase uma hora de distância, mas valeu a pena, e nós voltamos para o hotel com várias caixas de sobras. Ben carregou-as para dentro e foi comigo até minha porta. Eu só queria que ele dissesse boa-noite imediatamente, para que eu pudesse passar o resto da noite sozinha com Caspian.

Mas, quando eu peguei a chave do quarto, ele começou a brincar com as caixas.

– Tem certeza de que não quer pegar nenhuma? – Ele as estendeu para mim. – Você pode ter aquela fominha da meia-noite.

– São todas suas.

Ele olhou para o chão.

– Então, você não quer vir assistir a um filme ou algo assim no meu quarto? Eu me sinto mal por nem ter perguntado nada sobre a escola.

Eu passei minha chave no leitor da porta para abri-la.

– É para isso que temos uma viagem de seis horas amanhã. Vamos conversar... – O telefone em meu quarto começou a tocar e eu dei uma olhada nele. – É provável que seja o meu pai. Tenho que atender.

Ben concordou com a cabeça e abriu a porta dele também.

– Vejo você amanhã. Boa-noite, Abbey.

Ele pareceu meio desapontado, mas eu disse a mim mesma que ia deixá-lo falar até minha orelha cair durante todo o caminho para casa. Eu ia comprar um pacote de Funyuns também. Isso o deixaria feliz. Atravessei o quarto e peguei o telefone *exatamente* quando ele parou de tocar. Meu pé chutou alguma coisa e eu abaixei para pegar. Era o frasco de hidratante que usara de manhã. Caspian estava parado na porta, e veio lentamente em minha direção. Eu corri para trás, deixando o frasco cair, e senti a madeira da cabeceira nas minhas costas.

– Deite – mandou ele, com um ligeiro tremor em sua voz.

Meus joelhos viraram geleia.

Fui descendo centímetro por centímetro para a cama e só parei quando minhas costas estavam retas.

– Não é justo, sabe?

– Não? – Ele se inclinou sobre mim, e eu pisquei várias vezes, tentando manter meus pensamentos na linha.

– Não, não é. Você usa essa voz sexy e eu fico toda derretida.

– Hum, derretida? É um termo técnico?

Eu mal conseguia respirar. *Deus* do céu, ele estava destruindo todos os meus sentidos.

– Nós não podemos... *fazer* nada – eu disse finalmente.

– Não podemos? – sussurrou ele no meu ouvido. – Vamos ver o que *podemos* fazer...

Fechei os olhos.

– Você está com frio? – perguntou ele. – Seus braços estão arrepiados. – O olhar dele recaiu sobre meu cabelo,

e ele levantou a mão, quase como se fosse tocá-lo. – Eu gosto de vê-la assim, com o cabelo todo bagunçado.
– Parecendo o cabelo de uma bruxa? – provoquei, lembrando-me da noite do baile de formatura. Quando eu tagarelei sobre o meu cabelo estar parecido com o de uma bruxa, todo esquisito, ele sorriu.
– Eu acho que sim. Você definitivamente me enfeitiçou. Você me deixa louco.
– Lá vem você com essas cantadas de novo.
Ele balançou a cabeça e inclinou o rosto. Estávamos com os narizes juntos, lábios colados.
– Você não tem ideia do quanto eu quero beijá-la neste momento – sussurrou ele.
– Quanto? – aticei.
Ele lambeu os lábios.
– Muito, *muito* mesmo.
– Se tivesse que escolher entre me beijar uma vez agora e depois morrer, ou viver para sempre sem me tocar, qual seria a sua opção?
Ele nem hesitou.
– Eu morreria um homem feliz, com o seu gosto nos meus lábios.
Eu tentei *com todas as forças* não ficar corada.
– Eu faria essa mesma escolha.
– Faria?
Eu fiz que sim, depois fechei meus olhos.
O telefone do hotel tocou bem alto e acabou completamente com o momento.

Caspian rosnou.
— Ignore — implorou ele.
— É o meu pai, eu sei.
— Ele vai ligar de volta.
— Ele já ligou uma vez e eu não atendi — argumentei. Na verdade, eu sentia um pouco de alívio pela interrupção. Eu estava me deixando levar por inteiro.
Caspian suspirou. E sentou, indo para longe de mim.
— Você está certa — disse ele. — Você deveria atender.
Eu peguei o telefone, tentando me recompor antes de dizer alô.
— Oi, Abbey, é o papai.
Sim, como se eu não soubesse.
— Oi, papai.
— Eu liguei mais cedo, mas você não atendeu. Você estava no quarto de Ben?
— Não, papai — suspirei. — Eu não estava no quarto do Ben. Nós fomos comprar comida chinesa para o jantar, por isso não estava aqui para atender.
— Eu confio em você, você sabe — disse ele. — Sua mãe e eu confiamos. Falando nisso, ela quer saber o que você achou da faculdade.
Eu não estava *com a menor* vontade de falar disso agora.
— Normal. — Tentei pensar em alguma coisa para dizer a ele. — Na verdade, não fiquei muito impressionada.

– Você encontrou com o reitor? O que você achou do campus? Como é o currículo?

Como eu poderia responder a todas *essas* perguntas?

– Como eu disse, papai, nem gostei tanto assim da escola. Então, tudo passou meio em branco.

– Ah!

A inspiração bateu.

– Eu acho que vou visitar algumas outras faculdades mais perto de casa. Talvez eu ache uma por aí, que seja mais do meu agrado.

– Ah, sim? – Ele pareceu mais feliz. – Parece um bom plano. Tenho certeza de que sua mãe pode organizar algo. – Ele falou por mais vinte minutos. Finalmente, eu disse que tinha que ir para a cama, e que o veria logo. Ele concordou e eu desliguei o telefone com outra recomendação de "comporte-se" ecoando no meu ouvido.

Olhei para Caspian. Ele parecia estar esperando pela minha reação.

– *Isso* foi divertido – eu disse.

– Deu para perceber.

– Você se importa em desligar a luz? – pedi a ele. – Eu realmente preciso dormir um pouco. O caminho para casa será longo amanhã. – Não deixava de ser verdade. Mas eu queria mesmo a luz apagada porque estava me sentindo estranha pelo fato de nosso momento ter sido completamente interrompido, graças à ligação do meu pai.

Ele acenou que sim e apertou o interruptor. O quarto ficou imerso na escuridão, e eu tirei a calça e coloquei o pijama.

Alguma coisa fez barulho no meu bolso.
– O que foi isso? – perguntou Caspian.
Eu tirei uma embalagem de celofane.
– Biscoito da sorte. – Virando para a janela, abri um pouco a embalagem e quebrei o biscoito para ler o que havia dentro. – Todo presente vem com um preço. Escolha com sabedoria. – Segurando a frase com força, segurei com uma das mãos quando subia na cama.
– Sorte? – perguntou Caspian, ajeitando-se na coberta ao meu lado.
Rolei para ficar de barriga para cima e olhei para o teto escuro, desejando em silêncio que houvesse estrelas de plástico.
– Sim, era. Eu acho que vou seguir à risca.
Ele ficou quieto e eu disse.
– Eu tenho saudade das minhas estrelas.
– Eu tenho a minha. – Foi a resposta dele. – Bem aqui ao meu lado.
Virei para olhá-lo, porém, eu não conseguia distinguir nada na escuridão. Era como falar com uma sombra.
– Bons sonhos, Caspian – eu disse. – Mesmo que você não sonhe, pense em mim.
– Sempre – respondeu ele.
Fechei meus olhos com um sorriso no rosto e o papel da sorte na minha mão.

Eu me vesti rápido na manhã seguinte e fiz a mala na correria. Depois fui ao banheiro e fiz uma ligação. Gesticulando para Caspian me seguir, saímos do quarto.

– Aonde vamos? – perguntou ele, assim que saímos.

– Tem algo que eu preciso fazer. Não vai demorar.

Quando o táxi nos apanhou, disse ao motorista para me levar à floricultura na rua principal. Pedi a Caspian que esperasse do lado de fora. Ele concordou e eu entrei, ainda sem ter certeza do que eu estava procurando.

O atendente me cumprimentou alegremente e perguntou se podia ajudar. Eu disse que estava indecisa e fui olhar as vitrines gigantes de caixas. A maioria delas continha rosas. Rosas, amarelas, vermelhas, brancas, champanhe e coloridas, dos mais variados tipos. Minha cabeça estava girando enquanto tentava decidir.

Finalmente, falei com o atendente nos fundos.

– Estou procurando por algo... Talvez um arranjo de flores? Eu não quero que pareça que é para um velório.

Ele apontou para várias cestas pequenas, cheias de margaridas brancas e amarelas, e depois para um arranjo de samambaias. Mas eu balancei a cabeça; não estavam legais.

– É claro que sempre se pode apelar para as rosas – sugeriu ele. – Eu posso fazer um buquê para você.

– Não. Eu acho que não quero isso. Eu só não sei *o que* eu quero. – Virei para o outro lado e olhei a vitrine de caixas de novo.

Então, vi uma pequena caixa jogada no canto e a única coisa dentro dela era uma planta, cujo tom era um roxo bem vivo.

– O que é isso?

Ele veio e levantou o vaso para me mostrar. O vaso delicado de latão no qual a planta estava era lindo, mas parecia que mal era capaz de aguentá-la. Havia flores caídas por toda a parte.

– Este é um heliotropo – disse ele. – Eu posso fazer um bom preço por ele. Eles não costumam ser vendidos em floriculturas. É uma planta muito antiga. Esta veio misturada em um carregamento.

As flores roxas pareciam me chamar, e eu toquei um conjunto de pétalas.

– Eu vou levar. E uma rosa vermelha também.

– Sabe, os heliotropos têm um significado especial – disse ele, enquanto eu abria a porta para ir embora.

– Tem? – eu disse. – Qual é?

– Simbolizam amor eterno e devoção.

Eu sorri para ele.

– Perfeito. Era para ser meu, então.

Ele sorriu de volta e acenou quando saí. Coloquei a planta no meu braço direito e virei para Caspian.

– Você pode me levar de volta ao cemitério? – Ele disse que sim. E chegamos lá em cerca de dez minutos.

Encontrei a placa dele e ajoelhei para arrumar a planta com cuidado ao lado dela. As flores foram arqueadas em volta da placa, quase com amor, parecendo que sempre estiveram lá.

– Heliotropo para devoção – eu disse a ele. – E uma rosa para o amor. Amor eterno e devoção.

Coloquei uma única rosa na placa, então, de repente, puxei a mão. Um espinho afiado tinha rasgado meu dedão. Caspian estava de olhos fechados e não viu o que aconteceu depois.

Mas eu vi.

Uma gota de sangue do meu dedo caiu na flor. A gota rubra rolou e depois se espalhou, formando uma pétala vermelha perfeita. Ela desabrochou ali, como uma mancha de tinta, e eu não conseguia tirar os olhos dela. Era obsceno e bonito. Morte e vida, tudo misturado em uma coisa só.

Passos atrás de mim fizeram com que eu me virasse, e uma mulher de preto veio andando pelo cemitério. Ela parou na fileira de túmulos antes da de Caspian e acenou com a cabeça para mim. Eu acenei de volta. E decidi que era hora de ir.

Passando o dedo sobre aquele C uma última vez, eu sussurrei.

– Eu amo você. – E me preparei para sair. Ao passar pela mulher, ela olhou para mim.

– Lembre-se, criança – disse ela. – Você nunca está sozinha.

– A senhora está certa – respondi, olhando para Caspian diretamente nos olhos. – Eu não estou sozinha.

Nós saímos de West Virginia para ir para casa, e Ben falou sem parar sobre algum projeto de um novo carro que ele havia planejado agora que tinha visitado o bazar de garagem. Eu não tinha ideia de qual era a diferença entre um alternador e um carburador, e não tinha a menor vontade de descobrir. Mas Ben ficou feliz em tentar explicar.

Eu não notei o homem de terno até que paramos para almoçar. Durante todo o tempo que fiquei na fila esperando para fazer o pedido, meu olhar foi atraído para um carro estacionado perto da janela. Tentei não encarar, mas, no final, eu não consegui aguentar mais.

Sentado no banco do passageiro estava um homem velho, vestindo um terno branco de verão antiquado. Ele usava um chapéu de palha amarelo e tinha um olhar passivo. O cabelo da minha nuca se arrepiou.

Eu fiz meu pedido o mais rápido que consegui e o peguei também de forma bem veloz, praticamente arrancando a sacola da mão da balconista. Em seguida, corri para fora, onde estava o carro de Ben.

– Você está bem? – perguntou Caspian assim que sentei.

Eu olhei outra vez para o homem estranho. Parecia mesmo que...

– Sim, estou bem. Só com vontade de ir para casa.

Caspian não parecia ter acreditado na minha desculpa, mas Ben sentou-se ao meu lado e ligou o carro. No mesmo momento, perguntei a ele sobre a diferença entre um silenciador e um escapamento e me concentrei bastante no que ele falava. Eu me esforcei para não olhar para trás ao sairmos.

Uma hora havia se passado quando vi o homem de novo. Ele passou por nós, dentro de um carro *diferente*, e sorriu para mim. Depois disso, comecei a vê-lo em todo lugar. Na cabine de um caminhão ao lado do motorista, no banco de trás de uma perua, com a mãe de duas crianças, depois pegando carona com um adolescente em um SUV...

A última vez que ele passou, tirou seu chapéu, e eu pude ver o cabelo louro claro que estava escondido embaixo dele. Eu tinha forte suspeita de que se eu falasse com ele, seus olhos seriam cristalinos e sua voz melódica. E eu sentiria gosto de cinzas.

Ben parou em uma área de descanso para ir ao banheiro, e eu aproveitei o momento para falar com Caspian.

– Você está vendo o cara que fica...

– Passando por nós? De terno branco?

Concordei com a cabeça.

– É um Retornado da Morte, não é? – Nossos olhares se encontraram, eu engoli em seco. – Eles estão atrás de mim.

Caspian se inclinou para frente. Eu percebi que queria tocar em mim.

– Não se preocupe, Abbey – sussurrou ele no meu ouvido. – Nada pode acontecer. Nós veremos o que fazer quando chegarmos em casa.

– Nós estamos em um carro! – Eu queria gritar. – E se o Retornado da Morte causar um acidente? –

Eu queria ter apertado a mão dele, ou tocado seu braço. *Qualquer coisa* para me dar algum tipo de tranquilidade sólida, mas tive que sossegar somente com um parco aceno de cabeça quando Ben voltou, sem saber do meu drama. Eu afastei com firmeza as imagens de acidentes de carro horrorosos da minha mente. Caspian continuou olhando para fora da janela pelo resto do caminho, e eu me distraí conversando com Ben a respeito de Kristen. Nós estávamos a apenas dez minutos de casa quando peguei meu celular para ligar para mamãe e papai. Mas eles não atenderam.

 Eu estava prestes a tentar o celular da mamãe quando Ben parou na frente da nossa entrada.

 – Obrigada por ir até lá comigo, Ben – eu disse quando ele estacionou. – Verdade, você não tem ideia de como foi importante. – Eu queria abraçá-lo ou algo assim, mas não tive certeza se isso não pareceria meio esquisito.

 Ele estalou o pescoço e mexeu os ombros.

 – Fico feliz por você ter me convidado, Abbey. – Ele olhou piscando para o relógio. – É melhor eu ir. Eu estava começando a me sentir bem cansado no fim da viagem. Falo com você depois?

 – Sim, claro. – Pulei para fora do carro e peguei minha mala, segurando a porta aberta brevemente para Caspian. – Não caia no sono no caminho para casa.

 Ben riu.

 – Não se preocupe. – E com uma buzinada final, ele se foi.

Eu olhei para Caspian, tentando ser discreta, certa de que mamãe viria voando pela porta da frente a qualquer momento.

— Eu vou entrar e cumprimentar as unidades parentais — eu disse, rápido. — Tenho certeza de que estão morrendo de curiosidade.

— Vou esperar no quintal dos fundos — respondeu ele. — Quando tiver um momento, dê uma escapada para caminhar.

Eu concordei com a cabeça e depois arrastei minha mala de rodinhas até a entrada da frente. A porta estava aberta e eu a empurrei, deixando a bagagem perto das escadas.

— Mamãe, papai — chamei. — Cheguei!

O silêncio me cumprimentou.

Andei pela cozinha, dando uma olhada na sala de estar e na sala de jantar pelo caminho. Eles não estavam em nenhum dos cômodos.

— Mamãe? Papai? — gritei. — É melhor não ser hora de vamos-ficar-sozinhos-e-ter-momentos-selvagens-agora-que-nossa-filha-foi-embora! Se eu achar calda de chocolate em *algum lugar* que não seja na geladeira, juro que me mudo.

Subindo as escadas dois degraus de cada vez, voei para cima. A porta de papai e mamãe estava fechada, o que era sempre uma coisa boa... mas a minha estava aberta e eu *tinha a certeza de tê-la fechado antes de sair*. Se mamãe pensa que pode entrar lá e mexer nas minhas coisas enquanto eu estou fora, está *completamente enganada*.

Empurrei a porta do meu quarto pra abri-la por completo, pronta para verificar o estrago...
E parei, estática.
As luzes do teto estavam apagadas, mas dúzias de velas cobriam a escrivaninha, meu criado-mudo, o console da lareira... Longas sombras pulavam e dançavam ao longo das paredes e suas chamas pequeninas piscam feito loucas como se um repentino golpe de vento tivesse soprado pelo quarto. *O que diabos estava acontecendo...?*
Eu dei um passo para mais perto e senti meus olhos se arregalarem. E eles ficaram tão arregalados que parecia que iriam saltar a qualquer momento.
Minha cama estava cheia de rosas; rosas cujos cabos eram compridos, as flores pesadas, e a tonalidade vermelho-sangue. Elas cobriam toda a superfície em uma quantidade absurda, dúzias e dúzias delas. Havia algo vagamente familiar no jeito que estavam arrumadas, quase como um monte de... coroas de enterro.
E esticado entre elas, no centro da cama, de braços cruzados em uma posição clássica de enterro estava... *Caspian?*
Eu gritei. Meu estômago se contraiu com violência e eu sabia que ia vomitar. Então, meus olhos se abriram.
— É assim que você gosta delas, certo?
Meu coração parou quando reconheci a voz. Vincent.
Ele se sentou devagar, descruzando os braços, e a semelhança com Caspian era assombrosa. Ele tinha tingido o cabelo do mesmo tom louro esbranquiçado, e até

tinha colocado a mecha preta no canto certo, ao longo da testa. Seu cabelo parecia mais comprido – ele devia ter posto um aplique – para ter o mesmo estilo, e ele estava usando um terno preto. Eu olhei aterrorizada quando veio em minha direção.

– O que você acha? – Ele parou por um momento para arrumar as lapelas do blazer. – Eu fico bem "dando uma de um cara morto", não é?

Meu estômago estava embrulhado, mas eu não conseguia saber se era do choque ou de medo.

– Você não vai me dar um beijão? – disse ele, avançando novamente. Meus joelhos começaram a tremer e eu enfiei as unhas nas palmas das mãos para tentar me concentrar em outra coisa. – Vamos, Abbey. – Ele endureceu a voz. – Eu arrumei tudo isso para você, o mínimo que você poderia fazer é demonstrar um pouco de gratidão. Você tem *ideia* de quanto custa encomendar todas essas rosas?

Eu cravei as unhas com tanta força nas palmas das minhas mãos que começou a doer. E meu pavor não parava de crescer.

Vincent finalmente chegou bem perto de mim e passou a mão fria pelo meu rosto.

– Sente isso? Por que você iria querer ficar com *ele*, afinal de contas? Necrofilia, Abbey. – Ele sacudiu a cabeça para frente e para trás. – Isso não é legal.

Eu tentei ficar parada e não deixar que ele visse meu medo, mas não sabia se estava tendo sucesso. Ele me olhou mais de perto e de repente sorriu.

— Agora — disse ele, inclinando-se bastante, em uma grande reverência —, você consideraria este o nosso primeiro encontro? Ou o terceiro? *Tecnicamente*, demos aquela saidinha no cemitério e voltamos a nos encontrar, no beco atrás da sorveteria do seu tio, então, eu acho... Sim, é o nosso terceiro encontro.

— Nós não tivemos nenhum *encontro*, imbecil — eu disse baixinho.

Ele pareceu ofendido.

— Do que você chama *isto*? — E abriu bem os braços. — Eu trouxe flores para você, nós temos luzes para fazer o clima, eu estou todo arrumado, e estamos sozinhos. Isto, minha querida, é um *encontro*.

Eu funguei.

O rosto de Vincent endureceu-se e ele se inclinou para mais perto de mim.

— Eu não estou suficientemente pálido para você? Nem frio o bastante? — Ele puxou meu pulso com força e o segurou contra seu peito. — É esse o problema, não é? Meus batimentos cardíacos? Desculpe, querida. Eu não estou *morto* o bastante para você!

Algo no modo como ele disse "morto" bateu em um ponto frio dentro de mim. Eu sabia que não duraria muito. Vincent ia me matar.

Então, seu olhar mudou de foco.

— O que é isso?

Ele viu meu armário de perfumes, meu incrível armário no qual mamãe e papai trabalharam tanto, e eu puxei a mão. Então, ele me forçou a segui-lo enquanto ia em direção ao gabinete. Eu me mantinha firme com os pés fincados no chão, porém, ele era forte demais. Parecia que meu braço seria arrancado do ombro.

– Solte... – consegui dizer – ... meu braço.

Ele ergueu a cabeça em minha direção.

– O que foi isso? Você tem que falar mais alto.

A dor em meu braço aumentou, parecia que marcadores de gado incandescentes queimavam desesperadamente minha pele. Eu choraminguei e depois calei a boca.

Vincent passou a mão por fora do armário, depois abriu uma das gavetas e pegou um monte de frascos de vidro.

– Fale alto – disse ele. Abrindo bem seus dedos, ele soltou os frascos, e eles se espatifaram no chão.

Havia odores no ar e cacos de vidro pelo chão. Fui envolvida por uma nuvem de aromas e tossi uma vez, tentando não engasgar.

Vincent abriu outra gaveta.

– Pare... com isso – implorei. – Só... pare com isso.

Mas ele pegou uma segunda leva e dessa vez jogou-os alegremente no chão. Pequenas farpas de vidro pularam e cintilaram. Poças de líquido começaram a se infiltrar na madeira.

– É um barulho maravilhoso! – disse ele. – Uma sinfonia!

Eu tive um segundo de compreensão, de entendimento claro e perfeito do que ele ia fazer, mas mesmo assim não conseguia pará-lo.

Vincent pegou meu armário com ambas as mãos, levantou-o e jogou-o contra a parede, com um sorriso angelical no rosto.

– Nãããããão! – gritei.

A madeira partiu-se em pedaços e lascas, o que sobrou do estoque dos meus perfumes ainda dentro das gavetas do armário explodiu, e o som era... devastador.

Eu caí de joelhos, sem me importar com os cacos de vidro que agora cobriam o chão.

Minhas mãos se fecharam como se fossem dar socos, e a fúria que tomou conta de mim era pura ira inalterada. Então, de repente, ouvi outro barulho. Era meu nome, vindo de Caspian entrando pela porta aberta e se jogando em cima de Vincent.

Os dois caíram no chão.

Vincent pareceu chocado ao vê-lo, e naquele breve momento Caspian tomou impulso e deu um soco no olho de Vincent. Ele ainda deu um outro golpe na sua mandíbula, e eu ouvi o tranco quando a cabeça de Vincent foi jogada para trás.

Aí, totalmente de repente, Caspian saiu voando.

As mãos de Vincent estavam esticadas, como se tudo que ele tivesse feito fosse estendê-las, e Caspian bateu contra o console da lareira. A força com que ele bateu foi tanta que, de imediato, uma rachadura se abriu na parede ao lado dele.

– Caspian! – gritei. Ele pareceu atordoado por um segundo, e depois sua cabeça despencou para frente.

Vincent ficou em pé e veio até mim, agarrando meu braço outra vez. Ele puxou com força, tentando me jogar para o lado da janela, mas eu não consegui me equilibrar. Meus joelhos deslizaram pelo chão, e eu gritei quando caquinhos de vidro entraram em minha pele.

Ele parou, olhando para o rastro de sangue que eu deixava para trás.

– Que bagunça! Que zona! Que baita bagunça! – Um breve olhar de desgosto passou pelo rosto de Vincent, e então ele me pegou nos braços. – Tente não sujar este terno de sangue – disse ele.

Eu lutei o máximo que fui capaz com joelhos e pernas que estavam rasgados e sangrando, e com ele me apertando com força. Parecia que tiras de metal estavam se enrolando em meus pulmões, e eu respirei fundo, meio que engasgando.

– Não consigo... respirar...

No mesmo momento, ele segurou com menos força. Mas não me soltou.

Aí, minhas lágrimas vieram. Eu estava tão completamente arrasada e comovida que parei de lutar e apenas chorei. Meu corpo todo chacoalhava, e Vincent me segurou longe dele.

– Simplesmente me mate – solucei. – Já. Agora.

Eu senti uma batidinha estranha na cabeça.

ele. – Por que eu iria querer matá-la, Abbey? – disse
– Não é por isso que você está... aqui? Você não... Você não matou Kristen? – Eu tentei diminuir meus soluços. – Você disse que estava lá... na noite em que ela morreu, e agora eu tenho certeza disso.
– É claro que eu estava. E eu acho que você poderia dizer que já que eu a deixei cair, eu sou responsável. – Ele deu de ombros com elegância. – Mas você não vê, Abbey? Eu estava enganado. Era a garota errada. Eu achei que ela era a outra metade de Caspian. Era *você* que eu queria o tempo todo!
– Eu? Você queria a *mim*? – Uma dor tão intensa e tão penetrante tomou conta de mim que pareceu que meu coração estava realmente sendo partido em dois e eu a teria dobrado se pudesse. – Quer dizer – engasguei – que *eu* sou a razão pela qual Kristen está morta?
– Sim. – Vincent sorriu para mim. – Sim, você está certa.

Um gemido angustiado escapou de mim, mais uma emoção selvagem do que um discurso inteligível, e eu segurei minha cabeça. A dor estava lá. *Lá dentro*. E estava me matando.

– Agora que ele achou você, eu não posso matá-la – continuou Vincent. – Ou vocês dois estarão completos e isso arruinaria tudo. Não, eu tenho que ter certeza que você ficará perfeitamente... *viva*.

De repente, barulhos de passos vieram da escada e vozes nervosas ecoaram na sala.

– Eles estão vindo – disse Vincent. – Mas eles ainda não podem fazer nada. Eu me certifiquei disso. – Então, ele sussurrou no meu ouvido: – Nem pense em fazer algo estúpido. Fique viva!

Uri, Cacey, Sophie e Kame irromperam pelo quarto, e Vincent me derrubou sem um momento de hesitação.

Sophie me olhou com preocupação.

– Você está bem? – perguntou ela.

– Três já é uma festa. Mas cinco é uma multidão – ouvi Vincent falar. – Isso significa que é a minha hora de partir.

Houve o som de alguém passando por mim correndo. E então, Kame gritou.

– Vincent, espere!

Eu olhei para cima, a tempo de ver Vincent correr para a janela e pular para fora. Uri e Cacey o seguiram, mas pararam logo.

– Ele deve estar protegido – disse Cacey. – Ele desapareceu.

O rosto de Uri estava furioso, ele parecia querer pular pela janela e perseguir Vincent, mas Cacey colocou a mão em seu braço. Ela balançou a cabeça uma vez.

– Espere – disse ela. – Ainda há tempo de descobrir o que ele está procurando.

Num piscar de olhos, os quatro estavam parados à minha volta e me dando as mãos. Eu tive uma vontade absurda de rir do que eles estavam vestindo. Eles vieram me resgatar usando *uniformes* combinando.

– Está tudo bem, Abbey – disse Kame. – Nós estamos aqui para ajudá-la. Pode confiar em nós.

Ele tinha uma voz suave e bonita, e eu olhei para ele sentindo como se estivesse sendo puxada para o oceano sem fim que havia nos olhos dele.

Mas *eu não estou pronta.*

Foi o primeiro pensamento que veio à minha mente, e eu disse em voz alta:

– Eu não estou pronta.

Agradecimentos

Minha imensa gratidão vai para:

As inspirações: Washington Irving, Sleepy Hollow, L.J. Smith, Caroline B. Cooney (continuo sua fã número um), Elizabeth Chandler, George A. Romero e Johnny Cash.

Os companheiros de jogo: Michael Bourret, Anica Rissi, a equipe da Simon Pulse e Lee Miller.

A equipe de apoio: fãs, amigos e familiares.

Obrigada a cada um de vocês.

Impresso na Gráfica JPA.